Anne Sanders
Für immer und ein Wort

DIESES BUCH
WURDE
GEFUNDEN VON:

ANNE SANDERS

FÜR IMMER UND EIN WORT

Roman

blanvalet

Das Zitat von William Shakespeare auf S. 70 stammt aus »Much ado about nothing«, in: *The RSC Shakespeare: The Complete Works,* Palgrave Macmillan, Basingstoke 2008.

FSC www.fsc.org
MIX
Papier aus verantwortungsvollen Quellen
FSC® C014496

Penguin Random House Verlagsgruppe FSC® N001967

2. Auflage

Redaktion: Gisela Klemt
Umschlaggestaltung: Favoritbüro, München
Umschlagmotiv: Shutterstock.com (Mariia Alexxandrova; AVS-Images)
Ex Libris und Notizbuchteil: Favoritbüro, München
DN · Herstellung: sam
Satz: Vornehm Mediengestaltung GmbH, München
Druck und Bindung: GGP Media GmbH, Pößneck
Printed in Germany
ISBN 978-3-7645-0763-3

www.blanvalet.de

Für Karo und André und zur Erinnerung
an fabelhafte Tage an der
Chesterton Road, Cambridge

Zwei, drei Worte über Jack

Jack Edwards war der schweigsame Typ. Der, der sich schon als kleines Kind antrainiert hatte, seine Gefühle hinter einer Maske aus Indifferenz zu verbergen, einfach weil er es für überlebensnotwendig hielt. Nach dem Tod des Vaters – Jack war sechs, sein Bruder Leo vier Jahre alt – ging es hauptsächlich darum, den Rest der Familie zusammenzuhalten, weshalb Jack es sich angewöhnt hatte, weder zu weinen noch zu jammern noch darüber nachzudenken, wie sehr ihm der Vater fehlte, noch zu zeigen, dass ihm die Aussicht auf das Leben, das nun folgte, Angst bereitete.

Das fehlende Geld war es nicht allein. Jack kannte jeden Billigsupermarkt und jeden Secondhandshop im Umkreis von fünf Meilen, und er lernte rechnen, ziemlich früh, um seiner Mutter, die gern den größten Teil des Tages im Bett verbrachte, so viel abzunehmen, wie er konnte. Er dachte nicht darüber nach, dass er selbst viel zu jung war, um diese kleine Familie zusammenzuhalten, er stemmte sich einfach dagegen, dass sie auseinanderbrach. Wenn Jack heute auf die Vergangenheit zurückblickte, sah er deutlich die Mutter in all ihrer Niedergeschlagenheit, das Kinn gerade weit genug nach oben gereckt, um nicht im Meer der

Trauer zu versinken. Leo aber, den kleinen Bruder, nahm Jack lediglich als schemenhafte Gestalt wahr, wie einen Schatten, der vorneweg lief, den man jedoch nie erreichen konnte, denn wurde man schneller, wurde es der Schatten auch. Jack lief und lief und lief, eine Kindheit hindurch, die keine war, von einer Jugend mit wenig Möglichkeiten in ein Erwachsensein, in dem er längst verlernt hatte, was es hieß, etwas mit jemandem zu teilen. Verantwortung beispielsweise. Kummer. Oder aber sich selbst.

Angesichts all dessen, was in den Jahren zuvor geschehen war, hätte Jack es wohl niemals für möglich gehalten, dass sich für ihn noch einmal alles ändern könnte; nicht nur sein Leben, sondern auch das, was er glaubte zu wissen – über sich selbst und über die, die er liebte. Nicht eine Sekunde hätte er das angenommen, nicht mit mittlerweile achtunddreißig Jahren, und nicht gerade jetzt. Bis zu dem Tag, an dem er Annie St. James kennenlernte. Bis zu jenem Sonntagabend im Juli, an dem sie wie aus dem Nichts auf einmal vor seiner Tür stand.

Teil 1

Annie

1

The way they leave you tells you everything

»Was treibst du da?«

»Ich denke darüber nach, aus dem Fenster zu springen.«

»Kopfüber?«

»*Kopfüber?* Das ist alles, was dir dazu einfällt?«

»Wir sind im ersten Stock. Wenn du dich nicht kopfüber aus diesem Fenster stürzt, kannst du es gleich lassen.«

»Schön. Danke für den Hinweis.«

»Mit Vergnügen. Hast du meinen grünen Schal gesehen? Ich bin mir sicher, ich habe ihn eingepackt. Wo ist mein Koffer? Wo ist jemals mein Koffer, wenn ich ihn suche? Annie? Kommst du?«

Annie rührte sich nicht. Sie blieb exakt dort stehen, wo sie die vergangenen fünfzehn Minuten gestanden hatte: neben dem zugigen Kassettenfenster, das den Blick freigab auf das spitze Vordach über dem Eingang, den asphaltierten Weg dahinter und die angrenzende Wiese, das Gras zertrampelt von den Partygästen der vorangegangenen Nacht. Der Pavillon war noch nicht abgebaut. Das ehemals weiße Papier, das die Stehtische verhüllte, erzählte in rotweinbesudelten Fetzen von dem, was es durchgemacht hatte.

Mittlerweile regnete es. Graue Striche zeichneten den Himmel trüb, die moosgrünen Farben des Dartmoors ein Aquarell darunter. Wenn es nach Annie gegangen wäre, hätte sie gut und gern darin aufgehen können, jetzt, auf der Stelle, wie zerlaufende Tinte. Sie hatte zahllose dumme Dinge getan in ihrem Leben. Der Hochzeit ihres Ex-Mannes beizuwohnen, war mit Abstand das Dümmste gewesen.

»Was genau erwartest du da unten eigentlich zu sehen?« Hoola stellte sich neben Annie. Sie legte eine Hand auf die Schulter der Freundin und stützte das Kinn darauf. »Ein Jammer, dass es gestern nicht geregnet hat. Ich hätte zu gern den edlen Zwirn des werten Finley Corbyn davonschwimmen sehen.«

»Sie hat seinen Namen angenommen.«

»Die Ärmste. Finley klingt grässlich gestelzt, findest du nicht? Was hat Cassandra an Cassandra nicht gefallen?«

»Du bist sehr komisch, Hoola, wirklich.«

»Ja?«

»Ja. Nicht mal im tragischsten Augenblick meines Lebens kannst du ernst bleiben.«

»Oh, doch, ja. Das könnte ich.«

Stille folgte Hoolas Worten. Annie wagte es nicht, etwas einzuwenden, denn die Wahrheit lautete: Ihre beste Freundin war oft ernst geblieben während der vergangenen zwei Jahre, in denen Annie verschiedene Phasen der Trennung durchlebt hatte; sie hatte getröstet, aufgemuntert, abgelenkt, Verständnis gezeigt, zugehört, beigestanden. Ohne Hoola hätte Annie nicht überlebt. Ihr immer noch mehr abzuverlangen, musste deren Geduld irgendwann überstrapazieren. Und dann womöglich ihre Freundschaft.

Annie seufzte. »Ich meinte bloß: Ich war nie Mrs. Corbyn. Sie ist es jetzt.«

Einige Sekunden lang blickte Hoola stumm auf Annies Profil. Dann sagte sie: »Das macht nichts, Liebes. Du wirst immer die Frau sein, die zu gut für Finley Corbyn war.«

Wie zur Untermalung ihrer Worte erklang die Hupe eines Wagens, er knirschte über den verregneten Vorplatz des Two-Bridges-Hotels. Ein breites, luxuriöses Vehikel, ebenso grau wie der Weg und die Wolken darüber, das kurz vor dem Eingang zum Stehen kam. Ein Chauffeur stieg aus. Dunkler Anzug, schwarze Mütze. Hoola gab ein abfälliges Murren von sich. Der Fahrer öffnete einen Schirm, und im selben Moment trat Cassandra aus der Tür, Cassandra *Corbyn*. Das Brautkleid hatte sie abgelegt, doch in der weiten schwarzen Hose mit der zimtfarbenen Bluse sah sie beinah noch hinreißender aus. Sie lachte und warf einen verlockenden Blick über ihre schmale, schmale Schulter auf den Mann, der ihre Hand hielt.

»Was, um Himmels willen, machst du hier?«, murmelte Hoola, doch Annie blieb still wie ein Stein. Sie hatte keine Ahnung, was sie hier tat. Solange sie denken konnte, liebte sie Finley, doch nun hatte sie dabei zugesehen, wie er eine andere heiratete. Ihr Blick haftete auf seinem makellos frisierten Hinterkopf, während er im Inneren der Limousine verschwand. Ihre Lippen öffneten sich, als wollten sie ihm hinterherrufen, doch kein Ton kam heraus, stattdessen klickte die Autotür ins Schloss mit einer Endgültigkeit, die Annie schaudern ließ. Der Wagen setzte sich in Bewegung. Rollte vom Hof, über die Brücke, aus Annies Leben.

Hoola zog sie am Arm, weg von der Scheibe. Im letzten Moment jedoch traf Annie Finleys Blick, den er ihr aus dem Rückfenster zuwarf. Dunkle Augen hinter einer schwarzen Hornbrille, die amüsiert zu ihr aufsahen, amüsiert und herausfordernd, während seine Lippen ein lautloses *Goodbye, Annie* formten.

Goodbye.

War es tatsächlich möglich, aus Liebe zu sterben? Aus purem Kummer zu vergehen? Und konnte es tatsächlich sein, dass ihr Herz zwei Jahre, nachdem es gebrochen worden war, immer noch schmerzte wie eine offene Wunde?

»Was meinst du, Champagner zum Frühstück? Wir lassen es deinem idiotischen Ex-Mann auf die Rechnung setzen. Gott, ich bin froh, dass du den los bist. Du kannst es vermutlich noch nicht erkennen, doch von diesem Augenblick an bist du eine glückliche, freie, gereifte Frau. Amen.«

»Gereift?« Annie blinzelte, allein dieses Wort hatte sie aus ihrer Trance erweckt. Sie war fünfunddreißig Jahre alt. Weit entfernt von *gereift.*

»Sei nicht albern. Im mentalen Sinn natürlich.«

Sie hatten sich in der Hotelbar niedergelassen, auf zwei klobigen Ledersesseln, die vor ein offenes Kaminfeuer gerückt worden waren. Der Juni gab sich ungewöhnlich kalt, doch nicht untypisch nass für die Gegend. Im Dartmoor nieselte es oft und viel, egal zu welcher Jahreszeit, und normalerweise sonnte Annie sich in dieser berechenbaren Melancholie. Sie liebte den aus dem Gras aufsteigenden Dunst, der Hügel und Steine und Ponys verhüllte. Die Nebelschwaden, die die Landschaft weich zeichneten, das matte Olivgrün, den durchtränkten Boden, der jeden ihrer Schritte schluckte. Sie liebte die Stille, den eigenen Herzschlag in den Ohren.

Mit ihren Eltern war sie oft hergekommen, Jahre lag das zurück, als ihr Bruder noch in England lebte und sie gemeinsam zu den Becky Falls gewandert waren oder umherstrichen zwischen den moosbedeckten Bäumen von Wistman's Wood. Sie waren jung gewesen, alle vier. Ihr Vater weit entfernt vom Ruhestand und voller Enthusiasmus, erfüllt von Shakespeare und seinen Weisheiten, die er bei jeder Gelegenheit um sich warf. *Behauptung ist nicht Beweis* oder *Wo Worte selten sind, haben sie Gewicht,* solche Dinge eben. Ihre Mutter war ihrem heutigen Ich damals schon viel ähnlicher, womöglich weniger streng, seltener bitter, im Kern jedoch dieselbe, sehr korrekte, wenig frohsinnige Person, die Annie häufig um den Verstand brachte. Und Ben – er war noch nicht auf der Flucht vor den Erwartungen gewesen, die beide Eltern an ihn richteten. Finley und Ben, das hatte keine gute Kombination abgegeben, der Bruder zu freiheitsliebend, der Ex-Mann zu kontrolliert. Mit Hoola verhielt es sich ähnlich. Die beiden machten nur selten ein Geheimnis daraus, was sie voneinander hielten. Finley und Annies Mutter dagegen – was für eine perfekte Verbindung, himmlisch geradezu! Annie würde nie die ersten Worte vergessen, die ihre Mutter hervorstieß, als sie von der Trennung erfuhr. Sie lauteten: »Was hast du jetzt wieder angestellt?«

Nun. Sie hatte nichts getan und Finley alles, und was das Dartmoor betraf, hatte er seine Anschauung überaus deutlich vorgebracht. »Hätte ich Dauerregen gewollt, wäre ich in Schottland geblieben«, erklärte er jedes Mal, wenn sie einen Trip ins Two-Bridges-Hotel vorschlug. Dass er ausgerechnet hier heiratete, weil Cassandras Familie im benachbarten Exeter ansässig war, hatte ihr für einen Moment den Atem geraubt. Es stimmte: Die Art, wie sie gehen, sagt dir alles.

»Annie?«

»Ja?«

»Hast du ein Wort gehört von dem, was ich gesagt habe?«

»Tut mir leid, nein. Was hattest du gesagt?«

Ein Kellner stellte zwei Champagnergläser auf dem niedrigen Tisch ab, der zwischen ihren Sesseln stand, dazu Eggs Benedict, einmal mit Spinat, einmal mit Räucherlachs. Annies Magen drehte sich. Es fühlte sich an, als würde sich der Restalkohol von gestern Abend aufmachen, von einer Seite des Organs zur anderen zu schwimmen.

»Ich glaube nicht, dass ich schon wieder etwas essen kann. Geschweige denn trinken.«

»Aber du stirbst für Eggs Benedict!«

»Hat dir noch niemand gesagt, dass man am schlimmsten Tag seines Lebens nicht unbedingt sein Lieblingsessen serviert bekommen sollte?«

»Nein, tut mir leid. Gibt es ein Handbuch?«

»Es besteht die Gefahr, dass man das Gericht dann nie wieder essen kann.«

Hoola schnappte sich einen der Teller und stellte ihn hinter sich auf dem Boden ab. »Zufrieden?«

Annie griff nach dem Champagner.

Ihre Freundin lächelte wissend.

Der Schaumwein perlte Annies Kehle hinab, er schmeckte kühl und muffig zugleich und erinnerte sie an den gestrigen Abend, und Annie hatte Champagner nie gemocht. Dennoch hatte sie in den vergangenen vierundzwanzig Stunden so viel davon in sich hineingeschüttet, dass ihr eigentlich goldglänzende Schwimmhäute hätten wachsen müssen. Leider war es ihr trotzdem nicht gelungen, die Erinnerung an die vermaledeite Hochzeit darin zu ertränken.

»Denkst du, es war ein Fehler herzukommen?«

»Herrje, Annie.« Hoola griff nach dem verbliebenen Teller und durchstieß mit der Gabel das pochierte Ei darauf. Wachsweicher Dotter ergoss sich über die Brioche auf den Lachs, als sie sagte: »Das hatten wir so oft, ich verweigere die Aussage. Dieser Mann hat schon immer von dir verlangen können, was er wollte, das weißt du genau. Es war, als habe er sich eine Alexa zugelegt, und das bereits im Jahr 2004. *Annie tu dies, Annie tu das.* Du hast ihn vergöttert, und er hat dich am ausgestreckten Arm verhungern lassen.«

Annie öffnete den Mund, dann schloss sie ihn wieder.

»Zu glauben, ihr könntet befreundet sein … Annie, bitte!« Hoola zerfledderte das Ei beinah. »Und dann verlässt er dich, um eine Frau zu heiraten, die genauso aussieht wie du. Was stimmt nicht mit dem Kerl?«

»Sie ist jünger«, bemerkte Annie. »Und hübscher.«

»Ach so, natürlich, das hatte ich vergessen zu erwähnen.« Hoola schob sich die Hälfte der Brioche auf einmal in den Mund und kaute verbissen.

In Annies Vorstellung tauchte das Bild von Cassandra auf, ihre langen blonden Locken, die tatsächlich welche waren im Gegensatz zu Annies störrischen Zacken und Wellen, die bestenfalls als Querverweise durchgingen. Wie Cassandra hatte sie eine Stupsnase und einen etwas größeren Mund, doch das Lächeln der anderen war überbordend, ihres meist linkisch, und kleiner war sie auch. Cassandra hatte in diesem mattweißen Seidenkleid mit der schmalen Schleppe das Ebenbild von Eleganz verkörpert. Und dann Finley, die langen, großartigen Finger auf ihrer Taille …

Gott, Finley.

Ihr Finley.

Unter einer mit Rosen geschmückten Pergola hatte er einer Fremden das Jawort gegeben, selbst wenn die Annie in der Tat sehr, sehr ähnlich sah.

Von einem Moment auf den anderen musste sie gehen. Sie sprang auf.

»Was?«, fragte Hoola alarmiert. »Was ist los?«

»Ich will hier weg.«

»Was soll das heißen? Wir bleiben noch eine Nacht, hast du das vergessen?«

»Das war eine richtig schlechte Idee, Hoola. Noch schlimmer als die Benedicts.« Sie spürte es jetzt. Es war tatsächlich keine gute Idee, selbst wenn es ihre eigene gewesen war. Sie hatte angenommen, das alte Hotel, die vertraute Umgebung, die warmen Erinnerungen – all das könnte sie darüber hinwegtrösten, dass sie sich dazu hatte breitschlagen lassen, Finleys Neuvermählung beizuwohnen. Was tat sie hier? Hoola hatte recht. Mehr recht konnte niemand haben. Und auf einmal fühlte sich Annie, als würde sie alle Blicke auf sich ziehen, jeder im Raum starrte sie an; sie, die dumme Gans, die sich von ihrem Ex-Mann hatte überreden lassen, den schlimmsten Tag ihres Lebens noch schlimmer zu machen, indem sie so tat, als sei eine Freundschaft an diesem Zeitpunkt ihrer Beziehung möglich. Das funktionierte nicht. Das würde niemals funktionieren.

Gott, sie war dumm.

Und jeder starrte sie an.

Weil alle sie bemitleideten.

Hoola, den Teller in der Hand, stand inzwischen ebenfalls.

Neben ihnen beiden hielten sich einige andere in der Hotellobby auf, ein paar davon tatsächlich Hochzeitsgäste, doch ganz im Gegensatz zu ihrer blühenden Einbildung bedachte keiner von ihnen Annie auch nur eines Blickes. Sanfte Jazzmusik murmelte aus den Lautsprechern. Neben ihnen knarzte das Feuer. Annies Herzschlag, gerade noch ein frenetisches Trommeln in ihrer Brust, normalisierte sich mit jeder Sekunde, die verstrich.

»Ich hab mich geirrt«, erklärte Hoola. »Gestern dachte ich noch, du und Cassandra seid euch zum Verwechseln ähnlich, doch diese Augenringe, die hast du ihr voraus.«

Annie gab einen Laut von sich, eine Mischung aus Keuchen und Schnauben, und schließlich lachte sie.

»Hoola.«

»Das bin ich.«

Annie seufzte. Und als ihr die Freundin vorschlug, nun endlich den Kopf auszuschalten, und sei es nur für diesen Nachmittag, sich Hoolas Plänen anzuschließen und wenigstens zu versuchen, ein paar Stunden des Wochenendes zu genießen, da sagte sie nicht Nein. Denn die Wahrheit war auch: Annie schuldete Hoola etwas. Das tat sie wirklich. Hätten sie beide auf einer Waage Platz nehmen müssen, um herauszufinden, welche der beiden Freundinnen schwerer wog an Drama und Turbulenzen in ihrem Leben, an Tränen und Chaos, Annies Schale wäre mit einem Rumms nach unten gesackt, und die arme Hoola, die ihr stets und unerschütterlich zur Seite gestanden hatte, wäre schnurstracks in die Wolken befördert worden.

Es war leicht nachzuvollziehen, wann dieses Ungleichgewicht begonnen hatte.

So, so leicht.

2

Aller Anfang ist schön

Annie war zwanzig gewesen, als sie Finley begegnete; Finley, dem großen, ernsten Mann mit dem hintergründigen Lächeln, das immer einen Hauch zweideutig war, zwischen Spott und Zuneigung, Überheblichkeit und wachsamem Interesse. Er trug Brille, Pullover und ein Buch unter dem Arm, und auf Annie machte es den Eindruck, als sei Arthur Miller durch die Zeit und über den Kontinent gereist, um das Klischee eines englischen Intellektuellen abzugeben; gutaussehend, anziehend, selbstsicher, perfekt. Finley wusste ungeheuer viel, weit mehr als Annie. Und er wartete stets auf den passenden Augenblick, um seine Überlegenheit in Szene zu setzen, doch das wurde Annie erst viel später bewusst.

Die beiden lernten sich im oberen Sitzbereich eines Doppeldeckerbusses kennen, der zwei Dutzend Touristen durch das frühsommerliche Cambridge schaukelte. Es war ein herrlicher Dienstagmorgen gewesen, kühl, aber sonnig, die uralten Mauern der Stadt glommen in schönstem Orange, der Geruch von warmem, altem Stein wehte durch die Stadt. Im Park blühten Rosskastanien, die Apfelbäume in den Gärten der Colleges waren übersät mit rosaroten Knospen. Ein herabfallender Apfel, erklärte Annie ihrer wissbegierigen Reisegruppe, habe Isaac Newton seinerzeit auf die Annahme der Gravitationstheorie gebracht. Newton hatte einst am Trinity College studiert, demselben College, an dem Finley Corbyn in den kommenden Tagen seine Tätigkeit als Juniorprofessor aufnehmen würde.

Finley war acht Jahre älter als Annie. Und er besuchte ihre Cambridge-College-Tour nicht weniger als sechsmal. Er lernte, dass sie Literaturwissenschaften studierte, dass sie Bücher liebte, Romane wie Lyrik, dass sie davon träumte, selbst zu schreiben. Er erfuhr ihr Alter (zwanzig), dass sie in Cambridge geboren und aufgewachsen war, dass sie nicht vorhatte, je woanders zu leben.

Nach der sechsten gemeinsamen Rundfahrt lud Finley Annie zum Abendessen ein. Sie besuchten ein schickes, kleines Lokal, das es schon ein halbes Jahr später nicht mehr gab, Finley trug eine Fliege, und Annie kam sich in ihrem dunkelgrauen Strickkleid wie Aschenputtel vor. Er küsste sie nicht. Aber er brachte sie nach Hause, vor die Tür ihrer Studentenbleibe an der Chesterton Road, und für Annie stand fest, so unerschütterlich wie ihre Liebe zur Literatur, dass, wenn sie Aschenputtel war, Finley ihr Prinz sein musste.

Der Rest war Geschichte.

Annie, ohne große Tragik, verließ ihren Freund, den sie aus der Schule kannte, und Finley, der aus St. Andrews hergezogen war, suchte eine Wohnung, groß genug für sie beide. Annie zog ein, erst in die Wohnung, später in das gemeinsame Haus an der Grange Road – eines dieser viktorianischen Reihenhäuschen mit hohen Fenstern und einem halbrunden Erker, in dem sie so oft saßen und debattierten, über Bücher oder was sonst noch diskussionswürdig erschien. Und obwohl sie viel Zeit zu zweit verbrachten, die meiste eigentlich, wäre Annie nie auf die Idee gekommen, dass dies irgendwann einmal nicht mehr genug sein könnte. Für sie war Finley *der* Mann. Und es war keine Frage, wie die Antwort lauten würde, als er sie an ihrem fünften Jahrestag bat, seine Frau zu werden.

Sie heirateten. Annie blieb Annie St. James, weil ihr künftiger Gatte das als fortschrittlich empfand. Der Stich war nur klein, sie nahm ihn kaum wahr, denn sie spürte, dass sie zu ihm gehörte, so oder so, mit oder ohne seinen Namen.

Annie gehörte zu Finley, und Finley gehörte zu ihr.

Bis er es eines Tages nicht mehr tat.

Selbst heute fiel es Annie schwer nachzuvollziehen, was damals geschehen war, was Finley dazu bewogen hatte, ihr nach acht Jahren Ehe und wie aus heiterem Himmel zu erklären, sie sollten womöglich eine Zeit lang getrennte Wege gehen.

Eine Zeit lang?, hatte Annie gefragt.

Ich weiß nicht, hatte Finley erwidert. *Es fühlt sich nicht mehr richtig an, denkst du nicht auch?*

Nein, hatte Annie gedacht und noch weniger verstanden, was Finley damit meinte, wenn er sagte, er habe womöglich *unüberlegt gehandelt,* sie seien *zu schnell zu eng geworden,* hätten womöglich Dinge verpasst, indem sie sich zu viel nur aufeinander konzentriert hätten. Annie hatte sich gefragt, was an einer innigen, aus ihrer Sicht harmonischen Beziehung zu eng, zu intensiv gewesen sein konnte, und als Nächstes, ob das alles wohl ihr Fehler war.

Sie fragte sich das auch noch, während sie packte, um zurück in die kleinere, für sie finanzierbare Wohnung zu ziehen. Sie fragte sich das, während sie verzweifelt versuchte, die tausend Stücke ihres Herzens wieder zusammenzusammeln, in die die Trennung von Finley es zerbrochen hatte.

Ihr Herz, ach, ihr Herz. Es brach jedes Mal aufs Neue, wenn sie Finley sah – noch immer ihr Mann, noch immer ihr Geliebter, immer noch der Mensch ihres Lebens. Er beendete die Ehe nicht, doch er machte auch keine Andeutung auf einen Neuanfang. Zwei Jahre lang wartete sie auf ein Zeichen, dass er sich besann, dass er zurückkam, sie wieder zusammenzogen; ja, sie war kurz davor, darauf zu hoffen, dass sie und Finley ihr Eheversprechen erneuern würden, als er sie eines Tages aufsuchte und um die Scheidung bat, um eine andere zu heiraten.

An diesem Tag schloss sich eine Tür, die lange Zeit weit aufgestanden hatte.

Die Tür zu Annies Herzen.

»Du hast mir nicht gesagt, dass du eine geführte Wanderung gebucht hast.«

Sie hatten sich in Regenkleidung gehüllt. Annie plädierte für Gummistiefel, die Hoola verweigerte, und so stapfte die eine in schlammgrünen Stiefeln und die andere in viel zu weißen Sneakers zur Tür hinaus. Der Regen hatte nachgelassen. Auch die Überreste der Party waren mittlerweile weggeräumt, die Tische und der Pavillon. Zurückgeblieben war eine Handvoll Hochzeitsgäste, die vor dem Eingang des Hotels auf etwas zu warten schien.

Auf sie, wie es aussah.

Zwei Paare unterhielten sich miteinander, während ein breitschultriger blonder Riese ihnen euphorisch zuwinkte.

»Das ist keine geführte Wanderung«, sagte Hoola. »Das ist bloß Oscar.«

»Oscar?«

»Du weißt doch – *Oscar.*«

Von der Seite warf Annie Hoola einen Blick zu. Ihre Freundin strahlte, und Annie kannte dieses Lächeln; es hatte bereits zahlreiche Opfer gefordert, der überwiegende Teil davon männlich. Harry Culpepper galt heute als das erste und damit berühmteste Beispiel. In der vierten Klasse verdrehte Hoola dem armen Kerl dermaßen den Kopf, dass er gegen eine Wand lief und sich die Nase brach, die daraufhin nie wieder so aussah wie vorher. Und dann schob sich noch etwas anderes in Annies Erinnerung, etwas von gestern Nacht, das sie bisher offensichtlich ausgeklammert hatte. Oscar, wie er hoffnungsvoll auf Hoola herabsah, während sich die beiden zum Takt der Musik wiegten, Oscars Hand auf Hoolas Hüfte, dann an etwas delikaterer Stelle.

»Du hast mit ihm getanzt!«, rief Annie aus.

»O mein Gott, habe ich das?«

»Hast du mit ihm geschlafen?«

Hoola blieb stehen. Sie hatten die Gruppe fast erreicht, es fehlten noch ein paar Schritte, und aus dieser Entfernung war Oscars fragender Blick deutlich zu lesen.

»Willst du das nicht noch ein bisschen lauter brüllen? Damit es auch ganz sicher jeder hört?«

»Tu nicht so, als würde es dich interessieren, was andere von dir denken.« Annie sah zu dem Blonden, dann wieder zurück. »Also? Hast du?«

»*Noch* nicht.«

Hoolas Augen glitzerten. Es ging ihr gar nicht darum, vor Oscar seltsam dazustehen, dachte Annie, vielmehr sollte der ahnungslose Mann nicht davor gewarnt werden, was ihre Freundin für ihn vorgesehen hatte. Sie verspürte einen Stich bei dem Gedanken, der ihr gleichermaßen wehtat und unangebracht vorkam. Sie konnte sich nicht daran erinnern, wann sie selbst zuletzt so unbekümmert gewesen war, so verspielt, denn in ihrer Vorstellung fühlte sich Annie wie eine verbitterte, alte Frau, solange sie denken konnte. Was maßlos übertrieben war. Bis vor zwei Jahren war sie glücklich gewesen, bis zu dem Tag, an dem Finley befand, ihre Beziehung habe sich totgelaufen. Also hatte er für sie beide entschieden. Und irgendwie auch für Hoola, denn allmählich beschlich Annie der Verdacht, dass auch ihre Freundin sich von der Abwärtsspirale in ihrem Leben hatte mitreißen lassen. Sie sollte sie nicht länger mit hinunterziehen. Sie sollte sie nicht länger daran hindern, sich zu vergnügen.

»Hoola, hör zu ...«

»Denk nicht mal dran.«

»Aber ihr hättet viel mehr Spaß ohne mich. Sieh doch! Ich bin das dritte Rad am Wagen, ein reichlich demoliertes noch dazu.«

»Du bist nicht demoliert. Und du bist das siebte Rad, nicht das dritte. Sieben ist eine ausgezeichnete Zahl. Denk an die sieben Zwerge, die glorreichen Sieben, das siebente Siegel ...«

»Die sieben Todsünden.«

»Du hast es versprochen, Annie. Irgendwann wirst du einen Punkt hinter diesen düsteren Abschnitt deines Lebens setzen. Akzeptieren, dass es so gekommen ist, dem blasierten Finley alles Gute wünschen und ebenfalls von vorn anfangen. Du hast es versprochen! Und heute ist ein wirklich guter Tag, um mit dem Rest deines Lebens zu beginnen, denkst du nicht?«

Die beiden Paare stellten sich als George und Heather, Lilian und Keith vor, und zu siebt brachen sie auf zum

Letterboxing, was Annie mehr oder weniger gleichmütig hinnahm, Hoola allerdings in kindlichen Enthusiasmus versetzte.

»Letterboxing!« Entzückter hatte das Wort sicher nie geklungen. »Das hört sich irgendwie aufregend an, oder, Annie? Du weißt nicht zufällig, was das ist?«

Annie verdrehte die Augen, während Oscar sein Lachen hinter einem wohlwollenden Husten verbarg. Letztlich war es einer der Männer – George –, der dazu ausholte, Hoolas Frage zu beantworten, in einem ausladenden Monolog darüber, dass das Letterboxing ein klassischer Dartmoor-Sport war, dessen Ursprung bereits Mitte des 19. Jahrhunderts gelegt worden sei und als der des heutigen Geocachings gelten durfte. In Cranmere Pool im Norden des Moors sei die erste Letterbox überhaupt zu finden und im Süden, bei Duck's Pool, die zweite.

»Dahin sind wir heute unterwegs«, bestätigte Heather, während sie sich bei George unterhakte und Annie für einen flüchtigen Augenblick annahm, sie tat das hauptsächlich, um ihren Mann vor Hoola in Sicherheit zu bringen. Wovon diese nichts zu merken schien.

»Und was ist da drin, in so einer Letterbox?«

»Willst du das wirklich wissen?«, murmelte Annie, während George schon erneut ansetzte: »Sinn des Letterboxings ist eigentlich gar nicht, die verschiedenen Inhalte aufzuspüren, sondern die Boxen als solche zu finden. Sie sind über das ganze Moor verteilt, zum Teil ganz einfache Plastikschachteln, ausgediente Eisbehälter, ausrangierte Brotdosen, die zwischen Felsen versteckt wurden oder unter Wurzeln. Und darin …«

»Darin«, mischte sich Annie nun doch ein, »befindet sich nichts weiter als ein Stempelkissen und ein Stempel und ein Buch, in dem du mit Hilfe von besagtem Stempelkissen deinen eigenen, mitgebrachten Stempel hinterlassen kannst, bevor du dir den, der sich in der Box befindet, in dein eigenes Büchlein drückst.«

Sechs Augenpaare richteten sich auf Annie für zwei Sekunden oder auch drei, bevor Heather George mit dem Ellbogen in die Seite stieß und verkündete: »Sollen wir dann mal?«, und die Gruppe sich endlich in Bewegung setzte.

»Sorry«, sagte Annie zerknirscht, sobald sich die zwei Paare ein paar Schritte vor ihnen außer Hörweite befanden. »Ich wollte keine Spielverderberin sein. Um genau zu sein, wollte ich nicht einmal mitkommen, du erinnerst dich? Ich hatte angeboten, im Hotel zu bleiben, gerade eben noch.«

»Blödsinn.« Hoola griff ihrerseits nach Annies Arm und hakte sich bei ihr unter. »Niemandem verdirbst du hier den Spaß. Und mich hast du nur noch neugieriger gemacht. Was sind das für kleine Stempel-Scheißerchen, die es da in den Weiten des Moors zu finden gilt?«

»Stempel-Scheißerchen, in der Tat.« Kopfschüttelnd warf Annie Oscar einen Blick zu, der geduldig neben ihnen hertrottete, lächelnd und irgendwie ergeben. Hoola hatte darauf bestanden, dass Annie zwischen ihr und Oscar ging – ein Umstand, der den Mann eigentlich irritieren musste, anmerken jedoch ließ er sich nichts. Das, befand Annie, durfte unbedingt als Pluspunkt verbucht werden. Hoola Kennedy nämlich war Spezialistin darin, Männer zu verwirren, man hätte meinen können, sie habe diese Disziplin für Olympische Spiele trainiert. Mit dem gleichen Elan, mit dem sie ihre medizinische Karriere vorantrieb, hatte sie sich seit Jahren den konventionellen Erwartungen an ihr unkonventionelles Wesen entzogen.

Zur Freude ihrer Eltern wurde sie Ärztin, zu deren Leidwesen blieb sie unverheiratet. Es hatte eine Zeit gegeben, pre-Finley, pre-allem, als Annie und Hoola Kinder waren, in benachbarten Häusern aufwuchsen und annahmen, sie würden gemeinsam die Welt erobern, da waren die beiden sich gar nicht mal unähnlich gewesen. Doch dann, irgendwann zwischen Unbeschwertheit und dem Tag darauf, war Annies Sorglosigkeit auf der Strecke geblieben, genauso wie ihre Naivität. Nicht dass *Hoola* naiv gewesen wäre. Sie wusste sehr genau, was sie wollte und was nicht, und dass man wunderbar durch den Tag kam, ohne sich selbst, andere oder das Leben im Allgemeinen zu ernst zu nehmen. Manchmal fragte sich Annie, was Hoolas Patienten denken würden, stünden sie ihrer Anästhesistin kurz vor der Narkose gegenüber ohne OP-Kluft, ohne Papierhaube, stattdessen mit ihren unbezwingbaren braunen Locken und den bunten Kleidern, die gut und gern einem Theaterfundus entnommen sein konnten. Ihr Puls würde womöglich in die Höhe schießen und die bevorstehende Betäubung ernsthaft gefährden.

Hoola war wie ein Gemälde aus vielen starken Farben; wild und expressionistisch im besten Sinne. Annie hingegen war ein Stillleben, gedeckt in bräunlichen Grüntönen gehalten, maximal das Gelb der Bananen stach hervor. Sie war stehen geblieben, irgendwie. Es war, als habe Hoola an einem Zeitpunkt ihres gemeinsamen Lebens eine Ausfahrt genommen, und Annie war auf der Geraden verharrt, auf der Straße, die kontinuierlich in die Gewöhnlichkeit führte. Sie war dankbar, dass ihr die ungezähmte Freundin nach wie vor zur Seite stand, dass sie sich nicht hatte verschrecken lassen von Finleys Arroganz oder Annies Unsicherheiten. Sie war ihr unendlich dankbar.

Diesem Impuls folgend griff sie nach Hoolas Hand und drückte sie.

»Was?«

»Danke, dass du mit mir hierhergekommen bist.«

»Natürlich bin ich mit dir hierhergekommen, was denkst du von mir?«

»Ich denke, dass du Schichtdienst arbeitest und die Wochenenden und auch sonst nur selten frei hast, und ich danke dir, dass du das für mich möglich gemacht hast.«

»Ach, Annie. Du furchtbares Dummerchen.«

»Und du hast recht. Von jetzt an ist Schluss.«

Zunächst lächelten Hoolas Augen, einen Moment später leuchtete ihr ganzes Gesicht, und Oscar sah von einer zur anderen, ahnungslos, aber zu zurückhaltend, um nachzufragen.

Es gab etliches über die Vorteile von Gummistiefeln zu berichten, nicht aber dass sie sich sonderlich gut zum Wandern eigneten. Sie waren inzwischen mehr als eine Stunde unterwegs, zunächst den schmalen Pfad zwischen Steinen und Ginsterbüschen entlang, später einen Hügel hinauf auf der Suche nach einem der berühmten Dartmoor Tors, einer Ansammlung von übereinander gelagerten Felsen, die die typische Landschaft des Moors markierten. Annie hätte in besseren Schuhen laufen sollen, das spürte sie jetzt. Und Hoola hatte es inzwischen auch bemerkt, sie warf Annie einen wissenden Blick zu, als die neben ihr zu humpeln begann.

»Ich hab dir gesagt: Zieh nicht die Gummistiefel an.«

Annie gab ihr innerlich recht, doch sie erwiderte: »Die Gummistiefel sind völlig in Ordnung, es muss ein Stein reingefallen sein. Etwas in der Art. Oh, Verzeihung.« Sie wich einem Wanderer aus, der ihnen auf dem schmalen Pfad entgegenkam, ein eher seltenes Vorkommnis in dem weitläufigen und wenig frequentierten Gelände. Er hatte eine brennende Zigarette zwischen die Zähne geklemmt und bedachte sie über den Rauch hinweg mit einem beachtlich selbstsicheren Grinsen. Ganz automatisch lächelte Annie ebenfalls. Und dann wurde sie rot, aus ihr unerklärlichen Gründen, und das Grinsen im Gesicht des Fremden noch ein kleines bisschen breiter, und dann war der Augenblick auch schon wieder vorbei.

Hoola stieß sie in die Rippen. In dem Schwung wäre Annie beinah vom Weg abgekommen.

»So gefällt mir das.«

»Ich habe überhaupt nichts getan.«

»Oh, doch. Den Funken Hoffnung in mir geschürt. Du *öffnest* dich. Anderen Männern. Männer, die nicht Finley sind. Das ist gut.«

»Sei nicht albern. Ich war höflich, weiter nichts.«

Auf der Spitze des Hügels angekommen, ließ Annie sich auf den nächst gelegenen Steinbrocken fallen, und augenblicklich kroch Nässe in den Stoff ihrer Jeans. Sie zog den Stiefel aus. Da war kein Stein. An ihrer Ferse begann sich eine Blase zu bilden, doch von Hoola war kein Mitleid zu erwarten.

»Mist«, sagte Annie.

»Ist alles in Ordnung?«, fragte Oscar. Die anderen vier waren weitergegangen, doch er blieb mit Hoola zurück.

»Alles bestens«, behauptete Annie. »Nur eine kleine Blase, weiter nichts.«

»Es ist nicht mehr weit bis Duck's Pool.« Oscars Stimme klang voll und tief und besorgt. »Schaffst du das?«

»Wisst ihr was? Ich denke, ich bleibe ein paar Minuten

hier sitzen und warte, bis ihr wieder zurück seid. Hebe mir die Schmerzen für den Heimweg auf, gewissermaßen.«

Hoola schüttelte missbilligend den Kopf.

Annie sagte: »Ehrlich, mach dir um mich keine Sorgen. Sieh dich doch mal um – die Landschaft ist himmlisch, ich bin so lange nicht hier gewesen! Ich werde die Aussicht genießen, den herrlichen Duft, mich von der letzten Nacht erholen, und es wird mir fantastisch gehen. Letterboxing, pfff! Habe ich in meiner Jugend dauernd gemacht.«

»Gott, du lügst so unglaublich schlecht.« Hoola sah Oscar an. »Wie weit ist es genau bis zu diesem Duck's Pool?«

»Zehn, fünfzehn Minuten, würde ich schätzen.«

Sie betrachtete Annie. »Hin und zurück dreißig Minuten maximal, okay? Rühr dich nicht von der Stelle.«

»Ja, Mum.«

»Und tu nichts, was ich nicht auch tun würde.«

Annie lächelte.

Hoola bewegte sich rückwärts von ihr weg, ohne sie aus den Augen zu lassen.

Es war das eine, sich zu zweit oder in einer Gruppe auf Erkundungstour ins Innere des Moors zu begeben, und etwas völlig anderes, es allein zu tun, mit nichts als dem Rauschen des Windes als Begleiter. Annie wusste zwar ungefähr, wo sie sich befand – in der Nähe von Plym Head, da wo der Fluss entsprang, und nicht allzu weit von ihrem Ziel entfernt –, doch obwohl sie schon oft hier gewandert war, war sie vor dem ganz besonderen Gefühl der Einsamkeit, das diese Landschaft vermittelte, nicht gefeit. Zahllose Legenden rankten sich um den Nationalpark. Nicht umsonst hatte sich Arthur Conan Doyle von den turmhohen Felsformationen, von knochigen Bäumen und dem furchteinflößenden Gefängnis zu Horrorgeschichten um den Hund von Baskerville inspirieren lassen. Nicht umsonst hatte er befunden, wer das Dartmoor betrete, lasse alle Spuren des modernen Englands hinter sich.

Das moderne England. Annie fragte sich, wie das wohl aussah, wo es ihr doch in Cambridge seit Jahren so vorkam, als stünde die Zeit still, schätzungsweise seit dem Mittelalter. All die geschichtsträchtigen Bauten, all die Gelehrten, all die Historie. All die alten braunen Steine, die Brücken, wie von Tusche gezeichnet. Ihr eigenes Leben bestand aus Büchern und dem Wissen, das sie daraus aufgesogen hatte. Auch wenn es ihr nicht gelungen war, die akademische Laufbahn zu verfolgen, die ihre Eltern für sie vorgesehen hatten.

Annie hatte Literaturwissenschaften studiert, allerdings hauptsächlich, um ihre Sehnsucht nach Büchern zu stillen. Sie hatte nicht vor, einen Doktortitel zu erlangen, geschweige denn, zu habilitieren – sie wollte sich selbst Geschichten ausdenken, sie aufschreiben, Autorin werden, sie wollte sich Schriftstellerin nennen, davon leben, in andere Welten einzutauchen. Es war Annies größter Traum gewesen, zumindest dachte sie das, doch dann, als es darum ging, die eigene Kreativität freizusetzen, hatte sie feststellen müssen, dass sie nicht aufzufinden war. Sie las die Romane der anderen und befand, es war alles schon erzählt worden, das meiste bereits da gewesen, sie hatte nichts hinzuzufügen. Hoola behauptete, sie habe sich nicht ausreichend Mühe gegeben, es überhaupt zu versuchen, und womöglich hatte sie recht, vielleicht aber auch nicht. Vielleicht waren neue Worte, viele davon, in Annies Innerem einfach nicht aufzufinden.

Annie war also den einfachen Weg gegangen und Lektorin geworden. Zur milden Erleichterung ihrer Mutter war sie der Universität in der Form treu geblieben, dass sie die hiesigen Publikationen lektorierte und nicht etwa die neuesten Bestseller für eines der angesehenen Verlagshäuser in London. Ihr Job war langweilig und fordernd zugleich, und er war ohnehin nicht Annies Lebensmittelpunkt gewesen, denn der war ja Finley.

Annie schloss die Augen und atmete tief, tief ein. Jetzt, da sie allein auf diesem Felsen saß, inmitten dieser von Wehmut konstruierten Landschaft, fiel es ihr schwer, die Gedanken an Finley ziehen zu lassen wie die Wolken über ihr. Sie hatte es Hoola versprochen, doch sie konnte ihre Gefühle nicht einfach abstellen.

Einfach?, klang die Stimme der Freundin ihr im Ohr. *Du hattest zwei Jahre Zeit, dich an den Gedanken zu gewöhnen, dass Finley nicht mehr wiederkommen wird.*

Und es stimmte. Das Grauen hatte sich angekündigt, zwei Jahre lang. Doch getan hatte sie nichts, stattdessen gehofft und sich bemüht, Finley auf allen erdenklichen Wegen begreiflich zu machen, dass es ein Fehler gewesen war, sie zu verlassen. Inzwischen wusste sie, dass sie selbst den größten Fehler begangen hatte. Es hätte nicht Finley obliegen sollen zu wählen. Hätte sie nur selbst die Entscheidung getroffen. Hätte sie nur selbst für sich beschlossen, dass es besser war, ihn gehen zu lassen. Reisende sollte man ziehen lassen. Das musste für diejenigen, die einen vorsätzlich verlassen wollen, einmal mehr gelten.

Donner grollte. In der Ferne verwischten schwarze Wolken den Himmel. Annie hatte keine Ahnung, wie lange sie auf diesem klammen Stein gesessen hatte, doch etwas länger noch, und sie würde sich eine Blasenentzündung einfangen. Sie stand auf und griff nach ihrem Rucksack, um auf dem Handy die Uhrzeit zu überprüfen. Was ihr im selben Augenblick unsinnig erschien, denn immerhin hatte sie eben, als die anderen sich von ihr verabschiedeten, auch nicht auf die Uhr gesehen. Seufzend ließ sie die Tasche wieder sinken, und dabei fiel ihr Blick auf etwas, das zwischen den Steinen hervorblitzte. Es glänzte silbrig. Annie bückte sich, und in dem Moment, als sie erkannte, was dort versteckt worden war, breitete sich ein Lächeln auf ihrem Gesicht aus, womöglich das erste ehrliche Lächeln an diesem düsteren Tag.

Sie hatte eine Letterbox gefunden.

Der Umstand, dass sie ohne große Suche fündig geworden war, vermutlich vor allen anderen und ohne jeglichen Aufwand, erfüllte sie mit einem unerhörten Gefühl freudiger Überlegenheit.

Grinsend zog Annie die Metalldose aus ihrem Versteck und setzte sich ein zweites Mal auf den Felsen, der feuchte Untergrund vergessen. Das Kästchen war abgegriffen und an manchen Stellen eingedellt, eine Ecke hatte zu rosten begonnen, und es bereitete Annie einige Mühe, die beiden Hälften voneinander zu lösen. So eine Schatzsuche, dachte sie, ist eine reichlich schmutzige Angelegenheit.

Mit einer letzten Kraftanstrengung ließ sich der Deckel schließlich öffnen, und Annie sah auf eine mit Tinte beschmierte Stempelkissendose, einen Stempel und zwei Notizbücher, das eine in schwarzes Leder gebunden, das andere eine Art Spiralblock. Diesen schlug Annie zuerst auf. Er war voll mit Stempeln der Wanderer, die die Schatzkiste vor ihr gefunden hatten; sie waren bunt, unterschiedlich groß, mit Motiven von Tieren und Blüten und Abbildungen der Schilder einheimischer Pubs. Annie besah sich den Stempel aus der Kiste, der ebenfalls mit Tintenabdrücken übersät war. Es war ein rechteckiges Exemplar, so groß wie eine halbe Toastscheibe, und in feinen, dunkelblau gefärbten Linien waren Hügel ins Stempelbett geritzt, Brücken und Flussläufe, Felsen und Pferde – das Moor in Miniaturausgabe. Annie wollte zu gern wissen, wie dieses Bild aussah, wenn man es auf Papier druckte, also griff sie noch einmal nach ihrem Rucksack, zog mangels eigenem Notizbuch einen Roman hervor und schlug ihn auf. D.H. Lawrence würde nichts dagegen haben, beschloss sie, wenn sein Werk ein originales Dartmoor-Letterboxing-Motiv zierte.

Sie öffnete das Farbkissen und drückte den Stempel hinein. Das Stempelbett wirkte trocken und abgenutzt, und Annie gab sich größte Mühe, die komplette Fläche einzufärben, was nicht einfach war. Schließlich entschied sie, alles in ihrer Macht Stehende getan zu haben, um ein möglichst detailgetreues Bild in ihrem Buch abzubilden, und setzte an. Drückte, fest, und betrachtete neugierig das Ergebnis.

Bis auf ein paar Stellen war das kleine Kunstwerk vollständig, eine mit Linien übersäte Darstellung der hügeligen Moorlandschaft, mit gemauerten Brücken und einem brodelnden Fluss, an dem zwei Ponys grasten. Annie war entzückt. Eine ganze Weile lang starrte sie auf das Miniaturmoor vor sich und pustete, um die Tinte zu trocknen.

Als der Donner ein weiteres Mal rumorte, beeilte sich Annie, ihre Fundstücke wieder in der Metalldose zu verstauen, auch das in Leder gebundene Büchlein, in das sie allerdings zuvor einen flüchtigen Blick werfen wollte. Es befanden sich keine Stempel darin, das überraschte sie. Die Seiten waren vielmehr sauber beschrieben, mit einer hübschen Handschrift, doch sie war nicht das, was Annie faszinierte. Es war der Eintrag auf der ersten Seite, der sie zweimal hinsehen ließ.

Wenn du das liest, mein Freund, stell dir nicht zu viele Fragen. Und suche um Himmels willen nicht nach Antworten. Du weißt doch: Jedes Wort hat Konsequenzen. Jede Stille auch. Sartre. Nicht von mir. Gott, nicht von mir, hast du das geglaubt? Ich bin niemand. Ich war immer schon niemand. Und ich schreibe nur deshalb, weil ich dann das Gefühl habe, dass zumindest einer zuhört.
Ich.
Ich schreibe, also bin ich.
Welcher Trottel hat das gleich wieder gesagt?
Ah, scheiß drauf.

Annie runzelte die Stirn. Dann lachte sie. Dann las sie die wenigen Zeilen noch einmal, bevor sie zu blättern begann.

Das war kein Tagebuch, zumindest nicht im klassischen Sinn. Es waren keine Daten verzeichnet, und die Einträge waren überwiegend kurz – Sätze, Gedanken, vielleicht Gedichte, auf die Schnelle konnte Annie dies nicht beurteilen. Zwischendrin ein paar dicht beschriebene Seiten, doch der Eindruck eines wilden Durcheinanders blieb.

Sie blätterte und las:

Das Mutigste, das ich je getan habe?
Weiterleben.

Die Worte hallten in Annie nach, während sie still dasaß, allein im Moor, und in sich hineinspürte. Sie fühlte sich seltsam berührt von dem Satz, empfand ihn als haargenau zutreffend, so, als stünde er nur ihretwegen auf dieser linierten Seite dieses kleinen Büchleins, auch wenn ihr das beinah peinlich war. Es war niemand gestorben, und sie hatte keine bedrohliche Nachricht erhalten, wie etwa *Sie haben Krebs und nur noch drei Monate zu leben.* Nichts in dieser Richtung war geschehen. Doch Annie hatte jemanden verloren, selbst wenn es sich angekündigt hatte, über Jahre hinweg, und nun musste sie weiterleben.

Sie blätterte zu einer beliebigen Stelle, las:

Ich falle.
Auf dich. Um dich herum. In dich hinein.
Ich atme.
Deine Haut. Deinen Duft. Dein Leben.
Ich liebe.
Dich.
Und wenn ich aufsteige, bist du bei mir.

Diesmal fühlte sie die Worte, sie flossen den Pfad entlang zwischen Herz und Magen, drehten sich in ihrem Inneren wie eine Weihnachtspyramide, wärmten sie wie deren flackerndes Kerzenlicht.

Annie sah sich um. Ihr Herz klopfte mit einem Mal schneller. Und dann steckte sie das Buch nicht zurück in die Letterbox – sondern in ihren Rucksack.

Als es noch Worte gab, nannte ich das Leben.
Als es noch Musik und Worte gab, nannte ich es Tanz.
Als es noch Musik, Worte und Begegnungen gab, nannte ich das Fest.
Das Fest ist vorbei.
Es bleibt:
Die Liebe.
Und das Nichts.

3

Die Verlassene

Es war nicht leicht, die Verlassene zu sein.

Noch vor einigen Tagen, als Annie mit Hoola den Abend an der Bar des Two-Bridges-Hotels ausklingen ließ, als sie sich bemühte, sich von den Gesprächen der anderen ablenken zu lassen, von ihren Anekdoten über Urlaube, stressige Jobs, dem Leben mit Kindern, den befreienden Wochenenden ohne sie, da keimte Hoffnung in ihr auf, so seltsam unpassend ihr das in jenem Augenblick schien. Vielleicht würde es auch ihr gelingen, künftig ein normales Leben zu führen, mit einem Mann, der ebenfalls gewöhnlich war, kein überirdisches Wesen wie Finley. Hoola hatte ins Schwarze getroffen, als sie behauptete, Annie habe Finley vergöttert, ihn auf ein Podest gehoben und von unten zu ihm aufgeblickt. Jeden Tag ihres gemeinsamen Lebens war sie beseelt davon gewesen, die Frau an der Seite dieses Mannes zu sein, und ja, zu einem kleinen Teil hatte sie sich sogar über ihn definiert, so viel Ehrlichkeit musste sein. Sie war in der Beziehung aufgegangen und hatte sich am Ende selbst darin verloren.

Bei George und Heather, Lilian und Keith ließen sich Annies Ansicht nach keinerlei Anzeichen einer derart symbiotischen Beziehung feststellen. Keine zärtlichen Worte, keine beiläufigen Berührungen, keine eindringlichen Blicke. Nicht die Art Aufmerksamkeit, die Finley Annie hatte zuteilwerden lassen, viele Jahre, bis zum letzten Augenblick, wenn man es genau betrachtete. Und doch schienen sowohl Heather als auch Lilian glückliche Frauen zu sein. Mindestens zufrieden. Solide, würde Annie behaupten.

Heather hatte mit ihrem Mann eine Werbeagentur gegründet. Die beiden waren seit zwölf Jahren ein Paar, arbeiteten zusammen, lebten zusammen und schlossen nicht aus, dass sie in den kommenden Jahren Kinder bekommen würden. Lilian war dreifache Mutter, arbeitete im Augenblick gar nicht, ihr Mann dafür zu viel. Keith. Er war etwas zu klein, fand Annie. Und auf der anderen Seite eine Spur zu laut. Und obwohl sie nicht das geringste Knistern zwischen ihm und seiner Frau feststellen konnte, obwohl sie ehrlich gestanden einen eher langweiligen Eindruck vermittelten, wirkten sie doch … zufrieden. Glücklich. Wenn das für die beiden möglich war, und für so viele andere, dann sicherlich irgendwann einmal auch für Annie? Sie würde neue Maßstäbe anlegen, nahm sie sich vor, womöglich einen Mann finden, der ebenfalls solide war, vielleicht ein Kind bekommen … Finley hatte Kinder nie gewollt und Annie nicht weiter darüber nachgedacht. Aber Finley hatte nun eine Entscheidung getroffen, die unverrückbar war. Und auch sie, Annie, hatte jetzt etwas beschlossen, und zwar dass es von nun an nur noch bergauf gehen sollte.

Zu Annies Leidwesen hielt die Euphorie, mit der sie ihr neues Leben betrachtete, gerade mal so lange, bis sie die Haustür zu ihrer kleinen Wohnung aufgesperrt hatte. Das Schloss klemmte, das tat es seit Jahren. Annie musste den Schlüssel darin hin- und herruckeln, bis sich die Zähne in den richtigen Mulden verhakten, und obwohl sie es mittlerweile gewohnt war, verlor sie doch so manches Mal die Geduld. Früher hatte sie diese vermaledeite Tür weitaus weniger geärgert. Doch mit neunzehn hatte Annie ja auch nicht ahnen können, dass sie mit Mitte dreißig noch einmal gezwungen sein würde, in ihre Studentenwohnung von damals zu ziehen.

Wieder einmal hatte Hoola recht behalten, dachte Annie bitter, als sie am Ende dieser ersten Woche in ihrem neuen, Finley-losen Leben ihre Einkäufe die steile Treppe hinauf in den ersten Stock manövrierte. Sie hatte ihr prophezeit, wie sich das anfühlen würde – so, als sei sie in der Zeit zurückgereist, allerdings nicht in dieser romantisierenden Kostümfilm-Art. Annie kam sich stattdessen vor wie Michael J. Fox in »Zurück in die Zukunft«, und zwar ziemlich genau in dem Augenblick, als sich die Abbildung von ihm und seinen Geschwistern in Luft aufzulösen begann. Es war nichts Romantisches daran, gute fünfzehn Jahre zu überspringen, um dann in derselben, spartanisch ausgestatteten Zweieinhalbzimmerwohnung zu landen, die sie bereits als junge Frau bewohnt hatte. Annie hatte angenommen, es würde sich ein wohliges Gefühl einstellen beim Anblick des Flusses Cam und des Stadtparks Jesus Green dahinter, auf den sie von ihrem Wohnzimmer aus blickte. Und das tat es auch, für eine halbe Minute etwa, bevor sich im nächsten Moment der Eindruck erhärtete, dass es sich bei den Fenstern um dieselben handelte, die schon vor Jahren im Sommer klemmten und im Winter eiskalter Luft genügend Spielraum boten, um ein Gemälde aus Eisblumen in ihre Ecken zu zeichnen.

Die Wohnung war nicht größer geworden, im Gegenteil, sie war eindeutig geschrumpft. Die Küchenzeile zwar ausgetauscht, jedoch weit entfernt davon, modern zu sein, das Bad glomm matt in gewohnt altmodischem Grün. Sie war aus genau diesen sentimentalen Gründen eingezogen, doch nun kam es Annie vor, als sei sie rückwärts gelaufen wie die Spule eines alten Diafilms, verwackelt und unfreiwillig komisch zog ihr Leben an ihr vorbei, und alles, einfach alles bewegte sich in die falsche Richtung.

So viel zum Thema Neuanfang.

So viel zu ihrem *neuen* Leben.

Annie ließ den Blick über ihren Schreibtisch gleiten, der zugleich ihr Esstisch war. Sie hatte ihn vors Fenster gerückt, doch die Aussicht auf die Bäume im Park und das glitzernde Wasser konnte sie nicht darüber hinwegtrösten, dass auch das gleich geblieben war: sie, mit ihrer Arbeit allein zu Hause, damals fürs Studium, heute als Lektorin der wissenschaftlichen Abhandlungen, die sie, ginge es nach ihren Eltern, lieber selbst hätte verfassen sollen. Sie konnte sich schönere Texte vorstellen, die man bearbeiten durfte, weiß Gott. Doch als würde sie ein unsichtbares Band daran fesseln, war sie den Universitäten, den Professoren, ganz Cambridge in seinen Grundfesten treu geblieben. Sie kannte nichts anderes. Sie war in diesen Lebensstil hineingeboren worden.

Was nicht bedeutete, dass sie *Poetik und Pragmatik in den Briefen von Jane Austen* nicht stellenweise als ungeheuer langweilig empfinden konnte.

Neben ihrem Teebecher brummte das Handy. Annie warf nur einen flüchtigen Blick darauf, doch auf der Stelle erhöhte sich ihr Pulsschlag. Finley. Finley hatte ihr eine Nachricht gesendet. Sie hatten nie den Kontakt abgebrochen, nicht einmal nach der Scheidung, nicht einmal während der Hochzeitsvorbereitungen, doch nun, eine Woche nach der Eheschließung, eine Woche, nachdem alle Brücken zwischen ihnen unwiderruflich abgebrannt waren, hätte Annie nicht damit gerechnet, von ihrem Ex-Mann zu hören.

Er hatte ein Foto geschickt. Es zeigte eine uralte, mächtige Steinkuppel mit einem Loch in der Mitte; das Pantheon, Rom. Darunter die Textzeile

Es würde dir hier gefallen. F.

Regungslos starrte Annie auf ihr Handy, das Blut rauschte in ihren Ohren. Manchmal, sehr oft eigentlich, musste sie sich wirklich fragen, was in Finley vorging. Ob er sie absichtlich quälte. Oder tatsächlich nicht ohne sie sein konnte. Sie zwang sich dazu, die Nachricht zu löschen. So konnte es unmöglich weitergehen. Sie war nicht in der Lage, eine Freundschaft mit Finley zu führen, sie war meilenweit entfernt davon. Und Finley, er hatte keinen Grund, an ihr festzuhalten, er hatte Cassandra.

Annie sprang auf und rannte ins Bad zu dem schmalen Schrank unter der Spüle, in dem sie die Putzutensilien lagerte. Sie hatte das Bedürfnis, sich von Staub wie von Erinnerungen zu befreien, und ihre Wohnung war ein dankbarer Ausgangspunkt, damit zu beginnen.

Sie arbeitete sich vom Bad über das halbe Zimmer, in dem sie ihre Kleider aufbewahrte, durch den winzigen Gang ins Wohnzimmer, in dem sich auch die Küchenzeile befand, und zuletzt ins Schlafzimmer vor. Dort stieß sie auf ihren Koffer, den sie wegen einer Woche voll zeitraubender Termine nicht komplett ausgepackt hatte. Sie nahm auch das in Angriff, sortierte Kleider nach Farben, die sie später im Keller waschen würde, und griff schließlich nach ihrem Rucksack, der ebenfalls in Vergessenheit geraten war.

Es war das erste Mal, dass sie auf das schwarze Lederbüchlein stieß, seit sie es im Dartmoor eingesteckt hatte. Sie schlug es auf und las:

Sind diejenigen, die deine Fehler übersehen, die Menschen, die dich am meisten lieben? Oder sind es die mit den niedrigsten Erwartungen? Sind die, die wir enttäuschen, selbst schuld an ihrem Herzschmerz? Haben sie dich auf ein Podest gehoben und es dann, als der Sockel ins Wanken geriet, nicht mehr rechtzeitig zur Seite geschafft?

Sehr langsam ließ Annie sich aufs Bett sinken. Sie wusste nicht, wie, aber schon zum zweiten Mal hatte es dieses kleine Buch geschafft, mitten in ihr Herz zu sehen.

Was ich mag

Die Sonne, den Mond, Winter, den Herbst. Bob Dylan. Hunde mehr als Katzen. Ich mag Erdbeeren mit Milch, »Die Entdeckung des Himmels«, Küsse gleich nach dem Aufstehen. Weihnachtsmusik– don't ask. Jackson Pollock. Frauen. Erinnerungen, wenn sie gut sind. Filme, auch die schlechten. Bier. Fish & Chips. Die Themse. Flüsse im Allgemeinen. Das Meer. Hyde Park und Tate Modern. Also gut, London. Meine Mutter. Meinen Bruder. Dieses Buch hier. Früchtebrot, frisch aus dem Toaster. Espresso nach dem Essen. Ich mag Australien, schätze ich, auch wenn ich noch nicht dort gewesen bin. All die lederne Haut, die Trommeln, rote Berge.
Ich mag das Hier und Jetzt. Das Morgen.
Ich mag, dass mir Worte zufliegen, wenn ich die Hand danach ausstrecke.

4

Mütter und andere Katastrophen

Annie war auf dem Bett sitzen geblieben, so vertieft in die Lektüre, dass ihr gar nicht auffiel, wie spät es geworden war. Ihr Schlafzimmer lag mittlerweile im Halbdunkel, die letzten Sonnenstrahlen des Tages tunkten ihr abgenutztes Wohnzimmer in versöhnliches Licht.

Sie klappte das Buch zu, das sie ganz gelesen hatte, eine erstaunliche Seite nach der anderen und schneller werdend, als handelte es sich um einen Krimi oder Thriller oder eine Liebesgeschichte aus der viktorianischen Zeit, die man nicht weglegen konnte. Aber dies hier war kein Historiendrama. Es waren die teils humorvollen, teils bitteren, teils unverschämten, verstörenden, aber auch philosophischen Zeilen einer ihr völlig fremden Person, und sie faszinierten sie. Wegen ihrer Kreativität und Ausgefallenheit. Wegen ihrer Wucht. Und wegen ihrer Ehrlichkeit. Ja, dachte Annie. Auf eine Weise lasen sich die Worte schonungslos und roh, ungeschliffen, rücksichtslos und sehr, sehr ehrlich.

Das Telefon läutete und schreckte Annie aus ihren Gedanken. Ihre Mutter. Was sie deshalb so genau wusste, weil nur noch die versuchte, sie auf dem Festnetz zu erreichen. Alle anderen Menschen unter hundert, die Annie kannte, kontaktierten sie über ihr Mobiltelefon.

Sorgfältig legte sie das Buch beiseite und lief zu dem niedrigen Tisch neben der Couch, auf dem ihr antiquiertes Telefon wohnte. Sie hatte es längst abschaffen wollen, doch vermutlich würde ihre Mutter den Kontakt zu ihr dann einfach abbrechen. Elaine St. James war eine Frau sehr alter Schule. *Gebügelte-Wäsche-unter-dem-Kostüm-zum-Sonntagsbraten*-alt. Annie beschlich ein ungutes Gefühl, das sie in diesem Augenblick noch nicht recht deuten konnte.

»Hallo?«

»Wer ist *hallo*? Meldet man sich heutzutage nicht mehr mit Namen, wenn man ans Telefon geht?«

»Hier ist Annie.« Sie unterdrückte ein Seufzen. Der Tonfall ihrer Mutter war wie ein wohlbekannter Tinnitus, und er sang jedes Mal dasselbe Lied.

»Nun, hier ist deine Mutter.«

»Ach, wirklich? Wieso hast du das nicht gleich gesagt?«

»Schön, dass du dich amüsierst. Dann war die Hochzeit ein hübscher Erfolg, nehme ich an?«

Das Lächeln, sei es noch so ironisch gewesen, glitt von Annies Gesicht. Treffer, versenkt, könnte man sagen.

»Hast du wirklich angerufen, um mich das zu fragen?«

»Eigentlich nicht.« Ihre Mutter zog die Nase hoch. Wie aus dem Nichts ploppte vor Annie die Frage auf, ob daher wohl das Wort *hochnäsig* kam. Es klang danach. Ihre *Mutter* klang danach, hochnäsig. Annie ließ sich in die Polster der ausgedienten Couch sinken. Gerade eben noch hatte ihre Stimmung zwischen Staunen und Melancholie und Neugierde und Sentiment und Wärme und Beklemmung und irgendeiner Art von Vorahnung geschwankt. Nun war es ihrer Mutter gelungen, sie in Sekundenschnelle ins Hier und Jetzt zurückzubefördern, in ihre alte Studentenbude, in der sie sich mit dem Leben, wie es war, herumschlagen musste und mit einer Familie, die ihr während der Trennungsphase von Finley nicht eben hilfreich zur Seite gestanden hatte.

»Annie.«

»Hmm?«

»Wo bist du wieder mit deinen Gedanken? Ich habe dir eine Frage gestellt.«

»Nein. Ich meine, entschuldige bitte. Wie war die Frage?«

»Die Frage lautete: Kannst du morgen auf dem Weg zu uns den Kuchen abholen? Ich habe in der Norfolk Street eine Torte bestellt. Du weißt, wie gern Ben die ...«

»Ben?« Annie setzte sich aufrechter hin. »Ben ist in Cambridge?«

»Nun, auch das erwähnte ich bereits, nicht? Wo hast du heute deinen Kopf, Anna St. James? Nicht auf den Schultern, so viel steht fest.«

Mit einem sanften *Whooosch* flogen die Spitzen ihrer Mutter an Annie vorbei wie Pfeile, es kostete sie nicht einmal Mühe, sich vor ihnen wegzuducken, sie hatte ausreichend Übung darin. In ihrer mittlerweile fünfunddreißig Jahre währenden gemeinsamen Zeit hatte sie sich ein Fell zugelegt, dick wie die Mauern des King's Colleges. Ihr Bruder Ben hatte einen anderen Weg gefunden, Konflikte mit ihrer Mutter zu lösen: Er war auf die Kanaren ausgewandert. Die Tatsache, dass er Skipper geworden war und damit die Familie brüskiert hatte, wie es gemeinhin hieß, konnte dazu beigetragen haben, dass er sich nur noch selten zu Hause blicken ließ. Annie hasste und bewunderte ihren jüngeren Bruder zugleich dafür, dass er so radikal aus ihrem Leben in Cambridge ausgebrochen war. Sie vermisste ihn. Sie wäre gern so mutig gewesen. Doch immer wenn sie das eine oder das andere dachte, wurde ihr klar, dass sie selbst nicht bereit war fortzugehen; weder von ihren Eltern noch von Hoola, selbst ihre langweilige Arbeit ließ sie nur ungern zurück, sie war einfach nicht der Typ für Abschiede.

Ganz abgesehen davon: Finley. Finley war in Cambridge, ob er nun mit ihr hier lebte oder mit der anderen.

»Wie lange bleibt er diesmal? Ben, meine ich.«

»Das kannst du ihn morgen selbst fragen. Also gut, der Kuchen muss bis mittags abgeholt werden, sie schließen um zwölf Uhr. Danach kommst du am besten gleich her, dann können wir ihn bis nach dem Essen kühl stellen. Und fahr um Himmels willen nicht mit dem Fahrrad, sonst rutscht dir die Torte noch aus der Hand.«

»In Ordnung.« Annie seufzte, ohne einen Ton von sich zu geben. »Kannst du Ben ans Telefon holen?«

»Dein Bruder ist unterwegs. Mit Daniel und wie sie alle heißen, nehme ich an, es ist ja nicht so, als würde er mir detailliert über seinen Verbleib Auskunft geben.«

»Okay, also ... Dann sehen wir uns morgen?«

»Natürlich sehen wir uns morgen. Sei pünktlich, Anna.«

»Wie immer, Mum«, erwiderte Annie, doch da hatte ihre Mutter bereits aufgelegt.

Einige Sekunden lang blickte sie auf den altmodischen Hörer in ihrer Hand, dann tat sie es ihrer Mutter gleich und suchte anschließend nach ihrem Smartphone, um Ben eine Nachricht zu senden. Die beiden Häkchen verrieten, dass er den Text wohl empfangen, aber nicht gleich gelesen hatte, und auch einige Sekunden später änderte sich die Farbe nicht. Annie ließ das Telefon sinken. Sie lief zurück ins Schlafzimmer, griff nach ihrer geheimnisvollen Lektüre aus dem Moor, entschied sich anders und ließ das Buch stattdessen in ihre Handtasche gleiten. Sie hatte wahrlich schon genug Zeit vergeudet an diesem Tag, sie musste unbedingt noch einen Schwung Seiten lektorieren, wenn sie den Abgabetermin einhalten wollte, und das wollte sie. Also setzte sie sich im letzten Streifen Abendsonne an ihren Schreibtisch vor dem Fenster, zog das ausgedruckte Manuskript zu sich heran und widmete sich der Bearbeitung pragmatischer Poetik mit der angemessenen Zweckmäßigkeit, die diese voraussetzte.

Womit ich mich am liebsten beschäftige? Mit der herrlichen Vielfalt des Scheiterns.

5

Weißt du noch, Jonathan?

Es gab eine Zeit, da waren die sonntäglichen Mittagessen bei ihren Eltern beinahe erträglich gewesen. Als Ben noch zu Hause wohnte, beispielsweise. Als er mit seinen konträren Lebensweisheiten à la »Marihuana ist doch keine Einstiegsdroge, Mutter« die Aufmerksamkeit auf sich zog und gleichzeitig von Annie ablenkte. Gott, war das lange her. Eine Ewigkeit.

Ben war drei Jahre jünger als seine Schwester, doch in vielerlei Hinsicht war er so viel weiter als sie. Nur selten ließ er sich etwas sagen, noch seltener in ein Korsett zwängen. Warum auch immer hatten Elaine und Robert St. James bereits Pläne für ihre Kinder gehabt, da waren diese noch nicht mal geboren. Lange Zeit hatte Annie angenommen, dass das einfach so war in diesen Kreisen. Generationen ihrer Familie hatten in Cambridge an den verschiedenen Colleges gelehrt, eine akademische Laufbahn war so etwas wie das Geburtsrecht der St. James'. Bis Annie aufging, dass dies streng genommen nur für den einen Teil ihrer Familie galt, dem väterlicherseits. Ihre Mutter, die heute so viel Wert auf Ausbildung und Etikette legte, hatte im Sekretariat gearbeitet, als sie Annies Vater kennenlernte, und stammte aus einer Familie im Norden

Englands, die gerade mal einen Uni-Absolventen vorzuweisen hatte (ihre Mutter war es nicht gewesen). Elaine sprach nicht oft und nicht gern über ihre Herkunft, der Kontakt dorthin war, wohlwollend betrachtet, als lose einzustufen. Manchmal hatte Annie das Gefühl, als fehlte ein Teil ihrer Biografie – doch dann erinnerte ihre Mutter sie wieder daran, dass an diesem Teil nicht sonderlich viel zu vermissen war. Elaines Schwester Eleonor beispielsweise starb vor ein paar Jahren, viel zu früh, an einer in Alkohol ertränkten Lebererkrankung. Im Hause St. James wurde nicht über Eleonor gesprochen, ihr Andenken unter die dicken, handgeknüpften Teppiche gekehrt, die im ganzen Haus ausgelegt waren – sie schluckten so einiges, das wusste Annie aus Erfahrung. Sie hatten selbst solche Teppiche besessen, Finley und sie. In dem Haus, das sie gemeinsam eingerichtet hatten und in dem Finley nun mit Cassandra lebte. Er hatte es gekauft, da waren sie noch nicht verheiratet gewesen, und Annie wollte es ohnehin nicht haben. Jetzt, im Nachhinein betrachtet, erinnerte es sie viel zu sehr an ihr eigenes Elternhaus, an ihre Kindheit und Jugend, an alles, was sie niemals gewollt hatte. Es war erstaunlich, was ein paar antike Holzvitrinen, zermürbte Ledersessel, deckenhohe Bücherwände und das Ticken einer alten Uhr mit einem anstellen konnten. In manchen Nächten, wenn Annie schlecht geträumt oder irgendetwas sie aus dem Schlaf gerissen hatte, schlug der monotone Rhythmus dieses Standuhrmonsters in ihrem Ohr. Es ging Hand in Hand mit dem Schweigen ihrer Mutter, und es dröhnte mindestens genauso laut.

Mehr als einmal hatte Hoola sie für verrückt erklärt, weil sie sich für ihr Erwachsenenleben exakt das gleiche Umfeld ausgesucht hatte, das ihr als Jugendliche so zusetzte. Annies erster Freund, Parker Bennett, war möglicherweise noch als Rebell durchgegangen mit seinen vielen Ohrringen und den wenigen Ambitionen, doch schon bald musste Annie feststellen, dass auch sie sich angezogen fühlte von einem gewissen Grad an Intellekt. Und den brachte Finley Corbyn mit in die Beziehung, wenn auch nicht die von Annies Mutter so dringlich ersehnte Herkunft.

Finley stammte aus keiner altehrwürdigen, englischen Familie, sondern aus Schottland, und seine Vorfahren waren Arbeiter gewesen, darüber hinaus jedoch erfüllte er jedes Klischee, das Elaine St. James sich für ihre Tochter erträumte. Finley war klug und ehrgeizig, und natürlich bekam er ein Stipendium, mit dem er einen erstklassigen Abschluss in Oxford erlangte. Er war einer der jüngsten Professoren in Cambridge, er war angesehen, erfolgreich, charismatisch. Ihre Mutter vergötterte den künftigen Mann ihrer Tochter, ihr Vater nahm ihn in die Familie auf wie den Sohn, der ihm gerade abhandengekommen war. Und als Finley sich von Annie trennte, war klar, wer diese Trennung zu verschulden hatte. Etwa zu diesem Zeitpunkt begannen die Sonntage für Annie erneut zur Qual zu werden. Wie alle anderen Wochentage im Übrigen auch.

»Was macht dein Bruder in der Stadt?«, fragte Hoola. »Ist nicht gerade Hochsaison da drüben in Italien? Müsste er nicht mit einem Klepper über die Wellen reiten und Touristinnen von einem Hafen in den nächsten schippern?«

Sie hatten sich zum Frühstück getroffen. Ihre Mutter würde vermutlich einen Riechsalz erfordernden Anfall erleiden, hätte sie gewusst, dass sich Annie nur zwei Stunden vor dem gemeinsamen Mittagessen den Appetit mit

Croissants und Zimtrollen verdarb, doch das kümmerte im Augenblick niemanden.

»Was ist ein Klepper? Mein Bruder ist *Skipper* und das in *Spanien.* Für eine Ärztin kannst du reichlich ignorant sein. Oder faul. Zu faul, um dir ein paar grundlegende Dinge zu merken.«

»Und?«

»*Und* ich habe keine Ahnung, was er hier tut, ich habe ihn noch nicht gesprochen. Vermutlich ist er gestern mit seinen Jungs losgezogen oder war anderweitig zu beschäftigt, auf meine Nachrichten zu antworten.«

»Anderweitig beschäftigt.« Hoola leckte sich Zucker von den Fingerspitzen. »Kann ich mitkommen zum Essen?«

»Warum solltest du?«

»Nur so. Interessehalber. Ich habe Ben ewig nicht gesehen. Hat er noch diese langen Haare?«

Über den Rand der Teetasse hinweg warf Annie ihrer Freundin einen misstrauischen Blick zu. Es kam nicht oft vor, dass Hoola *Interesse* zeigte an Annies Bruder, und sie wusste nicht, weshalb sie heute damit anfing.

»Ich weiß nicht?«

»Ist es nicht seltsam, wie sehr ich lange Haare an Männern bewundere, aber noch nie mit einem geschlafen habe, der welche hat?«

Jetzt verschluckte sich Annie beinah. »Hör sofort auf damit! Ben ist mein Bruder!«

»Ich weiß. Ihr habt eindeutig die gleiche Lockenstruktur.«

Annie warf eine Cocktailtomate, vor der sich Hoola wegduckte, weshalb sie ungebremst in Richtung Tresen flog. Marc, der Inhaber, strafte Annie mit einem kühlen Blick, woraufhin die schnell aufsprang, um die Frucht wieder einzusammeln. Ihr entging nicht der mildere Ausdruck, den

Marcs Züge annahmen, als er zu Hoola hinübersah. Die Spur der Verwüstung, die ihre Freundin durch den männlichen Teil der Bevölkerung schlug, trug die unterschiedlichsten Gesichter. Das ihres Bruders allerdings nicht. Und Hoola konnte so viele Anspielungen machen, wie sie wollte, und noch so oft über Bens Haare schwadronieren, Annie nahm ihr dieses plötzlich aufkeimende Interesse nicht ab. Die beiden waren beinah wie Geschwister aufgewachsen, Geschwister, die sich mehr stritten als alles andere. Hoola war Annies beste Freundin und Ben Annies kleiner, nervtötender Bruder. Und wenn sie ganz ehrlich zu sich war, hatte sie der Gedanke, dass die verrückte Hoola zu ihr gehörte, zu der braven, rechtschaffenen Annie, immer mächtig stolz gemacht. Ben hatte es in so vielen Dingen so viel leichter gehabt als sie; er war cooler, wenn man so wollte, und beliebter, und aus irgendeinem Grund flog ihm ständig alles zu. Annie hingegen … Annie stand sich manchmal selbst im Weg. Doch zumindest stand Hoola neben ihr.

»Was ist mit Oscar?«, fragte sie jetzt.

»Du hast ihn gesehen. Kürzere Haare kann kaum jemand haben.«

»Das meine ich nicht. Ich meine – ihr hattet eine tolle Nacht, oder? Gibt es eine Chance, dass mehr daraus wird?«

»Nein.«

»Wieso nicht?«

Hoola zuckte mit den Schultern. »Ich hatte nicht das Gefühl, dass es passt.«

»Dass was passt? Der Sex?«

»Oh, doch, der Sex war gut.« Hoola nahm eine der noch nicht als Wurfgeschoss missbrauchten Tomaten von Annies Teller und schob sie sich in den Mund. Sie grinste schamlos. Zumindest war dies das Adjektiv, das Annie als Erstes in den Sinn kam, bevor sie den Kopf schüttelte. Im Grunde war es müßig, das Thema zu vertiefen, denn im Gegensatz zu ihr war Hoola noch nie darauf aus gewesen, jemanden zu finden, mit dem sie eine Beziehung führen wollte – im Gegenteil. Sie genoss die Gesellschaft von Männern, allerdings immer nur für eine sehr kurze Weile. Sie kam exzellent mit sich selbst klar, allein. Sie brauchte niemanden. Annies Magen zog sich ein winziges Stück zusammen bei dem Gedanken.

Sie wischte sich die Finger an der Serviette ab und griff in ihre Handtasche. »Hier«, sagte sie, während sie das Buch aus dem Dartmoor auf den Tisch legte und zu Hoola schob. »Sieh dir das mal an.«

»Was ist das?«

»Erinnerst du dich an den Felsen, auf dem ihr mich im Dartmoor zurückgelassen habt? Da …«

»Pfff! Als hätten wir dich zurückgelassen! Du musstest ja unbedingt in Gummistiefeln durch das Gelände schwanken. Und dir dabei ein paar Blasen zuziehen.«

»Jedenfalls war da eine Letterbox versteckt, unter meinen Füßen quasi, und das habe ich darin gefunden.«

Hoola zog eine Augenbraue hoch. »Sieh an. Erst will sie das Zimmer nicht verlassen, dann stiehlt sie Bücher aus legendären Letterboxen!« Mit einem spöttischen Wimpernschlag klappte Hoola den Deckel auf.

»Ich hab es nicht gestohlen. Ich weiß nicht mal, wie es in meine Tasche gekommen ist.«

Hoola neigte den Kopf, und mehr Spott troff aus ihrem Blick.

»Jedenfalls ist das keins von den Stempelbüchern«, erklärte Annie schnell. »Das ist … ich weiß nicht. Eine Art … keine Ahnung.«

»Na, das klingt doch aufregend.« Hoola schlug die ersten Seiten auf. Annie sah ihr gebannt dabei zu. Sie konnte nicht sagen, weshalb ihr Magen nun noch ein bisschen mehr schmerzte und warum ihr Herz plötzlich schneller schlug, doch so war es. Ihre Freundin begann zu lesen, und eine ganze Zeit lang sagte sie gar nichts. Sie blätterte sich durch die Aufzeichnungen, überflog die Zeilen, verzog die Lippen hier und da zu einem amüsierten Lächeln. Schließlich legte sie das Buch wieder fort und griff nach ihrer Tasse.

»Tja, ich weiß auch nicht, was das ist. Es liest sich nicht wie ein Tagebuch, würde ich sagen. Das klingt eher so, als habe sich jemand auf einen reichlich selbstironischen Selbstfindungstrip begeben und alles Mögliche einfach in ein Notizbuch geskribbelt.«

»Ja, oder?« Annies Stimme klang zu grell in ihren Ohren, und Hoola blickte auf.

»Hab ich irgendwas verpasst? Von wem ist das Buch? Kennst du die Verfasserin?«

»Wie kommst du darauf?« Annie griff stirnrunzelnd nach dem Notizbuch. »Dass es eine Verfasserin ist, meine ich.«

»Ist sie das nicht? Die Schrift wirkt ziemlich weiblich auf mich.« Hoola nahm es Annie wieder aus der Hand. »Steht denn kein Name drin?« Sie besah sich die ersten Seiten, die Deckel, klappte das Buch zu, gab es zurück.

»Wirklich?«, fragte Annie.

»Wirklich, kein Name. Hattest du noch gar nicht nachgesehen?«

»Nein, also, doch. Ich meinte … Die Schrift kommt dir weiblich vor?« Annie blätterte. Sie war nicht explizit männlich, wenn man davon ausging, dass männliche Schrift generell unleserlich und scheußlich war. Diese hier war ein kleines bisschen verschnörkelt, sauber, schön, aber sie war nicht *weiblich*. Davon abgesehen war Annie überzeugt, dass die Zeilen von einem Mann geschrieben worden sein mussten, sie war sich sicher.

»Hier.« Sie hielt Hoola eine aufgeschlagene Seite hin. »Da, siehst du? Blabla, blabla, ›*und ich dachte noch, sprich sie an …*‹ Es ist eindeutig. Ein Mann hat das geschrieben.«

»Oder eine Homosexuelle.«

»Der Verfasser ist männlich.«

»Was allerdings total unwichtig ist, habe ich recht? Weshalb interessiert dich das so? Es ist nur eine Aneinanderreihung seltsamer Gedanken einer dir völlig fremden Person.«

Annie zuckte mit den Schultern. »Findest du nicht, dass da sehr viel Berührendes drinsteckt? Ich meine, wer auch immer das aufgezeichnet hat, hat eine ganz besondere Art zu schreiben. Humorvoll, geistreich, tiefgründig …« Wieder hob sie die Schultern. Sie fragte sich, wieso Hoola dieses Buch nicht ebenso interessant fand wie sie selbst.

»Okay, zeig es mir noch mal.« Die Freundin streckte ihr die Hand entgegen.

»Vergiss es. So wichtig ist es nicht.«

»Warum nur habe ich das Gefühl, dass es dir wichtig ist? Sehr sogar?« Sie wackelte mit den Fingern, doch Annie klappte das Buch zu und schob es zurück in ihre Tasche.

»Es ist nur ein Buch«, sagte sie.

»Wer auch immer es verfasst hat, er schreibt nicht besser als du.«

»Oh, bitte.«

»Ich meine es ernst, Annie. Jetzt, wo Finley endlich von der Bildfläche verschwunden ist, solltest du womöglich anfangen, dein Leben so zu leben, wie du es immer wolltest. Und du wolltest schreiben, hast du das vergessen? Bevor du Mrs. Professor Doktor Corbyn wurdest, wolltest du Autorin werden.«

»Ich war nie Mrs. Corbyn. Das hatten wir bereits. Und ich habe schon lange vor Finley festgestellt, dass mein Talent zum Schreiben einfach nicht ausreicht.«

»Blödsinn. Du hast dich verunsichern lassen. Weil er dich nie dabei unterstützt hat, das zu tun, was du gern tun wolltest. Er hat deine Kraft kompensiert, um den Wahnsinnstypen darzustellen, der er gern wäre.«

»Er hat mich an nichts gehindert. Und er hat nicht *meine Kraft kompensiert.*«

»Doch, das hat er. Indem er dich ausgebremst hat, indem er dich nicht gefördert hat, wie er sonst jeden noch so popeligen Studenten fördert. Von den Studentinnen gar nicht zu reden.«

Annie schwieg. Sie wusste, dass Hoola auf ihrer Seite war, dass sie es gut mit ihr meinte, doch die ewigen Wutreden gegen Finley begannen sie mehr und mehr zu zermürben, zumal Finley fort war. Überdies ärgerte sich Annie darüber, dass Hoola immer wieder mit Mutmaßungen über Studentinnen anfing, die ihr ehemaliger Gatte angeblich bevorzugte. Finley war ein attraktiver Mann, der die Aufmerksamkeit vieler auf sich zog. Dennoch hatte er das nie ausgenutzt. Man konnte ihrem Ex einiges vorwerfen, jedoch nicht, dass er sie betrogen hatte.

»Es tut mir leid.«

»Es muss dir nicht leidtun.«

»Hat er sich gemeldet?«

Annie sah ihre Freundin an, und Hoolas Blick verriet alles. Dass es ihr kein bisschen leidtat. Besonders nicht, da sie annahm, dass Finley nach wie vor eine Rolle in Annies Leben spielte, ob es Hoola nun gefiel oder nicht.

»Lass mich dieses dumme Buch noch mal sehen«, sagte sie. »Vielleicht finde ich es doch nicht so abwegig, in den Notizbüchern anderer nach potenziellen Partnern zu suchen, die dich endgültig den Armen deines Ex-Mannes entreißen.«

Wie sich herausstellte, war Hoola nicht die Einzige in Annies Umfeld, die fand, sie sollte sich umorientieren, da Finley es schließlich auch getan hatte.

»Anna, wie siehst du aus? Und du bist doch mit dem Fahrrad gekommen! Ein Segen, dass sie die Torten so gut verpacken. Was selbstverständlich wünschenswert ist, wenn man den Preis bedenkt. Geh nach oben und mach dich frisch. Wir erwarten Gäste zum Essen.« Elaine St. James nahm ihrer Tochter die Schachtel mit dem Kuchen ab und marschierte in Richtung Küche davon.

»Gäste?«, rief Annie ihr nach, erhielt jedoch keine Antwort mehr. Stattdessen polterte ihr Bruder die Treppe herunter.

»*Anna!*«, brüllte er, während er sie in seine unverschämt sonnengebräunten Arme zog.

»Du nicht auch noch«, beschwerte sich Annie an seiner Brust. Er wusste, wie sehr sie den Namen Anna verabscheute. Er klang wie eine Strafe in ihren Ohren. Erinnerte sie an Kindheit und Machtlosigkeit und den eisigen Tonfall ihrer Mutter. *Anna, wie siehst du aus? Anna, was hast du wieder angestellt? Anna, sitz gerade.* Niemand nannte sie Anna außer ihrer Mutter, vorzugsweise dann, wenn die Tochter wieder mal nicht den Ansprüchen genügte, was meistens der Fall war, und das auch heute noch.

Sie schob ihren Bruder von sich. »Gott, du stinkst.« Selbst über den Bratenduft hinweg, der das Haus durchzog wie Nebelschwaden, war sie in der Lage, den Alkohol zu riechen. »Bist du in das Bierfass gefallen, aus dem ihr gestern getrunken habt?«

»Kann sein. Erinnere mich nicht.« Ben grinste. Er roch nicht nur nach einer Nacht im Pub, er sah auch danach aus – die Augen glasig, die langen Haare zerzaust, der Bart mehr als drei Tage alt. Die weißen Zähne jedoch blitzten. Ben war Ben, das wusste Annie. Bei ihrer Mutter kam er mit allem durch, während sie nach oben gehen und sich frisieren sollte.

Sie seufzte. In dieser einen Hinsicht war sie kein bisschen besser als ihre Mutter. Ihr Bruder und sein verflixt entwaffnender Charme.

»Was machst du hier?«, fragte sie, während sie sich an ihm vorbeischob, um ihre Jacke im Garderobenschrank zu verstecken. In diesem Haus hing nichts einfach nur so herum, alles hatte seinen Platz und wurde ordentlich verstaut, nichts störte das Bild des perfekten Zuhauses. Bedachte man dies, passte Ben so wenig zum Interieur wie eine Liebesschaukel oder ein knallgelber Kühlschrank.

»Mir ist ein Törn weggebrochen, also dachte ich, ich komme zu Daniels Junggesellenabschied nach Hause. Wenn ich schon bei der Hochzeit nicht dabei sein kann.«

»Daniel heiratet?«

»Nächsten Samstag. Das wusstest du nicht?«

»Nein, woher denn?« Als Kinder waren Ben und Daniel beinah so unzertrennlich gewesen wie Annie und Hoola, doch dann war ihr Bruder nach Spanien gezogen, womit Daniel aus Annies Leben verschwand. »Scheint der Monat der Hochzeiten zu sein.«

»Ah, ja, ich hörte davon.« Ben folgte Annie zur Küche. »Ich hatte den Eindruck, Mum hätte am liebsten einen Fahnenmast in den Vorgarten gebuddelt, nur um die Flagge auf Halbmast zu setzen. Geht es dir gut?«

»Bestens«, erwiderte Annie. »Mir geht es bestens.«

»Das glaube ich dir gern. Muss ein tolles Gefühl sein, den alten Stinker Finley endlich los zu sein.«

»Oh, danke, Ben, du findest wirklich immer die passenden Worte. Wo sind denn alle?« Annie hatte einen Blick in die Küche geworfen, die leer war, und war dann in der offenen Tür zum Esszimmer stehen geblieben.

»Im Garten. Sie hat auf der Terrasse eingedeckt.«

In diesem Moment fiel Annie wieder ein, dass ihre Mutter von Gästen gesprochen hatte, und sie drehte sich zu ihrem Bruder um. »Und wen erwartet sie zum Essen?«

Es war nur der Hauch eines Zögerns, der Funke eines Blitzens in Bens partygeschädigten Augen, und Annies weiteten sich. »Was? Wen hat sie eingeladen?« Wieso nur dachte sie auf der Stelle an Finley? Es war unmöglich, Finley war mit Cassandra auf Hochzeitsreise in Italien. Dennoch begann Annies Herz zu rasen, als wollte es eine Ruderregatta gewinnen.

Ben hingegen schien nichts von ihrem inneren Tumult zu bemerken. »Geh nach oben und mach dich frisch«, imitierte er die Stimme ihrer Mutter, bevor er sich vorbeugte, ihr einen zu nassen Kuss auf die Wange drückte und in Richtung Terrassentür verschwand.

»Arsch!«, rief Annie ihm hinterher. Und tatsächlich ging sie nach oben, aber nur, weil sie ohnehin auf die Toilette musste.

Jonathan Pearce. Annie beobachtete ihn vom Fenster aus. Sie stand in dem winzigen Badezimmer im ersten Stock, die Bürste in der Hand, bereit, ihre vom Wind zerzausten Haare zu einem ordentlichen Pferdeschwanz zurückzukämmen, als sie den Mann erkannte, den ihre Eltern gerade durch den Garten führten. Auf den ersten Blick war ihr nicht klar gewesen, dass es sich bei dem Mann um Jonathan handelte. Sie musterte die hohe Stirn und den lichter werdenden Haarkranz, das pausbackige Gesicht, das nicht so recht zu den Alterserscheinungen auf seinem Haupt passen wollte, und entfernt kam ihr das alles bekannt vor, sehr entfernt, als sei die Erinnerung schon viele Jahre alt. Bis Jonathan auf einmal zu lachen begann, laut und dröhnend über etwas, das ihr Vater gesagt hatte, und während dieses Lachen nach oben ins Badezimmer wehte, in Annies Ohr, und dann in ihr Bewusstsein drang, begann ihr Herz erneut zu rasen, diesmal jedoch aus gänzlich anderen Motiven.

Jonathan Pearce.

Was zur Hölle hatte sich ihre Mutter dabei gedacht, *Jonathan Pearce* zu ihrem sonntäglichen Mittagessen einzuladen?

Annie ließ die Bürste sinken. Raffte einen lieblosen Zopf im Nacken zusammen, ohne ihn zu ordnen, warf einen Blick in den Spiegel, auf ihr Gesicht, blasser als sonst, aber auch verärgerter, auf ihre Kleidung, die sie noch mehr erboste. Sie war nach wie vor das Kind, dem die Mutter vorschrieb, was es an einem Sonntag zum Mittagessen zu tragen hatte, eine ordentliche Bluse zu einer anständigen Hose, wenn schon kein Kleid. Und nun stand sie hier, die Bluse weiß, der Hosenrock plissiert, die Schuhe makellos, während ein deutlich auseinandergegangener Jonathan Pearce in einem viel zu engen Anzug und mit abgelaufenen Sohlen durch ihren Garten flanierte, als begutachtete er eine verfrühte Mitgift. Sie sah, wie ihr Vater seinen Gast misstrauisch beäugte. Annie war sich sicher, dass er nichts mit dieser Einladung zu tun hatte, er würde sich nie so weit in ihr Leben einmischen, ihr nie das Gefühl geben, dass sie ein Fall für die Heilsarmee war, bloß weil sie keinen Mann mehr hatte.

Annie war davon ausgegangen, dass ihre Mutter Finley wirklich mochte, dass sie ihn bewunderte für seinen Intellekt und die Karriere, auf die er zurückblicken konnte, doch der Anblick von Jonathan in ihrem elterlichen Garten weckte Zweifel in ihr. Womöglich hatte ihre Mutter nicht *Finley* gemocht, sondern die Tatsache, dass er mit Annie verheiratet war. Dass Annie durch ihn streng genommen zu einer Frau Professor wurde, wenn sie es schon selbst nicht fertiggebracht hatte zu habilitieren. Womöglich war ihrer Mutter am Ende egal, welchen Arm ihre Tochter letztlich zieren würde – solange der nur eine ehrbare Frau aus ihr machte und davon ablenkte, dass Annie nicht nur eine einfache Lektorin, sondern auch verlassen und geschieden worden war.

»Annie!«

»Jonathan.«

»Du meine Güte, wie lange ist es her? Zwanzig Jahre? Fünfundzwanzig?«

Für einen Mann, der ihrer Erinnerung nach Betriebswirtschaft studiert hatte, rechnete er irrsinnig schlecht, dachte Annie, sprach den Gedanken jedoch nicht aus. Wortlos nahm sie stattdessen an dem sommerlich gedeckten Tisch Platz, den ihre Mutter in die Mitte der Terrasse gerückt hatte; ein Oval bestückt mit edlem Porzellan auf gestärktem Leinen, in akkurater Anordnung wie die Rosenbüsche, die den Weg zum Rasen säumten. Ihre Mutter selbst mochte weder das Händchen dafür haben, diesen typisch englischen Garten zu pflegen, noch die Geduld dafür aufbringen, doch sie wusste, wie man Lob für die Arbeit des Gärtners einheimste, so viel war gewiss.

»Wie auch immer – zu lange.« Jonathan lächelte Annie zu. Sie hatte ihn mindestens fünfzehn Jahre nicht gesehen und hätte ihn, wäre sie ihm in der Innenstadt begegnet, vermutlich nicht wiedererkannt. In ihrer Erinnerung war Jonathan Pearce der wahr gewordene Durchschnittsjunge gewesen: durchschnittlich groß, durchschnittlich schlank, durchschnittlich aussehend, durchschnittlich interessant. Nun schien er zumindest hinsichtlich seiner Körperfülle Überdurchschnittlichkeit erlangt zu haben, wohingegen seine Haarpracht den entgegengesetzten Pfad beschritten hatte. Jonathan war der Sohn von Marjorie, die an einem Kopfende des Tisches Platz genommen hatte und Annie nun huldvoll zunickte. Marjorie wiederum war eine langjährige Freundin ihrer Mutter, und auch ohne die verschwörerischen Blicke, die die beiden Frauen über den Tisch hinweg tauschten, wusste Annie Bescheid. Sie sah ihre Mutter an, ignorierte den missbilligenden Blick in Richtung ihrer Haare, und auf einmal hörte sie sie, die Stimme der Ignorantin, deutlich in ihrem Ohr.

Diesen merkwürdigen Parker, den hätte ich überhaupt nicht für deinen Geschmack gehalten. Hätte ich wetten müssen, wer als Erster dein Herz erobert, ich hätte auf Jonathan getippt. Ihr zwei hattet immer so viel Spaß zusammen. Marjorie und ich waren überzeugt davon, dass daraus einmal mehr werden würde. Wie wenig man seine Kinder doch kennt …

»Ich weiß nicht, ob deine Mutter es dir erzählt hat, aber ich lebe mittlerweile in London. Ich bin nur ab und zu an den Wochenenden hier.«

»Nein. Das wusste ich nicht. Ich wusste nicht mal, dass du überhaupt aus Cambridge weggezogen bist.«

»Vor etlichen Jahren schon.«

Interessant, dachte Annie. Und irgendwie nicht. Sie fragte sich, wo ihr Bruder abgeblieben war, im selben Augenblick, in dem er die Terrasse betrat, ein Tablett in Händen, auf dem er kleine Schälchen mit Oliven und Nüssen transportierte.

»Stell sie in die Mitte, sei so lieb«, wies ihre Mutter ihn an, und Ben tat, wie ihm geheißen, bevor er sich auf den Stuhl neben Annie fallen ließ.

»Na, ist die Überraschung gelungen?« Gut gelaunt schob er sich eine Olive zwischen die grinsenden Lippen. »Ihr habt euch sicher ewig nicht gesehen, hab ich recht? Wie lange kann das her sein? Zwanzig Jahre? Dreißig? Hast dich kaum verändert, Pearce.«

Unterm Tisch verpasste Annie ihrem Bruder einen Tritt, bevor sie den Mund öffnete, um etwas möglichst Bissiges zu erwidern, doch Jonathan kam ihr zuvor.

»Wir sind uns nicht ganz einig, wie lange. Deine Schwester jedenfalls sieht keinen Tag älter aus als siebenundzwanzig.« Er zwinkerte Annie zu, und das wie jemand, der deutlich Schwierigkeiten zu haben schien, nur ein Auge zu schließen. Peinlich berührt sah Annie weg, während Ben erneut zu lachen begann.

»Elaine erzählte mir, du arbeitest als Lektorin? Für die University of Cambridge? Na, das ist auf jeden Fall eine verantwortungsvolle Position, hab ich recht? Musst du da nicht schlauer sein als die Professoren? Wo du doch ihre Arbeiten korrigierst?«

Jonathan hatte sich in seinen Sessel zurückgelehnt, und Ben tat es ihm gleich. Beide Mütter blickten erwartungsvoll auf Annie, während ihr Vater ein Buch auf seinem Knie balancierte und heimlich las. Shakespeare vermutlich, seinen über alles geliebten William. Annie musste daran denken, dass auch ihr fremder Tagebuchschreiber eine Weisheit von Shakespeare niedergeschrieben hatte, eines ihrer Lieblingszitate noch dazu.

I love you with so much of my heart, none is left to protest.

Für eine Sekunde wurde Annie warm ums Herz, schon in der nächsten fühlte sie sich wieder wie ein Zirkuspferd; eines, das absolut keine Lust hatte, sich in Bewegung zu setzen. Wie war die Frage gewesen? Ah, ja. »Es hilft, wenn man die Texte versteht«, sagte sie also und hielt ihrer Mutter auffordernd ein Glas entgegen, damit diese Eistee hineingoss.

»Annie hat überwiegend mit Arbeiten aus dem literaturwissenschaftlichen Bereich zu tun«, sagte Elaine St. James. »Das liegt ihr. Das hat sie studiert.«

»Oh, eine Literatin.« Jonathans Augen leuchteten, ob von ehrlicher Begeisterung oder mildem Spott, Annie konnte es nicht sagen. Abermals öffnete sie den Mund, doch ihre Mutter schien noch nicht fertig zu sein.

»Nicht doch, eine Literatin.« Kurzes Lachen. »Allerdings hätte sie damals durchaus die Möglichkeit gehabt, zu promovieren, ist es nicht so, Anna? Sie hielt es bloß nicht für nötig.«

»Nun, es war auch nicht unbedingt …«

»Ja, womöglich sollte man nicht zu sehr vergeistigen«, mischte sich Marjorie ins Gespräch, und mit Genugtuung nahm Annie wahr, dass Jonathan nun ebenfalls gezwungen war, den Mund zuzuklappen. »Jonathan jedenfalls hat es nicht geschadet, sein Studium mit der praktischen Ausbildung in der Bank zu kombinieren. Ganz und gar nicht. Seit diesem Jahr steht er deren Kunststiftung vor. Wir sind unglaublich stolz auf ihn.«

»Ach, das ist eine beeindruckende Position«, bestätigte Annies Mutter, wenngleich wenig enthusiastisch. »Nicht wahr, Anna?«

»Na, das glaube ich doch auch«, erklärte Marjorie bestimmt. »Jonathan gehört zu den Jüngsten in einer solch angesehenen Stellung, und über seine Bezahlung kann nun wirklich keine Frau meckern.«

»Das sollte nicht das einzige Kriterium sein, aber sicherlich ist es wichtig, wenn man zum Beispiel eine Familie gründen möchte«, warf Elaine ein.

»Und ob.« Heftiges Nicken. »Und ob! Und Jons Appartement ist wahrlich groß genug. Wusstest du, dass er ganz nah an der Themse wohnt?«

»Nein, wusste ich nicht!«

»Einen Schritt näher, und er könnte das London Eye steuern.«

Und so ging es weiter und weiter und weiter, während Annie von einer Mutter zur anderen blickte und sich fragte, in welchem Jahrhundert sie heute Morgen eigentlich aufgewacht war. Bis sich ihr Vater drei gefühlte Stunden später endlich erhob, um den Braten herauszutragen, ihre Mutter die Eisteekaraffe gegen das Tranchiermesser tauschte und Jonathan plötzlich rief: »Meine Mutter hat erzählt, du bist geschieden?«, weshalb Ben sich an einer grünen Bohne verschluckte und grässlich zu husten begann.

Es sollte ein fürchterlicher Nachmittag werden.

Ein fürchterlicher, nach einem Übermaß an starkem Alkohol schreiender Nachmittag.

Nein, ehrlich, ich bin ein Meister der Zerstörung,
eine Koryphäe in allen Dingen, Verwüstung, ein
Zunichtemacher, Zertrümmerer, ein Auflöser.
Du glaubst mir nicht?
Nein?
Hallo?
Wo bist du geblieben?

6

Mr. Big

»Ich hätte nicht gedacht, dich heute noch mal wiederzusehen.«

»Du lagst auf dem Weg. Und es brannte Licht. *Und* ich habe das hier.« Annie hob die Hand, in der sie eine Flasche Rotwein hielt. »Cabernet Sauvignon, Kalifornien, Jahrgang zweitausendsechzehn, fünfzehn Prozent.«

»Ich verstehe.«

»Oh, nein, tust du nicht.«

Hoola öffnete die Eingangstür weit und trat zur Seite, während Annie die drei Stufen der Vordertreppe erklomm und sich stöhnend an ihrer Freundin vorbeischob. Es war ein ähnliches Haus wie das ihrer Kindheit, allerdings nur etwa halb so groß: die Treppe steil, die Gänge schmal, die Fenster im Erdgeschoss mit verschnörkelten Gittern versehen. Auch die Wände von Hoolas Haus waren bis auf halbe Höhe mit Holzkassetten verkleidet, doch im Gegensatz zum dunklen Grün ihres Elternhauses hatte ihre Freundin die Paneele weiß gestrichen, die Holzböden abgeschliffen, anstatt sie mit Teppichen zu bedecken, und die Wände darüber in hellem Gelb gehalten. Annie mochte Hoolas Zuhause, und die weiche, aus bunten Designerwürfeln bestehende Couch im Wohnzimmer ihrer Freundin war genau der Ort, an dem sie an diesem Abend versinken wollte.

Sie schlüpfte aus ihren Schuhen und ließ sich der Länge nach hineinfallen.

»Okay, Miss stöhnendes Elend, stell zumindest zuerst den Wein ab, in Ordnung?« Hoola nahm ihr die Flasche aus der Hand, doch Annie blieb einfach liegen, erleichtert und reglos, und lauschte auf das Ploppen des Korkens und das Glucksen des Alkohols, den ihre Freundin in zwei voluminöse Rotweinkelche goss.

»Warte, hast du schon gegessen?«

»Mittags Braten, nachmittags Scones, danach Sandwiches«, erzählte Annie den Sofakissen, bevor sie daraus auftauchte und sich aufrecht hinsetzte, um Hoola Platz zu machen. »Aber falls du Hunger hast, Pizza geht immer.«

Sie bestellten zwei Margaritas, und während sie auf die Lieferung warteten, beschrieb Annie ihrer Freundin den Nachmittag in allen erdenklichen Grautönen. Sie ließ nichts aus – nicht die Rüffel ihrer Mutter, was ihr Auftreten und Outfit betraf, nicht Jonathan Pearce, sein anzügliches Zwinkern, dessen Mutter, die ihn anpries, und ihre eigene, die Annie das Gefühl vermittelte, sie würde feilgeboten werden, ganz wie auf einem arabischen Kamelmarkt und völlig ohne schlechtes Gewissen.

»Als Jonathan fragte, ob es wahr sei, dass ich geschieden bin, hätten beinah alle am Tisch einen Herzinfarkt bekommen – oder sagen wir, alle über vierzig.« Annie nahm ihr Glas. »Doch wenn du glaubst, damit sei der Feilbieterei ein Ende gesetzt gewesen, weit gefehlt. Marjorie Pearce ging einfach über die Frage hinweg und erzählte weiter davon, wie großartig sich ihr Sohn entwickelt habe.«

»Trug er einen Rentierpullover?«

»Was?«

»Na, wie Mark Darcy in *Bridget Jones*. Klingt irgendwie danach, findest du nicht?«

»Nun, Jonathan Pearce trug keinen Rentierpullover, stattdessen einen zu knappen Anzug und Schweißperlen auf der Stirn. Und nichts erinnerte an Mr. Darcy, gar nichts, bis auf das ungebrochene Selbstvertrauen vielleicht.«

»Ein Jammer.«

Die Gläser klirrten, als Annie und Hoola sich zuprosteten.

»Sie will dich also verkuppeln«, stellte Hoola fest.

»Vielleicht will sie mich auch bestrafen. Nach wie vor gibt sie mir die Schuld an der Scheidung.«

»Gott, diese Frau. Und du bist sicher, dass du nicht adoptiert wurdest?«

»Diese Hoffnung habe ich lange aufgegeben.«

Mittlerweile waren sie bei der zweiten Flasche Wein angekommen, die Hoola zu der Party beisteuerte, die Pizza war verzehrt, und beide lümmelten träge nebeneinander, während der Sonntagabend seinen Rückzug antrat.

»Ich denke, ich werde den Rest dir überlassen. Wenn ich jetzt weitertrinke, kann ich morgen früh nicht zum Dienst.«

»Hast du die Frühschicht?«

»Nein, ich fange um zehn an. Aber gern mal ohne Kater, du weißt schon. Wegen der ärztlichen Authentizität et cetera.«

»Verstehe.«

»Was ist mit dir? Immer noch vertieft in *Poetik und Pragmatik*?«

»Der Text zieht sich wie heißer Teer. Man könnte die Lust an Jane Austen verlieren.«

»Vielleicht solltest du etwas anderes machen«, schlug Hoola vor. »Hast du daran mal gedacht? Wenn du schon nicht selbst schreiben willst, könntest du dich immerhin bei einigen Verlagen als freie Lektorin bewerben, mal ein paar schöne Romane bearbeiten, Belletristik, die dir gefällt. Keine Ahnung. Etwas anderes eben.« Sie griff nach ihrem Wasserglas und nahm einen Schluck. Annie nippte an ihrem und dachte: vielleicht. Laut sagte sie: »Ben hat nach dir gefragt«, und Hoola, die Lippen am Glas, hielt inne.

»Tatsächlich? Wie lange ist er in der Stadt, weißt du das?«

»Denk nicht mal dran.«

»Was? Du darfst deinem verheirateten Ex nachtrauern, dich verkuppeln lassen, mit dem Tagebuch eines Fremden unter die Decke schlüpfen, und ich darf nicht mal eine harmlose Frage stellen?«

Annie starrte sie an.

»Überrascht, dass sich dein Leben auf diese traurigen drei Zeilen zusammenfassen lässt?«

»Du bist wirklich unglaublich.«

»Und du solltest aufhören, in dieser winzigen Wohnung zu hocken, einem Kerl hinterherzutrauern, der es nicht verdient hat, und einen Job zu machen, der dich nicht erfüllt.«

»Es geht mir gut.«

»Vielleicht hat deine Mutter recht. Du solltest irgendjemanden kennenlernen, und sei es nur, um mit Finley, dem Vollpfosten, abzuschließen. Du weißt, was Fin auf Französisch bedeutet? ENDE.«

»Ich will niemanden kennenlernen.«

»So schön vom Thema abgelenkt.« Hoola seufzte. »Lass uns am nächsten Wochenende was unternehmen. Wir könnten ein bisschen Boot fahren, uns von einem netten Studenten herumschippern lassen.«

»Wir sind mittlerweile etwas zu alt für Studenten, findest du nicht?«

»Nein.«

»Ich will niemanden kennenlernen«, wiederholte Annie. »Es sei denn …«

Sekunden verstrichen. Hoola schenkte Annie Wein nach.

»Es sei denn?«

»Erinnerst du dich an den Typen, der uns im Moor entgegenkam? Kurz vor dem Felsen, unter dem ich das Buch gefunden habe?«

»Welches Buch?«

»Hoola.« Annie starrte sie an.

»Kleiner Spaß. Welcher Typ?« Hoola war augenscheinlich verwirrt, und noch offensichtlicher war, dass sie dem Gespräch weit weniger Ernst entgegenbrachte, als Annie es tat.

»Groß, blond«, sagte Annie. »Eher schlaksig. Zigarette im Mundwinkel. Er kam uns entgegen, als wir …«

»Oh, ich erinnere mich! Dieser gutaussehende Typ, der dich mit den Augen verspeist hat, während er den moosbewachsenen Pfad herunterspazierte, als sei es ein Laufsteg?«

Annie verdrehte die Augen.

»Er ist dir also doch aufgefallen?« Hoola setzte sich aufrechter hin. »Er sah wirklich gut aus, so richtig, meine ich. Hab ich recht?«

Ein wenig bereute Annie schon, das Thema überhaupt angeschnitten zu haben; Hoolas Begeisterung ging eine Spur zu weit, befand sie. »Ich bin nicht sicher, ob er gut aussah, ich war leicht abgelenkt von der Zigarette, die reichlich schief hing. So, als ob er sich jeden Moment die Lippen daran verbrennen könnte.«

Hoolas Blick blieb erwartungsvoll. Doch als Annie nicht weitersprach, nickte sie. »Du hast recht, die Zigarette war überaus dominant. Ich frage mich, weshalb sie ihm nicht aus dem Mund gefallen ist, so anzüglich, wie der Kerl dich angegrinst hat.«

»Was, wenn er ...«

»Er war so ein Jude-Law-Typ, oder?« Hoola beugte sich vor, ergriff die Rotweinflasche und schenkte sich entgegen ihrer eben getroffenen Aussage darüber, dass sie lieber nicht mehr trinken sollte, ebenfalls nach. »Ich meine, als Jude Law noch Haare hatte. Und Sex-Appeal.«

Die Aussage brachte Annie kurz aus dem Konzept. »Was meinst du damit? Ich finde Jude Law nach wie vor gut. Heiß. Dandymäßig. Oscar-Wilde-mäßig im Hier und Jetzt.«

»Du hast ein ernsthaftes Intellektuellenfaible, weißt du das?«

»Und du eine ernsthafte Neigung, kein Faible zu haben.«

»Was willst du damit sagen? Dass meine Auswahl beliebig ist?« Hoola trank einen kräftigen Schluck.

Annie schwieg.

»Was ist mit meiner Vorliebe für lange Haare?«

»Vorlieben, die man nicht auslebt, sind keine Vorlieben.«

Diesmal verzichtete Hoola auf eine Erwiderung, und genau in dem Augenblick, als Annie auf die eigentliche Frage zurückkommen wollte, nämlich, ob der Fremde im Moor derjenige gewesen sein könnte, der das Buch in der Letterbox hinterlassen hatte, brummte Hoolas Handy, das mitten auf dem Tisch lag. Der Sperrbildschirm zeigte eine Nachricht an. Sie stammte von einer Person, die Hoola als

Mr. Big eingespeichert hatte, und sie lautete: »Bin in der Nähe. Zeit? Lust?«

»*Was*?«, fragte Annie. Ihre Stimme kiekste.

Hoola griff nach dem Handy.

»Mr. Big? MR. BIG?« Nun brach Annie in Gelächter aus.

»Das bezieht sich auf … auf …« Hoola klang beinahe hysterisch, und Annie lachte noch mehr.

»Wieso bist du so nervös? Wer ist der Kerl? Ist es Oscar?«

»Nein. Oder … Ich weiß nicht. Ich bin nicht nervös. Ich bin nur …« Hoola schob das Handy in die Tasche ihres Kleides. Und wäre Annie auch nur ein kleines bisschen weniger angetrunken gewesen, hätte sie womöglich bemerkt, wie sehr ihre Freundin die Nachricht tatsächlich aus der Fassung brachte.

»Du bist nur scharf darauf, einen gewissen Mr. Big zu treffen?« Annie grinste, rappelte sich auf, und während ihr der Gedanke kam, dass sie wohl *wirklich* ein bisschen zu schnell ein bisschen zu viel getrunken hatte, gab Hoolas Handy erneut einen ungeduldigen Ton von sich.

»Zeit?«, witzelte Annie. »Lust?« Sie tänzelte zwischen Sofa und Couchtisch hindurch und schließlich, leicht schwankend, in Richtung Tür. »Ich muss sowieso los.« Über die Schulter warf sie Hoola einen kurzen Blick zu. »Amüsier dich gut mit *Mr. Big*.«

Hätte sie eine Sekunde länger hingesehen, wäre ihr aufgefallen, wie blass Hoola geworden war. So aber grinste Annie noch, als sie die Eingangstür hinter sich zufallen ließ, bevor sie mehrere Anläufe brauchte, ihr Fahrradschloss zu öffnen, und sich schließlich schwerfällig auf den Sattel schwang.

Ich weiß nicht, wie lange ich dich noch halten kann.
Ich sehe zu, wie du verschwindest, dich mehr und mehr von mir entfernst.
Ich werde trotzdem nicht um gestern weinen, selbst dann, wenn es kein Morgen gibt.
Ich habe so lange mit dir gelebt. Du hast mir so viel Schaden zugefügt.
Ich habe gelernt, dich zu hassen, dabei hätte ich dich umarmen sollen.
Weißt du was?
Ich bin über dich hinweg. Schon längst.
Ich hab es bloß nicht gemerkt.
Nur jetzt, wo du fast nicht mehr da bist, fällt mir auf – ich hänge nicht an dir.

7

Kein Anschluss unter dieser Nummer

Der Tag, an dem Annie endgültig beschloss, dass sie ihr Leben auf keinen Fall so fortführen konnte wie bisher, war der Tag, an dem Finley anrief und sie dummerweise das Gespräch annahm. Er selbst war darüber augenscheinlich ebenfalls perplex, sodass auf Annies »Hallo?« zunächst einmal Stille folgte. Dann ein Räuspern.

»Hallo Annie, Finley hier.«

»Ist mir bewusst. Die Nummer wird angezeigt, du erinnerst dich?«

Mehr Stille. Dann ein hörbarer Atemzug. »Du hast meine Nachrichten nicht beantwortet.«

»Auch das weiß ich.« Annie klang kühl. Zumindest hoffte sie inständig, dass sie abweisend und reserviert wirkte und nicht so durcheinander, wie es sich für sie anfühlte, Finleys tiefe Stimme im Ohr zu haben. So vertraut. So fremd zugleich. Wie ein Lieblingskleid, das man jahrelang getragen hatte und dann genauso lange nicht mehr und das einem jetzt seltsam vorkam, weil es immer noch schön war und immer noch passte und weil man es dennoch als vollkommen ungewohnt empfand.

»Hör zu, ich will nicht lange drum herumreden. Cassandra hat mir von den Anrufen erzählt, und ich wollte dich bitten, das zu unterlassen. In Ordnung? Ich meine, was soll das, Annie?«

»Ähm ... wie bitte?« Annie blinzelte sich aus ihren Gedanken. »Welche Anrufe?«

»Die an Cassandra. Wieso beantwortest du meine Nachrichten nicht und terrorisierst stattdessen meine Frau?«

Die letzten zwei Worte versetzten Annie einen gut platzierten Stich, doch sie war zu überrascht, um dem Schmerz nachzufühlen.

»Was meinst du damit, ich terrorisiere deine Frau?«

»Ich meine es so, wie ich es sage. Ich spreche von den anonymen Anrufen.«

»Anonyme Anrufe?«

»Auf Cassandras Handy. Von einer unterdrückten Nummer.«

Annie antwortete nicht.

Finley seufzte. »Weißt du, ich verstehe dich nicht. Wenn du so dringend den Kontakt suchst, warum antwortest du nicht einfach mir? Warum Cassandra mit deinen Spielchen in den Wahnsinn treiben? Tag und Nacht? Sie traut sich nicht mehr, ihr Telefon einzuschalten. Ist dir das klar?«

Annie antwortete nach wie vor nicht, doch in ihrem Inneren begann es zu brodeln.

»Wenn ich nur wüsste, was du damit bezweckst! Dass meine Frau hinwirft, dass sie sagt: Gut, von mir aus, nimm ihn zurück, mir reicht es? Annie, wie verzweifelt ...«

Innerhalb einer Sekunde hatte Annie die Hand mit dem Telefon von sich gestreckt, den Anruf beendet und das Gerät heruntergefahren. Sie warf das Smartphone auf den Tisch und starrte zum Fenster hinaus, unsicher, ob dieses Gespräch gerade stattgefunden oder ob sie halluziniert hatte. Gott, Finley. Wie konnte er es wagen ... wie ...

Sie sprang auf, ging einmal im Kreis, blieb stehen, stemmte die Hände in die Taille. Dann fuhr sie ihr Telefon wieder hoch, was augenblicklich eine Anzahl an Nachrichten aufploppen ließ, allesamt von Finley, allesamt nicht wert, gelesen zu werden.

Sie schrieb eine einzige zurück.

Ruf mich nie wieder an.

Dann öffnete sie Finleys Kontakt und blockierte seine Nummer.

Das war ein gutes Gefühl, richtig? Das Beste. Als Annie jetzt auf ihr Telefon starrte, wurde ihr mit einem Schlag bewusst, wie tief sie sich in den Wochen seit Finleys Hochzeit in sich selbst vergraben hatte, den Kopf im Sand, die Augen fest zusammengekniffen. Sie wollte nicht sehen, dass es vorbei war, real, dass es unwiederbringlich geendet hatte zwischen Finley und ihr. Nicht einmal die Tatsache, dass sie Augenzeugin dieser Neuvermählung geworden war, konnte den ungeheuerlichen Enthusiasmus bremsen, mit dem Annie sich selbst belog.

Und jetzt diese Demütigung. Sie, Telefonterror, bei *Cassandra!* Was dachte sich Finley, ihr so etwas vorzuwerfen, wie war er überhaupt auf den Gedanken gekommen, sie würde etwas so Wahnsinniges tun? Wer war sie? Glenn Close?

Annie stieß einen unwirschen Schrei aus, griff nach dem Handy und warf es mit Schwung zwischen die Sofakissen. Sie hatte es satt. Sie hatte gestrichen die Nase voll davon, sich auf diese Art erniedrigen zu lassen, ihre Wut fand keinen Anfang und kein Ende.

Und dann fiel ihr Blick auf das Buch aus dem Moor.

Wenn Annie ehrlich zu sich war, dann hatte sie in den vergangenen drei Wochen den Kopf statt in den Sand in dieses kleine Buch gesteckt. Sie hatte so oft und so viel darin gelesen, dass sie die Texte beinah auswendig kannte; je tiefer sie in den Zeilen versank, desto mehr Kleinigkeiten sprangen ihr ins Auge, Andeutungen, die sie beim ersten Lesen nicht verstanden hatte, Hinweise darauf, wie der Verfasser dieser Zeilen sein könnte, wie er tickte. Natürlich wusste Annie ganz genau, dass die Gedichte und Notizen und Gedanken nicht für sie verfasst worden waren, nicht für sie persönlich. Sie kam dennoch nicht umhin, sich zu fragen, ob es Schicksal war, dass ausgerechnet sie dieses Buch gefunden hatte. Ob sich jeder andere auch so fühlen würde, wenn er Worte wie diese las? So ... verstanden?

Jemanden zu verlieren, das ist nicht das Ende der Welt.
Stell dir einfach vor, du wärst schon weiter-
die Angst vor dem Alleinsein, sie hat sich eingestellt.
Jemanden zu vermissen ist das Einzige, das wirklich
fehlt.
Dann sieh nach vorn und freu dich
auf das Zusammenkommen
mit der großen Liebe deines Lebens.
Deiner inneren Freiheit.

Annie las, und wie auf Knopfdruck begann es in ihr zu kribbeln, von den Zehen bis zu den Haarspitzen. Vielleicht steigerte sie sich da in etwas hinein, aber, weiß Gott, sie hatte ein bisschen Abwechslung verdient, oder etwa nicht? Ihre Gedanken hatten es verdient, um etwas anderes zu kreisen als um ... um das, was sie schon seit Jahren und viel zu lange umtrieb.

Für wen waren diese Worte bestimmt? Sollte überhaupt jemand jemals in diesem Buch lesen? Was hätte der Fremde davon gehalten, hätte er geahnt, dass Annie es mit sich herumtrug, darin stöberte und seine Worte aufsog, als wären sie ihr Eigentum?

Wer hatte all das aufgeschrieben? Zu gern hätte sie diesen Mann kennengelernt. Nur zu gern ... Mit dem Zeigefinger fuhr Annie den Einband nach, während sie das Buch stirnrunzelnd betrachtete. Vielleicht war es das, was sie tun sollte, dachte sie. Sie hatte Finleys Nummer geblockt, hatte ihn endlich so weit wie möglich aus ihrem Leben verbannt, und nun sollte sie sich etwas anderem zuwenden. *Jemand* anderem. Gut, natürlich nicht Hals über Kopf – sie würde sich nicht einem Wildfremden in die Arme werfen, selbst wenn sie glaubte, ihn bereits zu kennen. Und selbst wenn sie sich hingezogen fühlte, sehr sogar, aber ... nein. Sie würde ihm das Buch zurückgeben, denn es gehörte ihr nicht, weshalb sie kein Recht hatte, es weiter bei sich zu behalten. Also würde sie den mysteriösen Verfasser dieser wundervoll melancholischen, herzzerreißenden, aufmunternden, poetischen Zeilen finden, und dann ...

Dann sehen wir weiter.

Annie klappte das Buch erneut auf, suchte nach Anhaltspunkten für diese Kehrtwende in ihrem Leben, und ihr Herz klopfte so stark, es fühlte sich wie ein Trommelwirbel an.

Ich hab dich gesehen, am letzten Sonntag im August, in dem Café nicht weit von der Tate, du weißt schon, am Fluss, wo du gesessen hast, den Blick aufs Wasser gerichtet, die Züge so ernst, sie wirkten gemalt, und ich dachte noch, sprich sie an, doch im nächsten Augenblick wusste ich es wieder.
Kennst du dieses Gefühl, kurz vor dem Aufprall?
Nichts ist besser als das.

8

Auf zu neuen Ufern

Nun.

Es war das eine, sich voller Tatendrang und Euphorie aus dem selbstgezimmerten Käfig befreien und zu neuen Ufern aufbrechen zu wollen – etwas völlig anderes jedoch stellte der Umstand dar, dass Annie keine Ahnung hatte, was genau sie tun wollte und wo anfangen. Fest stand: Sie wusste nach wie vor nicht, wer der Verfasser des Buches war, da konnte sie die Seiten noch so oft hin und her wälzen. Was sie den kompletten Nachmittag lang getan hatte. Was sich als wenig erhellend herausstellte. Und nun war Schluss damit. Zeit, eine neue Strategie zu entwickeln. Und Zeit, der besten Strategin in ihrem Umfeld, die zufällig Hoola hieß und außerdem ihre beste Freundin war, zu berichten, dass sie bereit war loszulassen, dass sie aufbrechen wollte, losziehen, um den geheimnisvollen Autor zu suchen und ihrem Leben einen spektakulären Neubeginn zu verpassen.

Sie hatte Hoola schon eine Zeit lang nicht gesehen, was eigentlich nicht besonders ungewöhnlich war: Wegen ihres Schichtdienstes im Krankenhaus tauchte die Freundin dann und wann tagelang ab, wenn sie nicht ohnehin gerade auf Kongressen oder Seminaren unterwegs war, und Annie hinkte für gewöhnlich einem Abgabetermin hinterher, der dafür sorgte, dass sie die Zeit vergaß. Nun aber waren schon beinahe zwei Wochen vergangen, in denen Annie nichts von ihrer Freundin gehört hatte, und dies empfand sie als durchaus mysteriös. Sie fischte das Handy zwischen den Sofakissen hervor und las die letzten Nachrichten, die sie mit Hoola getauscht hatte.

ANNIE

Na? Wieder aufgetaucht aus dem Schoß von Mr. Big?

ANNIE

Gott, wie das klingt! So habe ich es nicht gemeint!

Woraufhin Hoola ihr ein Emoji geschickt hatte, das die Augen verdrehte. Der Austausch stammte vom Montag vergangener Woche, und seither hatte sich Hoola nicht bei Annie gemeldet. Annie rief ihren Kontakt auf und drückte auf das Hörer-Symbol.

»Hi, hier ist …«

»Hey, ich bin's, Annie. Hast du heute schon was vor, ich …«

»… der Anschluss von Hoola Kennedy. Wenn Sie etwas gegen eine Mailbox einzuwenden haben, sagen Sie es jetzt oder schweigen Sie für immer.«

Annie seufzte. Sie spürte der Ungeduld in ihrem Inneren nach, ausgelöst durch Finleys skandalöse Anschuldigungen und ihrem Vorhaben, sich auf die Suche zu begeben. Nach *ihm*. Dem Fremden. Sie brauchte Hoola. Jetzt. Auf der Stelle. Also steckte Annie das Smartphone in die Umhängetasche, ebenso wie das kleine Buch, und lief aus dem Haus, um ihre Freundin zu suchen und ihr höchst persönlich mitzuteilen, dass sich von nun an alles ändern würde.

Alles.

»Was um Himmels willen ist passiert? Ist etwas mit deinen Eltern? Deinem Bruder?« Hoolas Schritte raschelten über den Gummiboden, die Sneaker in hellblauen Überschuhen, der Rest in mintfarbener OP-Kluft, und ihr Ruf eilte ihr voraus, quer über den Krankenhausflur. »Scheiße, Annie, was ist los? Sie haben mir gesagt, du wartest hier schon seit fast einer Stunde?«

»Nun ja, sie wollten dich nicht aus der OP holen, deshalb …«

»Was ist *passiert?*«

Mit zwei weiteren Schritten hatte ihre Freundin sie erreicht, und Annie ging auf, dass Hoola tatsächlich das Schlimmste annahm, sie wirkte geradezu panisch, und so beeilte sie sich, sie zu beruhigen.

»Nichts! Gar nichts ist los!« Sie versuchte, sich aus Hoolas Griff zu befreien, die mit beiden Händen ihre Unterarme umklammert hielt wie eine Schraubzwinge. »Wirklich!« Annie setzte ein breites Lächeln auf. »Allen geht es gut, nichts ist passiert. Ich wollte dir nur etwas erzählen, das ist alles.«

Einige Sekunden lang musterte Hoola Annie eindringlich, dann runzelte sie die Stirn. Sie trug noch die grüne Haube, die ihre wilden Locken im Zaum hielt, und Annie warf einen heimlichen Blick auf den Kittel der Freundin, voller Angst, Blutspritzer darauf zu entdecken. Es wirkte, als sei sie vom OP-Tisch auf direktem Weg zu ihr gelaufen.

»Achherrje, ich hab dich erschreckt. Das tut mir wahnsinnig leid. Ich habe dich einfach so lange nicht gesehen, und du warst nicht zu Hause und auf meine Nachrichten geantwortet hast du auch nicht, also dachte ich, ich warte hier auf dich. Ich wollte ehrlich nicht …«

»Augenblick.« Hoola hob eine Hand. »Es ist nichts passiert, sagst du?«

»Nein.«

»Dir geht es gut.«

»Bestens.«

»Mit deiner Familie alles in Ordnung?«

»Allen geht es prima.«

»Du hast Finley nicht umgebracht?«

Das warf Annie für eine Sekunde aus dem Konzept, doch dann schüttelte sie den Kopf. »Nein, Hoola, es ist …«

»Meine Güte, Annie!« Nun hob Hoola beide Hände in einer abwehrenden Geste, bevor sie den Kopf schüttelte, auf ihren Überzieherschuhen kehrtmachte und davonstapfte. Über die Schulter rief sie: »Du hast mir beinahe einen Herzinfarkt beschert, ist dir das klar?«

»Nein! Hoola! Es tut mir leid. Warte!«

»Das sollte es auch!«, dröhnte es dumpf durch die Tür, bevor sie hinter ihr ins Schloss fiel.

Annie wartete eine weitere halbe Stunde, bis Hoola wieder auftauchte, in ihrer Straßenkleidung diesmal, die aus einem dunkelgrünen Kleid und orangefarbenen Sandalen bestand.

»Was hast du vorhin gebrabbelt?«, fragte sie. »Du wolltest mir irgendetwas erzählen?«

»Und ob, ja!« Annie grinste. Im Nu war ihre gute Laune wiederhergestellt. Sie hatte keine Ahnung, woher ihr plötzlicher Elan kam, doch sie war absolut Herrin darüber.

»Du bist die Beste.« Sie beugte sich vor und drückte ihrer Freundin einen Kuss auf die Wange. »Weil du recht hattest.

Mit allem und immer schon. Du hast so recht! Es muss sich was ändern. Weißt du noch, dass du meintest, ich soll endlich wieder losziehen, mir einen anderen suchen, Finley ein für alle Mal in den Wind schießen? Nun, es ist so weit.«

Hoola sah Annie an, die Augen groß, den Mund zu einem ungläubigen O geöffnet. Dann legte sie voller Theatralik eine Handfläche gegen ihre Stirn. »Oh! Herrje! Wie wird mir? Hast du das gerade wirklich gesagt? Finley und Wind und schießen in einem Satz?«

Annie verdrehte die Augen. Dann stellte sie sich aufrechter hin und machte ein Gesicht, das ihr bescheuerter Ex-Mann »unfreiwillig feierlich« genannt hätte. »Ich will ihn kennenlernen.«

»Wen?«

»Na, *ihn*! Den geheimnisvollen Unbekannten!«

Für den Bruchteil einer Sekunde blickte Hoola ganz und gar überfordert drein, schließlich runzelte sie die Stirn. »Du meinst, den aus dem Moor? Jude Law aus dem Moor?«

»Nein. Ja. Keine Ahnung. Vermutlich hat er nichts mit dieser Sache zu tun, was weiß ich. Ich will den Verfasser des Buches finden – den Autor. Der, der all diese wunderbaren Gedanken niedergeschrieben hat.«

»Den …« Mehr Stirnrunzeln. »Du …«

»Ich weiß«, unterbrach Annie sie, »du denkst, er könnte genauso gut eine Frau sein, aber das glaube ich nicht. Ich glaube, dass es mit an Sicherheit grenzender Wahrscheinlichkeit ein Mann ist. Und selbst wenn es nicht der gutaussehende Typ aus dem Moor ist … Ich will ihn kennenlernen. Einen Strich unter Finley und meine … meine Ehe setzen.« Annie schluckte, die Worte so schmerzhaft, sie hinterließen kleine Kratzer in ihrer Kehle. Sie hatte sie noch nie ausgesprochen.

»Du hattest recht. Ich muss ihn vergessen. Mir einen anderen suchen. Ganz genau wie du gesagt hast. Und ich will ihn. Den Schöpfer dieses kleinen Büchleins hier.«

Sie hielt es bereits in der Hand. Streckte es Hoola entgegen und lächelte. Sie war sich durchaus im Klaren darüber, dass sie ein kleines bisschen verrückt aussehen musste, doch das war ihr egal. Sie hatte eine Erleuchtung! Und sie hatte Finleys Nummer geblockt.

»Okay?« Hoola klang mehr als skeptisch. »Sollen wir erst mal woanders hingehen?«

Sie entschieden sich für den Park. Fuhren mit den Rädern zum Supermarkt, kauften eine Flasche Rotwein und gleich den Flaschenöffner dazu, Pappbecher, die sie im Fünfziger-Pack nehmen mussten, und ein paar Tüten Chips, mit denen sie es sich am grasbewachsenen Ufer des River Cam bequem machten, eine aufgedrehte Freundin neben der deutlich schweigsameren. Von dem Baum, unter dem sie ihre Fahrräder geparkt hatten, bis zu dem Platz, an dem sie sich niederließen, hatte Annie unaufhörlich geredet – nicht nur davon, wie Finley sie angerufen und fälschlicherweise beschuldigt hatte, sie würde seiner neuen Frau mit bedrohlichen Anrufen Angst einjagen. Sondern auch davon, wie befreiend diese Erkenntnis gewesen war; die Erkenntnis, dass nun Schluss sein musste, dass Finley es mit dieser Unterstellung endgültig zu weit getrieben hatte.

»Ich weiß nicht, Hoola«, erklärte sie mit vollem Chips-Mund und viel zu laut. »Es ist wie bei diesem Spiel, bei dem das letzte Teilchen an die richtige Position fällt, und dann macht es *Klick,* und dann öffnet sich auf einmal ein Tor in eine andere Dimension, und grelle Strahlen brechen den Himmel auf und blenden dich, und du musst die Hände vor die Augen schlagen, und dann, auf einmal, siehst du scharf und ... *so* scharf, und dann ...« Annie schüttelte den Kopf. Hoola, schweigsam und ernst, warf ihr einen Blick zu, der deutlich belegte, dass, ja, in der Tat, Annie den Eindruck einer Verrückten vermittelte.

»Hör mal ...«

»Ich habe seine Stimme im Ohr.« Annie wischte sich die krümeligen Finger an ihrer Stoffhose ab, griff in die Handtasche und zog einmal mehr das geliebte Büchlein hervor. »Ich habe seine Stimme im Ohr, Hoola«, wiederholte sie, eindringlicher diesmal. »Es ist, als spräche er zu mir. Als habe er das alles für mich aufgeschrieben. Es ist, als hätten seine Worte mich gesucht. Und gefunden.«

Hoola schwieg, aus Annies Sicht viel zu lange. Sie betrachtete die Freundin erwartungsvoll, doch je intensiver sich die beiden ansahen, desto mehr schwand das entrückte Lächeln von Annies Gesicht.

»Was?« Sie war verwirrt jetzt.

Hoola seufzte, wandte den Blick ab und sah auf den Fluss, wo sich eine Gruppe Jugendlicher auf einem der Punting-Boote abmühte. Die Gruppe lachte und schrie, wenn sich der Kahn zur Seite neigte, und Hoola seufzte noch mehr, als sei die Sehnsucht in ihrem Herzen ebenso groß wie Annies.

»Ich dachte, du freust dich? Darüber, dass ich Finley endlich aus meinem Leben gestoßen habe, und darüber, dass ich bereit bin, neu anzufangen? Nicht nur bereit dafür, ich brenne geradezu darauf, jemand anderen kennenzulernen. Ich brenne darauf, ihn zu treffen, Hoola, ich *brenne!* Jetzt müssen wir nur noch herausfinden, wie wir an seinen Namen kommen.« Annie lachte. »Oh, und an seine Adresse. Und nun kommst du ins Spiel. Irgendeine Idee, geniale Freundin? Denkst du, wir sollten noch mal zurück ins Dartmoor? Vielleicht dort anfangen zu suchen, wo ich das Buch gefunden habe?«

Hoola schwieg. Lange. Und dann sagte sie: »Es freut mich, dass du so euphorisch bist«, mit einer Stimme, die alles andere klang als das.

»Oh, ja, das merke ich. Deutlich.«

»Ich denke bloß nicht, dass es dir guttun wird, dich von einer Abhängigkeit in die nächste zu werfen.«

Einige Sekunden lang war nur mehr das Kreischen der jungen Leute zu hören, die mittlerweile an ihnen vorbeigezogen waren, das Schlagen des Paddels auf dem Fluss, das Plätschern des Wassers. Schließlich fragte Annie: »Was?«

Und Hoola erwiderte: »Du hast mich verstanden.« Sie sah Annie an, setzte sich so, dass sie sich ihr ganz zuwenden konnte. »Es ist gut, dass du dich endlich aus Finleys Fängen befreit hast, und ich freue mich sehr für dich, dass du diese Erleichterung verspürst, dass dir das Auftrieb gibt und du bereit bist, neu durchzustarten, voller Elan. Aber …« Sie machte eine Pause, ihr Blick suchte den von Annie. »Ehrlich gesagt bin ich ein bisschen überrascht, dass du dieses Buch immer noch mit dir herumschleppst. Nach – wie lange ist das jetzt her? Drei Wochen? Ich meine, ein Wildfremder hat irgendwelches Zeug aufgeschrieben, das nichts mit dir zu tun hat, und … ich weiß nicht, du steigerst dich da in etwas hinein, findest du nicht? Das ist, als würdest du von einer Besessenheit in die nächste taumeln. Anstatt dich zu befreien und dich einfach mal nur auf dich selbst zu konzentrieren, rauschst du in die nächste Obsession von etwas, oder jemandem …« Hoola biss sich auf die Lippen. Ganz offensichtlich fiel ihr nun doch Annies gekränkter Gesichtsausdruck auf und wie sie die Lippen zu einer schmalen Linie zusammenpresste.

»Oh«, sagte sie. Mehr nicht.

»Du weißt, was ich meine. Du kennst diesen Kerl überhaupt nicht, und dennoch denkst du, er sei die Erleuchtung oder der Erlöser oder … die Lösung.« Sie sah auf das Buch, das Annie nach wie vor in den Händen hielt, es lag in ihrem Schoß, und als Hoola danach greifen wollte, zog Annie es rasch zurück.

»Nein.«

»Warum nicht?« Noch einmal griff Hoola danach, bekam es zu fassen und zog, während Annie daran festhielt.

»Gott, Annie, lass mich einfach noch mal einen Blick reinwerfen.«

»Wozu? Um mir zu beweisen, dass ich eine komplett Irre bin, die rumläuft und sich in weiß Gott was hineinsteigert, wofür du keinerlei Verständnis aufbringst?«

Hoola zog, und diesmal schnalzte das Buch durch Annies Finger, und Hoola, die ein wenig ins Schwanken geraten war, fing sich wieder und klappte es auf, während sie Annies Hände abwehrte, die danach griffen. Schließlich gab Annie sich geschlagen, und Hoola las:

Alles, was ich möchte, ist, deine Hand zu halten, sagtest du, den Finger dort, wo der Puls schlägt.
Ich fühle es noch.
Das Pochen meiner Haut auf deiner.
Als wollte es sagen: Hier. Du. Sieh. Mich. Nimm. Mach.
Ich. Wir.
Und dann.

Flatline.

Hoola sah auf, ihr Gesichtsausdruck zwischen verständnisvoll und mitleidig. Annie hasste es, und noch mehr, als Hoola erklärte: »Das ist nett, ja, aber ... Was hat das mit dir zu tun, Annie? Er hat das vermutlich für eine völlig andere geschrieben. Wahrscheinlich hat er eine Frau, und ... Oder er hat keine mehr und ist noch nicht über sie hinweg.« Sie schüttelte den Kopf, während sie zur nächsten Seite blätterte. Sie murmelte: »Es könnte alles möglich sein – oder nichts von alldem.«

Ich sterbe süße Tode, während ich dich küsse.
Du bist Versuchung, Verlockung; du bist das, was mich anzieht, abstößt, auszieht, am ausgestreckten Arm verhungern lässt.
Und doch küsse ich dich.
Inniger. Satter. Wieder.
Du bist der Strudel, in den ich geraten bin, der mich tiefer zieht, nach unten, unten.
Wenn ich dort angekommen bin, wird es kein Zurück mehr geben.
Du schmeckst nach Leben.
Doch du bist der Tod.

»Und das hier ... Das hört sich an, als habe es ein Psychopath geschrieben, oder nicht? ›Du bist das, was mich abstößt. Und doch küsse ich dich.‹ Dieser Mann könnte alles sein. Krank. Ein Sadist. Einfach nur dumm. Wir haben doch keine Ahnung, womit wir es hier zu tun haben!«

»Du hast doch gar nicht alles gelesen, aber ich, und diese Gedanken sind klug und anrührend, und sie *berühren* mich, verstehst du das denn nicht?«

»Doch. Ich verstehe, dass es einen gewissen Reiz hat,

sich in Dinge hineinzusteigern, davon zu träumen, dass es so etwas gibt wie Schicksal und Fügung, so etwas wie ein Märchen, das auf uns wartet. Aber Annie: Denkst du nicht, es ist an der Zeit, dass du dich mal auf dich konzentrierst anstatt auf irgendjemand anderen? Dass du dich auf dich selbst besinnst, anstatt dich immer wieder abzulenken? Wer auch immer das geschrieben hat, er ist ein Phantom. Er hat nichts mit deinem Leben zu tun.«

Hoola musterte Annie, eindringlich und ernst, und Annie starrte zurück. Und dann, in einer raschen, plötzlichen Bewegung, entriss sie ihrer Freundin das Buch, und die, reflexartig, schnappte es sich wieder.

»Wirklich, Annie, tu das nicht.«

»Was? Was soll ich nicht tun?«

»Dich da reinsteigern. Hör auf, dich der Realität zu verweigern. Schon wieder.«

»Schon wieder? Was soll das heißen, *schon wieder*?«

»Das soll heißen, mit Finley war es schon vor zwei Jahren vorbei, doch das wolltest du nicht sehen. Und nun, nun steckst du erneut den Kopf in den Sand beziehungsweise in dieses Buch, und du verklärst diesen Menschen, obwohl du ihn nicht mal kennst. Du hast Finleys Nummer geblockt, und ich bin wirklich, wirklich stolz auf dich. Und nun atme tief durch und wende dich der Person zu, die deine Fürsorge und Aufmerksamkeit am allermeisten verdient hat – dir selbst. Diese hübsch arrangierten Worte hier sind nichts weiter als das – Worte. Sie haben nichts zu bedeuten, erst recht nicht für dich. Nichts.«

Von Satz zu Satz war Hoola energischer geworden, und die Stille, die ihren Worten jetzt folgte, war laut, sie rauschte über Annie hinweg wie eine Welle.

»Bist du jetzt fertig?«, fragte sie ruhig. Sie nahm Hoola

das Buch aus der Hand, stand auf und griff nach ihrer Tasche.

»Annie.«

Annie reagierte nicht. Sie drehte sich um und machte sich auf den Weg zurück zu den Rädern.

»Annie. Warte!« Hoola rappelte sich auf und lief ihrer Freundin hinterher. Sie hielt sie am Arm fest. »Ich hab das nicht böse gemeint, okay? Ich wollte nur ... Du weißt schon. Egal. Lass uns das Thema künftig ausklammern. Okay? Vergiss, was ich gesagt habe, und träum einfach weiter.«

»Träum weiter?« Annie blieb stehen. Aus weit aufgerissenen Augen funkelte sie Hoola an. *»Träum weiter?«*

»So meine ich das nicht.«

»Gott, Hoola. Heute meinst du nichts von dem, was du sagst, hm? Wieso sagst du es dann überhaupt? Wieso kümmerst du dich zur Abwechslung nicht mal um deinen eigenen Scheiß?«

Auf dem Absatz machte sie kehrt und stapfte regelrecht davon, den Fluss entlang, das Buch in der verkrampften Hand, die beinahe zitterte vor Wut.

»Warum?«, rief Hoola ihr hinterher. »Warum ich mich nicht um meinen eigenen Scheiß kümmere? Vielleicht, weil ich keine Zeit dafür habe? Vielleicht, weil ich mich immerzu um dich kümmern muss? Hast du dich in den vergangenen zwei Jahren mal gefragt, wie es mir geht? Hast du *mich* das in der ganzen Zeit auch nur einmal gefragt?« Sie lief hinter Annie her, beinahe genauso sehr in Rage jetzt, hielt sie am Arm fest, und die wirbelte herum. »Seit Jahren dreht es sich nur noch um dich, ist dir das aufgefallen? Annie hier, Finley da, er behandelt dich, als wärst du der Dreck unter seinem Schuh, und ich hab dir beigestanden, ich habe es wirklich versucht. Die vergangenen zwei Jahre waren die Hölle, Annie, auch für mich. Wann warst du das letzte Mal so richtig ausgelassen? Wann hatten wir zuletzt ehrlichen Spaß, so wie früher, so wie … keine Ahnung!« Hoola warf die Hände in die Luft. Sie war wirklich wütend und wirklich laut, und Annie starrte sie an, als würde sie ihre Freundin nicht mehr wiedererkennen.

»Und jetzt das?« Hoola deutete auf das Buch in Annies Hand. »Das nicht auch noch, okay? Das geht zu weit. Ich will, dass du damit aufhörst. Ich will meine Annie zurück.« Sie griff nach dem Buch, und Annie zog die Hand weg, und dann riss Hoola daran, beide zerrten an dem Büchlein, und auf einmal flog es durch die Luft, gefolgt von Annies erschrockenem Aufschrei, und landete mit einem dumpfen Platschen im River Cam, der das Objekt der Begierde gemächlich umzüngelte und flussabwärts zu schaukeln begann.

»O mein Gott.«

Annie stand wie gelähmt, während Hoola loslief, sich auf die Knie warf und versuchte, das Buch aus dem Wasser zu fischen. Es war schon zu weit abgetrieben, vom Ufer aus konnte sie es nicht erreichen. Über die Schulter hinweg warf sie der Freundin einen Blick zu, die die Augen weit aufgerissen hatte und die Hand vor den Mund gepresst hielt. Alles, was sie ihr soeben an den Kopf geworfen hatte, schien an Bedeutung zu verlieren, als sie die Tränen in Annies Augen schimmern sah. In einer einzigen, fließenden Bewegung hatte Hoola das Kleid über den Kopf gezogen. Dann schlüpfte sie aus ihren Sandalen und glitt in Unterwäsche ins Wasser.

»Scheiße, ist das kalt.« Sie prustete, während sie in den Fluss watete, und dann ging alles sehr, sehr schnell: Hoola ruderte mit den Armen, schmiss sich nach vorn, ergriff das Buch und hielt es hoch über ihren Kopf, während sie sich einarmig wieder an Land manövrierte. Dabei schaffte sie es, das Gleichgewicht zu verlieren und einmal vollständig mit dem Kopf unterzutauchen, doch sie rief nur: »Nichts passiert, alles noch da. Ich hab's, ich hab's!«

Annie folgte der Szene mit starrem Blick. Sie fühlte, wie es hinter ihren Lidern brannte, doch die Tränen schienen sich von allein zurückzuhalten, unentschlossen, ob das Gesehene tatsächlich traurig war oder einfach absurd. Nass und prustend schwankte Hoola aus dem Fluss und hielt Annie das Buch hin wie eine Trophäe.

»Ich denke, es ist noch zu retten, es war ja nicht lange im Wasser, ein paar Sekunden nur.« Sie japste, als habe sie gerade den Ärmelkanal durchquert, und Wasser troff aus ihren Haaren. »Da.« Nach wie vor wedelte sie mit dem Buch vor Annie herum, und als sei diese erst jetzt aus einer Hypnose erwacht, griff sie danach, drehte sich wortlos um und stolzierte in Richtung ihres Fahrrads davon.

Erst als sie es erreicht hatte, kam die Wut. Glühend heiße Wut, und mit ihr die Tränen.

Diesmal versuchte Annie nicht, sie zurückzuhalten.

Und diesmal versuchte Hoola nicht, ihr zu folgen.

Die Stille, sie ist ein Freund von mir.
Sie spricht, wenn ich im Dunkeln liege.
Weiß Antworten auf Fragen, die ich mir nicht stelle.
Also nein, ich habe keine Angst vor ihr.
Und ich kann Stille nicht nur ertragen.
Ich bin es gewohnt, Teil von ihr zu sein.

9

Einsichten, Durchblicke, Entscheidungen

Das Innere hatte sich vom Einband gelöst, zum größten Teil jedenfalls, und das war das Schlimmste daran. Annie trocknete die Seiten mit einem Föhn, betete, dass die Schrift nicht vollends und überall ins Unleserliche verlaufen war, und ignorierte ihr Handy, das brummte und summte unter Hoolas Anstrengungen, Wiedergutmachung zu leisten. Bevor sie sich daranmachte, den mitgenommenen Seiten mit einem Bügeleisen zu Leibe zu rücken, schaltete Annie das Telefon aus.

Sie hasste Hoola für das, was sie getan hatte. Dafür, dass das Buch, das ihr so viel bedeutete, ihretwegen im Wasser gelandet war und nun aussah, als habe man es aus dem Wrack der Titanic geborgen. Und sie hasste sie dafür, was sie ihr an den Kopf geworfen hatte, all die Vorwürfe, all die …

Annie setzte das Bügeleisen ab und wischte sich mit der Hand über die Augen. Ihre Lider schmerzten. Ihr Kopf tat weh.

Denn am meisten, dachte sie, am meisten hasste sie sich selbst.

Dafür, dass sie der Verlust eines dummen, kleinen Buches so unglücklich machte. Dafür, dass sie versucht war, ihre beste Freundin aus ihrem Leben zu verbannen, weil die nicht verstand, weshalb sie sich an diese Worte klammerte. Sie hasste sich dafür, dass Hoola recht haben könnte. Womöglich hatte sie die vergangenen Jahre nur an sich gedacht. Womöglich war sie egoistisch und narzisstisch und hilflos und verrückt und exakt die Niete, als die Hoola sie beschrieben hatte. Es hatte sich viel um sie gedreht, richtig? Beinahe immer nur um sie, und ja, sie hatte es versäumt, auch nur einmal infrage zu stellen, dass es Hoola immer gut ging. Sie war egoistisch gewesen. Wann hatte das angefangen, dass sie sich nur mehr um sich selbst kümmerte und kein bisschen um andere, nicht einmal um ihre beste Freundin?

War sie schon immer so gewesen? Oder erst, seit sie Finley liebte? War sie so geworden, als er sie verlassen hatte? Wann? Was war mit ihr passiert?

Annie blickte auf ihr Handy, das stumm und anklagend zwischen den Sofakissen lag.

Dann auf das lädierte Buch vor ihr.

Sie strich mit der Hand darüber, atmete tief ein und aus.

Und fasste schließlich einen Entschluss.

»Hier.«

»Annie, es tut mir schrecklich leid. Ich wollte doch nicht ...«

»Nein. Hier.«

Hoola stand im Bademantel im Türrahmen und blickte verwirrt auf das Buch, das Annie ihr hinhielt.

»Ich will, dass du es wegwirfst.«

»Dass ich es wegwerfe?«

Annie wedelte mit dem Buch herum. »Du hattest recht. Ich war verrückt. Ich *bin* verrückt, aber ich möchte es künftig nicht mehr sein. Ich will nicht egoistisch sein und nur von mir reden und mich in unsinnige Dinge verrennen und dabei meine beste Freundschaft riskieren.« Sie starrte Hoola an, entschlossen, dann drückte sie ihr das Buch in die Hand. »Ich will wissen, wie es dir geht. Was ich tun kann, um dich zu unterstützen. Ich will nicht mehr nur um mich selbst kreisen oder um Hirngespinste. Also. Hier. Wirf es weg.«

Hoola blickte auf den schwarzen Ledereinband, dann zu Annie. »Wir können es nicht einfach wegwerfen«, sagte sie sanft. »Es gehört uns nicht.«

Einen Moment lang war nichts zu hören außer den Amseln, die hinter ihnen im Baum diskutierten, ebenso hitzig, wie Annie und Hoola es schon Tausende Male getan hatten.

»Daran habe ich nicht gedacht«, murmelte Annie.

»Wir könnten es ins Dartmoor zurückbringen. Komm erst mal rein. Ich mach uns einen Tee.«

Während Annie ihrer Freundin ins Haus folgte, durch den schmalen Gang in die Küche und dort an den runden Tisch unter dem Fenster, senkte Hoola den Kopf über das Buch. »Es ist glücklicherweise nicht völlig zerstört. Den größten Teil kann man noch lesen. Und der Einband ... Eventuell kann ich den kleben, warte mal. Ich muss nur eben die Klebepatrone ...«

Dann hielt sie inne. Und Annie, die sich müde und ausgelaugt fühlte und in der Stimmung, ins Bett zu verschwinden und erst mal nicht wieder aufzustehen, ließ sich auf einen Stuhl fallen und wartete einfach, bis Hoola weitersprach.

»Annie?«

»Ja?«

»Sagtest du nicht, du hast keine Ahnung, wem das Buch gehört?«

»Es steht kein Name drin.« Ihre Stimme klang matt.

»Ah. Hmm.«

»Was?«

Hoola setzte sich neben Annie, dann schob sie ihr das aufgeklappte Buch hin.

»Was ist das?« Annie musste zweimal hinsehen. Dann noch einmal. Da stand etwas, und das, was da stand, ergab überhaupt keinen Sinn.

»Ich weiß nicht, vielleicht waren die Seiten zusammengeklebt«, sagte Hoola. »Und durch die Feuchtigkeit haben sie sich voneinander gelöst.«

»Das kann nicht sein.«

»Sieht aber ganz danach aus.«

Annie zog das Buch näher zu sich heran, und dann strich sie mit den Fingerspitzen über die Zeilen, die vom Wasser leicht aufgeweicht, jedoch immer noch deutlich zu lesen waren.

Da stand:

J. Edwards
24 Blenheim Cres, Notting Hill
London W11, 2EU

Teil 2

Jack

Es gibt Tage, da fühle ich mich wie etwas, das einem zu spät eingefallen ist; ein nachträglicher Gedanke, ein »Oh, stimmt, das auch noch«.
Im nächsten Augenblick ist es vergessen.
Und ich bin es auch.

10

Schlechte Neuigkeiten

Jack betrat das King's Arms um kurz nach sechzehn Uhr, und augenblicklich umschloss ihn der vertraute Duft von schalem Bier, abgestandenem Atem und der zitronigen Holzpolitur, die Bridget dafür verwendete, beidem zu Leibe zu rücken. Der Pub war mehr als zweihundert Jahre alt, doch im Gegensatz zu anderen, womöglich noch betagteren Kneipen blitzten die dunklen Dielen des King's wie nasser Stein, und auf den Tischen spiegelte sich das Licht, das träge durch stumpfe Fenster hereinfloss.

»Entschuldigung, dürfen wir?«

»Oh. Klar. Sicher.«

Er war in der Tür stehen geblieben, hatte den Weg versperrt und trat nun zur Seite, als zwei junge Frauen sich an ihm vorbei in den Raum drängten. Rachel war keine von ihnen. Jack ließ den Blick über die Tische schweifen, von denen an einem Samstag um diese Uhrzeit nur wenige besetzt waren, hinüber zur Bar, an der sich bis auf eine Handvoll Stammgäste noch keiner festgetrunken hatte. Sean hob die Hand, während er mit der anderen den Zapfhahn bediente. Er lächelte nicht, genauso wenig wie Jack, als dieser auf den Tresen zuging. Von allen Menschen, die in Jacks Leben eine Rolle spielten, war Sean derjenige, der ihn am besten kannte – besser als irgendwer, weit besser als Rachel. Was ihn nicht wirklich verwunderte. Rachel und er waren gerade mal ein Jahr zusammen gewesen, als sie schwanger wurde, und ihre darauffolgende Ehe hielt nicht einmal vier. Die Verbindung zwischen ihm und ihr war ein Missverständnis gewesen, wenn schon kein Fehler, und Lori das einzige Gute, das daraus entsprungen war.

»Kaffee?«

Jack ließ sich auf einem der Barhocker nieder, die Polster verschlissen, aber sauber, während Sean bereits eine Tasse vor ihm abstellte, in die er heißen, schwarzen Filterkaffee goss. Er musterte Jack. Das hatte er in den vergangenen Wochen oft getan. Und Jack, er hielt seinem Blick stand. Er war kein großer Redner. Niemand, der in den Pub schlurfte, sich an den Tresen hievte, Bier und Schnaps orderte und damit begann, dem Wirt Banalitäten aufzutischen. Auch nicht dann, wenn der Wirt Sean und sein Freund war. Jack war nicht der Typ, der sich mitteilte, der Sätze von sich gab wie: »Scheiße, meine Frau nervt« oder »Kumpel, der Job macht mich fertig« oder »Verdammt, wieso kann die Mistkarre nicht einfach tun, was sie soll, nämlich fahren?« Das lag zum einen daran, dass Jack die Dinge lieber mit sich allein ausmachte. Zum anderen hatte es in seinem Leben schon immer Wichtigeres gegeben, Größeres. Und davon wusste Sean natürlich. Weshalb es dieses unausgesprochene Einvernehmen zwischen den beiden Männern gab, dass der andere es als Erster erfahren würde, wenn etwas nicht stimmte, wenn die Stimmung kippte, wenn ein Schmerz zu groß wurde, um allein damit klarzukommen. Sean musterte Jack, der nickte kaum wahrnehmbar, Sean nickte ebenso unmerklich zurück.

»Rachel ist noch nicht aufgetaucht«, sagte er dann, und

für eine Sekunde zuckte Jacks Mundwinkel. Rachel war Französin, ihr Name so weich, wie sie selbst niemals sein würde, gesprochen mit einem verwegenen *sch – Raschell.* Der Name klang wundervoll, wenn man sich morgens in den Armen lag, noch warm von Schlaf und schon elektrisiert von der Nähe des anderen; wenn man ihn fühlte, flüsterte, seufzte, stöhnte, den Namen an sich zu liebkosen begann. *Rachel.* Er verlor seinen süßlichen Klang in dem Augenblick, in dem man jemanden bat, nicht zu gehen, sich nicht einem anderen zuzuwenden, *lass es uns versuchen, Rachel, der Kleinen zuliebe.* Er wurde dann zu einem harten Zischen, einem unerträglichen Keuchen, das Sean ausspuckte, solange er Rachel kannte. Rachels verführerischer, Unschuld verheißender Name klang aus seinem Mund wie ein Fluch, etwas, das rau und unüberwindbar in der Kehle steckte wie ein Stachel. Sean mochte sie nicht, als sie und Jack zusammenkamen, nun hatte er allen Grund, sie aus tiefstem Herzen zu verachten.

»Und da tut sie es doch«, brummte er, während er in Richtung Eingangstür nickte, und als Jack sich umdrehte, blickte er in die dunklen Augen seiner Ex-Frau, und keine der eben heraufbeschworenen Erinnerungen an Nähe und Zusammengehörigkeit wollte ihm wieder in den Sinn kommen, bloß noch die anderen.

»Immerhin ist sie pünktlich«, stellte Sean fest. Rachel bewegte sich mit eleganten Schritten auf einen der Tische am Fenster zu und bedeutete Jack mit einer Handbewegung, ihr zu folgen.

Sean stieß ein verächtliches Schnauben aus.

Jack sagte: »Man kann ihr vieles vorwerfen, aber nicht, dass sie unpünktlich ist.«

»Vielleicht solltest du ihr zur Abwechslung mal *irgend-*

etwas vorwerfen, wie wäre das? Ich meine, sie hat sich in der Vergangenheit nicht gerade mit Ruhm bekleckert, oder? Zu Leos Trauerfeier …«

»Sean.« Jack glitt von seinem Barstuhl. »Machst du ihr einen Espresso?«

Sean zögerte eine Sekunde. »Schwarz wie ihre Seele«, sagte er dann.

»Und mir noch einen Kaffee, bitte. Oder nein, lieber ein Bier.«

»Hallo, Rachel.«

»Jack.« Sie nickte ihm zu.

Er stellte den Espresso vor ihr ab, das Bierglas gegenüber, und setzte sich.

»Wie ich sehe, hat sich nichts verändert in dieser düsteren Spelunke, die du so furchtbar gern aufsuchst.«

»Manche Dinge ändern sich nie.« *Und manche Menschen auch nicht,* dachte er. Für einige Sekunden betrachteten sie einander schweigend, Rachel musterte Jacks Vollbart, und es war ihr anzusehen, dass er ihr nicht gefiel. Und Jack, er nahm Rachels abweisende Haltung wahr, ihren kühlen Blick aus den dunklen Augen, die er einmal als tief und warm und verständnisvoll empfunden hatte und nun nur noch als Spiegel seines abgrundtiefen Versagens. Gemäß der Geschwindigkeit, mit der die beiden aufeinander zugerast und wieder auseinandergestoben waren, machte ihre Beziehung nur einen Bruchteil ihres Lebens aus, und doch hatten sie gemeinsam ein Kind gezeugt, und dieses Kind war für Jack Grund genug, sich an dem letzten Faden Zuneigung für diese Frau festzuklammern, ihn nicht zu kappen. Er hatte sie außerdem mal geliebt. Das nahm er jedenfalls an. Vielleicht aber war er auch nur verrückt nach ihr gewesen, verrückt nach dem, was sie verkörperte – Leichtigkeit, Tatendrang, *Savoir-vivre* –, all das, was er immer schon vermissen ließ. Er war so verrückt gewesen, dass er sie heiratete, eine praktisch Fremde, und wenn er heute darüber nachdachte, was in den darauffolgenden Jahren schiefgelaufen war, konnte er auf keinen Fall Rachel alle Schuld zuweisen, so wie Sean das gern tat. Vielleicht hatte sie Ansprüche an ihn gehabt, die er nicht erfüllen konnte. An sehr vielen Punkten ihrer gemeinsamen Zeit jedoch hatte er es womöglich zu wenig versucht. Und jetzt – jetzt war das alles auch gar nicht mehr wichtig.

»Wo ist Lori?«

»Ich werde eine Fünfjährige nicht mit in diese Kneipe zerren. Ich bin nicht du.«

Sie sagte *Isch* statt ich und ließ der letzten Silbe diesen typischen Schmollmund folgen, den Jack ebenfalls einmal sehr gemocht hatte und von dem er sich nun fragte, ob er etwas typisch Französisches war oder nur typisch Rachel. *Püh.* Sie machte *püh* und spitzte die Lippen, als sei er der Verantwortungslose an diesem Tisch, der kleine Mädchen in kinderfressende Pubs lockte. Er hatte Lori nie mit hierhergenommen, auch wenn er Seans alte Kneipe als weit weniger bedrohlich empfand als andere Orte. Oder Personen, wenn man das Thema schon anschneiden wollte.

»Ist sie in London?«

»Nein.«

Jack setzte sich aufrechter hin, doch seine Stimme behielt denselben unbeteiligten Klang. »Du hast sie bei ihm gelassen?«

»Wenn du mit *ihm* Xavier meinst, dann lautet die Antwort Nein, obwohl ich finde, du solltest dich allmählich an den Gedanken gewöhnen, dass mein neuer Lebensgefährte Umgang mit deiner Tochter pflegt. Meine Mutter macht einen Ausflug mit ihr. Sie sind ans Meer gefahren und kommen heute Abend zurück.«

»Ah. Okay.« Jack setzte das Bierglas an die Lippen.

»Ehrlich, Jack? Um vier Uhr nachmittags?«

Er nahm einen Schluck. Bemühte sich, nicht das Gesicht zu verziehen, denn die Wahrheit war, er trank so gut wie nie um vier Uhr nachmittags, doch die Woche war schwierig gewesen, nicht unbedingt schwieriger als die davor, aber ähnlich kräftezehrend, und nun Rachel, und außerdem hatte er sich gefreut, seine Tochter zu sehen. Außer der Reihe. Außerhalb ihrer vereinbarten Zeiten, die vorsahen, dass er sie erst am Montag wieder vom Kindergarten abholen würde. Der bittere Geschmack der Enttäuschung vermischte sich mit dem des Bieres, und Jack schob das Glas ein Stück von sich weg.

Rachel musterte ihn. »Lori ist mit Maman unterwegs, weil ich mit dir reden wollte.« Seufzen, tief und bedeutungsschwanger. »Xavier hat mir einen Antrag gemacht. Wir werden heiraten.«

Jack blinzelte, während ein seltsames Gefühl in ihm aufstieg; es formte sich irgendwo hinter dem unteren Teil seines Rippenbogens und kroch sachte seine Brust hinauf. Zur Beerdigung seines Bruders war sie nicht gekommen, dachte er. Doch sie reiste extra aus Bath an, an einem Wochenende, das sie ansonsten dort verbrachte, organisierte einen Ausflug für Lori, um ihm persönlich mitzuteilen, dass sie einen anderen heiraten würde, was ihm gleichgültig war.

»Ich dachte, du freust dich? Wenn ich Xavier heirate, musst du keinen Unterhalt mehr für mich bezahlen.«

Misch.

»Doch, das ist gut«, erwiderte Jack ohne Elan. »Kommt er nach London?«

»Sei nicht albern. Xavier kann seine Firma nicht von Bath nach London zaubern, also werden Lori und ich bei ihm leben. Er hat ein großes Haus. Und wir sind ohnehin schon halb bei ihm eingezogen. Lori hat einen riesigen Garten zum Spielen und sogar Pferde in der Nachbarschaft.«

Jack saß still, sein Blick tastete über Rachels Gesicht, während er die versteckten Vorwürfe zwischen ihren Zeilen aussortierte – *Xavier hat eine eigene Firma. Ein großes Haus. Einen riesigen Garten. Du brauchst keinen Unterhalt mehr zu bezahlen* – und versuchte, sich auf das Wesentliche zu konzentrieren, das seine Ex-Frau ihm eröffnet hatte: Sie würde mit Lori in eine andere Stadt ziehen. Sie würde ihm seine Tochter wegnehmen.

»Ich verstehe nicht«, sagte er schließlich, und auf einmal klang seine Stimme atemlos.

Rachel gab einen ungeduldigen Laut von sich. »Lori und ich werden nach Bath ziehen. War das deutlich genug?«

»Aber das geht nicht.«

»Oh, Jack.«

»Wie soll das funktionieren?« Nach wie vor starrte er Rachel an. Lori wohnte abwechselnd eine Woche bei ihm, eine Woche bei ihr. Wie sollten sie das hinbekommen, wenn seine Tochter künftig zweihundert Kilometer weit entfernt lebte?

»Deshalb bin ich hier. Wir müssen uns überlegen, wie wir eure Besuchstage neu regeln.«

»Besuchstage?« Jack war es, als habe sein Hirn den Betrieb aufgegeben. Eine neonfarbene Leuchtreklame flackerte auf vor seinem inneren Auge, *WE ARE CLOSED* stand darauf, und er seufzte dankbar bei ihrem Anblick, weil er unmöglich noch mehr ertragen, noch mehr schlechte Nachrichten verkraften konnte nach allem, was in den vergangenen Wochen geschehen war. Wochen. Monaten. Jahren! Sein Pensum an dem, was er einstecken konnte, war aufgebraucht, Leos Tod der letzte Verlust, den er bereit war zu tolerieren. Er würde nicht dulden, dass man ihm auch noch die Tochter wegnahm.

In Jack brodelte es. Und obwohl man ihm nichts davon ansah, nicht einen der düsteren Gedanken, die in ihm aufkeimten, schien Rachel instinktiv wahrzunehmen, dass es nun an der Zeit war, ein Stück zurückzurudern.

»Hör zu. Ich weiß, das ist schwierig für dich, und der Zeitpunkt – er ist mehr als ungünstig, *oui*? Ich weiß das. Aber Bath ist nicht Timbuktu. Ich bin mir sicher, wir finden eine Lösung, damit du ausreichend Zeit mit deiner Tochter verbringen kannst. Es wird eben nur nicht mehr möglich sein, dass wir uns wochenweise abwechseln. Die Schule beginnt im September. Spätestens dann werden wir nicht mehr in London sein.«

Jack setzte das Glas an und trank es leer.

Rachel seufzte wieder. »Es tut mir leid.«

Und Jack, er glaubte ihr in diesem Moment, und dennoch sagte er: »Wir beide haben das Sorgerecht. Du und ich.«

Diesmal war es Rachel, die starrte, bevor sie mit der flachen Hand auf den Tisch schlug. Die Espressotasse, die sie nicht angerührt hatte, klirrte leise auf ihrem Unterteller.

»Oh, ich erinnere mich, gut sogar. Auch daran, dass dir die Besuche deiner Tochter nicht sonderlich wichtig gewesen sind in den vergangenen Monaten. Bei dem ganzen Drama um deinen Bruder, *oui*? Hätte ich es gewollt, hätte ich schon vor Wochen die Behörden darauf aufmerksam machen können, wie mental instabil du im Augenblick bist und wie wenig in der Lage, einem Kind ein positives Umfeld zu bieten. Also provozier mich nicht, Jack. Tu das nicht.«

Wieder diese spitzen Lippen. Jacks Ärger stieg um zwei Nuancen.

»Was hast du gedacht?«, hakte Rachel nach. »Dass ich ewig in Fußnähe leben würde und wir unsere Tochter hin- und herschieben?«

Jack starrte die Frau an, die einmal seinen Nachnamen getragen, sein Bett geteilt, sein Kind geboren hatte. Die gekämpft hatte, für ihre Ehe, aber auch gegen ihn, und schließlich ausgezogen war, als alles den Bach runterging. Sie hatte ihm nicht verziehen, dass er Leo aufgenommen hatte, dass er sich entschieden hatte, sich mehr um seinen kranken Bruder zu kümmern als um Lori oder sie. Und er, er konnte ihr niemals vergeben, dass sie ihn vor die Wahl gestellt hatte.

»Jack.«

Das Closed-Schild blinkte. Er hatte keine Ahnung, was er noch sagen sollte.

»Es tut mir leid. So habe ich es nicht gemeint.«

»Doch«, erwiderte er schließlich. »Das hast du.«

»Habe ich nicht. Und ich würde das nie tun. Dich irgendwo anschwärzen, meine ich, bloß weil es dir eine Weile lang nicht gut ging.«

»Wieso erwähnst du es dann? Wenn es keine Drohung war, warum es überhaupt ansprechen?« Seine Stimme klang ruhig und leise, doch Rachels Augen verengten sich.

»Du hast dich damals für Leo entschieden, erinnerst du dich? Du hast erlaubt, dass er zu uns in dieses winzige Haus zieht, dass er all deine Zeit beansprucht, dass er sich zwischen dich und deine Familie stellt.«

»Leo war krank. Und er *war* meine Familie. Er war mein Bruder.«

»Und schon sind die Prioritäten wieder geradegerückt, ist es nicht so?«

Nun waren sie doch laut geworden. Jack merkte es daran, dass Sean neben ihrem Tisch aufgetaucht war, er räusperte sich, bevor er Jacks leeres Bierglas abräumte und dann auf Rachels Kaffeetasse deutete. »Trinkst du das noch?«

Sie hob das Kinn, ohne Jack aus den Augen zu lassen.

»Kann ich euch noch was anderes bringen?«

»Schon gut.« Jack schüttelte den Kopf. »Wir bleiben nicht mehr lange.«

»Schön zu hören.«

Das brachte Sean einen abschätzigen Blick von Rachel ein, während Jack sich mit einer Hand erschöpft über das Gesicht rieb.

»Okay«, sagte er schließlich. »Ich werde darüber nachdenken müssen. Ich ruf dich an.«

Ohne ein weiteres Wort stand Rachel auf, strich sich den Rock ihres zweiteiligen Kostüms glatt und setzte einen Fuß vor den anderen, um dann doch neben Jack stehen zu bleiben. »Es tut mir ehrlich leid, Jack. Ich war kein Fan von Leo, aber ich habe ihm sicher nicht den Tod gewünscht.«

Jack erwiderte nichts. Doch als Rachels Schritte auf dem blank polierten Holzboden verklungen waren, da nickte er langsam. Sie hatte recht, dachte er. Instinktiv hatte sie ihn und die Situation zwischen ihnen beiden richtig eingeschätzt. Leo war sein Bruder, seine Familie, und für sie hatte er Rachel und Lori geopfert, es war ganz allein seine Schuld. Das Dilemma, zu dem seine Ehe geworden war, es ging auf sein Konto. Selbst wenn Rachel tatsächlich die selbstsüchtige, kaltherzige Person war, die sie in jüngster Zeit so oft zur Schau gestellt hatte, war er es doch gewesen, der alles hatte entgleiten lassen, der ihre Beziehung, ihre Familie strapaziert hatte, bis sie auseinanderriss.

Einmal mehr fühlte Jack, wie sich Erschöpfung über ihn legte, die Lethargie, die ihn so oft gefangen hielt in den vergangenen Wochen, die bleierne Schwere, die ihn nach unten drückte, in seinen Stuhl, tiefer, *tiefer.* Er spürte Seans Blick auf sich. Hörte Rachels Stimme in seinem Ohr. Sah seine Tochter vor sich, die ihm zuwinkte, während sie sich weiter und weiter von ihm entfernte. Er hatte keine Ahnung, was er als Nächstes tun sollte.

11

Der Anfang

Als Jack Rachel das erste Mal sah ... nein, da noch nicht. Als ihm klar wurde, dass Rachel, die aparte Französin, dunkel und zart wie Bitterschokolade, sich mehr vorstellen konnte als nur eine Nacht mit ihm, dass sie mehr wollte, *ihn* wollte, da versuchte Jack, über seinen Schatten zu springen, er versuchte es wirklich. Tatsache war jedoch auch, dass man nicht mehr aus sich herausholen konnte, als in einem drin war, und Worte fehlten an allen Ecken und Enden, er trug sie einfach nicht in sich. Weshalb Rachel ihn falsch einschätzte. Was womöglich den Grundstein legte für alles, was im Anschluss daran geschah.

Jack Edwards und Rachel Clément trafen an einem Adventssonntag vor sieben Jahren aufeinander, als beide im weihnachtlich geschmückten Dachgarten eines der exklusivsten Hotels Londons einem Firmenevent beiwohnten; Jack als Teil besagter Firma, Rachel als diejenige, die das Restaurantpersonal managte. Es war keine Liebe auf den ersten Blick, dazu wäre Jack in diesem Moment nicht in der Lage gewesen. Er fühlte sich unwohl. Er war gekommen, weil sein Chef ihm erklärt hatte, er könne nicht länger ein Schattendasein führen, nicht in einer Branche, in der es darum ging, auch die Intention hinter der Kunst zu verkaufen, den Künstler hinter dem Werk.

Jack empfand sich nicht als Künstler, er sah sich weit entfernt davon. Er war ein Macher; jemand, der Armaturen austauschte und Abflüsse reinigte, der Regale zusammenschraubte, Fliesen verlegte und Holzböden abschliff – alles Dinge, die er aus der Notwendigkeit heraus erlernt hatte und die ihm irgendwann genug Freude bereiteten, um sie freiwillig zu tun. Jack war nicht lange zur Schule gegangen, hatte danach eine Ausbildung zum Fliesenleger absolviert, hatte das alte Haus am Blenheim Cres in Notting Hill nur deshalb kaufen können, weil es kurz davor war auseinanderzufallen und die Besitzer sich davon überzeugen ließen, dass Jack dies verhindern würde, mit seinen eigenen Händen.

Er hatte als Handwerker in einem Kaufhaus gearbeitet und parallel dazu das alte Haus hergerichtet nach seinen eigenen Vorstellungen und Vorlieben, mit den schwarzen Kacheln, die er mochte, der dunkelblauen Kassettentäfelung im Schlafzimmer, den frei stehenden Treppenläufen, die der Enge des Häuschens trotzten. Er hatte Wände eingerissen, um Räume luftiger zu gestalten, dann Holzboden verlegt, altes, knarrendes Parkett, und am Ende befunden, dass einige Läufer dem Gesamtbild nicht schaden konnten – womit Jacks eigentliche Karriere ins Rollen kam, durch reinen Zufall. Er suchte nach Teppichen, keiner passte ins Bild. Er durchstöberte Läden, Flohmärkte, das Internet. Dann setzte er sich an den klobigen Küchentisch, den er bei einem Antiquitätenhändler gekauft und sorgsam restauriert hatte, und begann, ein Muster zu zeichnen; eines, das sich wie eine Collage zusammenfügte, ähnlich dem Prinzip, nach dem er sein Haus hergerichtet hatte. Er brauchte einige Tage für diesen ersten Entwurf, doch letztlich war er zufrieden: Auf den ersten Blick wirkte die Zeichnung wie ein in Chaos geratener Mondrian, der darüber hinaus aus einem anderen Blickwinkel dreidimensional erschien.

Jack machte sich auf die Suche nach einem Anbieter, der Teppiche nach eigenen Entwürfen fertigte, und landete letztlich bei Rugs for Ruglovers, die er via E-Mail kontaktierte.

Sehr geehrte Damen und Herren,

Ihrer Internetseite habe ich entnommen, dass Sie Ihre handgeknüpften Teppiche in maßgefertigtem Design anbieten. Ich habe hier den Entwurf für einen Läufer, den ich bei Ihnen in Auftrag geben möchte. Maße und Farbwünsche entnehmen Sie freundlicherweise dem angehängten Dokument.

Mit der Bitte um einen Kostenvoranschlag verbleibe ich
mit besten Grüßen
Jack Edwards

Das Zeichnen, das war ihm leichtgefallen. Für den kurzen Brief benötigte Jack fast eine Stunde, weil er es nicht gewohnt war, jemandem zu schreiben, erst recht nicht in hochoffiziellen Angelegenheiten.

Die Antwort ließ beinah eine Woche auf sich warten.

Sehr geehrter Mr. Edwards,

bedauerlicherweise nehmen wir keine Auftragsarbeiten entgegen. Rugs for Ruglovers ist eines der führenden Unternehmen im Bereich exklusiver Bodenbeläge, das

Custom-Design bezieht sich auf Größe und Format, nicht auf das Design als solches. Bei uns können Sie lediglich das fertige Produkt erwerben.

Mit besten Grüßen
Lilith Thomas,
Assistentin der Geschäftsführung
Rugs for Ruglovers GmbH

Doch dann, zwei Tage später, kam erneut eine Mail.

Sehr geehrter Mr. Edwards,

vor einigen Tagen schickten Sie uns den Entwurf eines Teppichdesigns zu. Könnten Sie uns eventuell den Namen des Künstlers nennen, dem das Design zugrunde liegt?

Mit bestem Dank und Gruß
Andrés Giordano,
Geschäftsführer
Rugs for Ruglovers GmbH

Es war diese E-Mail, die Jacks Leben veränderte, zumindest den erwerbsmäßigen Teil. Als er in seiner Antwort umständlich erklärte, der Entwurf sei von ihm selbst, er habe ihn für rein private Zwecke gezeichnet und nicht etwa das Urheberrecht eines anderen verletzt, falls Mr. Giordano das annehmen sollte, bot der ihm nicht nur an, Jacks Teppich knüpfen zu lassen, sondern zudem eine beachtliche Summe, um das Design zu erwerben. Später, als sich herausstellte, dass die Nachfrage nach Jacks Motiv die Erwartungen an ein neues Design um ein Vielfaches übertraf, fragte Andrés Giordano nach, ob sich nicht rein zufällig mehr solcher Entwürfe in seiner Schublade befanden. Und so wurde Jack Edwards freiberuflicher Teppichdesigner, und das mit beachtlichem Erfolg. Er verdiente mehr als je zuvor in seinem Leben, was gut war, denn dies brachte ihn nicht nur in die Lage, seine Mutter zu unterstützen, sondern seinen Bruder Leo ebenfalls. Jack entwarf Teppiche, werkelte an seinem Haus, und wenn es gar nicht anders ging, ließ er sich bei Rugs for Ruglovers persönlich blicken oder eben auf einem dieser exklusiven Firmenevents, die sich in der Regel in angesagten Clubs oder edlen Restaurants abspielten, die einen kostspieligen Anzug oder zumindest eine Krawatte erforderten und darüber hinaus die Bereitschaft, eine gehäufte Ansammlung derer zu ertragen, die sich die Teppiche der Firma leisten konnten. Und die Teppiche waren teuer, sündhaft geradezu. Jack rieb sich die Augen, wie viel für die Auslegware bezahlt wurde und entsprechend auch für die Entwürfe. Und wie groß das Interesse der Teppichliebhaber an denen war, die diese Entwürfe kreierten! Er wäre nie auf die Idee gekommen, seine Skizzen und Scribbles als Kunst zu bezeichnen. Doch sein Chef, die Kunden, die ganze Branche war offenbar anderer Meinung. Weshalb es kein Wunder war, dass auch Rachel in Jack einen anderen sah als den, der er wirklich war.

Rachel erfasste den teuren Anzug, den Jack trug, und wie Mr. Giordano, der ihr als Firmeninhaber vorgestellt worden war, stolz eine Hand auf dessen Schulter drapierte, ihn durch die Menge an exquisit gekleideten Menschen schob, unter denen Rachel meinte, mindestens einen Fernseh- und drei Filmschauspieler entdeckt zu haben, eine Moderatorin und diesen Sänger, der irgendwann mal eine Castingshow gewonnen hatte. Rachel, damals sechsundzwanzig Jahre alt und lange genug in der Gastronomie tätig, um zwischen gehobenen und exklusiven Veranstaltungen zu unterscheiden, folgte Jacks breiten Schultern durch die Menge mit Blicken, die ein Loch in den noblen Stoff seines Jacketts hätten brennen können, wären sie dort noch ein wenig länger verweilt. Stattdessen ergriff die Restaurantmanagerin kurzentschlossen eines der Champagnertabletts und somit die Chance, bei dem Mann, der offenbar eines der hofiertesten Exemplare des Abends war, persönlich vorstellig zu werden.

Rachel achtete darauf, seine Hand zu berühren, als sie ihm das Glas mit der goldperligen Flüssigkeit reichte, und dann seinen Blick einzufangen, als er überrascht die Augen hob. Sie entdeckte keinen Ring an seinem Finger. Dafür gefiel ihr der Mann aus der Nähe betrachtet noch besser. Er hatte dunkle Augen, die womöglich eine Spur zu klein waren und dennoch auf sie wirkten, warm und einladend. Er war glatt rasiert, die Nase gerade, die Lippen nicht zu breit, nicht zu schmal, die braunen Haare leicht durcheinander und einen Tick zu lang über den Ohren. Er war unzweifelhaft anziehend, und so, wie er sie ansah, war dieses Gefühl keinesfalls einseitig.

Jack hatte den Kopf voll mit Plänen, wie er am besten und unauffälligsten von dieser Hotelterrasse fliehen konnte. Als Rachel vor ihm auftauchte, ihm ein Glas Schampus anbot und dazu ein Lächeln, das seine Gedanken kurzzeitig zum Stillstand zwang, war er hauptsächlich verwirrt gewesen. So verwirrt, dass er sich später – als er die Tür zu seinem Haus aufschloss, erst die unbequemen Oxfords abstreifte, dann seine Krawatte, und sich müde auf das Sofa fallen ließ – nicht mehr daran erinnerte, warum er die hübsche Kellnerin zum Essen eingeladen hatte oder ob überhaupt.

Es sollte etliche Monate dauern, bis sich dieses betäubende Gefühl der Zerstreutheit, das Jack empfand, wann immer er auf Rachel traf, allmählich hob. Bis dahin war Rachel schwanger, und bei Leo hatten die ersten Symptome eingesetzt. Und Jack, er hatte Folgendes gelernt: Wenn sich die Dinge in dir selbst nicht verändern, verändert sich nie auch nur irgendwas. Nie.

12

Die leere Hülle von Jack

Dass Jack Sonntage nicht sonderlich mochte, hatte diverse Gründe, allen voran den, dass es ihm nicht erlaubt war, in seinem eigenen Haus laut zu werden. Was bedeutete: kein Abschlagen von Kacheln, kein Bohren, kein Hämmern, kein Schleifen, kein Fräsen, kein Sägen, kein gar nichts. Jack, der seit Jahren in diesem Gebäude renovierte, Möbel ausbesserte, Leitungen erneuerte, verputzte, verlegte, weiß der Himmel, was noch, kam es so vor, als wären die rohe Gewalt, die er auf dessen Instandsetzung anwandte, und der Krach, den er dabei verursachte, das Einzige, das ihn an manchen Tagen zusammenhielt. Das Einzige, das den Stimmen in seinem Kopf Einhalt gebot und die Leere zu füllen in der Lage war, die der Tod seines Bruders, das Scheitern seiner Ehe und nun der drohende Verlust seiner Tochter in sein Innerstes gebracht hatten. Jack fühlte sich wie ein Stein, der sich allmählich selbst von innen aushöhlt, die Schale hart, aber porös, und auch wenn das für niemanden sonst sichtbar war, er fühlte es ganz deutlich, an den Sonntagen mehr als an allen anderen Tagen.

Es war noch früh am Morgen. Jack saß am Küchentisch, die Tür zur Terrasse hin geöffnet, und hielt die Teetasse in beiden Händen, die Ellbogen auf die Tischplatte gestützt.

Er nahm langsame, gleichmäßige Schlucke und hatte die Augen auf ein Amselweibchen gerichtet, das in einer der Plastikschalen badete, die Lori zum Spielen nach draußen getragen und er bisher nicht wieder fortgeräumt hatte. Es hatte geregnet letzte Nacht. Die Luft, die aus dem Garten hereinströmte, roch nach nassem Gras und schweren Blüten und erinnerte ihn daran, dass dies der letzte Sommer war, bevor seine Tochter nach Bath zog und er seiner Mutter früher oder später von Rachels Umzugsplänen erzählen musste. Er blickte auf die Tischplatte. Eventuell konnte sie eine weitere Ölung vertragen. Jack fuhr mit dem Daumen über den Teerand, den seine Tasse hinterlassen hatte. Und dann, als hätte er sie herbeigerufen, brummte eine Handbreit entfernt das Handy, und der Name seiner Mutter erschien auf dem Display.

Jack atmete ein. Hielt für einige Sekunden inne, atmete zögerlich wieder aus, und als er damit fertig war, war das Brummen verstummt und der Anruf zur Voicemail geleitet worden. Er starrte auf das Telefon. Acht Uhr dreiundvierzig. Setzte die Teetasse ab. Wann war er zu einem solchen Feigling geworden?

Jack stand auf und lehnte sich in die Tür zu seinem Garten, was den Vogel nervös aufflattern ließ. Er könnte auf den Wochenenden beharren, dachte er. Rachel dazu nötigen, Lori Freitagabends von Bath nach London zu fahren, während er sie am Sonntag wieder zurückbrachte. Er würde außerdem den überwiegenden Teil der Ferien mit seiner Tochter verbringen und seine Mutter in ihre Pläne mit einbeziehen. Er wusste, dass es weder seine noch Loris Aufgabe war, die Lücken, die der Tod in das Leben seiner Mutter gerissen hatte, zu füllen, allerdings ... Nun. Wenn sie es nicht taten, wer tat es dann?

Die Amsel kehrte von dem Ast zurück, auf den sie geflohen war, und ließ sich auf dem Rasen nieder. Jack folgte ihr mit seinem Blick, doch was er sah, war nicht das vom Regen glitzernde Gras und der Vogel, der augenblicklich damit begonnen hatte, nach Futter zu picken. Er sah die alte Gartenliege vor sich, die Leo wo auch immer hergezogen und in der Mitte des winzigen Rasenstücks platziert hatte, dorthin, wo die Schatten der Hecke, die seinen Minigarten von dem der Nachbarn trennte, ihn nicht erreichten. Er sah seinen Bruder, wie er sich darauf ausstreckte, in Boxershorts und T-Shirt, wie er das Whiskeyglas auf seinem flachen Bauch balancierte, während er sich mit der anderen Hand die Sonnenbrille auf die Nase setzte. Er sah, wie sein Bruder ins Licht blinzelte, sah in das verschmitzte, unergründliche Gesicht.

Es musste eine Fantasie in der Fantasie sein, denn in Wahrheit konnte sich Jack kaum mehr daran erinnern, wann er Leo das letzte Mal so gesehen hatte – sorglos, in den Tag hineinträumend, auf dieser Liege, in seinem Garten. Leos Krankheit war bereits fortgeschritten, als er hier einzog, nur deshalb hatte er sich überhaupt darauf eingelassen. Weil die Huntington-Symptome tückisch waren, weil sie es ihm unmöglich machten, seinem Job nachzugehen, weil er irgendwo wohnen musste, weil er seinen Bruder von allen Menschen womöglich am besten ertrug? Das war eine bittere Wahrheit, aber eine, mit der Jack gelernt hatte zu leben, so wie Leo mit der Krankheit lebte. Und beide mit dem Umstand, dass es den einen Bruder erwischt hatte. Den anderen nicht.

Erneut brummte das Handy, und Jack riss sich aus seinen trübsinnigen Gedanken, beinah dankbar dafür, weshalb ihn auf der Stelle das schlechte Gewissen durchfuhr.

Er sollte sich gern an seinen Bruder erinnern, so schmerzlich das manchmal auch war, denn das war er Leo schuldig. Mindestens das. Über die Schulter warf Jack einen Blick auf sein Smartphone. Was konnte sein Chef von ihm wollen, um nicht einmal neun Uhr an einem Sonntagmorgen? Er ließ auch dieses Gespräch auf die Mailbox gleiten. Nur um im nächsten Augenblick das Telefon doch noch in die Hand zu nehmen, als sich mit einem *Pling* eine Nachricht ankündigte.

ANDRÉS

Bist du schon unterwegs?

Im ersten Moment hatte Jack nicht den Hauch einer Ahnung, was Andrés' Nachricht bedeutete. Wohin sollte er unterwegs sein? Worum ging es hier? Er hatte noch nicht die Stirn gerunzelt, da fiel es ihm ein.

ANDRÉS

Und, Jack, denk nicht mal dran, okay? Mich zu ignorieren, nicht zu kommen, was auch immer. Okay?

Der Brunch. Das Treffen mit den Branstons. Sie waren extra aus Brighton angereist, um seine exklusiven Entwürfe zu begutachten, die er allein für das Paar hatte anfertigen müssen. Jack stöhnte auf. Noch einer der Gründe, warum es nicht möglich war, Sonntage zu mögen. Die unerträglichsten Veranstaltungen seines Lebens spielten sich seltsamerweise an Sonntagen ab. Geschäftstreffen. Beerdigungen. Der Tag, an dem er Rachel kennenlernte, war ein Sonntag gewesen.

Jack hielt das Smartphone in der Hand, und er war kurz davor zu schreiben.

Es tut mir leid, aber ich kann nicht kommen. Mein Bruder … meine Mutter … Es ist noch zu frisch, blablabla.

Dann stöhnte er ein zweites Mal, legte das Handy beiseite, trank den Rest seines Tees in einem Zug aus und versetzte der Spülmaschinentür einen unwirschen Stoß, nachdem er die leere Tasse hineingestellt hatte.

Es war nicht nur die Aussicht auf den Brunch, die ihn wütend machte, oder dass er den Termin verdrängt hatte. Nein, das war es nicht. Es war der Gedanke, dass er einmal mehr seinen Bruder hatte vorschieben wollen, so wie er es all die letzten Jahre getan hatte, in denen Leo krank und Jack für ihn da war. Er hatte ihn vor seine Arbeit geschoben, seine Beziehung, seine sozialen Verpflichtungen. Er war so darin aufgegangen, für den Bruder da zu sein, dass er allmählich wortwörtlich darin aufzugehen drohte; Jack verschwand, und was blieb, war eine Hülle. Die leere Hülle von Jack.

13

Wer solche Freunde hat

Von seinem Platz hinterm Tresen warf Sean einen Blick auf Jack und begann zu lachen. »Was hab ich verpasst, Kumpel? Hast du deine Braut vorm Altar stehen lassen?«

»Sehr witzig.« Mit einer Hand lockerte Jack die Krawatte um seinen Hals, während er sich mit den Schultern aus dem Jackett schüttelte. Er hatte überlegt, sich umzuziehen, bevor er ins Pub kam, doch der Brunch, der ganze Vormittag eigentlich, war grauenvoll gewesen und der Wunsch nach Seans starkem Kaffee mit noch stärkerer Einlage groß.

Beim zweiten Blick auf Jack griff Sean nach einer Tasse, der Kaffeekanne und schließlich nach dem Talisker, von dem er einen guten Schuss hinzufügte. »Ich will deinen Alkoholismus nur ungern fördern, aber irgendwie siehst du aus, als wär dir danach«, sagte er.

Jack setzte den Kaffee an die Lippen und nahm einen Schluck. »Du bist ein richtig guter Wirt.«

»Und ein richtig heißer Kerl.« Bridget war neben Sean aufgetaucht und drückte ihrem Mann einen Kuss auf die Brust. Sie war kleiner als er, beinahe zwei Köpfe, und wie üblich nahm er sie in die Arme und hob sie ein Stück an, um den Kuss zu erwidern. Anständig, wie Sean das bezeichnete. Länger, als Jack hätte zusehen wollen. Er widmete sich seinem Kaffee, während das einzig glückliche Paar, das er kannte, sich einem Begrüßungsritual widmete, das aus zarten Küssen und gewisperten Worten bestand. Nach zwölf Jahren Ehe waren Sean und Bridget noch so harmonisch miteinander, dass es einem Normalsterblichen mit einer normalen Beziehung gern mal die Tränen in die Augen trieb. Von einer solchen Liebe handelten Bücher, nahm Jack an. Nicht dass er die lesen würde.

»Was hast du gemacht, Jack? Heimlich geheiratet, ohne uns was davon zu sagen?« Bridget zog einen Putzlumpen aus der hinteren Tasche ihrer Jeans, hob Jacks Tasse an und begann, über den ohnehin sauberen Tresen zu wischen.

»Genau das Gleiche habe ich ihn eben auch gefragt.« Sean machte ein verzücktes Gesicht und beugte sich hinunter, um seine Frau ein weiteres Mal zu liebkosen.

»Ihr zwei seid Komiker.« Jack zog sich die Krawatte vom Hals und stopfte sie in die Innentasche seiner Anzugjacke, die er an einen der Haken unter dem Tresen gehängt hatte. »Ich war im Sky Garden. Bei einem Brunch mit Andrés und ein paar Kunden.«

»Und was dann?«, fragte Bridget. »Haben sie dich gefeuert? Du klingst, als hätten sie dich gefeuert.«

Sean lachte, und Jack schüttelte den Kopf. Über den Rand der Tasse hinweg sah er Bridget an, die ein gespielt mitleidiges Gesicht aufgesetzt hatte.

»Macht euch nur lustig«, brummte er.

»Immer gern«, erwiderte Bridget.

Jack unterdrückte ein Schaudern, als er daran zurückdachte, wie der Morgen verlaufen war nach Andrés' Anruf und den Nachrichten und nachdem sich Jack fluchend in den teuren Zweiteiler geworfen hatte, den er ausschließlich für Gelegenheiten dieser Art entstaubte. Entsprechend verkleidet fühlte er sich. Und fehl am Platz. So eindeutig deplatziert.

»Jack, das sind Balthazar Branston und seine Frau Diane.« Jack hatte sich einem älteren Mann gegenübergesehen, den er aus dem Fernsehen kannte, das aber womöglich nur, weil er so gut wie nie ins Kino ging. Oder ins Theater. Er hatte ehrlich keine Ahnung, worauf genau Balthazar Branstons Popularität beruhte, doch er nahm wahr, dass er sie ausstrahlte – die Unnahbarkeit, die von jemandem ausging, von dem viele etwas abhaben wollten, sei es Glanz oder Geld oder Macht oder beides.

Er streckte Jack die Hand hin und drückte sie eine Spur zu fest. »Jack, es ist uns eine Ehre. Wir sind große Bewunderer Ihrer Kunst, meine Frau ganz besonders.« Er zog die Hand zurück und legte sie stattdessen seiner Frau um die zierliche Taille. Balthazar Branston sah gut aus, seine Frau war schön. Und im Gegensatz zu seiner vorwiegend kühlen Zurückhaltung verströmten ihre Blicke Wärme, glitten wohlwollend über Jack, ihre Stimme wie Honig. »Jack. So eine Freude, Sie kennenzulernen. Andrés war nicht sicher, ob Sie es würden einrichten können, umso glücklicher machen Sie mich jetzt.«

Jack räusperte sich. »Ja, also …«, begann er zögernd, bevor die Hand seines Chefs ihm die Schulter drückte.

»Balt und Diane sind ganz begeistert von den neuen Entwürfen.« Er nickte zu dem iPad, das vor ihnen auf dem Tisch lag, zwischen Cappuccino-Tassen und Croissants und in Blumenform gestanzten Butterwürfeln. »Wir haben die Gunst der Stunde genutzt und schon ein wenig gestöbert.«

Jack nickte, während sich in seinem Magen ein solider Klumpen formierte. Er kannte das Procedere bereits. Die Hand auf der Schulter, das Vorführen, das Lob-Einheischen, es war die Art, wie Andrés Verkaufsgespräche führte. Und Jack, er fühlte sich wie ein Showpferd, und die Aufmerksamkeit bereitete ihm Unbehagen. Dianes Blick ruhte auf ihm. Er konnte sich vorstellen, was sie sah. Einen gepflegten Mann, gutaussehend womöglich, trotz des Bartes, der neu war und ihm selbst noch fremd. Nach außen hin, wenn man ihn nicht weiter kannte, wirkte Jack womöglich sogar aufgeräumt. Das Sakko straff, das Hemd ordentlich, Krawatte darüber. Die Turbulenzen *darunter,* in seiner Brust, unsichtbar.

»... und wir würden uns so freuen, wenn Sie es einrichten könnten.«

»Wie bitte? Entschuldigen Sie, den letzten Satz habe ich akustisch nicht verstanden.«

»Unser Sommerhaus in Brighton!«, erklärte Balthazar, und Jack war sich sicher, er hatte bereits einen gewaltigen Teil der Erklärung verpasst, das war Branstons Tonfall deutlich anzuhören. »Wir haben es mittlerweile fertig eingerichtet und würden uns über alle Maßen freuen, wenn wir Sie zu einem Besuch überreden könnten.«

»Ich ... Ich bin kein Innenarchitekt.« Jack starrte den Schauspieler entgeistert an.

Andrés räusperte sich warnend.

»Aber natürlich nicht.« Diane legte Jack lachend eine Hand auf den Arm. »Wir würden Ihnen nur wirklich gern zeigen, wie sehr Ihre wunderbaren Designs das Ambiente in unserem Haus bereichern.«

»Also, warum machen Sie sich nicht ein paar nette Tage an der Küste?«, fragte Balthazar. »Die Seeluft im Süden kann so inspirierend sein, das wissen wir aus Erfahrung.«

»Wir würden uns gern bei Ihnen bedanken, Jack. Es wäre uns ein echtes Anliegen.«

»Warte, lass mich das noch mal wiederholen.« Bridget stellte eine großzügige Portion des Sunday Roasts vor ihm ab und schob den Korb mit dem Besteck daneben. »*Balthazar Branston* möchte, dass du ein Wochenende in seinem Haus in Brighton verbringst, und du führst dich auf, als wollte man dich öffentlich hinrichten?«

Jack warf Bridget einen missbilligenden Blick zu, dann richtete er ihn auf den Braten vor ihm. Er hatte beim Brunch kaum etwas gegessen, nun aber griff er hungrig nach einem Besteck und zerteilte den Yorkshire-Pudding auf seinem Teller. Zwischen zwei Bissen fragte er: »Woher kennst du Branston überhaupt?«

»Woher sie Branston kennt!« Sean verdrehte die Augen und schob ihm ein Bier zu. Die Mittagszeit war fast vorbei, und Nadine, eine der Mitarbeiterinnen, hatte die restlichen Tische so gut im Griff, dass dem Wirtspaar ausreichend Zeit blieb, seinen Kumpel zu verspotten. »Gott, du solltest wirklich mal unter die Leute gehen. Branston ist inzwischen groß in Hollywood, das hab sogar ich mitbekommen.«

»Ich hab ihn noch im Theater gesehen.« Bridgets Züge nahmen einen schwärmerischen Ausdruck an. »Er sah fabelhaft aus in diesen Musketier-Strumpfhosen, aber er ist auch extrem gut gealtert, oder? Ich kann nicht glauben, dass du heute mit ihm gesprochen hast und dass er dich in sein Haus einlud. Ich kann's nicht glauben.«

»Denkt ihr, Taylor hat in der Küche noch etwas Sauce übrig? Der Braten ist wirklich gut.«

Stille folgte Jacks Worten, und als er aufsah, hatten sowohl Bridget als auch Sean die Arme vor der Brust verschränkt. Sie starrten ihn nieder.

»Was?«

»Weißt du, was immer offensichtlicher wird, jeden Tag mehr?«, fragte Sean.

»Was?«, flötete Bridget.

Jack kniff die Augen zusammen.

Sean sagte: »Er braucht eine Frau.«

»Du denkst, dann würde er wieder vermehrt teilnehmen am gesellschaftlichen Leben? Nicht mehr nur vor sich hinstarren, in sich hineinschaufeln, brummen und grunzen und ansonsten jede Regung menschlichen Lebens um ihn herum ignorieren?«

»Hey, was ist hier los? Was ...«

»Genau das denke ich, Bridge.«

»Vielleicht wäre Sex für den Anfang nicht schlecht. Einfach, um den alten, eingerosteten Besen wieder in Schwung zu bringen.«

»Ja, das ...« Sean hustete, hielt sich dann die Faust vor den Mund.

Jack starrte ihn missbilligend an.

»Bin gleich wieder da«, sagte Bridget, bevor sie an Sean vorbei in Richtung Büro trippelte, mit einem Hüftschwung, der ihren Mann laut auflachen ließ, während Jack sich an seinem letzten Stück Braten verschluckte.

14

Was würde Leo tun?

Ihr Name war Peggy. Jack war sich nicht sicher, was er mit diesem Namen assoziierte, doch schon während der Begrüßungsphase fiel ihm ein Spiel ein, das er früher mit seinem Bruder gespielt hatte. Sehr viel früher. Zu einer Zeit, als es Leo noch gut ging, als das Sterben so weit von ihnen entfernt lag wie die Bahamas, als sie beide erst Anfang zwanzig gewesen waren. Das Spiel ging: *Was würde Leo tun?*, und es endete für gewöhnlich damit, dass Leo tat, was Leo tun würde, und Jack ihm dabei zusah, wie er mitsamt seiner Kleidung im See watete oder grölend auf einem Dachfirst balancierte oder sturzbetrunken im Bett einer Fremden landete oder sonst wie sein Leben bestritt, als gäbe es kein Morgen.

Er hatte ewig nicht daran gedacht. Weil seinem kleinen kranken Bruder in den letzten Jahren seines Lebens der Sinn nur noch wenig nach Spielen stand.

Was würde Leo tun?

Die Frage attackierte Jack wie aus dem Nichts, während er in der Toilette des schicken israelitischen Restaurants, das Bridgets Freundin Peggy für ihren ersten gemeinsamen Abend ausgesucht hatte, die Zeit verrinnen ließ; in den Spiegel starrte, auf seinen Bart, in seine Augen, die er als ausdruckslos wahrnahm. Peggy war eine attraktive Frau und freundlich genug, sich nicht daran zu stören, dass sie den größten Teil der Unterhaltung bestritt. Mit ziemlicher Sicherheit hatte Bridget sie aufgeklärt, über Leo und darüber, wie es Jack nach dessen Tod ergangen war. Und vielleicht war es das, was ihn schließlich dazu brachte, diesen Freitagabend auf eine Weise zu beenden, wie es sein Bruder niemals getan hätte. Höflich und in seiner Unbestimmtheit schon wieder so bestimmt, dass sich Peggy keine Hoffnung auf eine Wiederholung machen musste.

Denn was Leo getan hätte, spielte einfach keine Rolle mehr.

War es nicht so?

15

Lori

Als Rachel schwanger wurde, so kurze Zeit, nachdem sie mit Jack zusammengekommen war, glaubten nicht viele aus seinem Umfeld die Geschichte mit dem Unfall, selbst wenn keiner der Zweifler seinen Verdacht laut aussprach. Rachel war zu diesem Zeitpunkt siebenundzwanzig und zielstrebig und auf keinen Fall eine, der man zutraute, ein so folgenreiches Thema wie Verhütung nachlässig zu behandeln. Von Jack war das schon eher zu erwarten. Als er später darüber nachdachte, musste er sich ehrlicherweise eingestehen, dass er so gut wie überhaupt keine Überlegungen diesbezüglich angestellt hatte. Was vermutlich dumm gewesen war. Nein, *ganz sicher* war das dumm gewesen, vor allem wegen der Krankheitsgeschichte seiner Familie. Jack war, im Gegensatz zu seinem Bruder, kein Genträger, demzufolge war es so gut wie ausgeschlossen, dass er die Krankheit an sein Kind weitergeben würde. Und doch war dies sein erster Gedanke gewesen, noch vor dem Schreckgespenst, das die Vaterschaft per se verkörperte. Doch Rachel … Rachel bewies einmal mehr, welche Stärke in ihr steckte, welche Beharrlichkeit. Sie ließ sich nicht von Jacks diffuser Angst lähmen, so wie er das tat. Keine Sekunde lang. Stattdessen glaubte sie daran, dass ihr Baby gesund sein, dass alles gut gehen würde, und sie behielt recht am Ende.

»Hey, Dad.«

»Hey, Maus. Wie war's heute?«

»Wir waren fast den ganzen Tag im Park und haben Fußball gespielt.«

»Fußball?«

»Hmm.«

Lori griff nach seiner Hand, während die zwei sich daranmachten, die Straße zu überqueren. Er war zu Fuß zur Vorschule gelaufen und hatte keine fünf Minuten dafür gebraucht, was an diesem Montagnachmittag einen bitteren Beigeschmack hinterließ. Er würde Lori nicht mehr lange so nah sein, zumindest nicht räumlich. In nicht einmal sechs Wochen würde sie knapp zweihundert Kilometer weit wegziehen, und obwohl ihm klar war, dass Bath nicht Timbuktu war, wie Rachel es ausgedrückt hatte, machte es ihn nach wie vor unglücklich, dass seine Tochter nicht mehr in derselben Stadt leben würde wie er. Er fragte sich, ob seine Ex-Frau bereits mit Lori über den Umzug gesprochen hatte, um sich im gleichen Augenblick selbst die Antwort zu geben.

Natürlich hatte sie das.

Rachel war vieles, und manches sicher nicht, aber in einem war sie unschlagbar: darin, Lori eine fantastische Mutter zu sein. Das musste Jack anerkennen, welche Schwierigkeiten auch immer sie beide als Paar miteinander ausfechten mussten. Rachel vergötterte ihre Tochter, doch zu seinem großen Erstaunen überbehütete sie sie nicht, im Gegenteil. Von Beginn an hatte sie mit Lori gesprochen wie mit einem ebenbürtigen Menschen, bei ihr gab es keinen Babytalk, keine Kindersprache, kein Dutzidutzi. Wenn Lori etwas wollte, musste sie vernünftig danach fragen. Wenn Rachel ihr etwas erklärte, dann in der Tonlage, in der sie auch mit ihm und anderen sprach. Nicht nur einmal waren sie deshalb auf Spielplätzen und selbst im Kindergarten seltsam angesehen worden, doch wenn es etwas gab, was Jack womöglich immer noch an Rachel liebte, dann das: ihre Entscheidung, aus Lori kein Prinzesschen zu machen, sie nicht zu verhätscheln und nicht zu verziehen.

Womöglich deshalb erweckte Lori gemeinhin den Eindruck eines besonnenen Kindes. Zurückhaltend, mehr ernst als albern und ja, vernünftig eben. Vielleicht lag das an Rachels erwachsener Art, ihr Kind zu erziehen – oder es lag daran überhaupt nicht. Möglicherweise war der Grund schlicht, dass sie Jacks Tochter war. Zumindest seine Mutter schien davon überzeugt zu sein, indem sie erklärte, dass er, Jack, als Kind ganz genauso gewesen sei, das stille, tiefe Wasser, die alte Seele in einem Kinderkörper. Was noch lange nicht hieß, dass er weise gewesen wäre, auch das betonte seine Mutter in diesen Zusammenhang gern.

Er hatte nach wie vor nicht mit ihr gesprochen, obwohl er nun schon seit mehr als zwei Wochen von dem Umzug wusste. Er hatte mit ihr telefoniert, ihr von Lori erzählt, mit ihr vereinbart, dass sie den Abend gemeinsam verbringen würden, dass, ja, die Kleine immer noch so gern Lasagne aß und sie natürlich noch bleiben würden, um gemeinsam Karten zu spielen. Bath aber hatte er mit keinem Wort erwähnt. Was mit einem Schlag seinen Puls zum Rasen brachte, als ihm bewusst wurde, dass Lori es ansprechen konnte, bevor er, der Feigling der Nation, seiner Mutter die Nachricht hatte schonend beibringen können.

Er drückte die Hand seiner Tochter. »Heute Abend gehen wir zu Grandma zum Essen – gut?«

Lori sah zu ihm auf und nickte ernst. »Kocht sie uns was?«

»Lasagne, wenn du möchtest.«

»Gut.«

»Ist es nicht mehr als das? Ich meine, Lasagne ist dein Leibgericht, oder hat sich das in der letzten Woche geändert?«

»Lasagne ist mein Leibgericht, solange du sie nicht machst.«

»Hey.« Jacks Lippen zuckten, als er sein Grinsen verbarg, und diesmal zog er seine Tochter zu sich, und dann klemmte er sie sich unter den Arm wie ein Paket, was Lori mit einem fröhlichen Kreischen kommentierte. Das Lachen seiner Tochter war auf jeden Fall eines der schönsten Geräusche, die Jack je gehört hatte.

Er drehte seine Tochter so, dass sie auf seiner Hüfte saß.

»Ich kann selbst laufen, Dad.«

»Ich weiß, dass du das kannst. Ich trag dich aber gern. Was dagegen?«

Eine Weile lang sah Lori ihn stumm an, schließlich schüttelte sie den Kopf und hielt sich noch ein bisschen stärker an ihm fest.

Mit Lori im Arm lief Jack den Colville Square hinunter und dann in die Talbot Road, die am Ende in den Blenheim Cres mündete. Er fragte seine Tochter, ob sie etwas vom Bäcker wollte (»Nein«) oder Lust hatte, im Buchladen zu stöbern (»Heute nicht«), und erfuhr letztlich, dass sie lieber nach Hause wollte, um zu malen. Er fragte sie nicht nach Bath und nach dem Umzug; so lange nicht, bis sie bereits eine Stunde lang nebeneinander am Küchentisch gesessen hatten – Jack mit einer Tasse Tee, Lori mit einer Tüte Saft, er mit seinem Laptop, sie mit ihren Malutensilien. Dann sagte Lori plötzlich: »Dieses Pony hier, siehst du?« Sie schob ihm das Bild hin, das sie gezeichnet hatte. Es zeigte eine weitläufige Blumenwiese, auf der drei Ponys grasten, eins davon kugelrund. »Es bekommt bald ein Fohlen, und die Hendricks haben mir erlaubt, dass ich ihm einen Namen gebe.« Sie zog das Bild wieder ein kleines Stück näher zu sich heran und betrachtete es nachdenklich. »Ich hoffe, es wird ein Junge. Ich würde ihn gern Leo nennen.«

Einige Sekunden lang hallte der Name in Jacks Ohren nach, er füllte die Küche wie weicher, warmer Dampf, der sich nur allmählich wieder lichtete. Schließlich räusperte er sich und sagte: »Das würde Leo sehr gefallen, weißt du?«

Lori nickte. Sie begann damit, den Himmel über den Pferden blau zu färben, den Himmel und den Holztisch darüber.

»Den Hendricks gehören die Ponys?«, fragte Jack nach einer Weile.

»Hmm.«

»Und sie leben in der Nähe? Also in der Nähe von dem Haus, in dem Xavier wohnt?«

Lori tauschte den blauen Stift mit einem gelben und erwiderte: »Xaviers Haus steht am Ende der Straße, und dahinter ist die Wiese, auf der die Hendricks ihre Ponys grasen lassen, und *dahinter* steht dann ihr Haus.«

Jack schluckte, auf einmal war seine Kehle ganz trocken. Lori griff nach einem schwarzen Stift und zeichnete ein Haus in die hinterste rechte Ecke des Bildes, als sei ihr gerade wieder eingefallen, dass es dort fehlt.

»Mum sagt, ich kann dich so oft besuchen, wie ich möchte, und du kannst nach Bath kommen. Und in den Ferien darf ich auch zu dir.«

Lori blickte nicht auf, während sie sprach, sie kritzelte die Außenwände des Hauses dunkel und setzte ein spitzes Dach darauf. Schließlich streckte Jack eine Hand aus und schob seiner Tochter eine Strähne von der Wange, die sich aus ihrem mittlerweile reichlich ramponierten Zopf gelöst hatte. Sie hatte Rachels Haare, seidig und dunkel. Und seine Augen, braun und warm.

»Vielleicht komme ich an den Wochenenden nach Bath«, sagte er. »Und manchmal kommst du an den Wochenenden zu mir. Und die Ferien verbringen wir gemeinsam, versprochen.«

»Können wir ans Meer fahren?«

»Sicher.«

»Kann Granny mitkommen?«

»Muss sie sogar. Wer sonst soll anständig für dich kochen?«

Lori lächelte, doch sie blickte nicht auf. Und Jack dachte, er hätte wirklich gern gewusst, was seine Tochter von dem neuen Mann ihrer Mutter hielt. Wie sie mit ihm klarkam, ob sie sich auf den Umzug freute oder lieber in London bleiben würde, ob es sie traurig machte, dass bald so viele Kilometer zwischen ihr und ihrem Vater liegen würden, ob es sie ebenso traurig machte wie ihn – doch anstatt all diese Fragen zu stellen, schwieg er.

Loris Stift kratzte über das Papier, während sie leise zu summen begann, wie so oft sich selbst genug.

»Ich habe ganz vergessen, deiner Grandma von dem Umzug zu erzählen«, sagte Jack schließlich. »Vielleicht sprechen wir heute Abend lieber über was anderes.«

Und Lori, die weise Seele in dem jungen Körper, sah abermals nicht auf, sondern nickte nur stumm.

Am Sonntagabend brachte er seine Tochter zurück zu Rachel, und beide winkten ihm von der Türschwelle aus ein letztes Mal zu. Jack trat den Heimweg an, durch sanften Sommerregen, der den Duft süßer Blüten mit sich trug und den des Londoner Verkehrs, und mit einem Mal konnte Jack die Leere in seinem Inneren spüren wie einen Fremdkörper, schmerzvoll und nagend. All die Monate zuvor, die Jahre fast, hatte er sie kaum gespürt, und heute, nachdem Loris Lachen verstummt war und seine eigenen Gedanken zum Stillstand kamen, empfand er sie auf einmal mit einer Wucht, die ihn schwindlig machte. Er fragte sich, wie es sein konnte, dass etwas so Schönes wie seine Familie auseinanderfiel, weil er offenbar nicht in der Lage gewesen war, sie zusammenzuhalten.

Als Jack nach einem zermürbenden Spaziergang vor seinem Haus ankam, fühlte er sich schuldig und niedergeschlagen und wollte nichts mehr, als sich mit einem Whiskey in der Hand in sein dunkles Wohnzimmer zurückzuziehen, mit den schemenhaften Umrissen dessen, was Wirklichkeit war, mit einer Realität, die in der Nacht versank. Er blickte zu Boden, den Kragen seines grünen Parkas bis zu den Ohren gezogen, die Schultern geduckt, als er vor dem Tor zu seinem Vorgarten mit jemandem zusammenstieß.

16

Überraschungen

»Mr. Edwards? J. Edwards?«

»Ja?«

»Ich ... Hi! Mein Name ist ... Ich bin ...«

Jack war vor der Frau stehen geblieben, den Schlüssel in der Hand. Er betrachtete sie stirnrunzelnd, doch nicht halb so verwirrt, wie sie ihn ansah. Ihre Augen fielen ihm auf, die groß waren und rund und moosgrün; sie war blond, mit welligem, schulterlangem Haar, das sie in einem tiefen Zopf zusammengefasst hatte. Normalerweise war Jack niemand, der Frauen minutenlang anstarrte, doch sie gab ihm ausreichend Zeit dafür, auch noch die Stupsnase und die vollen Lippen zu bemerken, während sie schwieg und ihn musterte mit eben diesen Augen, die weit aufgerissen waren. Sie sah ihn an, als habe sie ein Gespenst gesehen, und für einen furchtbaren Augenblick schoss ihm der Gedanke durch den Kopf, dass sie gar nicht zu ihm wollte, sondern zu Leo.

»Jack«, sagte er deshalb. »Ich bin Jack Edwards. Und Sie sind?«

»Oh, ja, Entschuldigung. Annie.« Sie schüttelte den Kopf, bevor sie den Blick nach unten senkte beziehungsweise auf etwas in ihrer Hand, das sie ihm nun entgegenstreckte. »Mein Name ist Annie St. James, und ich habe Ihr Buch gefunden.«

»Mein Buch?« Jacks Stirnrunzeln vertiefte sich, doch die Fremde ließ sich davon nicht beirren. Sie hielt das schmale schwarze Notizbuch ein Stück höher und nickte, bis er es ihr aus der Hand nahm. Zögernd begann er, darin zu blättern, und bevor Jack erfasste, wessen Handschrift er da las, nahm er den Zustand der Seiten wahr, die sich steif und rau anfühlten, Buchstaben, ganze Wörter, zumindest einige von ihnen, verwischt. Und dann realisierte er es. Die Schnörkel bei den Anfangsbuchstaben, die Kreise statt der Punkte über dem i. Die ausufernde Zahl an Gedankenstrichen, die Tatsache, dass viele der Wörter unterstrichen waren, immer dann, wenn etwas besonders betont werden sollte. Das hier, das war Leos Handschrift. Es war die Handschrift seines toten Bruders.

Er hatte keine Ahnung, wie die fremde Frau an dieses Buch gekommen war, ob es ihr gehörte, ob Leo es ihr gegeben hatte. Sein Bruder hatte nie ein Tagebuch besessen, jedenfalls nicht soweit Jack wusste, und er konnte sich beim besten Willen nicht vorstellen, dass Leo – sein zynischer, weltverachtender kleiner Bruder – irgendeine Intention gehabt hatte, seine Gedanken festzuhalten, geschweige denn, sie mitzuteilen. Wo kam dieses Buch her? Wo hatte *sie* es her?

Als er aufsah, spiegelte sein Gesicht das umfassende Ausmaß seiner Verwirrung wider, und vermutlich noch mehr. Etwas hatte sich um seine Brust gelegt. Es wog schwer wie ein Gürtel aus Blei und raubte ihm die Luft zum Atmen.

»O Gott, ja, ich weiß.« Die Frau hatte nur einen Blick auf ihn geworfen und die Augen noch ein Stück weiter aufgerissen. »Es ist in einem grauenvollen Zustand, aber ich habe wirklich versucht zu retten, was ich konnte. Es ist ... in den Fluss gefallen. Kurz. Ganz kurz nur, deshalb sind auch nicht alle Seiten gleich schlimm betroffen, es sind hauptsächlich diese hier, sehen Sie? Die hier vorn und ...«

Sie redete und redete, und Jack bekam nur die Hälfte davon mit. Wieder blickte er auf seine Hände, die das schäbige, kleine Buch noch winziger aussehen ließen.

Wo hatte sie es her?

»Oh, ich habe es in einer Letterbox gefunden«, erwiderte die Frau – *Annie* –, und Jack blinzelte, selbst überrascht, dass er die Frage laut ausgesprochen hatte. »Im Dartmoor, wissen Sie?« Als Jack nichts erwiderte, musterte sie ihn aus zusammengekniffenen Augen. »Sie kennen das aber, ja? Diese versteckten Postboxen, in denen ...«

»Wie? Ja. Natürlich.« Erneut betrachtete er das Buch in seiner Hand. Er konnte nicht klar denken.

»Sie haben es also nicht da hineingelegt?«

»Hmm?«

»Sie ... Haben Sie es verloren? O mein Gott, es ist Ihnen nicht gestohlen worden, oder? Okay, egal, ich merke schon ...« Sie seufzte. So schwer, dass Jack erneut aufsah.

»Wie dem auch sei: Ich würde Ihnen gern ein neues kaufen«, sagte sie. »Ich habe Ihres schließlich ordentlich ruiniert.«

»Das ... macht nichts.« Jacks Stimme klang, als habe er sie seit Weihnachten nicht mehr benutzt. Er räusperte sich. »Wirklich. Ist in Ordnung.«

Die Frau starrte ihn an, eine Ewigkeit, wie es schien, doch Jack war zu abgelenkt, um sich daran zu stören. Stumm erwiderte er ihren Blick, mit den Gedanken weit,

weit fort, bis sie schließlich den Kopf schüttelte und einen Schritt von ihm wegtrat.

»Gut, dann ...«, sagte sie, mehr nicht.

Jack hob die Brauen, dann das Buch in seiner Hand.

Und so gingen die beiden auseinander, Annie die Straße hinunter Richtung Ladbroke Grove, wobei sie sich nicht noch einmal umsah – beziehungsweise falls sie es doch tat, blieb es von Jack unbemerkt. Mit sachte bebenden Fingern öffnete der erst das Gartentor und dann die Tür zu seinem Haus, trat ein und ließ sich von innen schwer gegen das Holz fallen. Heute Morgen, da war sein Kopf voll gewesen, voll von Rachel, von Lori, was er seiner Mutter sagen sollte, wie er mit alldem umging, wann er es über sich brachte, Leos Zimmer auszuräumen. Jetzt – jetzt war sein Kopf auf einmal leer.

Leo hatte Tagebuch geschrieben.

So wie es aussah, behielt er das letzte Wort, sogar nach seinem Tod.

Gibt es ein Nacktfoto von mir?
Ja, und ich fürchte, ich habe es im Automaten liegen lassen.

17

Jeder sollte einen Barmann zum Freund haben

»Und du bist sicher, dass das sein Buch ist?«

»Es ist Leos Handschrift.«

»Mann, wo hat sie es gefunden? In einem Schlammloch? Man kann nur noch die Hälfte lesen.«

Jack antwortete nicht sofort, und Sean warf seinem Freund einen abschätzigen Blick zu. Er hatte ihn seit Samstag nicht gesehen, als er für sich und Lori Burger zum Abendessen abholte. Bei seinem Anblick heute fragte er sich allerdings, ob Jack in den gut achtundvierzig Stunden danach noch etwas anderes zu sich genommen hatte. Er war blass und wirkte gleichermaßen angespannt und übermüdet. Und unter seiner normalerweise absolut ruhigen Fassade brodelte irgendetwas, das war deutlich zu spüren.

»Ich weiß es nicht«, erwiderte Jack schließlich. »Das heißt, sie hat es erzählt, denke ich, aber ich hab nur die Hälfte von dem verstanden, was sie gesagt hat.«

»Dann erzähl mir die Hälfte.«

»Vielleicht nur ein Viertel.«

»Was *hast* du verstanden?«

Jack schüttelte den Kopf. Mittlerweile schmerzte er, ob aus Schlafmangel oder Überbeanspruchung, konnte er nicht sagen. Die vergangenen zwei Tage hatte er beinah durchgehend mit Leos Buch in den Händen verbracht, hatte den kompletten Inhalt verschlungen, sich abgemüht, auch die vom Wasser zerfressenen Zeilen zu entziffern, und das, was er dabei empfand ... Nicht nur einmal war ihm übel geworden bei der Erkenntnis, wie wenig er seinen Bruder gekannt hatte, ganz offensichtlich. Dann wieder hatte sich seine Brust verengt und Jack überkam die Befürchtung, eines frühen Herztods zu sterben. Und was die Frau betraf, die ihm Leos Büchlein überreicht hatte ... Er konnte sich an nichts erinnern. Es war, als hätte er einen Filmriss, bei dem Sequenzen verschwammen und der Ton gänzlich fehlte. Er sah ihre Augen vor sich, groß und moosgrün. Die Lippen bewegten sich, er hörte sich sogar etwas erwidern, doch was gesprochen wurde ... war weg.

»Okay«, sagte Sean. »Holen wir dir erst mal was zu essen.«

Jacks Bruder Leo war kein Poet gewesen. Er war jemand, der mit einer niemals schwindenden Portion Sarkasmus auf sein Leben blickte und auf die, die daran teilhatten; er konnte zynisch sein und böse, genauso wie entwaffnend und gewitzt. Zeit seines Lebens kam Leo mit so gut wie allem durch, denn so gut wie jeder, der ihn kannte, wusste, dass er es sich verdient hatte, so zu sein, wie er war. Weil er es nicht lange sein durfte. Weil ihm die Zeit nicht gegeben war.

Leos Krankheit überschattete sein Leben. Sie war heimtückisch und langwierig, und sie würde tödlich enden, das wussten alle, am besten er. Und Jack hatte sich nicht vorstellen können, dass es jemanden gab, der mit diesem Wissen pragmatischer umging oder noch weniger emotional. Leo war so wahnsinnig abgebrüht gewesen. Kein bisschen sentimental. Bis zuletzt nicht. Das dachte Jack zumindest. Und nun hielt er dieses verlotterte Buch in den Händen, mit den intimsten, ehrlichsten Worten, die er nie aus dem Mund seines Bruders gehört hatte und die doch seine Handschrift trugen.

Sean stellte einen Teller mit dampfender Suppe vor Jack ab und dazu ein dunkles Ale. Er setzte sich. Jack sah zur Bar, wo Bridget damit beschäftigt war, Gläser zu polieren und ihn über das Geschirrtuch hinweg mit besorgten Blicken zu löchern, und richtete sich automatisch ein Stück auf. Er wusste, er gab gegenwärtig nicht gerade eine glänzende Erscheinung ab, doch für seine Freunde bestand kein Grund zur Beunruhigung, er war nur etwas – ein kleines bisschen – neben die Spur geraten.

»Gulaschsuppe«, sagte Sean.

Jack nickte.

Sean streckte seine Hand aus. »Lass mich das Buch noch mal sehen.«

Jack schob es ihm hin. Nahm anschließend den Löffel neben seinem Teller und fing an, heiße Suppe in sich hineinzuschaufeln.

Sean murmelte: »Alter«, und Jack, der eine sehr genaue Vorstellung davon hatte, was sein Freund damit meinte, griff nach dem Buch, zog es über die Tischplatte zu sich und klappte es zu.

»Bist du sicher, dass Leo das geschrieben hat? Das klingt irgendwie nicht nach deinem Bruder. Es klingt … keine Ahnung. Nicht nach ihm.«

»Ja. Ich weiß.«

»Hast du es ganz gelesen? Ich meine, ist das alles so … abgehoben?«

»Alles, bis auf die paar Abschnitte, die nicht mehr zu entziffern waren. Mehrmals. Und es war, als könnte ich seine Stimme hören, die Wortwahl, die Art und Weise, wie er sich ausdrückte. Nur das, *was* er da aufgeschrieben hat, der Inhalt – das war nicht mein Bruder. Nicht der, den ich kannte.« Er nahm einen Schluck Bier.

»Für wen hat er all dieses seltsame Zeug verfasst?«

Jack zuckte nur die Schultern.

»Für die Frau, die dir das Buch gebracht hat?«

»Ich habe ehrlich keine Ahnung.«

»Es könnte auch sein … Ich weiß nicht.« Nachdenklich runzelte Sean die Stirn. »Denkst du, er ist am Ende gläubig geworden oder so was in der Art? Ich meine, es klingt wirklich alles reichlich abgefahren.«

Jack schüttelte den Kopf, ratlos. »Ich weiß es ehrlich nicht. Vielleicht hat er einfach nur vor sich hin geschrieben, vielleicht wollte er …« Schulterzucken. »Loswerden, was er immer schon loswerden wollte, rumspinnen, Sachen sagen, die er nie in der Lage war auszusprechen.«

Schweigen hüllte die beiden ein, einige Augenblicke lang hing jeder seinen Gedanken nach. Schließlich sagte Sean: »Das ist wirklich eine Überraschung«, und, als Jack nichts erwiderte: »Nimm mir nicht übel, was ich jetzt sage, aber es war manchmal nicht einfach, deinen Bruder zu mögen. Ich meine, wir mussten ihm alle viel durchgehen lassen, und weiß Gott, hätte ich seine Krankheit, ich wäre genauso verbittert, wie er es oft war. Nur wie er dich und deine Mutter behandelt hat …« Sean schüttelte den Kopf. Dann tippte er mit dem Zeigefinger auf den Buchrücken. »Das da jetzt zu lesen, ist schon ein bisschen eigenartig, oder?«

Einige Sekunden lang blickte Jack seinen Freund stumm an, dann räusperte er sich. »Mehr als das«, sagte er.

»Weißt du, wo sie das Buch herhat? Die Frau?«

»Sie hat irgendwas von einem Postkasten gesagt, denke ich.«

»Er hat es ihr geschickt?«

»Vielleicht. Ich nehme es an.«

»Denkst du, er hat den ganzen Kram für sie geschrieben?«

»Ich weiß nicht.«

»Aber sie kannte Leo, oder?«

Jack nahm noch einen Schluck Bier. Sein Kopfschmerz nahm beinah sekündlich zu. Er hatte das Gefühl, die Begegnung mit dieser unbekannten Frau geträumt zu haben, und was immer er auch versuchte, er brachte den Traum nicht mehr zusammen. Wenn man plötzlich von jemandem hörte, von dem man geglaubt hatte, nie wieder etwas zu hören, konnte einen das schon in Schock versetzen, so sah es wohl aus.

»Vermutlich«, erwiderte er schließlich.

Sean lehnte sich zurück und betrachtete seinen Freund nachdenklich. »Irgendwie verstehe ich das alles nicht«, sagte er. »Ich meine, nehmen wir an, Leo hat ihr das Buch geschickt – weiß sie, dass er tot ist? Ist sie deshalb zu dir gekommen?«

Jack runzelte die Stirn. »Sie sah nicht aus wie jemand, der sein Beileid aussprechen möchte, sie war ... aufgekratzt trifft es wohl.«

»Aufgekratzt.« Als wirke das Wort unmittelbar auf sein eigenes Befinden, kratzte Sean sich die Bartstoppeln am Kinn. »Aber sie wusste, dass das Buch von Leo ist, und hat es trotzdem dir vorbeigebracht?«

»Sie ...«, begann Jack, doch dann hielt er inne. Er starrte

Sean an, während er den Löffel beiseitelegte, sich den Mund an der Papierserviette abwischte und sich ebenfalls zurücklehnte, nur um sich eine Sekunde später wieder nach vorn zu beugen und Leos Notizbuch aufzuschlagen. »Sie sagte: ›Ich habe Ihr Buch gefunden.‹ Ich glaube, sie dachte, es gehört mir.«

»Sie dachte, es gehört dir?«

Zur Antwort zog Jack die Augenbrauen hoch.

»Huh.«

»Tja. Keine Ahnung.« Jack blätterte zum Anfang des Buchs, zu einer der ersten Eintragungen, die ihn einmal mehr schlucken ließ, obwohl er sie bereits zwei Dutzend Male gelesen hatte. Es war, als hätte Leo zumindest diese Zeilen nur für ihn geschrieben.

Gott, Liebe, ja, Liebe, Gott, Blabla, Blabla.
Liebe.
Was fällt mir ein zum Thema Liebe?
Ein Wort.
Fünf Buchstaben.
Fünf gute Gründe, das Weite zu suchen.
Ich würde gern sagen, Liebe ist das Wichtigste im Leben.
Also tue ich es.
Bruder, wenn du das liest.
Sie ist es. Wie du.

Er schluckte, und dann blätterte er zur allerersten Seite zurück.

L. Edwards, stand da. 24 Blenheim Cres, Notting Hill. London W11, 2EU.

»›L. Edwards‹«, las Jack laut. »Wieso hat sie dann nach mir gefragt?«

»Das hat sie?« Sean drehte das Buch auf dem Tisch so herum, dass er den Eintrag lesen konnte.

»Ich glaube, ja. Ich weiß es doch nicht. Keinen blassen Schimmer.« Jack grunzte, während er sich die Haare raufte. »Sie hat … Sie hat nach J. Edwards gefragt. Vielleicht. Ziemlich sicher.«

»Tja, dann.« Mit dem Zeigefinger klopfte Sean auf die leicht gewellte Seite des Tagebuchs. »Das kommt dann wohl von dieser schnörkeligen Schreibweise deines Bruders. Sein L geht locker für ein J durch, ehrlich gesagt – ich hätte es auch als J gelesen.«

Einige Sekunden lang musterte Jack seinen Freund, dann senkte er den Blick auf Leos Namen und Adresse.

L. Edwards.

Natürlich.

»Sie denkt also, du bist der Verfasser dieser …«, begann Sean, doch wie auch immer er Leos Niederschriften gern bezeichnet hätte, er bremste sich im rechten Augenblick. »Du bist der Verfasser.«

»Möglich«, erwiderte Jack. »Ja. Spielt aber keine Rolle, oder? Sie hat mir das Buch vorbeigebracht, das war's.«

»Wir werden nie erfahren, wo sie es herhat?«

»Sieht nicht so aus.«

»Ihre Telefonnummer steht da nicht irgendwo drin?«

»Glaube nicht.«

»Hast du nachgesehen?«

»Ja.«

Sean grinste. Warum auch immer, dachte Jack. Es ging ihm beileibe nicht darum, dass er die blonde Frau mit den grünen Augen wiedersehen wollte, vielmehr hätte er wirklich gern gewusst, wie sie an das Notizbuch seines Bruders gekommen war. Und vielleicht … vielleicht hätte er auch gern gewusst, was sie von diesen merkwürdigen Gedanken hielt, die sein Bruder darin teilte. Über alles nur Erdenkliche. Gott und die Welt. Den Tod. Seine Krankheit, obwohl er sie nie direkt erwähnte, immer nur verschwommen, tief vergraben in den Zeilen. Er hat sich von der Seele geschrieben, was er mir nicht sagen konnte, dachte Jack und bemühte sich, den Stich in seiner Brust zu ignorieren. Er konnte seinen Bruder nicht retten. Und für ihn da sein hatte er offenbar auch nicht gekonnt.

»Okay, ich muss«, sagte Sean, während er aufstand und Bridget in derselben Sekunde zu ihm herüberrief, eines der Bierfässer müsse ausgewechselt werden. »Übrigens, nur falls du dich das fragen solltest: Du hast Glück, dass du so fertig aussiehst, sonst würde Bridge dir weniger mitfühlende Blicke zuwerfen.«

»Was?« Jack schaute verwirrt zu Sean auf.

»Nicht was – *wer.*« Er beugte sich zu Jack herunter. »Peggy war ein bisschen verwirrt nach eurem Date. Gelinde gesagt.«

Jack blinzelte. »Shit.«

»Sie hat Bridget erklärt, sie würde lieber nicht mehr von ihr zu Blind Dates überredet werden, besonders wenn sich diese als a) grauenerregend wortkarg und b) furchterregend desinteressiert herausstellen würden.«

»Ah, verdammt«, murmelte Jack. »Tut mir leid.«

»Sag das nicht mir.« Sean richtete sich wieder auf. »Wirst du das deiner Mutter zeigen?« Er nickte in Richtung Tagebuch.

»Und der Shit reißt nicht ab.« Erschöpft rieb sich Jack die Stirn. Er hatte noch nicht mal die Geschichte mit Lori erzählt, da sollte er seiner Mutter die geheimen Aufzeichnungen ihres toten Sohnes in die Hand drücken?

An manchen Tagen kreisen meine Gedanken so ausufernd unaufhörlich, dass ich am liebsten ein Messer nehmen, mein Hirn spalten und die Fahrrinne zerkratzen würde, in der es sich immer nur um dasselbe dreht.
Um dich.
Um dich.
Um dich.

18

You've got mail

Er dachte unentwegt darüber nach. Das tat er wirklich. Noch während er vor Lucio Fontanas *Special Concept ›Waiting‹* stand und zum allerersten Mal zu begreifen schien, was ihm der Künstler mit dieser aufgeschlitzten Leinwand sagen wollte, fragte sich Jack, was er seiner Mutter erzählen sollte und vor allem, in welchen Dosen.

Sie hatten sich in der Tate Modern verabredet. Zumindest das hatte er in den vergangenen Tagen und nach seinem Gespräch mit Sean arrangiert, wenn er auch sonst nicht sonderlich weit von der Stelle gekommen war. Er hatte an mehreren Entwürfen getüftelt und war mit keinem zufrieden. Hatte wieder und wieder über Leos Notizbuch gegrübelt, ohne die Antworten auf seine brennendsten Fragen zu finden. Wieso wusste er nichts davon, dass sein Bruder seine Gedanken in einem Notizbuch festhielt? Wie war die mysteriöse Überbringerin an Leos Aufzeichnungen gekommen? Wieso hatte er einmal mehr das Gefühl, versagt zu haben, weil Leo sich ihm offenbar nicht anvertrauen konnte?

Langsam schritt er von Bild zu Bild, die Gedanken schwer und unausgegoren und wie so oft viel zu sehr in der Vergangenheit verhaftet. Er zwang sich dazu, an die

Zukunft zu denken, an das, was unmittelbar bevorstand. Loris Umzug. Die Reaktion seiner Mutter darauf. Beides reichte aus, um Fontanas zerstörerische Kunst zu spüren, statt sie nur zu betrachten.

Jacks Mutter war noch keine siebzig und sah, trotz allem, was sie in ihrem Leben hatte durchmachen müssen, weit jünger aus, doch von Tag eins an war sie in der Rolle der Großmutter aufgegangen, als hätte sie nur auf ein Enkelkind gewartet. Selbst Rachel liebte sie dafür. Rachel, die in ihren besonders düsteren Momenten nicht müde geworden war, seiner Mutter Vorhaltungen zu machen darüber, was in seiner Erziehung wohl schiefgelaufen war.

Das wäre witzig, wenn es nicht so bitter wäre, dachte Jack. Seine Mutter ist die letzte Person, die man für irgendetwas verantwortlich machen sollte, sie traf keine Schuld, an nichts. Sie hatte immer nur gegeben und im Gegenzug immer nur verloren. Er musste an eine Frage denken, die sich Leo in seinem Notizbuch gestellt hatte. Sie lautete:

Wenn das Leben die bezaubernde Lüge ist und der Tod die schmerzliche Wahrheit, was macht das aus denen, die glauben?

Nun. Es machte sie kein bisschen glücklicher, so viel stand fest.

»Ich war mir sicher, dass ich dich hier finden würde.« Jemand berührte ihn an der Schulter, und Jack drehte sich um. »Diese Bilder haben dich schon immer fasziniert. Weiß der Himmel, warum.«

»Hi, Mum.« Er küsste seine Mutter auf beide Wangen und er ließ sich Zeit dabei. Lori? Leo? Lori? Er hatte sich noch nicht entschieden.

»Guten Morgen, mein Sohn.« Katherine Edwards lächelte, doch dieses Lächeln berührte weder ihre Augen noch Jacks Herz. Es gab solche und solche Tage im Leben seiner Mutter. Heute war ein solcher Tag. Also verzog Jack die Lippen ähnlich mechanisch. Die beiden waren daran gewöhnt, dem anderen Trost zu spenden, indem sie nicht so taten, als könnte aufgesetzte Zuversicht die Situation, in der sie sich befanden, in irgendeiner Weise abmildern. Sie waren übrig geblieben. Sie hatten, abgesehen von seiner Tochter, nur noch einander. Und wer sich das schönlächeln wollte, hatte keine Ahnung, mit welcher Art von Schmerz sie es zu tun hatten. Erst den Mann zu verlieren und dann den Sohn, das durfte für die meisten Menschen zwei Verluste zu viel sein.

»Wie geht es dir, Mum?«

»Ich stehe aufrecht, nicht wahr?«

»So aufrecht, wie man mit eins zweiundsechzig stehen kann, nehme ich an.«

»Werd nicht frech.« Katherines Mundwinkel zuckten. Sie stellte sich neben ihren Sohn und betrachtete das Bild an der Wand vor ihnen, die Wunde, die aus der Leinwand klaffte, scharfkantig und schmerzvoll.

Die Tate Modern war kaum besucht an diesem Sonntagmorgen, ein Riese von einem Gebäude, träge von Schlaf, kurz vor dem Erwachen. Jack und Katherine wanderten von einem Raum zum nächsten, atmeten den Geruch von Leere, die Getragenheit dieser seltsam widerhallenden Atmosphäre, die man nur in Museen zu finden schien. Es war ein vertrauter Spaziergang für sie beide, eine in die Jahre gekommene Tradition, die nichts damit zu tun hatte, dass sich die Edwards mehr als andere für Kunst interessierten, sondern hauptsächlich damit, dass der Eintritt in die staatlichen Museen kein Geld kostete. Und womöglich interessierten sie sich doch für Kunst. Mittlerweile vermutlich schon. Immerhin lagen die Jahre, in denen sie jeden Cent hatten umdrehen müssen, einige Zeit hinter ihnen, und dennoch kamen sie nach wie vor hierher, um sich die van Goghs, Cézannes, Braques und Dalís anzusehen.

Die Familiengeschichte der Edwards war wenig märchenhaft, und sie begann ihre dramatische Abwärtsspirale an dem Tag, an dem Jacks Vater starb. Jack selbst war gerade in die Schule gekommen, Leo noch klein, und Katherine war mit einem Mal alleinerziehende Witwe ohne Job und ohne Einkommen, denn beides hatte sie aufgegeben, um für ihren kranken Mann da sein zu können.

Der Tod des Vaters war ein berechenbarer Faktor im Leben der Familie gewesen, der unausweichliche letzte Akt der Erbkrankheit, deren Verlauf tödlich endete und deren Schlusspunkt kaum anders zu empfinden war denn als eine Erlösung. Was es für die Angehörigen nicht einfach machte, für Jack nicht und für Katherine erst recht nicht. Der Vater starb, hinterließ seiner Familie eine überschaubare Summe und, was weit, weit schlimmer wog, seinem jüngsten Sohn die tödliche Krankheit. Bis an sein Lebensende würde Jack sich fragen, warum er verschont geblieben war. Und Leo daran gestorben. Er würde es vermutlich nie verwinden, der Schmerz hatte sich tief in seine Brust gegraben, der Riss unerbittlicher als Fontanas Schnitt in die Leinwand.

Aus dem Augenwinkel betrachtete er seine Mutter. Sie spürte es und lächelte ihm zu, und erneut fühlte er nichts, und er fand sich damit ab, dass heute wohl einer dieser Tage war und dass alles Weitere würde warten müssen. Bis wann, da war er sich nicht sicher.

Sie blieben einige Stunden in der Tate, bevor seine Mutter verkündete, sie habe Kopfschmerzen und würde sich bereits vor dem Kaffee verabschieden wollen. Sie ließ Jack in dem Gefühl zurück, das Richtige getan zu haben – wenngleich das Gefühl weit weg von einem positiven war. Seiner Mutter war es tatsächlich nicht gut gegangen, doch er hatte sich im Gegenzug nur zu gern vor der Aussprache gedrückt.

Er lief nach Hause. Die Themse entlang, durch St. James und Hyde Park zu den Kensington Gardens. Er benötigte beinahe zwei Stunden bis zu seinem Haus in Notting Hill, doch als er dort ankam, fühlte er sich kaum leichter als am Morgen, das Gegenteil war der Fall. Er war durch halb London gelaufen und hatte dennoch das Gefühl, sich im Kreis zu bewegen, immer wieder, Runde um Runde.

Er würde sich später fragen, warum er an einem Sonntag den Briefkasten geöffnet hatte, das tat er sonst nie. Er würde keine Erklärung dafür finden. Doch er öffnete ihn, und er zog den Umschlag hervor, in dem sich ein fabrikneues, in schwarzes Leder gebundenes Notizbuch befand.

Und eine Telefonnummer.

Teil 3

Annie und Jack

19

Flugzeuge im Bauch

Kaum hatte Annie Jack Edwards sein Buch gebracht und sich davon erholt, dass er so gar nicht dem Typ Mann entsprach, den sie hinter all dieser unergründlichen Poesie vermutete hätte, da stand Finley auf einmal wieder vor ihrer Tür. Nachdem sie seine Nummer geblockt und er permanent versucht hatte, sie zu erreichen, saß er auf der niedrigen Mauer, die ihr Haus umgab, ein aufgeschlagenes Buch in seinem Schoß, und las, in aller Seelenruhe, als sei Annies Herz nicht gerade auf dem Weg, vor lauter Schreck in Schockstarre zu verfallen.

Sie sah ihn schon von Weitem, und für einen Augenblick geriet ihr Schritt ins Holpern. Dann, genauso unmittelbar, schoss Wut durch sie hindurch wie ein Blitzschlag. Sie atmete ein und marschierte entschlossen auf ihn zu.

»Was hast du hier verloren?«

Er sah auf. »Annie.« Ein Wort nur. Nicht scharf und schroff, wie ihre geklungen hatten, sondern weich und nachsichtig, wie er seit jeher mit ihr sprach, als sei sie ein ungezogenes Kind, mit dem man geduldig sein musste. Warum war ihr das bislang nie aufgefallen? Warum schossen ihr diese Gedanken jetzt durch den Kopf, da sie Finley wochenlang nicht gesehen und ihn schmerzlich vermisst hatte? Zumindest hatte sie nie infrage gestellt, dass sie das tat …

Er kam ihr verändert vor. Hagerer. Älter. Mit einem verbitterten Zug um den Mund, den sie früher nie bemerkt hatte. Oder es gab ihn gar nicht, und Annie bildete sich diese Dinge ein. Womöglich sehnte sie sich einfach nur danach, dass es Finley schlechter ging ohne sie, dass er nicht glücklich wurde, weil er nur mit ihr ein Ganzes ergab?

»Warum bist du hier?«

»Ich wollte mit dir sprechen. Und, nun ja … etwas scheint mit deinem Handy nicht in Ordnung zu sein.«

Annie schwieg.

Mit einem kaum hörbaren Seufzen klappte Finley sein Buch zu und stand auf. Er war so dicht vor ihr, dass sie zu ihm aufsehen musste. Und in Annies Kopf hob sich Finleys Hand zu ihrer Wange und strich eine Haarsträhne zur Seite, und Annie hielt den Atem an, während sich Gänsehaut auf ihren Armen ausbreitete. Was, um Himmels willen, stimmte nicht mit ihr, wenn es um Finley Corbyn ging? Seit ihrer allerersten Begegnung war sie dahingeflossen, wenn er sie nur ansah – wie eine Kerze, die sich wachsweich bog, sobald man sie ins Sonnenlicht stellte.

Sie wich einen Schritt zurück, um Abstand zwischen sie zu bringen.

»Du siehst blass aus«, sagte er. »Hast du schon gegessen?«

»Es ist noch nicht mal fünf.«

»Geh mit mir essen.«

Sie zögerte. Spürte dem Drang nach, seinen Vorschlag anzunehmen, analysierte ihn in Sekundenschnelle, richtete sich dann ein Stück auf.

»Nein.«

»Annie …«

»Hör auf, meinen Namen zu sagen, als sei ich ein Kind.«

»Dann benimm dich nicht wie eines.«

Sie starrten einander an, zähe Sekunden lang, in denen Annie seltsamerweise an Jack Edwards denken musste. Der Bart. Sie hätte niemals gedacht, dass der Verfasser ihres Buchs Bartträger war. Ach herrje, *ihres* Buchs. Hatte sie das gerade tatsächlich gedacht? Es war nicht *ihr* Buch, und doch vermisste sie es, wie man einen guten Freund vermisste, der auf einmal nicht mehr da war, was ihr unwillkürlich Hoola ins Gedächtnis rief. Sie hatten sich versöhnt nach dem großen Streit am Fluss und nachdem sie auf Jacks Adresse gestoßen waren, doch auch wenn Hoola versuchte, es sich nicht anmerken zu lassen, war sie von Annies Besuch bei ihm nicht sonderlich begeistert gewesen. Von dessen Ausgang schon eher. Jack hatte sich nicht als das entpuppt, was Annie erwartet hatte, und darüber hinaus keinerlei Anzeichen gezeigt, sich für sie zu interessieren. Stattdessen war seine Reaktion seltsam gewesen, mehr als das. Oder *er* war seltsam, was wusste sie schon über ihn? Er hatte das Buch angesehen, als wäre es eine Kreatur aus dem Sumpf – was sie ihm, streng genommen, nicht verübeln konnte, nach allem, was das arme Ding durch ihre Schuld erlitten hatte.

Dennoch. Der Bart war nicht das Einzige, das Jack Edwards von Finley unterschied. Jacks Augen waren warm gewesen, der Blick aufrichtig, auch wenn Annie nicht genau erklären konnte, woran sie das festmachte. Finley dagegen, Finley, er war so … kontrolliert. Und kalkulierend. Selbst jetzt, in diesem Moment. In einem Augenblick, in dem er sie um etwas bat, waren seine Augen kühl und distanziert und hart. Annie fragte sich, wann sie jemals weich gewesen waren. Wann Finley sie jemals angesehen hatte wie sie ihn – voller Wärme und Hingabe und Liebe.

Wann?

Wann?

»Warum wolltest du mit mir sprechen?«

»Das erzähle ich dir, sobald wir an einem Tisch sitzen.«

»Ich wüsste wirklich nicht, was wir …«

»Annie.«

Sie presste die Lippen zusammen.

»Bitte.«

Annie schob ihre Tasche ein Stück höher auf die Schulter und ging an ihrem Ex-Mann vorbei in Richtung Straße. »Wir können im Castle essen, es ist Fischtag.« Sie hörte ihn seufzen, laut und ungeduldig, aber Annie drehte sich nicht nach ihm um.

»Das Essen ist grauenvoll wie immer.« Finley schob die Scampi von seinem Salat und inspizierte die darunter zum Vorschein getretene Öllache mit Abscheu. »Ich hatte ehrlich gehofft, sie würden den Laden irgendwann dichtmachen.«

»Sieh dich um, es läuft prima. Ich würde eher nicht mit einem Ende rechnen.« Annie schnitt ein großes Stück ihres panierten Fischfilets ab und schob es sich in den Mund. »Du hättest Fish & Chips bestellen können, wie jeder normale Mensch. Dann wären dir die halb gefrorenen Garnelen erspart geblieben.«

»Wir hätten woanders hingehen können. In ein etwas höherklassiges Restaurant beispielsweise. Dann wäre uns beiden eine Magenverstimmung erspart geblieben.« Er schob seinen Teller von sich. Annie spießte Pommes frites auf ihre Gabel.

»Was ist das hier, Annie? Irgendein verquerer Trip in die Vergangenheit? Du ziehst in deine heruntergekommene Studentinnenbude, isst im billigsten Pub der Stadt und tust so, als hätte es mich nie gegeben? Was kommt als Nächstes? Ein fünfzehn Jahre jüngerer Liebhaber?«

Annie verschluckte sich. Nicht beinahe, sondern wirklich, an einem Stück Fisch, das einen wilden Hustenanfall auslöste, während dem Finley sie so ruhig und gefasst betrachtete, als sähe er fern. Als sie sich beruhigt hatte, blinzelte sie ihn aus noch tränenverhangenen Augen an. »Ich kann nicht glauben, dass du das gerade gesagt hast.«

»Ich ...« Und dann presste Finley doch noch die Lippen aufeinander, so fest, dass sich seine Kiefermuskeln anspannten.

Annie beließ es dabei. Sie beschloss, dass sie es nicht nötig hatte, ihm unter die Nase zu reiben, wie alt Cassandra war – zehn Jahre jünger als Annie, achtzehn Jahre jünger als er –, sie stand darüber, genoss schlicht Finleys Unwohlsein, als ihm seine Doppelzüngigkeit letztlich aufgegangen war. Und dann überlegte sie, wie alt Jack Edwards wohl war. Sicher nicht jünger als sie. Erst recht keine fünfzehn Jahre. Nun, was ging es sie an? Richtig. Gar nichts.

»Also«, sagte sie schließlich. »Worüber wolltest du mit mir sprechen? Hattest du bei unserem letzten Telefonat etwas vergessen? Habe ich deinen Hund angefahren oder Cassandras Kaninchen vergiftet?«

Finleys Kiefermuskeln knarzten geradezu. »Ich wollte dir sagen, dass sich die Geschichte mit den Anrufen geklärt hat.«

Annie kniff die Augen zusammen, sagte aber nichts. Sie würde es ihm nicht leichter machen, indem sie ihm entgegenkam.

Finley räusperte sich. »Wie sich herausstellte, hatte sich ein ehemaliger Kollege Hoffnungen gemacht, dass sich zwischen ihm und Cassandra etwas entwickeln könnte, und war mehr als nur ein bisschen enttäuscht darüber, dass sie einen anderen heiratete.« Er nippte an seinem Weißwein. »Du hattest also nichts mit der Sache zu tun.«

»Oh, ja, danke für die Aufklärung. Hättest du es nicht erwähnt, ich wäre glatt davon ausgegangen, dass ich deine neue Frau mit bedrohlichen Anrufen zu beunruhigen versucht habe.« Mittlerweile sprühten Annies Augen Funken.

Eine ganze Weile lang sagte keiner von ihnen etwas, dann brach Finley das Schweigen, auch wenn ihm die Worte sichtbar schwer über die angespannten Lippen kamen: »Cassandra war so überzeugt davon, dass du es warst, ich hatte gar keine andere Wahl, als dich danach zu fragen.«

»Du hast mich nicht danach gefragt, du hast mir unterstellt, dass ich es getan habe.«

»Deine Interpretation.«

»Oh, nein, ist es nicht.«

»Annie.«

Der Ton. Der Blick. Annie versteifte sich.

»Ich denke, wie so oft in deinem Leben hast du auch hier überreagiert. Zumal damit, meine Nummer zu blockieren. Aber nachdem die Sache mit dem Anrufer geklärt ist, können wir wohl aufhören mit dem Unsinn, denkst du nicht?«

»Du hältst es nicht mal für nötig, dich bei mir zu entschuldigen?«

»Wenn *du* es für nötig hältst?« Finley zuckte mit den Schultern. »Es tut mir leid. Okay?«

»Nein. Ich denke nicht.« Annie griff nach ihrem Glas, sie hatte ein Pint Bier bestellt, und das trank sie nun in großen Schlucken aus, bis nur noch ein winziger Rest Schaum übrig war. Vermutlich hätte ihr übel sein müssen von dem bitteren Geschmack, doch dem war nicht so. Annie fühlte sich auf einmal, als ob sich etwas von ihrer Brust heben würde. Es zog und kribbelte genau wie in dem Moment, in dem die Räder eines Flugzeugs sich vom Boden lösten. Ein seltsames Aufsteigen, ohne sich fortzubewegen, und im nächsten Augenblick Erleichterung.

»Mir tut es auch leid«, sagte sie schließlich atemlos.

»Was?« Finley wirkte verwirrt.

»Keine Ahnung.« Sie griff nach dem Gurt ihrer Tasche und hängte ihn sich über die Schulter.

»Annie.«

»Weißt du, für einen frisch verheirateten Mann verschwendest du ziemlich viel Energie darauf, deiner Ex-Frau das Leben schwer zu machen, findest du nicht? Auf Wiedersehen, Finley. Danke für das Essen.«

Sie drehte sich um und machte sich daran, sich durch die Gruppe von herumstehenden Pubbesuchern einen Weg nach draußen zu bahnen.

»Annie!« Finley schob seinen Stuhl zurück, sprang auf und griff nach Annies Arm. »Würdest du bitte meine Nummer nicht mehr blockieren? Ich würde dich sehr gern erreichen können im Notfall.«

»Im Notfall? An welche Art Notfall denkst du?«

Er sah sie an, und der stoische Ausdruck in seinen Augen war auf einmal fort, stattdessen wirkte Finley nervös, er betrachtete ihr Gesicht, rastlos irgendwie, auf der Suche nach etwas, von dem ihm womöglich in dieser

Sekunde aufging, dass er es verloren haben könnte. »Was ist mit unserem Vorhaben, Freunde zu bleiben?«, fragte er.

»Freunde?« Annie blickte ihn an, voller Ernst und voller Traurigkeit. »Vielleicht waren wir das nie. Vielleicht müssten wir das erst werden. Vielleicht ist aber gerade nicht der richtige Zeitpunkt, es zu versuchen.«

In die folgende Stille hinein brummte ein Handy. Finley machte keine Anstalten, das Gespräch anzunehmen, doch Annie drehte sich um und lief davon.

20

You've got mail, too

Mehr als eine Woche war vergangen, seit Annie Jack Edwards das leere Notizbuch in den Briefkasten geworfen hatte. Neun Tage, in denen sie die Hoffnung darauf, dass er sich bei ihr melden würde, immer tiefer vergrub. Wenn sie es recht bedachte, wusste sie ohnehin nicht genau, weshalb sie ihm ihre Nummer dazugeschrieben hatte. Es hätte vollkommen ausgereicht, das Buch bei ihm abzuliefern. Da sie schon einmal bei ihm gewesen war, hätte er sicherlich geahnt, von wem es stammte.

Bei dem Gedanken an diese erste Begegnung wurde Annie ganz mulmig. Wie er sie angesehen hatte, mit dieser Mischung aus Verwunderung, Befremdlichkeit und … Abscheu? Vermutlich dachte er, sie hatte das Buch gestohlen. Gestohlen und dann verwüstet, so ließ es sich wohl betrachten, und darüber war er offensichtlich erschüttert gewesen. Wobei sich Annie fragte, weshalb er nicht besser auf das Buch aufgepasst hatte, wenn es ihm doch ach so wichtig war. Oder hatte er es selbst und höchstpersönlich in die Letterbox gelegt? Wollte er es verstecken? Ein tolles Versteck war das, nach dem halb Exeter suchte auf seinen Streifzügen durchs Dartmoor. Oder … Hatte jemand anderes das Buch gestohlen und warum auch immer im

Dartmoor versteckt? Und nun nahm Jack Edwards an, sie sei diejenige gewesen? O Gott, nein, bitte nicht. Er konnte sie unmöglich für eine Diebin halten. Sie hatte ihm das Buch immerhin wiedergebracht, war extra von Cambridge nach London gefahren.

Es war erstaunlich, wie sehr sie Jack, das Buch und dessen Inhalt noch immer beschäftigten. Zu sehr und zu oft vor allem, und Annie schalt sich regelmäßig, wenn ihre Gedanken in diese Richtung abschweiften, denn dafür fehlte ihr wirklich die Zeit. Sie hatte anderes zu tun, wichtigere Dinge. Seit dem Gespräch mit Finley hatte sie sich darum bemüht, nicht nur unter ihn und ihre Beziehung einen definitiven Schlussstrich zu ziehen, sondern auch unter die Lethargie und Bequemlichkeit, mit der sie ihr Leben lebte. Sie hatte wider besseres Wissens darauf gewartet, dass Finley zurückkam, dass er sie aufweckte, ihre Lebensgeister erneuerte, dass er sie wach küsste wie der sprichwörtliche Prinz im Märchen, den er nun mal für sie darstellte, doch nichts von alldem war geschehen, ganz im Gegenteil. Wieder einmal hatte er sie verletzt, ob unbewusst oder bewusst, er hatte es getan. Nur fühlte es sich diesmal anders an als sonst. Denn diesmal war es so, als habe Annie endlich den Kopf aus dem Sand gezogen, sich die feinen Körner aus den Haaren geschüttelt und seit langem wieder geatmet, tief und voll und endgültig.

Finley war Geschichte.

Nun musste sie nur noch mit dem Rest ihres Lebens aufräumen.

Annie beschloss, bei Hoola zu beginnen. Es war an der Zeit, dass sich ihre Freundschaft normalisierte. Am liebsten hätte Annie dort angeknüpft, wo sie sich noch nicht hatte fragen müssen, ob das, was sie gerade gesagt oder getan hatte, falsch, verletzend oder übergriffig war; an einem Punkt, an dem ihre Freundschaft sich irgendwie richtiger angefühlt hatte, unkomplizierter. Als sie sich noch öfter gesehen hatten, nicht nur einmal in fünf Wochen, als sie noch regelmäßig telefonierten, nicht nur WhatsApp-Nachrichten austauschten, die aus kaum mehr bestanden als *Geht es dir gut? Ja, nur etwas viel Stress. Okay, melde dich, wenn es bei dir ruhiger ist.*

Wie einem geheimen Kommando folgend, erklang in dieser Sekunde das vertraute *Ping* ihres Mobiltelefons. Annie warf einen Blick darauf. Nur um im nächsten Moment stirnrunzelnd danach zu greifen.

Verehrte Mrs. St. James, vielen Dank für das Notizbuch, das Sie mir in den Briefkasten geworfen haben. Das wäre nicht nötig gewesen, aber ich danke Ihnen nichtsdestoweniger. Mit freundlichen Grüßen, Jack Edwards

Der Text war von einer unbekannten Nummer aus versendet worden, natürlich, Annie besaß Jacks Kontakt schließlich nicht. Sie überflog den Text noch einmal. Versuchte, zwischen den Zeilen zu lesen.

Verehrte Mrs. St James.
Nichtsdestoweniger.
Mit freundlichen Grüßen, Jack Edwards

Selbst wenn man sich wirklich Mühe gab, in drei Sätzen noch förmlicher und abweisender zu klingen, wäre das sicherlich nur schwer gelungen.

Annie legte das Handy beiseite und ließ den Blick aus dem Fenster vor ihrem Schreibtisch schweifen. Die Kastanien grünten jetzt im August so üppig, sie ließen kaum mehr die Sicht auf den Fluss zu. Das weiß getünchte Cottage auf der anderen Seite der Straße war mit hellen Sonnenflecken gesprenkelt. Annie stand auf und schob den Fensterrahmen etwas weiter nach oben. Dann streckte sie den Kopf hinaus und sog Cambridges Sommerluft in ihre Lunge.

Nichtsdestoweniger.

Wer benutzte ein solches Wort? Wer drückte sich derart gestelzt aus? Sicher nicht die Art Poet, für die Annie den Besitzer dieses Notizbuches gehalten hätte. Dies hier, das klang nach Anwalt. Zumindest nach jemandem, der viel mit Bürokratie zu tun hatte. Sie fragte sich außerdem, warum Mr. James Edwards ihr geantwortet hatte, neun Tage, nachdem sie ihm das Notizbuch in den Briefkasten geworfen hatte, und warum er es auf diese Weise tat. So wie man ein Schreiben an eine Behörde verfasste oder einen formellen Brief an jemanden, den man wirklich, ernsthaft nicht mochte. Sie hatte sich so oft in das Notizbuch dieses Mannes vertieft, wenn sie die Augen schloss, formten sich die Worte vor ihr, als könnte sie sie lesen. Keine einzige Zeile hatte so kühl und abweisend geklungen wie die, die sie eben empfangen hatte. Sogar all die negativen Gedanken, die schmerzlichen und ehrlichen und vor den Kopf stoßenden, hatten Annie doch berührt, heiß und tief, bis in ihr Innerstes.

Pling.

UNBEKANNTE NUMMER

Und, wenn ich Sie noch fragen dürfte: Wie sind Sie an das Buch gekommen?

21

Lost for words

Zur selben Zeit in einer anderen Stadt hielt Jack das Telefon in der einen Hand, während er mit der anderen Tee nachgoss. Er betrachtete die Information *»schreibt«* im Nachrichtenfenster, was darauf hindeutete, dass Annie ihm antwortete, bevor das Wort wieder verschwand, als habe sie es sich anders überlegt. Während Jack starrte, lief seine Tasse über. Er stieß einen Fluch aus und warf das Handy geradezu von sich, bevor er zur Spüle eilte, um einen Lappen zu holen, während sein Smartphone über die Tischplatte schlitterte. Heute war definitiv nicht sein Tag, schon seit dem frühen Morgen nicht. Da hatte ein Specht auf seiner Fernsehantenne gesessen und diese offenbar mit einem Baum verwechselt. Der Ton, den die vibrierende Antenne absonderte, während der Vogel auf ihr herumhackte, echote im besten Dolby Surround durch sein Haus, und das noch vor Sonnenaufgang. Etwas später hatte seine Mutter vor der Tür gestanden, was außergewöhnlich war, denn normalerweise arbeitete sie an den Vormittagen in der Küche eines Frühstückscafés in Chelsea. Nun aber war sie hier aufgetaucht, den Teddy seiner Tochter im Arm, den diese beim letzten Besuch bei ihr vergessen hatte. Sie habe daraufhin bei Lori angerufen, erklärte seine Mutter seltsam roboterhaft. Nur eine Sekunde später war Jack klar geworden, wo der mechanische Ton herrührte: Rachel hatte abgehoben. Und sie hatte sich dafür entschuldigt, dass sie ihre Enkelin nach Bath entführte, und beteuert, dass es ihr ehrlich leidtue, dass Lori ihre vergötterte Großmutter künftig seltener sehen werde, als allen lieb war.

Der letzte Teil des Satzes war so rau aus Katherine Edwards Kehle gedrungen, dass Jack sich unwillkürlich an den Hals gefasst hatte.

»Ich wollte es dir sagen«, brachte er schließlich heraus.

»Wann?«

»Wenn ich mir etwas überlegt habe.«

»Was?«

Jack hatte seine Mutter angesehen und es kaum ertragen können, dass sie mit jedem weiteren Wort kleiner geworden war; kleiner, dünner, unsichtbarer. Sie hatte schon sehr viel mehr verloren als viele andere in ihrem Leben. Ihre Enkelin würde sie nicht auch noch verlieren, dafür würde Jack sorgen.

Wir werden Lori genauso oft sehen wie zuvor, wollte er ihr versprechen. *Bath ist nicht aus der Welt.* Doch seine Mutter, randvoll mit Realität, hatte es schon lange aufgegeben, sich auf Hoffnung zu stützen. Weshalb Jack nichts dergleichen sagte, sondern schwieg.

An einem solchen Tag also hätte er womöglich nicht einmal daran denken sollen, eine so schwierige Nachricht zu verfassen wie die an die Frau, die ihm die letzten Aufzeichnungen seines Bruders gebracht hatte, geschweige denn, es wirklich zu tun. Aus einem ihm unerfindlichen Grund tat er es dennoch. Er brauchte mehr als fünfzehn Minuten, um die richtigen Worte zu finden, schrieb, löschte, schrieb, löschte, und nachdem er die erste eher unverbindliche Nachricht versendet hatte, dauerte es noch einige weitere Minuten, bis er das, was er die Frau eigentlich fragen wollte, zu formulieren wusste.

Es fühlte sich an, als sei er wieder zwölf Jahre alt.

Nur dass seine Kommunikationsfähigkeiten mit zwölf zwar nicht ausufernd gewesen waren, aber trotzdem weit weniger eingerostet als heute.

Jack überlegte, ob es Annie womöglich genauso erging wie ihm. Wie sonst war es zu erklären, dass sie ähnlich lange benötigte, um zu antworten. Wenn sie es überhaupt tat.

Er hatte sich eben mit seiner heißen Tasse Tee in den Garten gesetzt, als das Handy brummte, das er nun wieder in der Hand hielt.

UNBEKANNTE NUMMER

Sehr geehrter Mr. Edwards, besten Dank für Ihre Textnachricht, obwohl ich mir gerade nicht sicher bin, was ich von ihr halten soll. Wollten Sie damit unterstellen, dass ich mir die Geschichte mit dem Dartmoor ausgedacht habe? Ich versichere Ihnen, dass ich es genauso wenig nötig habe zu lügen, wie Ihnen das Buch zurückzubringen. Oder es durch ein neues, unbeschädigtes zu ersetzen. Mit freundlichen Grüßen, Annie St. James

Mit zusammengekniffenen Augen sah Jack auf das Display seines Telefons, dann las er Annies Nachricht noch einmal. Dartmoor … Irgendetwas regte sich in den Tiefen seiner Erinnerung, doch noch konnte er es nicht hundertprozentig fassen. Er hatte angenommen, sie habe das Buch mit der Post geschickt bekommen, Leo habe es ihr geschickt, er erinnerte sich, dass sie von einem Briefkasten erzählt hatte. Einer Letterbox. *Letterbox* hatte sie gesagt. Dartmoor.

Es dauerte keine weitere Sekunde, bis sich ihm der Zusammenhang erschloss. Jack war mit dem spielerischen Sport des Letterboxing durchaus vertraut. In der Theorie zumindest. Er selbst war noch nie im Dartmoor gewesen, hatte also auch nicht nach den kleinen Schatzkisten gesucht, die dort überall versteckt lagen, doch er hatte darüber gelesen. Oder hatte er mit Leo darüber gesprochen? Hatte Leo ihm davon erzählt?

Unwillkürlich senkte sich sein Blick auf das schmale Fenster zu seinen Füßen, das von dem kleinen Schlafzimmer im Souterrain in den Garten zeigte. Er hatte Leos Räume nach wie vor nicht betreten, hatte die Aufgabe, sein Haus Leo-frei zu räumen, immer noch vor sich. Jack drückte sich davor. Doch er fragte sich auch, ob er dort unten Antworten finden würde, Antworten auf die Fragen, wer sein Bruder gewesen war in den letzten Wochen seines Lebens, weshalb er heimlich Notizbücher füllte und Gedanken hineinschrieb, die nichts mit dem Leo zu tun zu haben schienen, an den Jack sich erinnerte. Er las Annies Text noch einmal, stellte fest, dass er wohl zunächst betonen sollte, sie nicht des Diebstahls zu bezichtigen, stand auf, legte das Telefon beiseite und tigerte über den Rasen, von einer Längsseite zur anderen. Er brauchte ein paar Minuten. Als er entschieden hatte, was er schreiben wollte, ging er zurück zu seinem Stuhl und hob das Telefon auf, auf dessen Display zwischenzeitlich eine neue Nachricht angekündigt wurde.

UNBEKANNTE NUMMER

PS: Sind Sie im Beamtenstand tätig? Glauben Sie es oder nicht, aber darauf wäre ich nie gekommen.

Und warum auch immer schrieb er *Nein* und tippte auf Senden, bevor er überhaupt darüber nachdenken konnte, was er antworten wollte.

UNBEKANNTE NUMMER

Nein?

Jack runzelte die Stirn. Er wollte fragen: *Kannten Sie meinen Bruder?,* und verwarf den Gedanken so schnell, wie er gekommen war. Diese kurze, wie beiläufige Frage würde zu viel implizieren, zum Beispiel, dass sein Bruder nicht mehr lebte, und dies war wahrlich nicht etwas, das man nebenbei in einer Textnachricht bemerkte. Hatte sie Leo gekannt? Er war sich inzwischen nicht mehr sicher, doch das Gefühl blieb, dass er es herausfinden wollte, er musste es wissen. Wäre er nur damals, als er ihr gegenüberstand, etwas aufnahmefähiger gewesen. Doch auch jetzt machten die Jalousien in seinem Kopf zu, sperrten die Erinnerung an die Begegnung aus. Womöglich sollte er aufhören, in der Wunde zu wühlen. War es das, was sein Unterbewusstsein ihm zu vermitteln versuchte?

Ein weiteres Mal fiel sein Blick auf das Souterrainfenster. Konnte sein, dass Annie St. James seinen Bruder nie kennengelernt hatte. Konnte sein, dass sie das verschnörkelte L, mit dem Leo seinen Namen begann, für ein J. hielt. Konnte sein, sie hatte deshalb nach ihm gefragt, *nach ihm,* Jack. Und dennoch würde er nicht derjenige sein, der ihr von Leos Tod erzählte. Er sah nicht den geringsten Sinn darin, dieser fremden Frau einen Stich zu versetzen, und sei er noch so klein, denn sie kannte seinen Bruder vermutlich wirklich nicht. Doch sie hatte seine Notizen gelesen. Das hatte sie doch, oder? Noch so eine Frage, auf die er keine Antwort wusste, allein weil er bei ihrer ersten Begegnung nicht bei sich gewesen war. Und er musste aufhören darüber zu grübeln, darüber und über Leos Worte und über die Tatsache, dass sein Bruder nie mehr wiederkam und dass er ihm doch etwas geschickt hatte, diese Zeilen nämlich, die so wenig Sinn ergaben, und …

Er ging ins Haus, ließ sich auf einen der Küchenstühle sinken, lehnte den Kopf in den Nacken und schloss die Augen.

Pling lockte das Handy. *Pling, pling.*

Zögernd, so als wollte er es lieber nicht tun, setzte Jack sich aufrecht hin, hob das Gerät auf Augenhöhe und las:

UNBEKANNTE NUMMER

Okay, wissen Sie, was? Ich denke, wir können das Ganze hier abkürzen. Es tut mir leid, Sie belästigt zu haben, ganz offensichtlich sind Sie derzeit nicht in Schreiblaune, oder aber Sie sind verärgert, was ich Ihnen ebenfalls nicht verübeln kann. Das mit dem Beamtenstand, das habe ich nicht so gemeint, okay? Ich war nur überrascht, wie hölzern diese Nachricht sich liest im Gegensatz zu all den anderen Texten, die ich bisher von Ihnen gelesen habe. Hölzern. Gut, vielleicht hab ich es so gemeint. Ich war überrascht, das ist alles. Löschen Sie einfach meine Nummer, ja?

UNBEKANNTE NUMMER

Sie löschen zu müssen würde voraussetzen, dass Sie sie gespeichert haben, was ich nicht annehme. Nur … fürs Protokoll.

Vergessen Sie bitte die beiden Nachrichten zuvor, ich weiß ehrlich nicht, warum es mir manchmal derart schwerfällt, einen Punkt zu setzen. Also: Leben Sie wohl, Mr. Jack Edwards. Ich hoffe, Sie finden Ihre Worte wieder. Mit den besten Empfehlungen, Ihre Annie St. James. Punkt.

22

Dienstag, 10. August

UNBEKANNTE NUMMER

Liebe Annie, es tut mir leid, wenn Sie mich als unhöflich empfunden haben. Ich bin nicht verärgert und möchte Ihnen noch einmal danken, dass Sie mir das Notizbuch gebracht haben. An jenem Tag hatte ich starke Kopfschmerzen, deshalb ist mir ein Teil Ihrer Erklärung womöglich abhandengekommen. Auch dafür möchte ich mich entschuldigen. Ihr Jack Edwards

ANNIE ST. JAMES

Lieber Jack, mir tut es leid, dass ich Sie damals offensichtlich überfallen habe. Ich hätte das Buch genauso gut mit der Post senden können, das wäre womöglich angemessener gewesen. Ich dachte nur, es wäre nett, den Verfasser dieser fabelhaften Worte persönlich kennenzulernen.

ANNIE ST. JAMES

Darüber hinaus tun mir die Nachrichten von vorhin leid. Ich neige zur Ungeduld. Manchmal. Offensichtlich.

UNBEKANNTE NUMMER

Das ist völlig in Ordnung. Ich bin manchmal nicht schnell genug.

UNBEKANNTE NUMMER

Sie haben das Buch also gelesen?

ANNIE ST. JAMES

Bevor ich diese Frage beantworte, möchte ich Folgendes erklären: Es war lange Zeit nicht klar, dass in dem Buch überhaupt ein Name steht. Erst sein Sturz in den Fluss brachte das zutage. Der Sturz in den Fluss und die anschließende Rettungsaktion. Dann hatte sich durch das Wasser der Leim gelöst und ... Ich erspare Ihnen die traurigen Details. Jedenfalls lösten sich im Zuge dessen auch zwei aneinanderklebende Seiten, und so kamen Ihr Name und die Anschrift zutage.

UNBEKANNTE NUMMER

Ich verstehe.

ANNIE ST. JAMES

O je, klingen Sie jetzt tatsächlich verärgert? Ich schwöre, ich hätte den Inhalt nicht gelesen, wäre mir von Anfang an bewusst gewesen, dass ich den Verfasser ausfindig machen und das Buch zurückgeben kann. Und ich habe es auch nicht wirklich gestohlen. Ich fand es in dieser Letterbox, und auf einmal donnerte es, und dann ging alles sehr schnell, und offensichtlich habe ich es dann eingesteckt, ohne darüber nachzudenken.

ANNIE ST. JAMES

Ich hoffe, Sie nehmen mir das nicht übel? Es tut mir ehrlich leid.

UNBEKANNTE NUMMER

Nein, ich nehme Ihnen das nicht übel. Wirklich nicht. Immerhin haben Sie es zu mir gebracht, dafür bin ich sehr dankbar.

ANNIE ST. JAMES

Wissen Sie, was mich ehrlich interessieren würde? Wieso haben Sie das Buch in einer Letterbox gelassen? Wollten Sie es loswerden, oder haben Sie gehofft, dass es gefunden wird?

23

Freitag, 13. August

JACK EDWARDS

Verzeihung, Dienstagabend kam überraschend Besuch, und dann wurde es eine ziemlich hektische Woche.

JACK EDWARDS

Und entschuldigen Sie bitte, dass ich mich so herausrede. Und nein, ich habe das Buch nicht in der Letterbox gelassen. Ich bin nicht sicher, wie es dort hingekommen ist.

ANNIE ST. JAMES

Hallo, Jack. Wie schön, von Ihnen zu hören. Und es macht gar nichts, dass Sie sich nicht täglich bei mir melden. Sie sind mir keinerlei Rechenschaft schuldig ☺

ANNIE ST. JAMES

Oh, und das Buch. Hatten Sie es verloren? Oder es hat womöglich jemand gestohlen? Dann ist es ja ein Glück, dass ich es gefunden habe und Ihnen zurückbringen konnte. Es wäre ein Jammer, wenn es in falsche Hände geraten wäre, oder?

JACK EDWARDS

Falsche Hände?

ANNIE ST. JAMES

Nun ja, ich meine ... Sie wissen, was ich meine. Die Texte, sie sind ... vertraulich. Nicht wirklich vertraulich, aber ... persönlich? Ich weiß nicht. Sie haben sich jedenfalls so angefühlt. Gott, es ist mir wirklich unangenehm, dass ich überhaupt darin gelesen habe. Ich wollte nicht in Ihren intimsten Gedanken stöbern, glauben Sie mir. Ich komme mir vor, als hätte ich Ihre Privatsphäre verletzt.

JACK EDWARDS

Das müssen Sie nicht.

JACK EDWARDS

Was genau fanden Sie fabelhaft an den Gedanken? Wenn ich das fragen darf?

JACK EDWARDS

Ich meine, nicht dass Sie denken, ich wäre eitel. Aber sie waren bei weitem nicht alle positiv.

ANNIE ST. JAMES

Nein, das waren sie nicht. Allerdings waren sie ehrlich, soweit ich das beurteilen kann. Oder irre ich mich? Sie waren ehrlich und ungeschönt und berührend und ... Ich weiß nicht. Nun, mich haben sie berührt. Ich hoffe, das ist Ihnen nicht unangenehm.

ANNIE ST. JAMES

Hilfe, das hört sich schrecklich pathetisch an. Vielleicht kann ich das erklären.

ANNIE ST. JAMES

Ich denke, ich war damals gerade in so einer Phase, wissen Sie? Keiner sonderlich guten Phase. Und die Worte, die Sie geschrieben haben – sie haben mich abgeholt, denke ich. Auch die schlechten Gefühle, die ich hatte. Und vermutlich immer noch habe. Ich meine, niemand ist nur das eine oder nur das andere, richtig? Nur gut, nur böse. Wir sind alle immer eine Mischung aus beidem, und genau so habe ich Sie als Verfasser dieser Zeilen empfunden. Als vielschichtig. Tiefgründig. O Gott, was schreibe ich hier, am besten sollte ich alles wieder löschen, aber ... Vielleicht hilft es Ihnen ja auch weiter. Dass Sie wissen, dass wir alle mit verwirrten, verirrten Gefühlen zu kämpfen haben. Manchmal. Nicht bloß Sie. Wenn ich Ihnen das überhaupt unterstellen darf.

ANNIE ST. JAMES

Bin ich zu weit gegangen?

JACK EDWARDS

Nein. Ich habe nur kurz über Ihre Worte nachgedacht. Und ich bin froh, dass Sie das Buch gefunden haben. Und dass es Ihnen eine Hilfe war.

ANNIE ST. JAMES

Wirklich?

JACK EDWARDS

Wirklich.

ANNIE ST. JAMES

Dann bin ich auch froh.

ANNIE ST. JAMES

☺

ANNIE ST. JAMES

Sie hatten also eine anstrengende Woche?

JACK EDWARDS

Ja. Doch. Es gab einiges zu tun.

ANNIE ST. JAMES

Was machen Sie beruflich, wenn ich fragen darf? Sie sind nicht wirklich Beamter, nehme ich an? (Noch mal sorry dafür.)

JACK EDWARDS

Nein, kein Beamter. Ich bin freiberuflich und mache alles Mögliche, eigentlich. Hauptsächlich Handwerkliches. Möbelrestauration und dergleichen. Und Sie?

ANNIE ST. JAMES

Lektorin. University of Cambridge. Weshalb meine Lektüre hauptsächlich aus wissenschaftlichen Abhandlungen besteht, was einem die Freude am Job manchmal reichlich erschwert.

JACK EDWARDS

Kann ich mir gut vorstellen. Das klingt nach einem ziemlich anspruchsvollen Job.

ANNIE ST. JAMES

Das, und manchmal durchaus trocken. Dagegen klingt Ihre Arbeit viel kreativer, was mich kein bisschen überrascht. Ich meine, wer solche Texte schreibt, muss in irgendeiner Weise schöpferisch tätig sein, habe ich recht?

24

Dienstag, 17. August

JACK EDWARDS

Was haben Sie am Wochenende gemacht?

ANNIE ST. JAMES

Ich war bei meiner Mutter, wie jeden Sonntagmittag. Es gab den klassischen Sunday Roast, bloß statt des Yorkshire-Puddings serviert Elaine St. James gern gedünsteten Brokkoli und dann und wann auch einen potenziellen Mann für ihre Tochter. Zeigt Ihre Mutter ähnliche Tendenzen?

JACK EDWARDS

Nein. Um Himmels willen, nein.

ANNIE ST. JAMES

Da sagen Sie was.

JACK EDWARDS

Wo wohnen Sie eigentlich?

ANNIE ST. JAMES

Chasterton Road, Cambridge.

JACK EDWARDS

Cambridge? Ich hätte angenommen, Sie leben in Devon.

ANNIE ST. JAMES

Oh, nein, ich lebe in Cambridge, schon immer. Im Dartmoor war ich nur zwei Tage.

ANNIE ST. JAMES

Zur Hochzeit meines Ex-Mannes.

JACK EDWARDS

(schreibt)

ANNIE ST. JAMES

Und bevor Sie etwas sagen: Ja, ich bin so verrückt. Offensichtlich.

JACK EDWARDS

Das wollte ich nicht sagen.

ANNIE ST. JAMES

Was dann?

JACK EDWARDS

Dass Sie eine besondere Beziehung zueinander haben müssen, wenn Sie an der Hochzeit Ihres Ex-Mannes teilnehmen. Ich denke nicht, dass ich das wollen würde.

ANNIE ST. JAMES

Nun, vielleicht haben Sie Glück, und die Frage stellt sich Ihnen gar nicht.

JACK EDWARDS

Das ist wahr. Sie würde mich niemals einladen.

ANNIE ST. JAMES

Oh.

ANNIE ST. JAMES

(schreibt)

JACK EDWARDS

Ich bin geschieden.

ANNIE ST. JAMES

Das tut mir leid.

JACK EDWARDS

Ja. Mir auch.

ANNIE ST. JAMES

Jack?

JACK EDWARDS

Ja?

ANNIE ST. JAMES

Darf ich Sie etwas fragen?

JACK EDWARDS

Natürlich.

ANNIE ST. JAMES

Hat Ihre Frau je die Texte und Gedichte gelesen, die Sie in Ihr Buch geschrieben haben?

ANNIE ST. JAMES

Jack? Entschuldigung, ich wollte Ihnen nicht zu nahe treten.

JACK EDWARDS

Nein, schon gut. Ich war nur kurz abgelenkt.

JACK EDWARDS

Meine Frau hat diese Texte nie gelesen.

ANNIE ST. JAMES

Wie schade. Wenn mein Mann so empfinden würde, würde ich es wissen wollen.

JACK EDWARDS

Wie schon gesagt, es waren nicht nur gute Gedanken.

ANNIE ST. JAMES

Aber das Entscheidende ist doch die Wahrhaftigkeit, oder? Wenn Menschen ehrlich zueinander sind, ist das die beste Grundlage für alles.

JACK EDWARDS

Ich bin nicht der große Redner, schätze ich. Und am Ende ist meine Frau wohl gegangen, weil ich ihr nicht genug Beachtung geschenkt habe.

ANNIE ST. JAMES

Wirklich? Ich weiß, wir kennen uns so gut wie gar nicht, aber das ist für mich nur schwer vorstellbar.

ANNIE ST. JAMES

Und eine Trennung ist nie eine einseitige Geschichte, oder?

ANNIE ST. JAMES

Herrje, was ist in mich gefahren? Nachdem ich mir jahrelang eingeredet habe, dass es ganz allein Finleys Schuld ist, dass wir nicht mehr verheiratet sind.

JACK EDWARDS

Was hat er getan?

ANNIE ST. JAMES

Wie reizend von Ihnen, dass Sie annehmen, er habe etwas getan. Aber ja, in der Tat – er hat irgendwann für sich beschlossen, dass wir zu schnell zu früh geheiratet haben. Er war schon über dreißig damals, aber ja ... Eventuell war es für ihn zu früh. Mittlerweile ist er, wie gesagt, mit einer anderen verheiratet.

JACK EDWARDS

Und Sie waren bei der Hochzeit.

ANNIE ST. JAMES

Ja. Ich bin nicht ganz zurechnungsfähig, das sagte ich bereits.

ANNIE ST. JAMES

Auf der anderen Seite hätte ich niemals Ihr Buch gefunden, wenn ich nicht bei der Hochzeit gewesen wäre. Sie hätten mein Leben nicht retten können. Das wäre ein Jammer gewesen.

JACK EDWARDS

Ihr Leben gerettet?

ANNIE ST. JAMES

Natürlich. Im Nachhinein denke ich, es muss daran gelegen haben, dass wir beide einen Verlust erlitten haben. Der tiefe Schmerz in Ihren Texten, und dann der Humor, der alles wieder in ein anderes Licht taucht, die Verspieltheit auf der einen Seite, schonungslose Offenheit auf der anderen. Es hat gutgetan, etwas von jemandem zu lesen, der offensichtlich ebenfalls kurz vorm Durchdrehen ist, sich aber doch nicht aufgegeben hat.

ANNIE ST. JAMES

Jack?

ANNIE ST. JAMES

Ich meinte das als Kompliment.

JACK EDWARDS

Oh. Okay.

ANNIE ST. JAMES

Ehrlich gesagt, es fehlt mir ein bisschen. Das Buch, meine ich.

ANNIE ST. JAMES

Und soll ich Ihnen noch was sagen? Ein paar Dinge, die habe ich mir rausgeschrieben. Ich hoffe, Sie empfinden das jetzt nicht als übergriffig oder … ich weiß nicht.

ANNIE ST. JAMES

Sie haben das alles nicht zufällig für mich geschrieben, oder? ☺ An manchen Stellen kam es mir so vor.

JACK EDWARDS

An welchen Stellen? Wenn ich das fragen darf.

JACK EDWARDS

Und nein, das ist nicht übergriffig. Eher schmeichelhaft für den, der es geschrieben hat.

ANNIE ST. JAMES

Ich bin erleichtert, dass Sie das so sehen. Und ja, Sie dürfen fragen. Hier zum Beispiel:

ANNIE ST. JAMES

Du teilst mein Leben in zwei Hälften.
In das Davor und das Danach.
Vor dir war Weite. Unendlichkeit, Unsterblichkeit, tausend Fragen, zig Antworten; Perspektive. Vielleicht nicht rosa, aber hell.
Es war gut und böse, schwarz und weiß. Neugier, Übermut, Hoffnung. Erpicht sein. So hungrig auf das, was da vorne liegt.
Die Ungewissheit ist das, was uns antreibt.
Die Gewissheit das, was uns bremst.
Und was kommt danach, fragst du?
Nichts als das Nichts, fürchte ich.
Der Glaube an ein Hinterher ist was für Optimisten.

ANNIE ST. JAMES

Ha, das klingt nicht gerade aufbauend, oder? Aber ich hatte das Gefühl, Sie sprechen mir aus der Seele. So einfach ist es wohl.

ANNIE ST. JAMES

O je, spät dran, ich muss los. War schön, mit Ihnen zu reden. Bis bald, Jack!

25

Neugierde siegt

Jack starrte auf das Telefon in seiner Hand, auf die Nachricht, die er angefangen, jedoch nicht abgeschickt hatte, und löschte die Worte wieder. Das Wort. *Annie.* Mehr nicht.

Es war das eine, mit einer Frau zu schreiben und vage so zu tun, als sei man ein anderer – indem man Fragen auswich oder Antworten verallgemeinerte oder einfach gar nichts mehr erwiderte, wenn man keine Idee hatte, was. Aber wo, grübelte Jack, endete die Verschleierung und wo begann die ehrliche Lüge? Die, die man nicht als Verschweigen, sondern als tatsächliche Täuschung betrachten musste? Zunehmend hatte Jack das Gefühl, dass er Annies Fragen nicht mehr lange würde umschiffen können, ohne dass er gezwungen war, echte Unwahrheiten von sich zu geben. Was absolut nicht passieren durfte, das musste er unbedingt verhindern.

Es war nur … Er mochte es, sich mit Annie St. James zu unterhalten, es gefiel ihm, diese Nachrichten mit ihr auszutauschen – so sehr, Jack war von sich selbst überrascht. Wieso hatte er ihr erzählt, dass er geschieden war? Das war nichts, war er jedem auf die Nase band, erst recht nicht jemandem, den er keine fünf Minuten kannte. Trotzdem hatte er es getan. Er hatte ihr außerdem gestanden, dass es seine Schuld war, dass Rachel gegangen war. Weil er sich nicht genug gekümmert hatte. Weil er zu wenig von sich mitteilte. Und Annie, sie saß sozusagen am anderen Ende des Äthers und empfing Nachrichten, die, hätte er sie zu früherer Zeit bereits einer anderen Frau geschickt, vielleicht seine Ehe hätten retten können.

Wobei, nein. Nichts hätte seine Ehe retten können – nichts, außer Jacks Entscheidung zwischen Rachel und seinem Bruder.

Er bezweifelte, dass Annie ihn vor diese Wahl gestellt hätte.

Noch einmal las er die letzten Nachrichten, die sie ihm geschickt hatte. Leos Worte über das Davor und das Danach. Womöglich hatte Annie den Text auf ihren Mann bezogen. Auf ihre gescheiterte Beziehung und das, was man sich als unmittelbare Folge auf eine schmerzhafte Trennung zusammenreimte. Vorher war alles besser. Vorher war es gut. Danach kommt das Nichts. Der Glaube an das Hinterher – nicht existent.

Jack starrte auf die Worte, und seine Kehle schnürte sich zu, so heftig, dass er scharf Luft einsog. Annie hatte all das auf ihren Mann bezogen, doch Jack wusste es besser. In Leos Leben hatte es nie jemanden gegeben, der einen solchen Trennungsschmerz hätte hervorrufen können, niemanden – außer dem Leben selbst. Und Jack wusste sehr genau, wann und wie dieser aufkeimende Trennungsschmerz seinen Lauf genommen hatte.

Leo war zehn Jahre alt gewesen, als er beim Durchstöbern der Schlafzimmerschubladen auf die Testergebnisse stieß, die ihre Mutter dort verwahrt hielt. Er war zehn, als er davon las, dass er dieselbe Krankheit in sich trug, an der sein Vater gestorben war. Dass der die tückische Huntington seinem jüngsten Sohn vermacht hatte, dem älteren nicht. Leo war zehn und Jack erst zwölf Jahre alt, und dieser Augenblick veränderte beider Leben, selbst wenn sie sich darüber in jenem Moment noch nicht vollends bewusst waren. Die Ahnung existierte bereits. Und mit ihr ging dem Spiel das Spielerische verloren. Wenn Jack sich künftig den Superman-Umhang umwarf, dann nicht, um die Welt zu retten, sondern um seinen Bruder vor Schlimmerem zu bewahren. Und sein Bruder, er entwickelte einen besonderen Überlebenswillen, einen, der sich ins Selbstzerstörerische wandelte, je klarer Leo wurde, dass er sein Schicksal nicht würde aufhalten können, dass er es weder lindern noch besiegen konnte. Jack war sich nicht sicher, ob Leo ihm jemals vergeben konnte, dass er derjenige mit dem Gendefekt war, nicht Jack. Er selbst würde sich das vermutlich niemals verzeihen.

Mit einem letzten, tiefen Atemzug legte Jack das Handy beiseite. Er hatte Arbeit, auf die er sich konzentrieren musste. Ein alter Sekretär, den Bridget auf einem der Antiquitätenmärkte in Chelsea aufgetrieben hatte und den Jack nun in seiner Garage aufbahrte, um ihn zu restaurieren. Das tat er manchmal, immer öfter eigentlich. Nachdem sich die zu erledigenden Aufgaben in seinem eigenen Haus mehr und mehr dezimierten, nahm er Aufträge von anderen an – alles, was sich erneuern ließ, fand den Weg zu ihm. Hauptsache, seine Hände waren beschäftigt.

Er hätte runtergehen können ins Souterrain, Leos Einliegerwohnung ausräumen. Nein. Begutachten vielleicht, wenn schon nicht auflösen, dazu würde er womöglich nicht in der Lage sein. Ihm war klar, irgendwann würde sich das Notwendige nicht mehr vermeiden lassen, Lori sollte die Räume bekommen, eher früher als später, denn schon jetzt war sie aus dem kleinen Zimmer neben seinem Schlafzimmer herausgewachsen. Es war nur ... Er schlich schon so lange um die Sachen seines Bruders herum, um die Zimmer, die er in den letzten Jahren seines Lebens bewohnt hatte, dass sie nun tatsächlich so etwas wie ein Schreckgespenst für Jack darstellten. Etwas Beunruhigendes, Abgründiges; er fürchtete sich davor, in diesen Räumen zu sein.

Würde der Anblick von Leos Sachen ihn zurückkatapultieren in die Phase absoluter Verzweiflung, die der endgültige Abschied von seinem kleinen Bruder ausgelöst hatte? Würden mit einem Schlag alle Erinnerungen an das Davor über ihn hereinbrechen, an die Wut und die Trauer, den Schmerz und das Leid? Würde Leos Geruch in den Polstern der alten Couch hängen, in dem Bett, das er nicht einmal abgezogen hatte, in den dunklen Vorhängen, die die kleinen Kellerräume noch viel finsterer wirken ließen? Würde er einen Stich verspüren, stark und tödlich, wie er ihn gefühlt hatte, als er das erste Mal in Leos Notizen las?

Jack schaltete die Schleifmaschine aus, und die darauffolgende Stille summte in seinen Ohren. Er hatte sich geradezu in Rage gedacht, und wenn er noch etwas mehr von dem alten Holz herunterschleifen würde, wäre bald nichts mehr übrig von Bridgets antikem Möbel. Jack atmete schwer. Sein Handy lag schwarz und stumm auf der Werkbank.

Er lenkte seine Gedanken weg von seinem Bruder, hin zu Annie St. James. Lag es daran, weil sie ebenfalls Leos Worte gehört hatte? Dass sie seine Gedanken für wundervoll hielt? Er kannte die Einträge in Leos Buch inzwischen auswendig und war ziemlich sicher, dass er nicht einmal die Hälfte von dem, was darin stand, als wundervoll bezeichnen würde. Sein Bruder war zynisch gewesen. Und verbittert. Und auch wenn es sehnsuchtsvolle, melancholische, beinahe liebevolle Worte in diesem Buch zu lesen gab, waren auch hässliche dabei und harte und verletzende. Er bewunderte Annie dafür, dass sie die Hinterlassenschaft seines Bruders als Ganzes betrachten konnte. Er mochte das an ihr, auch wenn er sie überhaupt noch nicht kannte. Was ihn wiederum daran erinnerte, dass man vermutlich nie jemanden richtig kennt und ihn erst recht nicht nur darüber definieren kann, was und wie er schreibt. Annie St. James gab ihm Vorschusslorbeeren, weil sie vom Inhalt des Notizbuchs auf den Verfasser schloss. Der er nicht war. Und ihn hielt sie für ehrlich. Nicht ihn, natürlich, sondern …

Entschlossen setzte Jack die Schleifmaschine wieder in Gang. Er nahm sich die Füße des Sekretärs vor, die er zuvor abgeschraubt hatte, und machte sich an die Arbeit. Er sollte ihr nicht mehr schreiben. Er hatte keinen Grund, einer freundlichen, fremden Frau irgendetwas vorzumachen und sie am Ende womöglich zu verletzen, ohne es zu wollen, weil sie ihn für einen anderen hielt. Einen vielschichtigen, tiefgründigen Menschen, wie sein Bruder es offenbar gewesen war. Zumindest zu einem Teil. Auch wenn darunter, tiefer, *noch tiefer,* etwas lag, was Annie sicherlich nicht als wundervoll empfunden hätte.

Leo war Leo gewesen, und in seinem unbändigen Drang, sich selbst zu entkommen, hatte er Menschen verletzt, sie einfach über den Haufen gerannt.

Doch irgendwo in den unerforschten Regionen seines Unterbewusstseins beschlich Jack das Gefühl, dass Annie

St. James seinen Bruder besser verstand, als er es je getan hatte.

Und das machte ihn neugierig.

Dagegen konnte er absolut nichts tun.

26

Tischgespräche

Sorgsam balancierte Annie ihr Smartphone auf dem Schoß, während sie ein Stück Braten auf die Gabel spießte und sich in den Mund schob. Das Fleisch war saftig und durchzogen von dicker, samtiger Sherrysauce, und Annie fragte sich zum wiederholten Mal, weshalb ihre Mutter – eine extrem schlanke Person, die größten Wert darauf legte, in ihre Kostüme von vor dreißig Jahren zu passen, selbst wenn sie längst aus der Mode waren –, wieso also ausgerechnet eine solche Frau darauf bestand, an jedem Sonntag ein derart opulentes Essen auf den Tisch zu bringen. Sie ließ Beilagen mit vielen Kohlehydraten weg, das schon. Doch die Sauce an sich – Annie zog mit einer grünen Bohne eine schlierende Spur durch die dunkelbraune Dickflüssigkeit –, die allein musste den Tagesbedarf an Fett decken, daran konnte kein Zweifel bestehen.

»Der Braten ist dir wieder einmal köstlich gelungen, Liebes«, sagte ihr Vater, und die Mutter nickte lächelnd. Annie nahm eine Gabel voll Selleriepüree und dachte: gut. Eventuell ist es doch so einfach.

Auf ihrem Schoß summte das Handy.

HOOLA

Was meinst du damit, du hast ihn dir anders vorgestellt? Du dachtest, es ist der Typ aus dem Moor, oder?

Annie blickte auf, nahm einen Bissen Braten und tippte währenddessen einhändig auf ihrem Telefon. Sie war sich ziemlich sicher, auch ihr Vater las nebenher, doch genau wie sie war er sehr geschickt darin, diesen Tatumstand zu verbergen.

ANNIE

Ich meinte nicht äußerlich, ich meinte, die Art, wie er spricht. Beziehungsweise schreibt. So hölzern. Als hätte er keine Ahnung, wie man sich ausdrückt.

ANNIE

Und irgendwie doch auch äußerlich, ja. Ich meine, dieser Bart, damit hatte ich nicht gerechnet. Es gibt nicht sooo viele Intellektuelle mit Vollbart, habe ich recht? Ich jedenfalls hätte ihn mir glatt rasiert vorgestellt. Und der Ausdruck in seinem Gesicht. Zerstreut und irgendwie ... ich weiß auch nicht.

»Also, Anna, hat sich Jonathan inzwischen bei dir gemeldet?«

»Jonathan? Welcher ... Oh, *Jonathan!* Nein. Nein, hat er nicht. Warum sollte er?«

»Nun, er hat nach deiner Nummer gefragt. Ich nahm an, er wollte sie verwenden.«

»Du hast Jonathan meine Nummer gegeben?«

»Aber natürlich. Jonathan ist ein alter Freund der Familie, oder nicht?«

Annie seufzte lautlos, wie so oft, wenn sie es im Beisein ihrer Mutter tat. Es hatte ihr gerade noch gefehlt, dass Jonathan Pearce auf das Verkuppelungsspielchen ihrer Mütter ansprang und sich auf sie einschoss.

»Ich würde ihn nicht als Freund der Familie bezeichnen«, meldete sich ihr Vater zu Wort, und Annie warf ihm einen überraschten Blick zu. Womöglich hatte er sein Buch bereits beendet, das Essen dauerte schon eine Weile an. Und ohne Ben, dessen Anwesenheit eine erfrischende Ablenkung gewesen war, zog es sich noch ermüdender in die Länge.

»Wie würdest du ihn bezeichnen, Robert?«

»Nun, er ist der Sohn deiner Freundin Marjorie, insofern hat er natürlich einen berechtigten …«

Annie verschloss die Ohren, sinnbildlich gesprochen, und nutzte die Gelegenheit, sich abermals ihrem Handy zu widmen.

HOOLA

Ah, ja, ich verstehe. Nun, wer weiß, wie lange er an diesen absonderlichen, kleinen Textchen herumgeschwurbelt hat. Wenn es um spontane Textnachrichten geht, fällt dem Mann mit Bart offensichtlich nicht mehr so viel ein.

Über eine weitere Gabel Bohnengemüse hinweg verdrehte Annie die Augen. Zwar ärgerte sie sich darüber, dass Hoola nach wie vor so ungeheuer skeptisch war, was ihre Kontaktaufnahme zu Jack Edwards betraf. Auf der anderen Seite war sie heilfroh, dass es ihnen mittlerweile gelungen war, ihre Freundschaft aus dem gefährlichen Terrain, in das sie durch die Flussaffäre geholpert waren, hinauszumanövrieren und zu einem normalen Umgang zurückzufinden. Sie sprachen wieder miteinander. Trafen sich.

Tauschten sich aus, ganz so, wie sie es immer getan hatten. Sie mussten nicht einmal so tun, als sei ihr törichter, kleiner Streit vergessen, er war es. Und Annie war glücklich darüber, so wie Hoola auch.

ANNIE

Die Texte sind nicht absonderlich. Hör auf, das zu behaupten. Jeder hat Phasen, und Jack hat während dieser Aufzeichnungen verschiedene Phasen durchlebt, wie jeder das tut.

HOOLA

Egal. Ich bin froh, dass du mittlerweile ein realistischeres Bild von dem mysteriösen Fremden hast. So kannst du dich zumindest nicht in etwas verrennen, was es gar nicht gibt.

ANNIE

Na, herzlichen Dank. Wie immer sind deine Worte auf ...

»Anna? Hast du gehört, was ich gesagt habe? Sei bitte nicht kindisch und leg das Telefon beiseite.«

»Das war Hoola.« Annie schob das Handy mit dem Display nach unten neben ihren Teller. »Sie ist gerade nicht in Cambridge und wollte sich nur kurz melden.«

»Wo ist Hoola denn?«

»In Berlin. Irgendein Ärztekongress.«

»Wie interessant.«

Annie seufzte, diesmal mit Ton. Normalerweise fand ihre Mutter Hoola kein bisschen interessant, dafür war ihre Freundin zu wild, zu unkonventionell, zu ... alles, und auch darüber war sie sich mit Finley so herrlich einig gewesen. Wenn es allerdings um ihre Karriere ging, dann mutierte eben diese wilde, unkonventionelle Hoola mit einem Mal zur Vorzeigefreundin. Eine Ärztin, hört, hört. *So ein Doktortitel wäre ein erstrebenswertes Karriereziel gewesen, denkst du nicht, Anna?*

»Was ich dir eben versuchte mitzuteilen«, begann ihre Mutter erneut, »am kommenden Freitag hat Jonathan einen großen Abend in London. Die Stiftung, deren Vorsitzender er ist, eröffnet ihre erste eigene Galerie, was eines der wichtigsten kulturellen und sozialen Ereignisse dieses Sommers sein dürfte. Ich weiß von Marjorie davon, die sich absolut sicher ist, dass Jonathan uns eine Einladung aussprechen wird. Ehrlich gesagt hatte ich angenommen, dass er auch dafür deine Telefonnummer haben wollte. Unter anderem.«

»Unter anderem?« Stirnrunzelnd blickte Annie ihre Mutter an, bevor sie sich hilfesuchend an ihren Vater wandte. »Ist mir über das Mittagessen ein Höcker gewachsen, Dad? Irgendwie habe ich gerade das Gefühl, ich soll meistbietend verschachert werden.«

Ihr Vater zuckte nicht einmal mit der Wimper, als er erwiderte: »Die Hochzeit wird dann wohl das zweitwichtigste kulturelle und soziale Ereignis des Sommers.«

»Oh, herrlich, ihr zwei seid köstlich, wirklich komisch.« Annie griff nach der Serviette, wischte sich damit über die Lippen und ließ sie auf ihren leeren Teller fallen. »Woran erinnert mich das gerade? O ja, ich weiß. Jane Austen. Ihr klingt wie die Bennets, wusstet ihr das? So muss sich die arme Jane gefühlt haben, als man sie in Mr. Bingleys Arme schubste.«

»Soweit ich weiß, war Jane Bennet entzückt über die Aussicht, Mr. Bingley in die Arme zu fallen«, warf ihr Vater ein.

»Nun, dann ist das eben das Gefühl, das Jane Bennet hätte haben sollen.«

»Eine solche Einladung kannst du nicht ausschlagen, Anna.«

»Was für eine Einladung, Mutter?«

Annies Vater hüstelte, konnte sein Lächeln dahinter jedoch nicht ganz verbergen. »Ihr entschuldigt mich? Ich habe Walther versprochen, ihn nach dem Essen anzurufen.«

»Ich meine es ernst«, sagte Annies Mutter an sie gewandt, ohne ihren Mann auch nur eines Blickes zu würdigen.

»Bisher habe ich keine Einladung erhalten, oder? Ist er damit nicht überhaupt etwas spät dran, wenn diese Veranstaltung schon kommenden Freitag stattfinden soll?«

Freitag. In London. Sie wusste selbst nicht, warum, aber sofort hatte sie Jack Edwards Bild vor Augen, dunkler Vollbart, warmer Blick, die Haare etwas zu lang, die Schultern weit – sehr weit. Wenn sie Freitag in London wäre, dann könnte sie … Könnte sie? Sie hatte seit Tagen nichts von Jack gehört, seit Dienstag nicht, und sosehr es sie auch gereizt hätte, den Kontakt wiederaufzunehmen, ihm erneut zu schreiben, sie hatte es nicht getan, sie wollte sich schließlich nicht aufdrängen. Auf der anderen Seite würde sie wirklich, *wirklich* gern mehr über diesen Mann erfahren, der bislang nichts weiter als ein einziger Widerspruch war. Wer war Jack Edwards?

»Jonathan ist ein überaus attraktiver Mann. Es sollte dich freuen, dass er sich trotz allem für dich interessiert.«

»Äh …« Annie blinzelte verwirrt. »Trotz allem?«

»Du weißt, was ich meine. Trotz der Scheidung.«

Ungläubig starrte Annie ihre Mutter an. »Darf ich dich daran erinnern, *Mutter,* dass wir im einundzwanzigsten Jahrhundert leben, nicht im neunzehnten? Eine Scheidung ist keine Schande mehr.«

»Sie macht eine Frau aber auch nicht attraktiver.«

Für ein paar Sekunden fehlten Annie die Worte, schließlich fand sie zumindest ein paar davon wieder. »Danke, Mutter. Vielen, herzlichen Dank.«

»Sei nicht kindisch.«

In diesem Augenblick läutete das Festnetztelefon ihrer Eltern, das altmodische Klingeln drang laut und schrill vom Flur zu ihnen ins Esszimmer. Ihre Mutter stand auf. Annie ebenfalls. Sie griff nach ihrem Handy und lief damit durch die Küche in den Garten, wo sie tief, tief durchatmete. Ihre Mutter verstand, sie in Aufruhr zu versetzen, darin konnte ihr niemand etwas vormachen.

Was sie jedoch nicht verstand, war, dass Annie nicht mehr das Kind war, dem die Mutter sagen durfte, was es zu tun hatte und was zu lassen, und auch nicht mehr die Frau, der Finley den Rücken gekehrt und die er damit gebrochen hatte. Sie hatte sich erholt von allem, was in den vergangenen Jahren passiert war, und sie brauchte niemanden, der ihr vorschrieb, wie die kommenden aussehen mussten. Außerdem war sie sehr wohl in der Lage, allein nach London zu fahren, o ja. Allerdings war der Vorwand, so oder so dorthin zu müssen, eine willkommene Ausrede, vor allem sich selbst gegenüber. Weshalb sie einen Entschluss fasste, und auch wenn sie den restlichen Nachmittag benötigte, die passende Formulierung zu finden, letztlich schrieb sie zwei prägnante Zeilen – und bereute nichts.

27

Bin Freitag in London

»Was ist los, Kumpel? Du warst mal besser in Form.«

»Wann soll das gewesen sein?«

»Keine Ahnung? Als Rachel noch darauf achtete, dass ihr Kerl in Shape ist? Als sie dir abends Löwenzahnsalat mit Sonnenblumenkernen vorsetzte und du nicht immer bei uns im Pub essen musstest? Zu der Zeit etwa?«

Von der Seite warf Jack seinem Freund einen düsteren Blick zu. »Hör lieber auf zu quatschen. Du klingst, als würdest du jeden Moment ersticken.« Aber Sean lachte nur, lief etwas schneller und warf Jack über die Schulter ein unverschämtes Grinsen zu.

Er lag richtig, leider. Jack war weit davon entfernt, in Form zu sein, und hatte sich dennoch zu einer Laufrunde durch den Park überreden lassen. Und schon möglich, er bedauerte es gerade ein wenig, wie er hechelnd und keuchend hinter einem deutlich beleibteren und dennoch konditionell stärkeren irischen Idioten durch den Holland Park stolperte, doch einen Vorteil hatte die Tortur zumindest, sie lenkte ihn ab. Davon, dass seine Mutter nach Rachels Eröffnung über ihren Wegzug nach Bath so tat, als sei nichts geschehen, als ginge es ihr fantastisch, wo doch ein Blinder sehen konnte, wie schamlos das gelogen war.

Davon, dass Andrés ihn nervte wegen des Besuchs bei den Branstons und er nicht wusste, wie er aus dieser Sache jemals wieder herauskommen sollte. Und davon, dass er seit vergangenem Dienstag nichts von Annie St. James gehört hatte.

Er hatte umgesetzt, was er sich vorgenommen hatte, und sich nicht noch einmal bei ihr gemeldet. Auf der anderen Seite hatte er sehr wohl gehofft – selbst wenn er es sich nur mürrisch eingestand –, dass sie eventuell noch einmal auf ihn zukommen würde, doch das war ebenfalls nicht geschehen.

Zu ihrer beider Besten, wie Jack befand.

Zu ihrem mindestens.

Ganz allmählich bekam er Seitenstechen. Er war kurz davor, eine Pause einzulegen, als das Handy in seinen Laufshorts vibrierte und ihm so die perfekte Gelegenheit für eine Auszeit bot. Er blieb stehen, zog das Telefon hervor und hielt den Atem an. Als habe er sie herbeigedacht, leuchtete eine Nachricht von Annie St. James auf seinem Display.

ANNIE ST. JAMES

Bin am Freitag in London. Sie haben nicht zufällig Zeit?

ANNIE ST. JAMES

Für einen Kaffee?

Einige Sekunden lang starrte Jack auf das Handy wie ein Alien, der durch ein Prismenglas die menschliche Rasse studiert – er war fasziniert und schockiert zugleich und irgendwie hypnotisiert, er konnte nicht wegsehen. Kaffee trinken. Mit Annie St. James. Die ihn offenbar treffen wollte. Weil sie ihn für einen anderen hielt.

»Ist sie das?«

Von Jack unbemerkt, war Sean zu seinem Freund zurückgelaufen und las nun über dessen Schulter Annies Nachricht.

»Annie St. James?«

Jack schluckte.

»Will sie mit dir ... keine Ahnung. Was anfangen?« Unverhohlene Begeisterung färbte Seans Stimme, was Jack aus seiner Starre riss. Entschlossen steckte er das Telefon zurück in die Tasche, ohne Annie eine Antwort zu schreiben.

»Sie will Kaffee trinken. Das stand da, oder etwa nicht? Das Problem ist nur, sie will es mit Leo tun. Und der ist nun mal nicht mehr da.«

»Mit Leo?« Eine feine Schweißspur zog sich von Seans Schläfe den Rand seiner Wange hinab, und Jack griff nach dem Handtuch, das er um seine Schultern geschlungen hatte, und rieb sich damit über das eigene Gesicht.

»Sie will sich mit dem Kerl treffen, der das Tagebuch geschrieben hat«, erklärte er schließlich ruhig, als habe er das Thema nicht bereits mehrmals mit Sean besprochen. »Und das war Leo. Sie denkt bloß, ich hätte es geschrieben, weil ...«

»Ich erinnere mich.« Sean nickte. »L. J. Sie denkt, du bist er.«

»Lass uns weiterlaufen. Ich werde schon wieder kalt.«

»Ja, so siehst du aus.« Sean schüttelte belustigt den Kopf, fiel jedoch gehorsam neben Jack in Trab.

»Und?«, fragte er, nachdem sie einige Minuten lang schweigend nebeneinanderher gejoggt waren. »Wirst du ihr antworten?«

»Ich muss es ihr sagen.«

»Was genau? Das mit Leo?«

Jack brummte.

»Ja, sicher.« Sean nickte. »Brich das Herz dieser armen, einsamen Frau. Nur zu.«

»Was schlägst du vor, Sean? Ich hab schon ein paarmal mit ihr geschrieben, ich hatte bereits mehrere Möglichkeiten, ihr zu sagen, dass sie mir gar nicht *mein* Notizbuch gebracht hat, sondern das meines toten Bruders. Stattdessen habe ich es einige Male sogar bewusst vermieden, direkt auf diesbezügliche Fragen zu antworten oder auf eine Anspielung hinsichtlich des Inhalts einzugehen. Ich komme mir vor wie ein Betrüger, und damit konnte ich im Grunde nur deshalb ganz gut leben, weil ich dachte, ich würde Annie St. James ohnehin nie wieder sehen. Ich kann nicht mit ihr Kaffee trinken gehen. Unmöglich. Okay?«

»Wow, hello, Mr. Prime Minister. Was für eine Ansprache.« Neben einer Parkbank waren sie stehen geblieben. Mit einer Hand hielt sich Sean an der Lehne fest, dann dehnte er seine Wade. Er betrachtete Jack, der mürrisch den Kopf schüttelte und sich schließlich auf die Bank fallen ließ.

»Also gut.« Sean setzte sich neben ihn. »Warum, denkst du, hat sie jetzt noch mal Kontakt mit dir aufgenommen?«

»Ich weiß nicht. Sie mochte, was Leo geschrieben hat. Es hat sie berührt, schätze ich.«

»Dein Bruder.« Ungläubig schüttelte Sean den Kopf, ungläubig und bewundernd zugleich. »Wickelt jeden um den Finger, selbst nach seinem Tod noch.«

»So sieht's aus.« Jacks Stimme klang ebenfalls nicht sehr lebendig.

»Ich weiß nicht, ob ich das gut finden soll.«

»Was genau?«

Sean zögerte einige Sekunden lang. »Dass mit diesem dämlichen kleinen Buch alte Wunden wieder aufgerissen werden, meine ich. Du solltest nach vorn sehen und dich nicht schlecht fühlen müssen wegen etwas, was dein Bruder angezettelt hat. Wieder einmal.«

»Er hat keine Revolution geplant, oder? Er hat ein Notizbuch mit seinen Gedanken gefüllt, weil er …« Jack zögerte. *Ja, warum?*, dachte er. Warum hatte sein Bruder alles mögliche Zeug in ein Buch geschrieben, um es dann im Dartmoor in eine der Letterboxen zu stecken? Der Zusammenhang erschloss sich Jack nicht, und auch nicht Leos Motivation.

»Fakt ist«, sagte Sean, »dass Leo es wieder einmal geschafft hat, deine komplette Aufmerksamkeit auf sich zu lenken – und auf das, was er tut beziehungsweise getan hat. Das sollte irgendwann aufhören, denkst du nicht? Es kann unmöglich gesund sein, was du hier tust.«

»Was genau tue ich?«

»Du fokussierst dich auf ihn und vergisst dabei dein eigenes Leben. Wie du es immer getan hast. Aber nun ist Leo nicht mehr da, und du solltest anfangen, an dich zu denken.«

»Du klingst allmählich wie Bridget.«

»Bridget würde sagen: ›Kneif die Arschbacken zusammen und benimm dich wie ein Mann, Dude.‹«

»Würde sie das?« Jacks Lippen verzogen sich zu einem minimalen Lächeln, während er seinem Freund von der Seite einen Blick zuwarf. »Ist es das, was ihr euch abends vorm Schlafengehen zuraunt? Eure Vorstellung von Dirty Talk?«

»Ah, Mann, und da ist er, dein lange verloren geglaubter Humor. Willkommen zurück, alter Freund!«

Mit dem Ellbogen versetzte Jack Sean einen Stoß, und der lachte. Eine ganze Weile noch saßen sie so da, nebeneinander auf der alten Parkbank, die einmal grün gewesen war und nun die Farbe von morschen Ästen trug. Spaziergänger schlenderten an ihnen vorbei, Mütter mit ihren Kinderwagen, zwei Teenager, kichernd über ein Smartphone gebeugt, auf dem ein Video lief. Jack legte den Kopf in den Nacken und besah sich den Himmel, blau wie Glas, die satten Blätter der Bäume ein brillanter Kontrast dagegen. Muster und Farben formten sich in seinem Kopf zu einem neuen Produkt seiner Fantasie, und dies ließ ihn unweigerlich an seine Arbeit denken, an Andrés, die Branstons. An Annie.

Und als wäre Sean auf einmal unter die Gedankenleser gegangen, fragte er: »Also? Wirst du sie treffen?«

»Ich kann Freitag nicht. Muss arbeiten.«

»Du arbeitest immer.«

»Aber diesmal kann ich es nicht absagen. Ist wieder so ein Event, das Andrés organisiert hat. Das übliche unvermeidliche Horrorszenario.«

»Verstehe.« Sean streckte sich, dann stand er auf. »Wie praktisch für dich, oder?«, rief er über die Schulter, nachdem er losgelaufen war in die Richtung, aus der sie gekommen waren.

JACK EDWARDS

Liebe Annie, vielen Dank für Ihre Nachricht. Leider habe ich am Freitag schon anderweitige Verpflichtungen. Ich wünsche Ihnen aber einen schönen Nachmittag in London. Beste Grüße, Jack

ANNIE ST. JAMES

Wie schade. Vielleicht ein andermal. Viele Grüße, Annie

28

Zufallsbegegnungen

Manchmal spielte das Leben wirklich merkwürdige Spielchen. So erreichte Annie Jonathans Einladung genau in der halben Stunde, die sie auf Jacks Antwort gewartet hatte, und in ihrer Vorfreude und Hibbeligkeit hatte sie zugesagt, nur um dann enttäuscht in sich zusammenzusinken, als Jack ihr einen Korb gab. Jonathan hingegen – Jonathan wurde nicht müde zu beteuern, wie sehr er sich freute, dass sie ihn zu dieser wichtigen Veranstaltung begleiten würde. Dafür, dass er sich zunächst ausreichend Zeit gelassen hatte, um sie und ihre Familie überhaupt einzuladen, hatte er es in den darauffolgenden Tagen umso dringlicher damit, sie mit notwendigen Informationen zu versorgen, von der Anfahrt über die Parksituation und die Gefahr etwaiger Lebensmittelunverträglichkeiten beim Buffet bis hin zum Dresscode. Am Abend vor dem Event schickte er Annie sogar Blumen, was diese beinah dazu brachte, doch noch nach einer Ausrede zu suchen.

Dass sie es nicht tat, war hauptsächlich Annies Mutter zuzuschreiben – für die Auseinandersetzung, die ihrer Absage folgen würde, fühlte sich Annie einfach nicht stark genug. In dieser Situation hätte sie gern Hoolas Unterstützung gehabt, doch die war noch nicht von ihrem Ärztekongress zurückgekehrt und dort offenbar so beschäftigt, dass Annie irgendwann davon abgesehen hatte, ihr Nachrichten zu senden. Auch von Jack hörte sie nichts mehr, doch damit hatte Annie ohnehin nicht gerechnet.

Nicht wirklich.

Am Ende der Woche jedenfalls war Annie so erpicht darauf, den Abend hinter sich zu bringen, dass sie fast erleichtert in das Auto ihrer Eltern stieg, um sich nach London kutschieren zu lassen wie zu einer Hinrichtung.

Sie hatte ewig nicht im Heck des alten Mercedes gesessen, Annie wusste wirklich nicht, wann zum letzten Mal. Sie sank in die kühlen, hellgrünen Polster und fühlte sich unmittelbar zurück in die Kindheit katapultiert. Der Geruch nach Lederpolitur und Sanddorn-Lufterfrischer. Das Knirschen der Sitze und Surren der Fensterheber, das sanfte Vibrieren des Motors, das man spürte, über den Klang des Klassiksenders im Radio jedoch nicht ausmachen konnte. Immer schon war ihr Vater Mercedes gefahren. Das Auto strahlte dieselbe gedämpfte Sicherheit aus wie ihr Elternhaus. Doch auch hier war es ihre Mutter, die den schönsten Frieden zu stören wusste, treffsicher wie ein olympischer Bogenschütze.

»Das Kleid ist nett«, sagte sie.

Sofort versteifte sich Annie. »Danke.«

»Ist es von einer Designermarke, die ich kenne?«

»Ich fürchte, nein. Ich habe es im Internet bestellt.«

»Nun. Es ist schön bunt.«

Okay, dachte Annie. *Okay.* »Es ist rot, Mum.«

»Das sehe ich. Ein sehr helles Rot, nicht wahr? Wie heißt die Farbe?«

»Es ist Sommer, das ist ein Sommerkleid. Es ist hübsch

und dem Anlass angemessen. Das ist kein Empfang bei der Queen, sondern eine Ausstellungseröffnung. In der Einladung hieß es, Cocktailkleid.«

»Ganz recht. Und in diesem Kleid lassen sich bestimmt jede Menge Cocktails verzehren, am besten barfuß am Strand von Ibiza.«

Annies Vater gab einen Laut von sich, den seine Tochter nicht recht zu deuten wusste.

»Möchtest du, dass ich aussteige?«, fragte sie.

»Sei nicht albern.«

»Wenn du denkst, ich könnte in diesem Kleid Schande über die Familie bringen, wäre es womöglich besser ...«

»Sei nicht *albern,* Anna.«

Und das war es. Ende der Diskussion. Der Rest der anderthalbstündigen Fahrt nach London war gefüllt mit Schwanensee und Schweigen, bis ihre Mutter beim Aussteigen anmerkte: »Ich wünschte, du hättest wenigstens an Strümpfe gedacht.«

Natürlich wünschte sie das.

Eine halbe Stunde später hätte Annie ihrer Mutter beinah recht geben müssen – beinah. Noch bevor sie die Kunsthalle betreten hatten, war sie sich zwischen all den dunklen Anzügen und schwarzen Cocktailkleidchen vorgekommen wie der Saucenfleck auf einer weißen Bluse. Sobald sie sich jedoch mit der langen Schlange vor dem Eingang nach drinnen geschoben hatte, wurde der Eindruck ein wenig besser. Zwischen all den schwarzbestrumpften Frauen und ihren elegant gekleideten Begleitern gab es durchaus Lichtblicke, die Annie aufatmen ließen; Frauen in hellgrünen Rüschen und Männer in rosafarbenen Shirts unter dem Sakko, sie entdeckte sogar eine dunkelhäutige

Schönheit in einem bunten Sarong, zu der Annie sich besonders hingezogen fühlte. Insgeheim vermutete sie, dass diese Leute wohl die Kreativen sein mussten, weniger die Mitarbeiter, Kunden und Gäste der Bank, doch das war einerlei, nicht wahr? Es wusste schließlich niemand, zu welcher Seite sie gehörte. Wobei – ein paar wussten es dann doch.

»Annie!« Sie hatte kaum einen Schritt in Richtung der Sarong-Frau unternommen, als sich Jonathan vor ihr aufbaute – Jonathan, in einem seidig glänzenden Smoking, mit Fliege und Einstecktuch. Es duftete nach Lavendel. Der ganze Mann duftete nach Lavendel, und obwohl Annie diesen Duft immer gemocht hatte, war sie sich nicht sicher, ob sie nach diesem Abend je wieder vorbehaltlos ihre Nase in ein Kräutersäckchen stecken konnte.

»Du siehst … hübsch aus«, erklärte er, doch die Pause war weder Annie entgangen noch ihrer Mutter, die sich neben ihr versteifte.

»Meine Liebe.« Jonathans Mutter Marjorie nickte ihr zu. So ganz allmählich fühlte sich Annie an die arme Sissi erinnert, die der österreichische Kaiser zwar ihrer Schwester Helene vorgezogen hatte, die in ihrer unkonventionelleren Art jedoch nie den Ansprüchen der potenziellen Schwiegermutter gerecht werden konnte – sie eckte an wie eine Kugel beim Billard, wieder und wieder. Also, bei der Version ohne Löcher. Nur dass es in Annies Fall die eigene Mutter war, die sie von Bande zu Bande schlittern ließ auf der Suche nach Perfektion.

»Nein, ehrlich, Annie – du siehst ganz bezaubernd aus, wie ein Farbtupfer auf einer regennassen Wiese.« Jonathan nahm ihre Hand.

Seine Mutter sagte: »Die Rolle des Kunstmäzens hat auf

Jonathan in bester Weise abgefärbt, sie liegt ihm so«, woraufhin Annies Mutter einen seltenen, zustimmenden Laut von sich gab.

Seit wann war es eigentlich nicht mehr erlaubt, seine Kinder zwangszuverheiraten?

Es war doch verboten, oder?

»Komm mit, liebe Annie, ich möchte dir ein paar Leute vorstellen.«

Und schon ward sie von dannen gezogen, ganz gegen ihren Willen.

Die Ausstellungshalle war beeindruckend, das musste Annie zugeben; luftig, weitläufig, hauptsächlich Glas, Metall und strahlend weiße Wände. Sie erfuhr alles über ihre Entstehung, während Jonathan sie am Arm durch die Ausstellung führte, bevor er damit begann, sie einem Anzugträger nach dem anderen vorzustellen.

Darf ich bekannt machen? Mr. Soundso, er leitet die Abteilung Datencontrolling. Wie geht's, alter Kumpel? Genießt du den Abend? Und hier, darf ich vorstellen? Mr. Blabla aus unserer Kreditabteilung. Sei vorsichtig, Annie – er liest dir jeden Wunsch von den Augen ab und zückt dann gleich den passenden Finanzierungsplan. Oder hier, da haben wir …

Falls Annie gehofft hatte, einer der Künstlerinnen oder Künstler vorgestellt zu werden, war sie bislang enttäuscht worden. Jonathan hielt es für weitaus wichtiger, ihr die Kollegen seiner Finanzwelt zu präsentieren – oder womöglich war es umgekehrt? Vielleicht wollte er auch eben diesen Kollegen seine Begleitung vorführen, selbst wenn sie ein eindeutig zu hellrotes Kleid trug? Jonathan schob sie durch die Menge, vorbei an Gebrauchskunst, die die Bank für ihre erste Ausstellung auserkoren hatte: Möbel, Lampenschirme, Stoffe und Designs, alles, was eigentlich zu schön war, um es zu verwenden. Die Idee zu der Sammlung sei seine gewesen, erklärte Jonathan. Er wollte diese von seiner Bank finanzierte Kunsthalle auch denen nahebringen, die mit abstrakteren Werken womöglich weniger anfangen konnten.

»Darf ich bekannt machen? Das ist Andrés Giordano, Inhaber von Rugs for Ruglovers und ein weiterer Kurator dieser Ausstellung. Andrés, das ist meine Begleitung, Annie St. James.«

Annie schüttelte dem Mann die Hand und lächelte gequält. Es war das mittlerweile siebte Mal, dass Jonathan sie als seine Begleitung vorstellte, doch das war mitnichten das Schlimmste. Seine hohe Stirn glänzte inzwischen beinahe so wie der Stoff seines Smokings, und die Handfläche, die er die meiste Zeit auf Annies unterem Rücken platziert hielt, fühlte sich sogar durch den Stoff des Kleides feucht und klamm an.

»Sehr erfreut, Mr. Giordano.«

»Andrés bitte. Und ganz meinerseits.«

»Mr. Giordanos Firma kreiert die exklusivsten und begehrtesten Teppiche der Stadt, ist es nicht so, Andrés? Er beliefert sogar Hollywoodstars bis nach Beverly Hills. Die Stücke aus seiner Teppichschmiede gelten als Kunstwerke – selbstverständlich, nicht umsonst sind sie heute Teil dieser wunderbaren Ausstellung, nicht wahr?«

»Selbstverständlich.« Annie und Giordano hatten gleichzeitig gesprochen und sahen sich nun verblüfft an, bevor sie zu lachen begannen. Jonathan blickte von einer zum anderen. Falls er ahnte, dass dieser Witz auf seine Kosten ging, ließ er es sich nicht anmerken, was Annie ihm trotz allem anrechnete. Eine Sekunde später löste eine junge Frau die Situation auf, indem sie Jonathan darum bat, ihr zu folgen, da es allmählich Zeit wurde für die offizielle Eröffnung.

»So, nun ist es gleich so weit.« Jonathan rieb sich die Hände. »Du entschuldigst uns, Andrés, wir sehen uns sicher später noch auf der Party. Annie, ich bringe dich zu deinen Eltern, sie waren …« Er richtete sich ein Stück auf, um über ihre Schulter zu blicken. »Ich sehe sie gerade nicht, aber ich denke …«

»Ich komme zurecht, Jonathan, danke.« Annies Wangen waren ein wenig heiß geworden bei Jonathans Ankündigung, sie bei ihren Eltern abgeben zu wollen wie ein Kleinkind. »Ich schaue mich noch ein bisschen um. Sehe mir Mr. Giordanos Teppichdesigns an.«

»Andrés.« Er hielt ihr seinen Arm hin. »Kommen Sie, verehrte Annie, ich zeige Ihnen das eine oder andere.«

Dankbar griff Annie nach seinem Arm, während sie Jonathan über die Schulter zuwinkte. Der sah skeptisch drein, nickte jedoch schließlich, drehte sich um und marschierte geschäftig davon. Annie hatte gar nicht bemerkt, dass sie die Luft angehalten hatte, bis Jonathan und sein Lavendelduft verschwunden waren und sie das erste Mal, seit sie die Kunsthalle betreten hatte, das Gefühl hatte, durchatmen zu können.

»Es sind nicht meine Entwürfe, müssen Sie wissen. Ich arbeite mit einer Handvoll erstklassiger Designer zusammen. Ein paar davon sind hier, warten Sie.« Andrés Giordano drehte sich suchend um, und Annie betrachtete ihn unauffällig. Er war nicht sonderlich groß und irgendwie unproportioniert, doch sein Lächeln wirkte angenehm zurückhaltend, und seine Augen waren von milden Lachlinien umzogen. Sie schätzte ihn auf etwa Mitte fünfzig, und ...

Annie kniff die Augen zusammen, fest davon überzeugt, einer optischen Täuschung aufgesessen zu sein.

Das war unmöglich, richtig?

Der Mann da, das konnte unmöglich der Mann sein, für den Annie ihn hielt?

29

Die Art zu schweigen

»Jack? Jack, komm bitte mal hierher, ich möchte dir jemanden vorstellen.« Andrés Giordano hatte den Satz noch nicht zu Ende gesprochen, da war es Annie, als bewege sich der Boden unter ihren Füßen, er schwankte mit einem Mal, wogte bedrohlich wie in Fluss geratenes Wasser. Als ihr aufging, dass nicht der Boden es war, der wankte, sondern sie selbst, klammerte sie sich ein bisschen fester an Andrés' Arm. Jack Edwards drehte sich zu ihnen um, und in seinem Gesicht stand das gleiche ungefilterte Erstaunen wie in ihrem vermutlich auch, mit einem Tick mehr Entsetzen und einer Spur ehrlicher Angst.

Annie konnte sich keinen Reim darauf machen. Sie versuchte sich daran zu erinnern, mit welchen Worten ihr Jack vor einigen Tagen abgesagt hatte, brachte es aber nicht zusammen, und ihr Handy aus der schmalen Clutch zu fischen, um nachzusehen, war gerade keine Option, denn schon kam er auf sie zu.

Er war groß. Größer als Annie ihn in Erinnerung hatte. Und breiter. Beziehungsweise nein, breit waren eigentlich nur seine Schultern, die Hüften waren schmal, relativ gesehen, denn so wirklich schmal war an diesem Mann eigentlich gar nichts. Er war muskulös, möglicherweise sogar durchtrainiert, und er füllte seinen dunkelblauen Anzug aus wie ein Mann, der lieber Jeans und karierte Hemden trug – so, als würde er ihn hier ein bisschen zwicken und da ein wenig ärgern. Annie gelang es nicht, die Information, die Andrés Giordano ihr gegeben hatte, mit Jack Edwards in Einklang zu bringen, der nun vor ihr stand, die braunen Augen wachsam, kein Lächeln auf den bartumstruppten Lippen. Er war Designer? Von Teppichen? Hatte er ihr nicht gesagt, er sei Handwerker?

»Jack.« Ungeachtet Annies innerem Aufruhr, klopfte Giordano seinem offensichtlichen Mitarbeiter beherzt auf die Schulter. »Darf ich vorstellen: Das hier ist die bezaubernde Annie ... Entschuldigung, wie war Ihr Nachname noch gleich?«

»St. James.«

»St. James.« Andrés strahlte. »Sie ist die Freundin des Stiftungsvorsitzenden. Jonathan Pearce, du erinnerst dich? Jonathan hat ...«

»Oh, aber ich bin nicht seine Freundin!« Nach ihrem anstrengenden Gedankenmarathon klopfte Annies Herz wie wild. Sie fühlte sich, als wäre sie Sprints gelaufen, gleich mehrere hintereinander, was ihre Kurzatmigkeit erklärt hätte. »Er hat mich für heute Abend eingeladen. Das ist alles.«

Andrés hob eine Braue, ganz leicht nur. »Und das hier ist Jack Edwards, einer meiner talentiertesten Designer. Er hat beispielsweise diesen Teppich entworfen – er gehört mittlerweile zum Basissortiment unserer Firma.« Andrés deutete hinter sich, wo ein ovaler Läufer an der Wand befestigt worden war, den Annie aus dem Augenwinkel bereits wahrgenommen, doch nicht wirklich erfasst hatte. Jetzt sah sie, dass es sich keinesfalls, wie zunächst von ihr angenommen, um ein einfaches, geometrisches Muster handelte, sondern um eine optische Täuschung. Sie bestand aus Vierecken, Dreiecken und Kreisen, die zur Mitte hin so zuliefen, dass sie wie ein Tunnel wirkten, der einen ins Innere der Wand zu locken schien. Der Eindruck verstärkte sich noch durch die Farben – dunkle Erd- und Rottöne. Es war, als habe sich jemand tatsächlich einen Weg durch die Mauer gebahnt.

Annie hatte so lange auf den Teppich gestarrt, dass sie bei Jacks Räuspern zusammenzuckte.

»Hallo, Annie.«

Sie blickte zu ihm auf. »Jack.«

Einige Sekunden lang schwiegen beide, was Andrés interessiert zu beobachten schien, dann öffneten sie gleichzeitig den Mund.

»Was für ein Zufall, Sie heute Abend hier ...«

»Das war die Verpflichtung, von der ich gespr...«

Stille.

Dann die schrille Rückkopplung eines Mikrofons, die alle drei zusammenfahren ließ.

»Wenn das mal nicht der gute Jonathan ist.« Andrés lachte, und womöglich bildete Annie es sich ein, doch es klang sarkastisch in ihren Ohren. »Ihr zwei kennt euch, sehe ich das richtig?« Und obwohl Jack sich keinen Millimeter bewegt hatte, nicht einmal die Wimpern, drückte er dessen Schulter und erklärte beinah im selben Atemzug: »Dann will ich nicht länger stören. Bis später, ja? Auf Wiedersehen, Annie. Es war mir eine Freude.«

Und weg war er.

Überrascht blickte Annie ihm nach. Dann zu Jack. Sie öffnete den Mund, war sich jedoch nicht sicher, was sie sagen sollte, und schloss ihn wieder.

»Es ist heiß hier drinnen, nicht?«, bemerkte Jack. »Das ist genau die Art Klimaanlage, bei der ich anfange zu schwitzen, obwohl die Luft eigentlich kalt ist.«

»Ja, das ... geht mir ähnlich. Ob ... die Ausstellungsstücke hier drinnen vielleicht ein besonderes Klima benötigen, damit sie keinen ... Schaden nehmen?« Annies Gesicht wollte eine Grimasse schneiden angesichts ihres hilflosen Gestammels, sie konnte es gerade noch verhindern.

»Gut möglich«, erwiderte Jack. »Wobei ich ab und an in der Tate bin, da ist die Belüftung um einiges angenehmer.«

»Sie mögen Kunst?«

Einige Sekunden lang musterte Jack sie, seine Augen schienen ihr Gesicht abzutasten, schließlich zuckte er die Schultern. »Sie spielt eine gewisse Rolle in meinem Leben, schätze ich.«

»Oh. Okay.«

Schrilles Knistern drang ein weiteres Mal aus den Lautsprechern, dann ertönte Jonathans Stimme aus beinah jedem Winkel des Raums.

»Sehr verehrte Gäste, liebe Kolleg*innen, Künstler*innen und Förderer, ich darf Sie sehr herzlich zu der Eröffnung unserer neuen und ersten Kunsthalle hier in den Londoner Docklands begrüßen. Es ist mir eine besondere Freude ...«

Nach allen Seiten sah Annie sich um, konnte Jonathan aber nirgendwo entdecken. Seine Rede klang makellos und abgelesen und so, als habe sie vor, eine ganze Weile anzudauern.

»Der Eingangsbereich ist dort drüben«, sagte Jack und deutete in eine Richtung hinter Annie. »Dort haben sie eine Bühne aufgebaut, und ich nehme an, dort sind auch die Redner. Möchten Sie hingehen?«

»Nicht unbedingt. Gibt es vielleicht noch einen anderen Ausgang? Nicht gerade in der Nähe der Bühne? Ich glaube, ich möchte für einen kurzen Moment an die Luft.«

Wieder betrachtete Jack sie einige Sekunden lang, und fast kam es Annie so vor, als habe sie eine besondere Eigenschaft an ihm entdeckt, etwas, das Jack Edwards ausmachte. Überlegt erst, bevor er antwortet. Und überlegt sich die Antwort gut.

»Es gibt eine Art Personaleingang«, sagte er schließlich. »Ich könnte Sie hinführen, wenn Sie nichts dagegen haben?«

»Hab ich nicht«, erwiderte Annie.

Ganz und gar nicht, dachte sie.

Sie waren durch die Menge geschlichen wie Diebe, die sich mit dem Tafelsilber davonmachten – heimlich und lautlos und, in Annies Fall, sehr darauf bedacht, nicht von den falschen Leuten, sprich ihren Eltern dabei beobachtet zu werden. Doch als Jack schließlich eine schwere Eisentür öffnete und Annie den Vortritt ließ, rannte sie beinah an ihm vorbei nach draußen. Sie befanden sich an der Seite des Gebäudes, dessen getönte Scheiben von außen keinen Blick nach innen zuließen, nur in umgekehrter Richtung. Lichter spiegelten sich auf der glatten Fassade, ein Blick nach oben verriet Annie, dass die Sonne bereits untergegangen war.

»So mag ich ihn irgendwie am liebsten«, sagte Jack.

»Wen?«

Jack nickte zum Himmel. »Wenn die Dämmerung ihre Rottöne verliert und nur noch dieses klare Blau übrig lässt.«

Annie sah erst Jack an, dann noch einmal nach oben. »Wollen wir ein Stück gehen? Zum Wasser?«

»Sicher«, sagte Jack.

Sie schlenderten die Straße hinunter zu einem der Kanäle und dann ein Stück weiter weg vom Eingang der Kunsthalle, wo sie eine freie Bank entdeckten. Das hätte Annie nicht für möglich gehalten. Dass sie an diesem Abend in London doch noch Jack Edwards über den Weg laufen würde. Sie dachte es. Und dann, als sie sich hingesetzt hatten, sprach sie es aus.

»Was ich vorhin schon sagen wollte«, begann Jack und rieb sich mit Daumen und Zeigefinger die Nase. »Das war die Verpflichtung, von der ich in der Textnachricht gesprochen hatte. Weshalb ich mich nicht mit Ihnen verabreden konnte. Mein Chef kann sehr beharrlich sein, wenn es um diese offiziellen Anlässe geht.«

»Ich verstehe. Sie müssen sich nicht dafür entschuldigen. Es war nur so eine spontane Idee … Ich bin nicht davon ausgegangen, dass Sie alles stehen und liegen lassen, um sich mit mir zu treffen.«

Sie spürte, dass Jack sie von der Seite musterte. Sein Blick fühlte sich abschätzend an, aber auch warm, und sie dachte, dass sie gerade noch etwas über Jack Edwards gelernt hatte: Er überlegte nicht nur gut, bevor er antwortete. Er sprach auch nicht einfach nur, um eine Leere zu füllen.

Annie stellte fest, dass sie das an ihm mochte. Sie drehte ihm ihr Gesicht zu, sah ihn ebenfalls an und bemerkte, dass sie auch den Rest des Mannes mochte, der da neben ihr auf dieser Bank saß. Er entsprach womöglich nicht ihrer Vorstellung davon, was einen Mann attraktiv machte – sie hatte nun mal keine Vorliebe für Vollbärte –, doch das störte sie nicht. Weil sie glaubte, dahinter etwas zu entdecken, das sie ansprach, eine Art Verbindung, als sei sie der eine Teil eines Verschlusses und er der andere Teil, und fügte man beide zusammen, bildete sich ein Kreis. Oder sehr viel einfacher ausgedrückt: Es war nicht zu leugnen, dass sie sich in Jack Edwards' Gegenwart wohl fühlte. Und es hatte etwas mit der Art zu tun, wie er schwieg.

30

Vertane Chancen

Jack betrachtete Annie, während er darüber nachdachte, wie er es am besten anstellen sollte. Es konnte kein Zufall sein, dass er ihr heute Abend über den Weg gelaufen war; London war groß, riesig, und sie wohnte nicht mal in London, sie war aus Cambridge gekommen, um ausgerechnet an der Vernissage teilzunehmen, bei der einer seiner Teppiche ausgestellt wurde.

Jack betrachtete Annie; die grünen Augen, die unter dem kobaltblauen Himmel fast türkis wirkten, die kaum geschminkten Lippen, die zuckten wie bei jemandem, der angestrengt nachdachte, kurz bevor die Gedanken hervorquollen. Nein, es war kein Zufall, dass sie sich hier getroffen hatten. Es war seine Chance, die Dinge richtigzustellen, Annie zu erklären, dass er nicht derjenige war, für den sie ihn hielt.

Er öffnete den Mund im selben Augenblick wie sie.

»Jack, darf ich Sie etwas ... Oh, Entschuldigung.«

»Nein, bitte.« Jack schüttelte den Kopf. »Sie zuerst.«

»Also gut. Wieso sagten Sie vorhin, Kunst spiele eine gewisse Rolle in Ihrem Leben? Ich meine, anstatt die Frage ›Mögen Sie Kunst?‹ mit einem einfachen Ja zu beantworten? Oder mit einem Nein?«

Leicht verwirrt runzelte Jack die Stirn. »Ich – keine Ahnung, ehrlich gesagt. Ich mache mir nicht viele Gedanken über Kunst.«

»Tun Sie nicht?«

Er hörte die Überraschung in Annies Stimme, aber auch den Hauch Enttäuschung, der mitschwang. *Here we go,* dachte er. Er musste ihr dringend erklären, dass er ein anderer war, nicht der, für den sie ihn hielt, nicht Leo, dessen Worte sie gelesen hatte.

»Hören Sie, Annie, ich weiß, Sie spielen auf das Notizbuch an, aber ich bin nicht …«

»Oh, nein, das meinte ich gar nicht.« Vehement schüttelte Annie den Kopf. »Ich meine, mir ist durchaus aufgefallen, dass Sie sich womöglich leichter damit tun, Dinge aufzuschreiben, anstatt sie auszusprechen, zumindest dann, wenn Sie genug Zeit hatten, darüber nachzudenken, aber wem geht das nicht so, habe ich recht? Mein Gott, habe ich in meiner Jugend Pamphlete verfasst gegen meine Mutter, ganze Bücher habe ich gefüllt mit meinen revolutionären Gedanken, die ich niemals ausleben konnte, geschweige denn meinen Eltern gegenüber hätte aussprechen können.« Mehr Kopfschütteln, und Jack starrte fasziniert in Annies Augen, die auf einmal Funken sprühten; es war, als betrachtete er einen Gebirgsbach, glasklar und wach, in dem sich Sterne spiegelten. »Ich meinte vielmehr, Sie sind selbst Künstler, und …«

»Oh, nein, ich bin kein Künstler.« So plötzlich, wie sie vor seinen Augen verschwommen war, hatte die Realität ihn wieder. Und nun war es an Jack, den Kopf zu schütteln.

»Wie meinen Sie das, Sie sind kein Künstler? Eines Ihrer Werke hängt in diesem Moment an der Wand dieser nigelnagelneuen Kunsthalle hinter uns und wird von Londons Upperclass bewundert.«

Jack gab einen abwertenden Laut von sich. »Das ist keine Kunst«, sagte er, »das ist ein Teppich. Und die Ausstellung dreht sich um Gebrauchsgegenstände. Ein Teppich ist ein Gebrauchsgegenstand.«

»Das Motto lautet *Gebrauchskunst.*« Annie betrachtete Jack mit einem Ausdruck im Gesicht, der zwischen Ungläubigkeit und Faszination schwankte. »Sie haben schon von Wandteppichen gehört, oder? Es gibt ganze Ausstellungen ...«

»Und in den allermeisten Fällen handelt es sich dabei um Gobelins, die nach Motiven großer Künstler angefertigt wurden. Und bevor Sie etwas sagen: Das waren richtige Künstler wie Picasso oder Matisse oder Miró.«

Einige Sekunden lang schwieg Annie, sie musterte Jack einfach nur aus leicht zusammengekniffenen Augen. Dann sagte sie: »Haben Sie mir deshalb erzählt, Sie seien Handwerker? Weil Sie das, was Sie tun, nicht als Kunst betrachten können?«

»Was ich tue? Nun, ja, nein, das würde ich tatsächlich nicht als Kunst ansehen.«

»Als Handwerk dann? Also haben Sie den Teppich selbst geknüpft?«

»Nein, ich meine ...« Jack seufzte. Ihn beschlich das Gefühl, dass dieses Gespräch in eine gänzlich andere Richtung lief, als es sollte, ihm fehlte jedoch jede Ahnung, wie er es zurück zu seiner Ursprungsproblematik führen konnte. *Annie, ich bin nicht der, der das Tagebuch verfasst hat. Ich bin weder gewitzt noch philosophisch noch belesen noch bin ich ein Künstler. Ich bin der große Bruder, der überlebt hat, das ist alles. Das ist alles!* Laut sagte er: »Ich zeichne ab und zu Designs für Andrés, die er dann in sein Teppichportfolio mit aufnimmt.«

Annie nickte. »Und *Designs*«, erwiderte sie langsam, »das ist also keine Kunst?«

Jack öffnete den Mund und schloss ihn wieder. Dann rieb er sich mit Zeigefinger und Daumen den Nasenrücken.

»Oh, das machen Sie oft.« Annie deutete auf seine Hand. »Sie massieren sich die Nase mit zwei Fingern, genau so.« Sie imitierte die Bewegung.

Jack ließ die Hand sinken. »Eine schlechte Angewohnheit, nehme ich an.«

»Wieso sollte die Angewohnheit schlecht sein?«

Und nun gewann allmählich Verwirrung die Überhand. Jack kniff die Augen zusammen und musterte Annie, musterte sie so eindringlich, bis sie sich merklich wand unter seinem Blick.

»Es tut mir leid«, brachte sie schließlich hervor. »Ich habe keine Ahnung, was mit mir los ist. Ich meine … Haben Sie auch das Gefühl, als ob ich versuchte, Sie zu analysieren? Oder, ich weiß nicht, Ihnen etwas zu unterstellen, was offensichtlich gar nicht zutrifft?« Sie lachte nervös, und Jack dachte, dass die Frau vor ihm sich in jedem Fall markant unterschied von jeder anderen Frau, der er zuvor begegnet war.

»Ist schon in Ordnung«, sagte er. Er wollte nicht, dass sie ein schlechtes Gefühl hatte, nicht seinetwegen.

»Es liegt an dem Tagebuch.« Ernst sah Annie ihn an. Das Funkeln in ihren Augen war zu Jacks Bedauern erloschen. »Ich denke, ich habe mir ein sehr genaues Bild von Ihnen gemacht, und nun suche ich nach Hinweisen, die diese Vorstellung in irgendeiner Weise belegen. Und dabei höre ich mich an wie eine Wahnsinnige, oder? Es tut mir leid.« Sie schüttelte den Kopf. »Sie müssen mich für verrückt halten. Und vielleicht bin ich das auch. Vielleicht werde ich allmählich verrückt. Meine Freundin Hoola ist schon längst der Meinung. Sie …«

»Annie …«

»Es tut mir ehrlich leid, Jack. Sie kennen mich überhaupt nicht, und vermutlich fühlen Sie sich bereits verfolgt, so oft wie ich plötzlich aus dem Nichts auftauche und Sie behellige. Es ist bloß so, dass ich das Gefühl habe, in letzter Zeit zumindest, dass ich …«

Jack wartete, dass Annie den Satz beendete, doch sie hatte die Lippen fest zusammengepresst, als wollte sie sich selbst daran hindern ihn zu vollenden. Allmählich bekam er den Eindruck, er spräche an diesem Abend mit zwei verschiedenen Frauen. Die eine euphorisch, überschäumend, fröhlich. Die andere verunsichert, betrübt und voller Selbstzweifel. Er wollte nicht derjenige sein, der bei ihr diese starke Stimmungsschwankung verursachte. Er wollte nicht Grund für *irgendetwas* sein, das dem offensichtlich ohnehin leicht ins Wanken geratenden Gefühlshaushalt dieser Frau noch mehr schadete.

Für eine Sekunde kam es Jack in den Sinn, dass er womöglich gar nicht der Grund war; er kannte Annie nicht, wer weiß, was gerade in ihrem Leben los war, sie hatten alle ihre Päckchen zu tragen, wer wusste das besser als er? Aber irgendwie hatten Leos Worte sie zu ihm geführt, und aus diesem Grunde fühlte er sich verantwortlich.

Annie sagte etwas, so leise, dass Jack es nicht verstand.

»Wie bitte?« Er beugte sich nach vorn, um sie besser hören zu können.

»Ich hatte das Gefühl«, wiederholte Annie, kaum lauter

als zuvor, »ich suche und suche und habe keinen blassen Schimmer, wonach.«

»Jack? Jack Edwards?«

Sie zuckten beide zusammen, als eine Stimme sie aus ihrer Unterhaltung riss. Erst jetzt fiel Jack auf, wie nah sie beieinander gesessen hatten, und er rückte ein Stück von Annie ab, bevor er einen Blick über die Schulter warf. Balthazar und Diane Branston kamen auf sie zugeschlendert. Die beiden strahlten, und Balthazar hielt ihnen eine Hand entgegen, da hatte er die Parkbank noch gar nicht erreicht. Jack stand auf und griff danach.

»Hier sind Sie! Andrés konnte nicht sagen, ob Sie sich überhaupt noch auf dem Gelände befinden, er meinte, Sie fühlten sich nicht so gut. Oh, Verzeihung, die Dame zuerst, wo habe ich meine Manieren.« Branston streckte Annie die Hand entgegen. »Balthazar Branston, sehr erfreut.«

»Annie. Annie St. James.«

Aus dem Augenwinkel warf Jack einen Blick auf Annie. Wenn sie wusste, wer Balthazar Branston war, ließ sie es sich jedenfalls nicht anmerken.

»Und das ist meine Frau Diane.«

Diane schüttelte ebenfalls Hände. Und dann sagte sie: »Geht es Ihnen besser, Jack? Ich hoffe, wir stören nicht.«

»Es geht mir gut, danke. Und, nein, Sie stören nicht. Annie und ich haben nur … wir haben …«

»Über Kunst gesprochen«, sagte Annie schnell. »Und ein bisschen Luft geschnappt. Diese Klimaanlagenatmosphäre ist …« Sie zuckte die Schultern.

»Unerträglich«, stimmte Diane zu. Sie lächelte. Sie alle lächelten, und irgendwie fühlte sich Jack, als hätte man ihn beim heimlichen Rauchen erwischt.

»Es ist schön, dass wir uns heute noch begegnen«, sagte

Balthazar. »Die Teppiche der Ruglovers an den Wänden zu sehen, war äußerst inspirierend für uns. Haben wir es nicht geahnt? Die Entwürfe machen sich hervorragend als Wandschmuck, Diane und ich haben uns oft darüber unterhalten. Vielleicht können wir uns das etwas genauer ansehen, wenn Sie uns in Brighton besuchen? *Falls* Sie nach Brighton kommen wollen, natürlich nur.« Er klopfte Jack auf die Schulter. »Haben Sie inzwischen darüber nachgedacht?«

»Nun, ehrlich gesagt …«, begann Jack und stockte dann, in der Hoffnung, jemand würde ihn unterbrechen. Was nicht geschah. Also fuhr er fort: »… bin ich im Augenblick ziemlich eingespannt.« Enttäuschung machte sich auf Balthazars Gesicht breit, weshalb Jack hinzufügte: »Ich bin noch nicht mal dazu gekommen, nach einem Termin zu sehen.«

»Nun.« Diane hakte sich bei Balthazar unter. »Dann werden wir die Hoffnung nicht aufgeben, nicht wahr? Wir wollen ihn dazu überreden, uns in unserem Haus zu besuchen«, erklärte sie, an Annie gewandt. »Ein bisschen ausspannen, vielleicht Inspiration tanken. Wir würden uns geehrt fühlen, wenn wir eventuell Impulse für Jack Edwards nächsten kunstvollen Entwurf geben könnten. Womöglich werden wir den dann tatsächlich an die Wand hängen, was meinst du, Schatz? Edwards statt Picasso?«

Unmerklich zuckte Jack zusammen, zumindest dachte er das, doch Annie war sein Unwohlsein offensichtlich nicht entgangen. Sie sah zu ihm auf, ganz kurz nur, dann zu Diane.

»Ich bin froh, dass es mittlerweile Teppiche wie die von den Ruglovers gibt. Wenn ich bedenke, welche Exemplare in meinem Elternhaus ausliegen … Und dann die Vorstellung, ich müsste sie mir an die Wand hängen!« Annies Gesichtsausdruck war formidabel gespieltes Entsetzen, und Diane lachte.

»Ja, das ist allerdings nur zu wahr. Erinnerst du dich an diesen ausgetretenen Filzteppich in unserem ersten Appartement, Liebling? Gott, wenn ich den hätte aufhängen müssen, ich hätte Depressionen bekommen.«

»Oh, so ein muffiger Perser ist auch nicht zu verachten«, erwiderte Annie. »Ich schätze, wenn man dem auf Augenhöhe begegnet, kann man sich genauso gut eine tote Katze an die Wand nageln.«

Und so kam es, dass Annie St. James mit ihren Plaudereien über Teppiche nicht nur von Jack ablenkte, sondern ihn zugleich vor der Diskussion zu einem Thema bewahrte, von dem sie bis gerade eben selbst wie besessen zu sein schien. Er wurde nicht so recht schlau aus ihr, dachte Jack. Aber das beruhte womöglich auf Gegenseitigkeit.

31

Jeder grübelt nur für sich

»Das war sehr nett von Ihnen, danke.«

»Was genau war nett? Dass ich eine Lobeshymne auf Ihre Kreativität ausgebremst habe? Ich glaube, da wären einige andere weniger begeistert gewesen.«

Annie hob die Hand und winkte Diane Branston ein letztes Mal zu, bevor das Paar in das Taxi stieg, das soeben vor der Kunsthalle gehalten hatte. Die beiden hatten sich mit den Worten verabschiedet, dass sie hofften, sowohl Jack als auch Annie bald wiederzusehen, woraufhin Jack einmal mehr auf Annie wirkte, als habe er in eine Grapefruit gebissen. Überhaupt hatte Annie den überwiegenden Teil der Zeit, die sie gemeinsam verbracht hatten, das Gefühl, dass Jack sich nicht unbedingt entspannte in ihrer Gegenwart. Woran vermutlich sie allein schuld war. Sie wusste selbst nicht genau, was da eben passiert war – weshalb sie darauf bestanden hatte, in ihm etwas zu sehen, was er so offensichtlich nicht sein wollte, um ihm dann auch noch Dinge zu unterstellen, die sie partout nichts angingen. Gott, sie hatte ihm erklärt, weshalb er sich die Nase rieb, Himmel noch mal! Was war in sie gefahren?

Wenn sie sehr ehrlich zu sich selbst war, dann wusste sie natürlich, was in sie gefahren war. Sie hatte Jack getroffen, wie sie es sich gewünscht hatte, und dann hatte sie sich angestrengt herauszufinden, ob er der Mann war, den sie sich ausgemalt hatte. Und da das Bild nicht wirklich zu passen schien, hatte sie eben ein kleines bisschen dazufantasiert.

Nach dem, was sie in seinem Notizbuch gelesen hatte, hätte Annie angenommen, dass Jack ein Intellektueller war; ein wenig selbstverliebt, reichlich zynisch, im Kern aber verletzlich und verwundbar und tiefgründig. Sie hatte nicht geglaubt, dass er wortkarg sein würde. Wortkarg und in der Weise, wie er sich ausdrückte, irgendwie … beschränkt. Und dann, dann hatte sie vermutlich gedacht, *immerhin ist er Künstler.* Woraufhin die Pferde mit ihr durchgegangen waren, offensichtlich. Und nun schämte sie sich. Und es stimmte, was sie Jack gesagt hatte, bevor Hollywoodstar Balthazar Branston sie aus ihrem Gespräch riss: Sie hatte tatsächlich das Gefühl, zu suchen, ohne zu wissen, wonach. Denn wer war er? Wen wollte Annie finden? Und warum?

Sie wandte sich Jack zu. Nahm wahr, dass er ein Stück in sich zusammengesunken war, seit die Branstons sich verabschiedet hatten, dass er die Hände tief in den Taschen seiner Anzughose vergraben hielt und seine dunklen Augen besorgt wirkten.

»Was?«, fragte sie, nun ebenfalls beunruhigt. »Stimmt etwas nicht?«

»Nein.« Jack räusperte sich. »Nein, alles in Ordnung. Danke. Es ist … Nein. Okay. Diese Einladung, sie liegt mir im Magen.«

»Die Einladung der Branstons?«

Jack nickte, wenn auch nur zögernd. Irgendetwas stimmte nicht, das spürte Annie, auch wenn sie keine Vorstellung davon hatte, was.

»Nun, ich schätze, es gibt jede Menge Menschen, die Sie darum beneiden würden, von Balthazar Branston in sein Haus eingeladen zu werden. Ich bin mir ziemlich sicher, er lässt nicht jeden an seinem Privatleben teilhaben.«

Erneut dauerte es einen Moment, bis Jack antwortete. »Sie haben ihn erkannt?«

»Natürlich habe ich ihn erkannt. Wer kennt Balthazar Branston nicht? Ich meine, inzwischen weiß doch jeder, wer er ist – immerhin war er vor zwei Jahren für den Oscar nominiert. Aber ich habe ihn damals noch im Theater gesehen, er hat Molière gespielt ... Nein. Nein, nein, nein. *Die drei Musketiere!* Gott, er war hinreißend.«

Annie lächelte Jack zu, der sie nachdenklich betrachtete. »Man hat Ihnen nicht angemerkt, dass Sie ihn erkannt haben.«

»Ja, aber ... das ist gut, oder? Denken Sie, er ist beleidigt, weil ich ihn nicht um ein Autogramm gebeten habe? Ich hatte angenommen, wenn man so berühmt ist wie er, genießt man es auch mal, nicht im Mittelpunkt zu stehen?«

»Ja«, sagte Jack, schüttelte jedoch gleichzeitig den Kopf, und allmählich machte sich Annie wirklich Sorgen. Was war los mit ihm? Er benahm sich seltsam, seit die Branstons sich verabschiedet hatten, seit sie wieder allein vor der Bank am Fluss standen, unschlüssig in der dunkler werdenden Nacht.

Annie fröstelte.

»Ist Ihnen kalt?«

»Ja, tatsächlich. Abends merkt man bereits, dass bald schon September ist, oder?«

Jack antwortete nicht. Annie fühlte sich mehr und mehr verunsichert, so sehr, dass sie die Stimme ihrer Mutter, die in diesem Augenblick quer über den Vorplatz hallte, beinahe mit Dankbarkeit erfüllte.

»Anna?«

Nie hatte dieser verhasste Name lieblicher geklungen als in diesem Augenblick.

»Anna St. James! Da bist du ja endlich! Wir haben das ganze Gebäude nach dir abgesucht, Jonathan ist außer sich vor Sorge. Ich werde Marjorie anrufen und ihr erklären, dass wir dich gefunden haben. Und du wirst später Jonathan anrufen müssen, um dich anständig zu verabschieden, denn im Augenblick fehlt uns die Zeit, um noch einmal hineinzugehen. Dein Vater hat irgendetwas gegessen, was ihm nicht bekommen ist. Offensichtlich waren auf Jonathans Liste nicht sämtliche Unverträglichkeiten aufgeführt.« Sie hatte ohne Pause gesprochen, während sie auf Annie und Jack zumarschiert war wie ein Oberleutnant, nun blieb sie vor ihnen stehen und warf erwartungsvolle Blicke hin und her, bis Annie schließlich sagte: »Mum, das ist Jack Edwards, einer der Teppichdesigner, die heute ausstellen. Jack, das ist Elaine St. James, meine Mutter.«

»Freut mich sehr, Mrs. St. James.« Jacks Stimme klang so rau, dass auch Annie den Drang verspürte zu schlucken. Was war in den vergangenen zehn Minuten bloß geschehen? Jack reichte ihrer Mutter die Hand.

»Guten Abend«, erwiderte Elaine St. James ohne allzu große Begeisterung. Sie würdigte Jack keines zweiten Blickes. Und als ob es für Annie je einen Zweifel daran hätte geben können, dass der vollbärtige Mann mit dem etwas zu abgetragenen Anzug und den schroffen Arbeiterhänden den Ansprüchen ihrer Mutter nicht genügen würde, sagte die: »Jonathan hat sich von seiner Begleitung des heutigen Abends sicherlich ein wenig mehr versprochen.«

Oh, Mum. Annie stöhnte innerlich, während sie blutrot anlief. Mit größtmöglicher Haltung wandte sie sich an Jack, ohne jede Hoffnung allerdings, dass ihm ihre heißen Wangen entgehen könnten. »Es war nett, Sie heute hier zu treffen, Jack. Ich hoffe, wir sehen uns bald wieder.«

»Musste das sein?«, zischte sie ihrer Mutter zu, sobald sie außer Hörweite waren.

»Musste was sein?«

»Dass du mich vor Jack hinstellst wie eine ... keine Ahnung. Ein Flittchen?«

»Oh, Anna, den ganzen Abend über benimmst du dich schon so kindisch. Was ist bloß los mit dir? Als hätte sich mit Finley auch dein Verstand in Luft aufgelöst.«

»Gott, Mum. Hast du irgendeine Ahnung davon, wie verletzend du sein kannst?«

»Wenn ich Zeit habe, werde ich mir darüber Gedanken machen. Und nun komm bitte, wir müssen deinen Vater nach Hause schaffen. Du musst das Fahren übernehmen. Ich bin mir nicht sicher, wie lange er das, was diese Übelkeit verursacht hat, noch bei sich behalten kann.«

Annies Kiefer schmerzte, so sehr biss sie die Zähne zusammen, während sie ihrer Mutter auf den Parkplatz und zum Wagen folgte.

Sie drehte sich nicht noch einmal zu Jack um.

Sie sah nicht, dass auch sein Blick voll Kummer war.

32

Samstag, 28. August

ANNIE ST. JAMES

Lieber Jack, ich wollte mich nur kurz melden und Ihnen sagen, dass ich mich sehr gefreut habe, Sie gestern bei der Vernissage getroffen zu haben. Was für ein Zufall, nicht wahr? Dabei hatte ich wenig bis gar keine Erwartungen an den Abend ☺

ANNIE ST. JAMES

Oh, und es tut mir auch leid, dass meine Mutter so furchtbar unhöflich ist. Ich glaube, ich erwähnte das schon in einer meiner früheren Nachrichten – sie ist eine überaus anstrengende Frau. Falls es Ihnen ein Trost ist: Mein Vater hat sich auf der Rückfahrt in ihren Schoß übergeben. Mir war es ein Trost, auch wenn der Rest des Heimwegs nicht gerade eine Spazierfahrt war.

JACK EDWARDS

Liebe Annie, ich habe mich auch sehr gefreut, Sie gestern bei der Vernissage zu sehen. Und ich hatte ähnlich geringe Erwartungen an den Abend, vermutlich noch weniger. Geht es Ihrem Vater inzwischen besser?

ANNIE ST. JAMES

Meinem Vater geht es wieder gut, danke der Nachfrage. Nachdem Jonathan behauptet, kein anderer der Gäste habe sich nach dem Essen am Buffet den Magen verdorben, gehen wir davon aus, dass er a) entweder zu durcheinander gegessen oder b) ein Gläschen zu viel getrunken hat. B) ist meine These, meine Mutter würde die sicherlich nicht öffentlich aussprechen. Aber könnte man es ihm wirklich verdenken?

JACK EDWARDS

Sie verstehen sich nicht gut mit Ihrer Mutter?

ANNIE ST. JAMES

Herrje, wollen Sie dieses leidige Thema wirklich anschneiden?

ANNIE ST. JAMES

Was ist mit Ihnen? Verstehen Sie sich gut mit Ihrer Mutter?

JACK EDWARDS

Wir haben ein enges Verhältnis, ja. Das passiert vermutlich, wenn man nur noch zu zweit ist.

ANNIE ST. JAMES

Das tut mir leid.

JACK EDWARDS

Danke.

JACK EDWARDS

Also, Ihre Mutter. War das mit Jonathan Pearce einer ihrer legendären Verkuppelungsversuche?

ANNIE ST. JAMES

☺

ANNIE ST. JAMES

Ich habe nie behauptet, sie seien legendär! Wobei die Tendenz da ist, durchaus. Und ja, Jonathan liegt meiner Mutter sehr am Herzen. Er ist der Sohn ihrer Freundin Marjorie, und die zwei träumen womöglich schon seit ihrer Schulzeit von gemeinsamen Enkelkindern.

JACK EDWARDS

Tatsächlich?

ANNIE ST. JAMES

Tatsächlich.

JACK EDWARDS

Und?

ANNIE ST. JAMES

Und was?

JACK EDWARDS

Liegt er Ihnen am Herzen?

ANNIE ST. JAMES

Das ist eine interessante Frage.

JACK EDWARDS

So interessant auch wieder nicht.

ANNIE ST. JAMES

Sieh an, Sie können ja richtig witzig sein!

JACK EDWARDS

Im Normalfall bin ich weniger witzig. Muss an der Uhrzeit liegen. Es ist schon spät.

ANNIE ST. JAMES

Oh, das tut mir leid. Halte ich Sie vom Schlafen ab?

JACK EDWARDS

Nein, das ist in Ordnung.

ANNIE ST. JAMES

Doch, Sie haben recht, es ist spät.

ANNIE ST. JAMES

Wir könnten das Gespräch verschieben, wenn Sie möchten.

ANNIE ST. JAMES

Waren Sie schon mal in Cambridge?

JACK EDWARDS

Ja. Aber das ist viele Jahre her.

ANNIE ST. JAMES

Sie könnten mich besuchen kommen, wenn Sie mögen. Ich zeige Ihnen die Hotspots der Stadt inklusive Punten, falls Sie das immer schon mal tun wollten, oder wir trinken einfach nur ein Pint Pimm's am River Cam.

ANNIE ST. JAMES

Ich bin eine gute Reiseführerin. Habe ich erwähnt, dass ich neben meinem Studium Bustouren durch die Colleges gefahren bin? Ich habe mir so ein bisschen was dazuverdient.

ANNIE ST. JAMES

Jack? Sind Sie noch da? Wir müssen uns nicht treffen, das war nur so eine Idee. Und es ist wirklich spät.

ANNIE ST. JAMES

Gute Nacht!

JACK EDWARDS

Würde Ihnen Donnerstag passen?

33

Oh, Jack

Es war weit nach Mitternacht, als Jack das Handy beiseitelegte und sich in die Kissen seines Bettes sinken ließ. Er war überrascht gewesen, dass Annie ihn einen Tag nach ihrem zufälligen Treffen angeschrieben hatte. Überrascht und auch wieder nicht, denn einmal mehr war ihm, als habe er sie herbeigedacht, weil ihn der Gedanke an sie im Grunde seit Freitagabend beschäftigte – und dass es ihm nicht gelungen war, die Worte über die Lippen zu bringen, die er ihr hatte sagen wollen. *Ich bin nicht der, für den Sie mich halten, ich habe diese Zeilen nicht geschrieben.* Es war, als seien seine Lippen zusammengeschweißt gewesen, er hatte sich einfach nicht überwinden können.

Das änderte natürlich nichts daran, dass er es tun musste, und zwar gleich am Donnerstag, wenn er nach Cambridge fuhr, um Annie wiederzusehen. Er traute sich gar nicht, den Gedanken zu denken, aber: Sie hatte ihn gefragt. Es lag ihr etwas an ihm. Vielmehr, und da durfte er sich wohl nichts vormachen: Es lag ihr etwas an Leo. Beziehungsweise an dem Bild, das sie sich nach dem Lesen von Leos Texten und den tatsächlichen Gesprächen mit ihm, Jack, von dieser Person gemacht hatte. Es war schwer vorstellbar und zu guten Teilen grotesk, dass jemand auf die Idee kommen könnte, beide Charaktere miteinander zu vermengen. Leo und er, sie waren grundverschieden gewesen. So verschieden, wie man sein kann, wenn einer weiß, dass er geht, und der andere sich nicht damit anzufreunden vermag zurückzubleiben.

Jack drehte sich von der einen Seite zur anderen. Der Gedanke an Annie war nicht der einzige, der ihn nachts wach hielt. Lori war an diesem Wochenende mit ihrer Mutter nach Bath gezogen. Sie hatten ein Umzugsunternehmen angeheuert, seine Hilfe war nicht erwünscht gewesen, und von seiner Tochter gehört hatte er bisher ebenfalls nicht. Wie es weiterging? Das wusste im Augenblick niemand so genau. Zunächst einmal würde am Mittwoch für Lori die Schule beginnen, weshalb Jack am Dienstag für eine Nacht ebenfalls in Bath sein würde, er hatte für sich und seine Mutter ein Zimmer ganz in der Nähe von Xaviers Haus gebucht. Und weil er Rachel gar nicht erst auf den Gedanken bringen wollte, dass er künftig auf das Recht verzichten würde, seine Tochter zu sehen, hatte er sich gleich für das kommende Wochenende ebenfalls für einen Besuch angekündigt. Das Treffen mit Annie St. James also lag inmitten einer unglaublich anstrengenden Woche, die ihm glücklicherweise wenig Gelegenheit bieten würde, weiter darüber nachzudenken. War es nicht so?

Nun. Die Antwort lautete Nein.

Schon am Montag konnte die bevorstehende Einschulung seiner Tochter Jack nicht von den Gedanken an Annie ablenken. Er hatte noch ein paar mehr Restaurierungsaufträge angenommen, allein um sich zu beschäftigen. Doch während er mit dem Hobel über Holz fuhr oder mit Politur über Tischplatten, legte er sich die Worte zurecht, die er

Annie sagen wollte. Es würde keine große Sache werden. Er hatte sie nicht absichtlich belogen. Zunächst war der Schock einfach zu groß gewesen, dann hatte sich keine Gelegenheit offenbart. Aber nun wollte er doch gern die Sache zwischen ihnen beiden richtigstellen, und ...

Jack stöhnte auf und schleuderte den Pinsel, mit dem er eben noch geduldig und präzise Holzkleber aufgetragen hatte, in eine Ecke der Garage. Er konnte sich das nicht schönreden, für wie dumm hielt er Annie denn? Er hatte schon ein Dutzend Gelegenheiten verstreichen lassen, ihr die Wahrheit zu sagen, und wieso um Himmels willen hatte er es nicht einfach getan?

Oh. Ja. Richtig.

Der Schmerz, der durch seine Brust zog, jedes Mal wenn er daran dachte, dass sein Bruder gestorben war, traf ihn nicht unvorbereitet. Er wollte sich nicht ausmalen, wie Annie darauf reagieren würde.

Dienstagabend schlug sein Gedankenkarussell vorübergehend eine andere Richtung ein. Sie hatten gerade in der kleinen Pension in Bath eingecheckt, schon stritt Jack am Telefon mit Rachel darüber, ob es angemessen war, seiner fünfjährigen Tochter zur Einschulung ein Handy zu schenken. Die Wahrheit war: Selbst Jack fand es unangemessen, Lori mit einem Telefon auszustatten, auch wenn er es gekauft hatte. Doch die Wahrheit war auch: Er wollte auf keinen Fall den Kontakt zu Lori verlieren, und das Smartphone würde ihm dabei behilflich sein. Es gab Möglichkeiten, die Nutzung dieses Telefons zu kontrollieren, das wusste Rachel genauso gut wie er, und er vertraute darauf, dass seine Ex-Frau genau das tun würde, so sehr sie sich ihm gegenüber auch gegen das Geschenk sträubte.

Die Einschulung Mittwochvormittag ließ ihn den Rest vergessen. Lori sah hinreißend aus mit ihren leuchtenden Augen und dem riesigen Grinsen, und sie lief so stolz und so betont erwachsen mit Rachel an der einen und ihm an der anderen Hand, dass er beinah in das stumme Weinen seiner melancholischen Mutter mit eingefallen wäre. Beinah.

Danach gingen sie essen, ehe sie sich schweren Herzens verabschiedeten. Und Jack nahm sich vor, für sich und vor allem auch für seine Mutter eine Lösung zu finden, denn dass sie in den kommenden Jahren nur noch eine entfernte Rolle im Leben der Tochter und Enkeltochter spielen würden, war keine Option.

Am frühen Donnerstagnachmittag fuhr Jack schließlich mit dem Wagen nach Cambridge. Die anderthalbstündige Fahrt über die M1 verbrachte er damit, sich auf das Hörspiel seiner Tochter zu konzentrieren, das diese in seinem CD-Player vergessen hatte. Es ging um einen Bären und eine Maus oder um Piraten, Jack hätte es später nicht mehr genau sagen können. Als er die Ausfahrt nach Cambridge erreichte, war er eine halbe Stunde zu früh, und das, obwohl er sich vor seiner Abfahrt ungefähr fünfmal umgezogen hatte. Sean hätte seine helle Freude an ihm gehabt und Rachel ihren Augen nicht getraut. Aus irgendeinem Grund jedoch befand Jack, dass es wichtig war, in welchem Aufzug er Annie gegenübertrat, er wollte sich nicht unwohl fühlen, wenn er ihr sagte, was er zu sagen hatte, nicht over- oder underdressed sein, nicht verkleidet, wie er es beispielsweise an dem Abend empfunden hatte, an dem er Peggy traf. Nach mehreren Anläufen hatte er sich schließlich für Bluejeans und ein kurzärmeliges, weißes

Hemd entschieden, darüber trug er seine dunkelblaue Lederjacke und dazu schwarze Vans. Er hatte sich den Bart gestutzt. Er fühlte sich wie auf dem Weg zu seinem ersten Date, dabei wusste er nicht einmal, ob es tatsächlich eins war.

Als er schließlich nach einigen Extrarunden durch Cambridges Außenbezirke seinen alten Volvo-Kombi vor Annies Haus an der Chesterton Road parkte, befand er, dass es sich sogar noch schlimmer anfühlte. In etwa so wie bei einem Zahnarztbesuch. Oder warum nicht gleich wie bei einer Gastritis? Und er hatte ja keine Ahnung, wie richtig er damit lag. Nicht als er den gepflasterten Vorgarten zur Eingangstür durchschritt, noch als er die schmalen Stufen zu Annies Wohnung erklomm. Erst als er an die Tür zu ihrer Wohnung klopfte und Annie vor ihm stand, wurde ihm klar, dass dieser Tag vermutlich noch um einiges dramatischer werden könnte, als er es sich vorgestellt hatte.

Annie öffnete ihm die Tür in einem grünen Sommerkleid und mit roten Flecken im Gesicht. Ihre Augen waren so klein und geschwollen, dass Jack sich schon fragte, ob sie auf irgendeine andere Weise von seinem Betrug erfahren haben konnte, doch sein Hirn war wie leergefegt, er fand keine Erklärung. Ganz automatisch streckte Jack eine Hand nach ihr aus, ließ sie jedoch wieder sinken, unschlüssig, was er damit anstellen sollte. Die Geste reichte aus, um Annie in Bewegung zu setzen. Sie warf sich geradezu in Jacks Arme und drückte ihr Gesicht an seine mit Bedacht angekleidete Brust.

34

Annie, 24 Stunden zuvor

»O mein Gott, bin ich froh, dich zu sehen, du glaubst gar nicht, wie froh ich bin. Ehrlich, du warst so lange weg, ich hatte schon Angst, dich nicht wiederzuerkennen! Ach, Hoola, du hast mir gefehlt. Wirklich!«

»Das ist ziemlich unverkennbar, würde ich sagen. Also, okay, nun ist es gut, ja?« Hoola gab einen gespielt erstickten Laut von sich, während sie versuchte, sich aus der Umklammerung ihrer Freundin zu lösen. Annie war auf sie zugesprungen, sobald sie das Café betreten hatte, und ließ sie minutenlang nicht mehr los.

»Seit wann dauern Ärztekongresse zwei Wochen?«, beschwerte sich Annie, während sie sich jetzt auf ihren Stuhl fallen ließ. »Wer soll all die Leben retten, wenn ihr Halbgöttinnen euch Ewigkeiten in einen miefigen Konferenzsaal sperrt, um … weiß der Himmel, was ihr da zu besprechen hattet.« Sie griff nach Hoolas Hand und drückte sie. »Entschuldige bitte, ich habe vergessen, worum es ging. Was war das für ein Kongress?«

Hoola schüttelte den Kopf. »Nicht wichtig. Ehrlich nicht. Trockener Medizinerkram.« Sie lächelte, doch es wirkte erschöpft, und Annie drückte ihre Hand fester, bevor sie sie losließ.

»Ist wirklich alles in Ordnung mit dir? Du siehst blass aus. Blass … und irgendwie trotzdem gebräunt. Hattet ihr gutes Wetter in Berlin? Hattest du auch ein bisschen Freizeit neben all dem Karrierekram?«

»Ja, ich … wir waren viel draußen. Ja.« Hoola nickte. Es sah aus wie bei einer dieser Solarpuppen der Queen, die bei Sonneneinstrahlung mit Kopf und Hand wackelten.

»Okay, was stimmt nicht?« Annie musterte die Freundin aufmerksam. »Raus damit. Ich kenne dich, und du bist nicht die gute, alte Hoola aus meiner entfernten Erinnerung. Du wirkst fahl und geknickt und … seltsam. Was ist los?«

»Willst du auch was trinken, Annie?«

Marc stand mit einem Mal neben ihr. Annie warf erst einen Blick auf ihn, dann auf Hoolas Glas. »Was ist das?«, fragte sie.

»Ingwerschorle«, erwiderte der Wirt an Hoolas Stelle.

»Oh! Hast du morgen Frühschicht? Gut, also, für mich einen Weißwein, bitte.«

»Kommt.«

»Annie …«

»Ja?«

Die beiden Frauen sahen einander an, während Marc an den Nebentischen Gläser abräumte und weitere Bestellungen aufnahm. Hoola öffnete den Mund und schloss ihn wieder. Annie beobachtete sie, das Lächeln schwand zusehends von ihren Lippen, als Hoola schließlich doch zu sprechen begann.

»Also, wie war das Treffen vergangenen Freitag mit dem mysteriösen Jack Edwards? Du wolltest mir noch ausgiebig davon erzählen, nicht nur die paar Stichwörter via WhatsApp.«

Annie zog die Stirn kraus. »Und *du* wolltest mir gerade erklären, was hier los ist, oder nicht?«

»Du zuerst.«

»Hoola ...«

»Nein, wirklich, ich bin sehr gespannt. Du warst dir nicht sicher, ob deine Vorstellung mit dem zusammenpasst, was Jack Edwards tatsächlich verkörpert. Hat sich das mittlerweile geändert?«

Etwas stimmte nicht mit Hoola, das nahm Annie laut und deutlich wahr, mit jedem Wort, das die Freundin sprach, und mit jedem, das sie ausließ.

»Was ist Freitagabend geschehen? Du hast gesagt, ihr habt euch zufällig getroffen, weil er einer der ausstellenden Künstler ist? Wie genau darf ich das verstehen?«

Annie zögerte einen weiteren Augenblick, bevor sie beschloss, die Sache vorerst auf sich beruhen zu lassen. Sie würde Hoola dazu bringen, ihr zu sagen, was sie so sehr beschäftigte, dass es sich offensichtlich kaum aussprechen ließ, doch sie wollte ihr noch ein wenig Zeit einräumen. Obwohl es sie beunruhigte. Sehr sogar. Hoola war nicht oft nicht sie selbst, so gut wie nie eigentlich. Heute aber war sie es.

»Er ist Teppichdesigner«, begann Annie schließlich. »Jonathan hatte mich gerade dem Chef einer höchst exklusiven Teppichfirma vorgestellt, da kam er um die Ecke. In einem nur leicht fragwürdigen Anzug und mit einem reichlich perplexen Gesichtsausdruck.«

»Einem nur leicht fragwürdigen Anzug?« Hoola verzog die Lippen, während Marc Annie ein Glas Weißwein vorsetzte und eine Schale Erdnüsse zwischen sie stellte.

»Sagen wir, er hätte moderner sein können. Und wohl auch ein bisschen geräumiger.«

»Dann entspricht Jack Edwards rein äußerlich schon mal nicht deinem Beuteschema? Hager und feingliedrig?«

»Vergiss den Vollbart nicht.«

»Tatsächlich. Den hätte ich beinah vergessen. Also. Jack ist ein übergewichtiger, vollbärtiger Teppichdesigner. Wortkarg, wenn ich mich recht erinnere. Was sonst noch?«

»Er ist *nicht* übergewichtig.« Annie grinste. »Er ist nur nicht hager, wie du das ausdrückst. Er … Er ist muskulös. Vielleicht, weil er Handwerker ist. All die Arbeit mit der Schleifmaschine, den Farbrollen, was weiß ich.«

»Er ist Handwerker? Doch kein Teppichdesigner?«

Annie zuckte die Schultern. »Er ist beides, vermutlich.«

»Nicht übergewichtig, sondern muskelbepackt?«

»Nicht direkt *bepackt*.« Annie nippte an ihrem Wein. Dann grinste sie ein zweites Mal, es war, als würden ihre Lippen ganz automatisch auseinandergleiten. »Er kommt morgen nach Cambridge.«

»Wie bitte?«

»Du hast richtig gehört – er kommt nach Cambridge, und ich zeige ihm die Stadt.«

»Ein Date?«

»Vielleicht.«

»Er gefällt dir also? Der muskelbepackte, vollbärtige Handwerker, der sich nicht ausdrücken kann, aber irgendwie trotzdem deinen Ansprüchen genügt?«

»Tadaaa!« Annie griff in die Schale mit Erdnüssen und ließ drei davon zwischen ihren Lippen verschwinden. »Ich habe mich schon gefragt, wann die alte Hoola zum Vorschein kommen würde. Die, die kein gutes Haar an der Geschichte mit Jack und dem Tagebuch lassen kann, die, die mir immer noch Vorhaltungen macht, ich würde mich in etwas hineinsteigern, und das, obwohl ich Jack inzwischen kennengelernt habe, obwohl ich dir gesagt habe, dass er zwar anders ist, als ich ihn mir vorgestellt habe, aber trotzdem nett. Mehr als das. Seltsamerweise ist er ein sympathischer und anziehender Mann. Obwohl er, womöglich, eher nicht der kultivierteste ist. Das allerdings ist kein Grund, dass du …«

»Oh, Scheiße.« Hoola setzte das Glas Ingwerschorle, von dem sie gerade getrunken hatte, so heftig auf dem Tisch ab, dass es überschwappte. Dann sprang sie auf und rannte in Richtung der Toiletten. Zwei Sekunden lang starrte Annie ihr entgeistert nach, bevor sie ebenfalls aufsprang und hinterherlief.

»Hoola?« Sie stieß die Tür zum Waschraum auf. »Meine Güte, was ist los? Hast du dir irgendwas eingefangen auf der Reise? Bist du krank?«

»Warte draußen auf mich, okay? Ich komme gleich.« Röcheln folgte diesen zwei Sätzen, dann ein noch beunruhigenderer Laut. Besorgt zog Annie die Tür hinter sich zu und wartete am Tisch auf ihre Freundin.

»Sollen wir ein Stück laufen?«

»Geht es dir noch nicht besser?«

»Es geht mir gut. Aber ein bisschen Luft könnte nicht schaden.«

»Okay. Warte, ich zahle unsere Getränke.« Annie lief zur Bar, während Hoola sich bereits zwischen den Tischen hindurch nach draußen schlängelte. Sie wartete auf der kleinen Bank, die Marc vor dem Eingang seines Cafés in die Sonne gestellt hatte. Er würde bald zumachen, und dann hatten Hoola und Annie eigentlich vor, essen zu gehen, doch daran war jetzt womöglich gar nicht mehr zu denken, so schlecht, wie es ihrer Freundin war.

»Geht es dir wirklich wieder gut?«, fragte Annie, als sich die Tür hinter ihr schloss. »Du kamst mir von Anfang an merkwürdig blass vor unter dieser deutschen Sonnenbräune.« Sie machte eine allumfassende Handbewegung, und Hoola verzog keine Miene.

»Zum Fluss?«, fragte Annie.

»Haben nicht unsere fantastischsten Gespräche immer am Fluss begonnen?«, murmelte Hoola so leise, dass sie vermutlich gar nicht verstanden werden wollte. Annie hörte sie trotzdem. Und zum ersten Mal an diesem frühen Abend beschlich sie eine Ahnung, die ganz und gar nichts Gutes verhieß. Und die sich unglücklicherweise bestätigen würde.

»Ich bin schwanger.«

»Du bist *was*?« Annie quiekte den Satz, sie quiekte ihn und gleichzeitig zog sie ihn in die Länge wie ein unangenehmes Gespräch, von dem man nur aus dem einen Grund nicht möchte, dass es endet – weil man sich nicht damit auseinandersetzen mag, was danach geschieht. Hoola war schwanger. Wieso? Wieso war ihre Freundin, die nie daran gedacht hatte, sich festzulegen, nie den Wunsch geäußert hatte, eine Familie zu gründen, geschweige denn ein Kind zu bekommen, mit einem Mal schwanger? Annie musterte sie ein kleines bisschen eindringlicher. Sie war weit entfernt davon, glücklich auszusehen.

»Du bist ... aber von wem denn?«

Schweigend sah Hoola auf ihre Schuhspitzen. Eine Sekunde lang, dann hatte Annie sie in die Arme gezogen. »Ach, Hoola. Das ist ... Ich weiß gar nicht ... Ich meine ... Erzähl mir, was du denkst. Ich möchte nichts Falsches sagen. Was auch immer du empfindest, ich unterstütze dich. Okay?«

»Annie ...«

Annie wartete einige Sekunden. »Was? Sag mir, was los ist. Ich bin da.«

Wenn überhaupt möglich, sah Hoola noch eine Spur gequälter drein. »Ich war nicht in Deutschland. Die letzten zwei Wochen.«

Verwirrt runzelte Annie die Stirn. »Warst du nicht?«

Hoola schüttelte den Kopf.

»Wo denn dann?«

Sie blieben stehen. Auf dem Weg von Marcs Café über den schmalen Pfad am Fluss entlang in Richtung Stadtpark. Neben ihnen gluckste das Wasser. Gras raschelte zu ihren Füßen, und aus der Ferne drangen Stimmen herüber von den Gästen der Straßencafés und der Biergärten.

Annie hielt den Atem an. Die dunkle Vorahnung von eben, verdrängt durch die überraschende Nachricht von Hoolas Schwangerschaft, machte sich in den Tiefen ihres Unterbewusstseins erneut bemerkbar. Sie starrte auf die Freundin, die die Lippen fest zusammengepresst hielt, so, als wollte sie Annie nie mehr irgendetwas erzählen, und auf einmal wollte die lieber auch nichts mehr wissen. Nicht, wo Hoola die vergangenen zwei Wochen gewesen, noch, wer der Vater ihres Babys war. Hoola war schwanger. Diese Tatsache reichte durchaus, um auch Annie aus dem Gleichgewicht zu bringen.

»Ich ... Es war ... Ich war bei Ben.«

»Bei Ben?« Der Kopf mit einem Schlag leer, die Verwirrung komplett, starrte Annie Hoola ins Gesicht. »*Meinem* Ben? Was hat mein Bruder damit zu tun?«

Schweigen auf der einen Seite. Ungläubiges Kopfschütteln auf der anderen.

»Das ist nicht dein Ernst. Mein ... *Ben?* Aber du kannst Ben nicht mal leiden!«

Das brachte Annie eine Reaktion ein, wenn auch eine nicht gerade willkommene. Hoola verdrehte die Augen.

»Sei nicht albern, Annie«, sagte sie, doch die schüttelte nur weiter den Kopf, zu sehr überschlugen sich die Gedanken darin. Was hatte sie angenommen, was war das für eine Ahnung gewesen? Hatte sie auf Finley getippt? O Gott, das wäre eine Katastrophe gewesen, Verrat erster Güte, niemals hätte Annie Hoola das verzeihen können. Aber Ben? Ben war ihr Bruder, und außerdem ein Mann, dem Hoola nie etwas abgewinnen konnte. Als Kinder hatten sie sich dauernd in den Haaren gelegen, als Teenager die Existenz des anderen weitgehend verleugnet. Als Erwachsene … Annie strengte sich an, das Bild ihrer Freundin mit dem ihres Bruders zusammenzubringen. Ja, Ben hatte dann und wann nach Hoola gefragt, aber es hatte beiläufig geklungen, nie nach ernstem Interesse. Und ja, Hoola hatte über Ben gescherzt – die langen, sexy Haare, zum Anbeißen, weiß der Himmel! All das war aber doch überhaupt nicht so gemeint gewesen, es war ein Spaß! Niemals hatte sie ernsthaft angenommen, Hoola würde sich für Ben interessieren, sie wusste ja nicht mal, wo er lebte oder was er beruflich tat. Es sei denn … Es sei denn, Hoola wusste all das ganz genau. Und hatte sie, Annie, mit ihrem Desinteresse bewusst in die Irre geführt.

»Es tut mir leid, Annie, ich hätte es dir eher sagen sollen, aber wir waren dauernd mit anderen Dingen beschäftigt, Finley, dieser Jack, ich wusste nicht …«

»Wie lange?«

»Was?«

»Wie lange bist du schon schwanger? Ich meine …« Annie schüttelte den Kopf. »Wie lange weißt du es schon?«

Hoola holte tief Luft, den Blick unverwandt auf Annie gerichtet. Schließlich sagte sie: »Ich bin in der zwölften Woche.«

»Die zwölfte Woche.« Annie rechnete, es dauerte ein paar Sekunden. »Ben war in Cambridge zu dieser Zeit. Und an dem Abend, als ich von dem Mittagessen bei meinen Eltern kam … Jonathan war da. Und Ben. Und dann bin ich zu dir gefahren, und wir haben getrunken, und jemand hat dir eine Nachricht geschickt, *Mr. Big,* und du warst seltsam.« Es klingelte allmählich in Annies Erinnerung, kleine Glöckchen, die sich mehr und mehr zu großen, schrillen Alarmglocken auswuchsen.

»Ich war …«, begann Hoola, nur um die Lippen erneut aufeinanderzupressen. Die Frau Annie gegenüber hatte so wenig mit ihrer besten Freundin gemein wie Jonathan mit einem Gigolo. Alle Farbe war von der sonst so bunten, enthusiastischen Hoola abgefallen. Sie sah blass, klein, zusammengekauert und unglücklich aus.

»Du warst mit Ben zusammen«, wiederholte Annie schließlich.

Hoola wich Annies Blick aus.

»Du hast mit Ben geschlafen, obwohl du immer so getan hast, als könnte er dir nicht gleichgültiger sein. Und nun bist du schwanger und, liebe Güte, du hast meinen Bruder als *Mr. Big* in dein Telefon gespeichert, und … und … ich bin platt.« Mit diesem letzten Wort ließ sich Annie in die Wiese sinken und faltete ihre Beine zum Schneidersitz. Sie starrte aufs Wasser. Schwieg, als Hoola sich neben sie setzte, um dann bitter aufzulachen. »Du hattest recht. Die fantastischsten Gespräche führen wir offensichtlich an diesem Fluss.«

»Es tut mir ehrlich leid. Dass ich es dir nicht eher erzählt habe, meine ich.«

»Nun.« Annie betrachtete die Freundin, die Enttäuschung unübersehbar in ihrem Blick. »Wieso hast du es dann nicht getan? Du bist im dritten Monat, Hoola. Vermutlich weißt du es schon seit zwei. Wieso hast du mir etwas so Elementares verschwiegen?«

»Weil … Weil es ehrlich kompliziert ist.«

Annie gab einen missbilligenden Ton von sich.

Und Hoola sagte: »Ich will dieses Kind.«

»Tja. Das ist gut, nehme ich an. Gemessen daran, dass du dich bereits in der zwölften Woche befindest.« Sie klang nun wieder so schneidend, ein Wunder, dass Hoola noch keine körperlichen Wunden davongetragen hatte.

»Ich wusste nicht, dass du so zynisch sein kannst.«

»Und ich wusste nicht, dass du mit meinem Bruder schläfst. Sind wir nun quitt?«

»Ach, Annie.«

Annie holte tief Luft. Sie setzte sich aufrechter hin und begann damit, Gräser aus dem Boden zu rupfen, eins nach dem anderen, die sie in ihrer Hand zu einem kleinen Strauß zusammenhielt. Schließlich sagte sie: »Ich bin froh, dass du dich auf das Baby freust. Ich meine …« Von der Seite warf sie Hoola einen Blick zu. »Ich weiß, du wolltest keine Kinder. Zumindest dachte ich das, aber vielleicht lag ich damit auch falsch.«

»Lagst du nicht.«

»Und dennoch willst du das Baby?«

Eine ganze Zeit lang antwortete Hoola nicht, und auf einmal sah Annie die Tränen, die über ihre Wange rannen.

»Oh, nein, bitte, nicht doch.« Sie legte beide Arme um die Freundin und drückte sie an sich. »Ehrlich, es ist alles halb so wild, ich war … überrascht, okay? Und Ben – ich hab noch gar nicht gefragt, was er dazu meint, er …«

Hoola grub ihr Gesicht ein bisschen fester in Annies Schulter.

»Oh, okay, verstehe, das macht nichts, alles in Ordnung. Gott, ich schwöre, ich bring den Kerl um. Er wird einfach nie erwachsen, er …« Über Hoolas Kopf hinweg schüttelte Annie ihren. »Von allen Männern – wieso musste es mit ihm passieren, hm? Wie hoch sind die Chancen? Da hast du einmal Sex mit meinem dummen Bruder und schon …«

»Annie.« Abrupt richtete Hoola sich auf.

»… machst du mich zur Tante.«

Schweigen.

Annie hatte einen Scherz machen wollen. Trotz allem.

Nun saß sie da und spürte, wie das Lächeln ganz langsam wieder von ihren Lippen glitt.

»Was?«, fragte sie.

»Es war nicht das erste Mal.«

»Was meinst du damit?«

»Ich meine, Ben und ich … dein Bruder und …«

»Was?«

»Ich liebe ihn. Schon immer. Und wir waren zusammen … Schon oft. Und als ich erfuhr, dass ich schwanger bin, da war ich glücklich! Ich war so glücklich, verstehst du, Annie? Weil ich dachte … Nun. Falsch gedacht. Aber ich, ich möchte das Kind. Weil es von ihm ist. Und weil ich ihn liebe.«

35

Pimm's und punten

»Ich weiß nicht, was passiert wäre, wenn sie mir in diesem Augenblick nicht vor die Füße ... Wenn Hoola sich nicht hätte übergeben müssen.« Annie schniefte, bevor sie sich mit einem Papiertaschentuch Augen und Nase abtupfte. »Gott, ich kann nicht fassen, dass ich hier sitze und Ihnen etwas vorheule. Es tut mir leid, Jack. Das ist mir furchtbar unangenehm. Ich weiß selbst nicht, was mit mir los ist. Beachten Sie mich gar nicht. Es muss das Selbstmitleid sein, das ich bis dato wirklich ordentlich in Schach gehalten habe und das sich nun, kaum dass sich ein strahlend weißes Hemd in Sichtweite befindet, offenbar aufmacht, es mit Wimperntusche zu verunstalten.«

Einmal mehr schniefte Annie, doch Jack lächelte nur.

»Machen Sie sich um mein Hemd keine Sorgen. Und – es muss Ihnen auch nichts peinlich sein. Ehrlich nicht.« Zumal, dachte er, von Vorheulen nun wirklich keine Rede sein konnte, denn selbst in ihrem Zusammenbruch war Annie elegant und anmutig und zurückhaltend, was Jack im Besonderen faszinierte. Rachel war in solchen Situationen ganz anders gewesen. Doch Rachel hatte in den meisten Fällen auch aus Wut getobt und geweint, nicht weil sie ehrlich und tief erschüttert war. So wie Annie. Jack hatte sich die Geschichte über die beste Freundin und den Bruder und deren Verwicklung angehört und beschlossen, dass er nicht begriff, weshalb jemand, der Annie offensichtlich nahestand, es für sinnvoll erachtete, ihr so etwas Elementares zu verheimlichen. Er war niemand, der sich gern oder leicht anvertraute, doch bei Annie hatte er auf einmal das Gefühl, dass er ihr alles sagen wollen würde, ständen sie sich annähernd so nahe wie sie und ihre Freundin. Das dachte er, bis ihm wieder einfiel, dass er selbst ja etwas vor Annie geheim hielt; etwas, das er unbedingt loswerden wollte, und wofür in diesem Augenblick wohl einmal mehr nicht der richtige Zeitpunkt war.

»Ich fürchte, Selbstmitleid ist tatsächlich der Schlüssel«, sagte Annie, als habe sie genau wie er den eigenen Gedanken nachgehangen. »Ich meine, ja, ich hätte gern gewusst, dass Hoola meinen Bruder liebt, und ich habe keine Ahnung, weshalb sie das Gefühl hatte, es mir nicht anvertrauen zu können. Weil es sie vermutlich von innen aufgefressen hat, denn ... Nun, *mich* hätte so etwas sicher aufgefressen.« Er hörte sie tief durch die Nase atmen, und die Anstrengung, nicht wieder zu weinen, war ihr ebenso deutlich anzusehen. »Aber das mit dem Baby«, sagte Annie. Mehr nicht. Jack hatte das unbestreitbare Gefühl, dass dem noch etwas folgen müsste, doch da kam nichts.

»Kann ich Ihnen etwas zu trinken anbieten? Entschuldigung, ich bin eine schreckliche Gastgeberin. Und irgendwie habe ich das Gefühl, ich muss mich andauernd bei Ihnen entschuldigen. Entschuldigung.«

Jack lächelte. Annie lächelte ebenfalls.

Nach ihrem überraschenden, wenn auch sehr kurzen Gefühlsausbruch im Hausflur hatte sie ihn ins Wohnzimmer gebeten und auf eine sichtlich in die Jahre gekommene

Couch, wo sie den Abstand zwischen ihnen beiden wiederhergestellt hatte. Nun saßen sie recht unbequem und irgendwie unbeholfen nebeneinander, und Jack wurde mit einem Mal bewusst, was das hier war: ein Date, zumindest so etwas in der Art, das Annie sogar initiiert und auf das er sich eingelassen hatte, vorwiegend, um grundlegende Dinge zu klären. Im Augenblick allerdings war ihm wenig nach Klärung zumute. Im Augenblick hätte er die Frau vor sich am liebsten in seine Arme gezogen und getröstet, so wie er sie vorhin auch nur widerstrebend hatte loslassen wollen.

Er räusperte sich. »Tee«, sagte er. »Tee wäre gut, denke ich.«

»Tee.« Annie nickte und stand auf. »Eine schöne Tasse Tee macht alles besser, ist es nicht so?«

Sie lief zur Küchenzeile, die ähnlich gebraucht wirkte wie das Sofa, von dem Jack nun ebenfalls aufstand, und er fragte sich, ob das die Wohnung war, die Annie nach der Scheidung von ihrem Mann bezogen hatte. Sie wirkte wie ein Provisorium, aus dem Annie St. James irgendwie herausgewachsen zu sein schien.

Jack ging zu den bodentiefen Fenstern und blickte hinaus. Ein Park war von hier aus zu sehen, ein schmaler Fluss davor, an dessen Uferböschung Jugendliche in der Sonne lagen und Kinder spielten. An einem Steg waren ein paar Boote festgetäut; sie waren flach, beinahe eben, und Jack schätzte, dass es sich um sogenannte Punting-Boote handelte, für die Cambridge berühmt war: Sie wurden mittels einer Stange manövriert, mit der sich der Steuermann vom Boden des Flusses abstieß, um den Kahn gemächlich anzuschieben, was in dieser Stadt vermutlich deshalb so gut funktionierte, weil das Wasser des River Cam kaum eine Regung zeigte.

»Das haben wir früher oft gemacht«, erklärte Annie, die sich neben Jack gestellt hatte und ihm eine Tasse reichte. »Milch, Zucker, beides?«

»Schwarz ist gut, danke.« Er blies sanft über die heiße Flüssigkeit, bevor er trank, und zu spät fiel ihm auf, dass er Annie währenddessen nicht aus den Augen gelassen hatte. Sie tauschten Blicke, über den Rand ihrer Teetassen, und etwas regte sich in Jack, in seinem Magen. Es fühlte sich an, als habe ein träger, angestaubter Drache zum ersten Mal nach hundertjährigem Schlaf wieder seine Flügel gespreizt.

Er sah zuerst weg. Ihm entging nicht der tiefe Luftzug, den Annie neben ihm einsog, bevor sie sagte: »Also, früher, da sind wir oft mit dem Punting-Boot über den Fluss geschaukelt. Mit Fug und Recht darf ich behaupten, dass es sich nach ein paar Pints Pimm's weniger gut fortbewegt.«

»Das klingt nach einer interessanten These«, sagte Jack. »Wollen Sie sie überprüfen?«

Er sah von den Booten zu Annie, in das hübsche Gesicht, dem man die vielen Tränen von vorhin so gut wie gar nicht mehr ansah. Sie lächelte. Und der alte Drache in Jacks Magen schlug den Schweif von einer Seite zur anderen.

»Ich würde die These sehr gern überprüfen.«

»Na, dann. Kommen Sie!«

Sie liefen die Chesterton Road nach Norden und bogen in den Park ein, den Annie als Jesus Green betitelte und den sie auf dem Weg in Cambridges Innenstadt einmal schräg durchkreuzten. Es war ein sonniger und angenehmer Septembernachmittag, sehr warm für britische Verhältnisse, und sie schwiegen, während sie über die von

Rosskastanien gesäumte Allee liefen, doch es war kein unangenehmes Schweigen. Beinah kam es Jack so vor, als habe sich Annie in der ersten halben Stunde ihres Treffens leer geredet, und Jack, er konnte Stille schon immer genießen. Hin und wieder lächelte er Annie zu, und Annie lächelte zurück; es war ein einvernehmlich harmonischer Spaziergang und seltsam vertraut, und Jack hätte nur zu gern Annies Hand genommen, doch selbstverständlich tat er es nicht.

Sie verließen den Park und bogen in die Bridge Street ein, passierten geduckte Fachwerkhäuser, urige Pubs und das John's College, wie Annie erklärte, bevor sie die Straße hinunterliefen, am Trinity College vorbei und auf die King's College Chapel zu, die als Wahrzeichen Cambridges galt. »Ich klinge nach wie vor wie eine Reiseführerin, oder?«, fragte Annie. »Offenbar kann ich nicht anders.« Ihr Lachen klang betörend. Hell und anrührend. Weit verlockender als die Aussicht, Annies Stimmung durch sein Geständnis erneut zu trüben, sie zurückzukatapultieren in den vermeintlich gleichen Schmerz, den sie vorhin bereits durchlebt hatte. Den Schmerz darüber, dass sie getäuscht worden war und betrogen.

Jack hatte nicht vergessen, was er zu tun hatte und weshalb er hergekommen war. Unaufhörlich nagte es an ihm.

»Es gibt keinen besseren Ort für einen Sonniger-Nachmittag-Pimm's als das Mills«, sagte Annie, als sie das Ziel ihres Spaziergangs erreicht hatten. Es war ein alter Pub, weißgetüncht, mit hohen Fenstern und rotem Schindeldach und unmittelbar am Fluss gelegen. Man hole sich sein Pint an der Bar, erklärte sie, dann ziehe man damit in den gegenüberliegenden Park, setze sich ins Gras oder lehne sich an die Mauer der Steinbrücke, um den Puntern und Fischen zuzusehen. Viele machten es so. Irrsinnig viele, wie Jack feststellte, sowohl der Pub als auch der Platz davor waren gerammelt voll mit Menschen.

»Das scheinen einige ähnlich zu sehen«, sagte er. »Dass das der beste Ort ist für den Sonniger-Nachmittag-Pimm's.«

»Oh, ja. Sie wollten doch nicht mit mir allein sein, oder?« Wieder lachte sie. »Warten Sie hier. Ich hole uns was zu trinken.«

»Nein, ich kann ...«

»Kommt nicht infrage! Suchen Sie sich einfach ein nettes Plätzchen auf der Brücke, ja?« Womit sie in der Menge verschwand, und Jack, der ihr nachsah, in der Masse an Gästen nicht einmal mehr ihren Hinterkopf entdecken konnte.

Der Pimm's war ... gewöhnungsbedürftig. Jack mochte Kräuterlikör generell nicht sonderlich, und dieses Gemisch mit Zitronenlimonade und Früchten machte für ihn das Geschmackserlebnis nicht erheblich besser.

»Herrlich, nicht?« Annie nahm einen großen Schluck und beobachtete ihn über den Rand des Pappbechers hinweg.

»Ähm, ja.« Er nippte. »Hm, hm.«

»Die Süße der Früchte und dann dieser bittere Kräutergeschmack. Wenn man England nicht schon für irgendetwas anderes liebt, dann für den Pimm's-Cocktail, habe ich recht?«

»Ja, absolut, ich ... Es schmeckt fantastisch, ehrlich.«

Zwei Sekunden noch blieb Annie ernst, dann brach sie in Gelächter aus. »Gott, Sie sind ein schlechter Lügner, so dermaßen schlecht.«

Jack musste ebenfalls lachen, ein bisschen verlegen, ein

bisschen ertappt. »Ich bin mehr der Typ für Bier, schätze ich.«

»Schätzen Sie? Nun, das Mills hat eine ausgezeichnete Auswahl an diversen Ales. Eins muss noch drin sein, bevor wir in See stechen.«

»Haben Sie jemals nüchtern auf so einem Boot gesessen?«

»Gestanden. Der Punter steht! Solange er kann. Und, um Ihre Frage zu beantworten: Nein. Niemals. Niemals nüchtern. Das liegt vor allem daran, dass Hoola der Mei...« Ein Schatten glitt über Annies Gesicht, als habe sich eine Wolke vor die Sonne geschoben. »Hoola war der Meinung, falls das Boot schon nicht schaukelt, sollten es wenigstens wir tun.«

»Auch das ist eine interessante These.«

»Na, dann«, erwiderte Annie trocken. »Cheers.«

Sie stießen an. Jack bemühte sich, den Rest des klebrigen Kräutercocktails hinunterzuwürgen. Annie dagegen verzog keine Miene. Sie stand da, beide Unterarme auf der brusthohen Mauer abgestützt, Drink in der Hand, und starrte aufs Wasser. Es war ihr anzusehen, wohin ihre Gedanken zurückgekehrt waren, und wieder hätte Jack sie am liebsten berührt, ihr einen Arm um die Schultern gelegt, doch auch das war natürlich unmöglich. Stattdessen fragte er: »Wissen Sie schon, wie es weitergehen wird mit Ihnen und Hoola und Ihrem Bruder?« Ihre Erzählung hatte damit geendet, dass Hoola erneut übel geworden war; was danach passierte, hatte sie ausgespart.

»Ehrlich gesagt, habe ich keine Ahnung, wie es weitergehen wird. Wirklich nicht.«

»Ich bin mir sicher, es wird sich alles klären. Freundschaften, die so lange halten, halten auch einiges aus.« Er dachte an Sean. Er kannte ihn zwar nicht schon, seit sie Kinder waren, aber er würde ihm dennoch mehr verzeihen als vielen anderen, da war er sich sicher.

Annie seufzte. Dann drehte sie sich zu Jack und lehnte sich mit dem Rücken an die Steine. »Wissen Sie, was das Schlimmste ist, Jack?«

»Was ist das Schlimmste, Annie?« Er hatte es sehr ernst gesagt und ihr dennoch, oder gerade deswegen, ein winziges Lächeln entlockt.

»Das Schlimmste ist, dass ich nicht mal sauer sein kann auf Hoola. Sie hat mich angelogen, mir etwas vorgemacht, und das offensichtlich jahrelang. Sie, und mein Bruder übrigens auch. Aber Ben ist Ben, und ich liebe ihn, doch es war nicht so, dass wir nachts von Kinderbett zu Kinderbett Geheimnisse ausgetauscht hätten, wenn Sie verstehen, was ich meine. Mein Bruder und ich, wir mögen uns, aber wir erzählen uns keine intimen Details aus unserem Leben. Gott, er hat meinen Ex-Mann gehasst! Intime Details über Finley und mich hätten ihm sicher ...« Annie räusperte sich, und diesmal war es Jack, der sich ein Lächeln verkniff. »Nun, egal. Hoola ... Hoola dagegen ist meine beste Freundin seit dem Kindergarten. Wir haben uns alles erzählt, alles – das dachte ich zumindest. Und ich dachte, ich kenne sie. Hoola, meine schöne, bunte, wilde, vogelfreie Freundin, die mich mitzieht, immer für mich da ist, die ... ich weiß nicht. Einfach alles für mich ist. Und dann hat sie mich jahrelang belogen, und, noch schlimmer, sich selbst hat sie auch belogen. Ich bin davon ausgegangen, sie möchte sich nicht binden, sie pfeift auf Familie, auf Kinder und ...« Annies Hand wirbelte durch die Luft. »Dabei wollte sie lediglich nicht mit jemand anderem sesshaft werden, nur mit Ben. Jack, sie liebt meinen Bruder, schon immer.«

Annie musterte Jack so intensiv, als stünde in seinem Gesicht die Antwort auf eine unausgesprochene Frage geschrieben, und er erwiderte ihren Blick. Um sie herum lachten und tranken Dutzende von Menschen, doch wenn Annie Jack so ansah, dann war es, als hielte die Welt den Atem an. Oder auch nur er. Zumindest er.

»Mein Bruder ist aber niemand, den man lieben sollte«, sagte Annie traurig. »*Er* ist der Freigeist, der sich keinesfalls binden möchte, der Skipper, der nicht nur sprichwörtlich in jedem Hafen eine andere hat. Und Hoola ist schwanger. Und sie liebt ihn. Und sie ist zu ihm gefahren, um ihm zu sagen, dass sie tatsächlich schwanger ist, in der Hoffnung, dass die Aussicht darauf, Vater zu werden, Ben in irgendeiner Weise erden könnte, aber … das tut es nicht.«

»Nein?« Jacks Stimme klang rau. Annies Augen hatten sich wieder mit Tränen gefüllt, und diesmal hielt er sich nicht zurück, diesmal streckte er die Hand aus und strich damit sachte über Annies Wange. Deren Augen weiteten sich, eine winzige Nuance nur. Dann schluckte sie sichtbar, und Jacks Herz begann, lauter zu schlagen, tiefer.

»Und deshalb kann ich Hoola nicht böse sein«, wisperte Annie schließlich. »Weil sie todunglücklich ist und weil sie mich braucht. Sie braucht mich mehr denn je. Jetzt.«

»Sie sind eine sehr gute Freundin, Annie.«

»Wollen wir Du sagen, Jack?«

36

Gedanken über Jack

Dieses Treffen mit Jack – es war das Beste, das Annie sich hatte vorstellen können. Er hatte ihr zugehört, mehr als eine Stunde lang auf ihrem alten, abgewetzten Sofa, hatte sie bestärkt und doch keinerlei Partei ergriffen, nicht verurteilt, weder sie noch Ben oder Hoola. Jack war wie Buddha, dachte Annie. Er war wie ein Fels, an den in stürmischer See die Gischt peitschte, an dem sich Wellen brachen, aufgewühlt und mächtig, und der doch unbewegt an seinem ihm zugedachten Platz blieb, unbewegt und sicher. Annie fühlte sich verstanden, obwohl Jack kaum etwas sagte, sie fühlte sich geborgen, obwohl sie noch so gut wie gar nichts über den Mann wusste. Und doch, als sie vorm alten Mills neben Jack Edwards auf der Brücke über dem Fluss lehnte, war das auf einmal genug. Genug, um sich zu wünschen, der Tag würde nicht so schnell enden; genug, um sich zu fragen, wie es sich anfühlte, wenn dieser Mann die Arme um sie schloss und sie hielt, ruhig und fest, während über ihnen der Himmel leuchtete und unter ihnen das Wasser blitzte.

»Also – noch ein Pint von etwas, wovon du keine Zahnschmerzen bekommst?«, fragte sie, nachdem sie ihren Pimm's-Cocktail geleert hatten.

»War das so offensichtlich?«

»Werbung solltest du nicht dafür machen.«

Jack schmunzelte. Annie wusste nicht, ob es an dem herrlichen Sonnenschein lag oder daran, dass sie mittlerweile Sympathien für ihn hegte, doch er kam ihr weniger düster vor als bei den Begegnungen davor, ein bisschen weniger in sich gekehrt, obwohl er sich nach wie vor hinter seinem Vollbart versteckte.

»Hattest du jemals keinen Bart?«, fragte sie unvermittelt.

»Ich, ähm ...« Er strich darüber, als würde er überprüfen wollen, ob besagter Bart noch an Ort und Stelle war. »Ehrlich gesagt habe ich ihn noch gar nicht so lange. Ein halbes Jahr etwa.«

»Oh.« Annie nickte. »Gut, also – Bier.«

»Ich hole es.«

Jack war längst auf dem Rückweg von der Bar zu ihrem Platz an der Brücke, als Annie noch immer überlegte, wie er sich wohl anfühlte, dieser Bart, unter ihren Fingerspitzen.

»Okay, also, du bleibst ruhig sitzen, ja? Und ich schippere dich durch die Fluten.«

»Sollte nicht vielleicht doch lieber ich das machen?«

»Was? Weil du ein Mann bist?«

»Nein. Weil ich ... Ich weiß nicht ... nicht möchte, dass du in den Fluss fällst, schätze ich.«

Annie stach mit dem Stecken ins Wasser, bis die Spitze den Grund berührte, dann drückte sie sich mit Kraft dagegen, um das Boot nach vorn zu schieben. Es glitt durch den Fluss, ohne die Oberfläche zu stören, sanft wie ein Pinselstrich. Dennoch griff Jack nach rechts und links, um sich am Rand des Kahns festzuhalten.

Annie grinste. »Du hast doch keine Angst, oder?«

»Natürlich nicht.« Jack lächelte. Und Annie dachte, dass er das nicht oft tat: scherzen, über sich selbst lachen, geschweige denn zynisch sein. Sie wollte nicht wieder damit anfangen, doch nur anhand seiner Eintragungen hätte sie Jack für einen sarkastischen Menschen gehalten; selbstbewusst, sogar ein wenig selbstgefällig, und manchmal eben auch zynisch. Doch offenbar war es so, dass man niemanden danach beurteilen konnte, was er aufgeschrieben hatte oder wie. Das erkannte Annie hier und jetzt, mitten auf dem River Cam, während sie in die leicht panischen Augen von Jack Edwards blickte, der sich bemühte, seine Furcht hinter einem leisen Lächeln zu verbergen. Ein leises Lächeln, dachte Annie. Zu niemand anderem hatte der Ausdruck je so gut gepasst wie zu Jack. Er lächelte leise, und dann versteckte er dieses Lächeln hinter seinem Bart, und Annie fühlte sich mehr und mehr angezogen von der scheuen Zurückhaltung dieses in sich gekehrten Mannes.

Das, oder sie hatte zu viel getrunken. Pimm's vertrug sich offenbar nur halb so gut mit Bier, wie sie angenommen hatte.

»Vorsicht! Pass auf, Annie!«

Sie war so sehr in ihre Gedanken versunken gewesen, dass sie sich beinahe nicht vor der niedrigen Brücke geduckt hätte, unter der sie gerade hindurchfuhren. Im letzten Augenblick zog Annie den Kopf ein. Später dann bremste sie das Boot ein wenig ab, sodass sie sich kaum mehr fortbewegten, und deutete mit der freien Hand nach rechts.

»Sieh mal!« Die Rückseite der King's College Chapel lag vor ihnen, dazu der Garten der Universität. Es war ein Anblick, den man von Postkarten kannte, den Annie bereits Hunderte Male gesehen hatte und der ihr dennoch jedes Mal den Atem raubte. Wie die sandfarbene Mauer sich in den Himmel erhob. Wie die Geschichte der Gegenwart trotzte, unveränderlich, in Stein gemeißelt. Auf ewig.

»Das ist fantastisch«, sagte Jack.

»Ja, das ist es.« Sie räusperte sich, während sie das Boot sachte fortbewegte, um dann in ihrem besten Fremdenführerinnen-Jargon vom Bau der Kirche zu erzählen, von der Grundsteinlegung über gotische Architektur hin zum größten Fächergewölbe der Welt. »Du musst sie unbedingt von innen ansehen«, schloss sie, als sie längst den Collegegrund passiert hatten und auf die Seufzer-Brücke zusteuerten. »Wenn du das nächste Mal kommst, machen wir eine Tour an Land.«

Sie entschieden sich für ein Pub mit dem passenden Namen The Punter und lachten darüber. Es war der perfekte Nachmittag und der perfekte Abend und die perfekte Begleitung. Jack bestellte gegrillten Fisch mit Risotto, und Annie erfuhr, dass er normalerweise in der Kneipe seines Freundes Sean zu Abend aß, weil es ihn anstrengte, für sich allein zu kochen, und er es auch nicht sonderlich gut konnte. Es war eines der wenigen Details über sich, die Jack bisher mit Annie geteilt hatte, das fiel ihr in dem Augenblick auf, als er es aussprach. Sie hatte den ganzen Nachmittag geredet: erst über Hoola und Ben, dann über Cambridge, später über ihre Studentinnenzeit. Sie hatte ihm nicht gesagt, dass sie schon damals in dem Appartement in der Chesterton Road gewohnt hatte, dass sie es liebte, doch jetzt wie einen Rückschritt empfand, dass sie das Gefühl hatte, nach wie vor nicht über ihren Ex-Mann hinweg zu sein. Doch sie hatte ihm ein bisschen von ihrem Leben offenbart und Jack im Gegenzug kaum zu Wort kommen lassen. Das wollte sie nun schleunigst ändern. Am Ende dachte er noch, sie wäre nicht an ihm interessiert, und das stimmte nicht. Es war absolut nicht wahr. Sie war interessiert an Jack Edwards. Das wurde Annie von Minute zu Minute klarer.

Sie öffnete schon den Mund, um Jack eine Frage zu stellen, als dieser sich räusperte. »Nur wenn meine Tochter bei mir ist, gehe ich nicht in den Pub.« Er sah sie an. »Sie ist fünf und nicht besonders anspruchsvoll. Nudeln mit Tomatensauce und Tiefkühlgemüse, das bekomme ich hin.«

Annie legte die Gabel beiseite. Jack hatte eine Tochter, und er sah sie an, als habe er ihr diese Tatsache unbedingt mitteilen wollen und wartete nun gespannt auf ihre Antwort. »Wie heißt sie?«

»Lori. Eigentlich Lorraine, aber niemand nennt sie so. Nicht einmal meine Ex-Frau. Sie ist Französin.«

»Oh«, sagte Annie. *»Là, là.«* Sie biss sich auf die Unterlippe, während sich Jacks Mund zu einem schiefen Lächeln verzog. »Ich weiß nicht, warum ich das gesagt habe, tut mir leid.« Sie musste dennoch grinsen.

»Das ist völlig in Ordnung«, sagte Jack. »*Oh, là, là* trifft es. Das ist doch ein Ausdruck des Erstaunens, oder? Sie hat mich schon sehr oft in Staunen versetzt, wofür auch immer es gut war.«

»Und Lori lebt bei ihr?«

»Bisher haben wir uns abgewechselt, wochenweise. Wir teilen uns das Sorgerecht.«

»Das ist schön. Für deine Tochter, oder? So hat sie von beiden Elternteilen etwas.«

Jack nickte. Er schnitt ein Stück seines Seeteufels ab, schob es sich in den Mund, kaute. Dann blickte er wieder zu Annie, und als wäre dies der Moment der großen Einsichten, fiel ihr mit einem Mal auf, wie lang seine Wimpern waren, lang und schwarz. Der vollkommene Rahmen für diese warmherzigen braunen Augen. Sie fragte sich, was in dieser Ehe schiefgelaufen war, weshalb die Französin ihn verlassen hatte. Der erste Gedanke war: Womöglich stimmt etwas nicht mit ihm, womöglich ist er nur halb so nett, wie du denkst, oder schlimmer, doppelt so liebenswert und an der Grenze zu langweilig. Sie musste diese niederträchtigen Gedanken mit einem üppigen Schluck ihres Weins fortspülen. Was, wenn er ähnlich über ihre Scheidung dachte wie sie eben über seine? Dass sie schuld daran war, dass Finley sich einer anderen zugewandt hatte? Dass sie nicht ausreichte, nicht gut genug war, zu wenig hübsch, zu wenig liebenswert? Bis sie die Gedanken zu Ende gedacht hatte, legte Jack sein Besteck ebenfalls beiseite und fuhr sich mit einer Hand durch die Haare.

»Es ist nur ... inzwischen ist alles anders. Seit dem vergangenen Wochenende, um ehrlich zu sein. Lori ist mit ihrer Mutter nach Bath gezogen. Rachels neuer Partner lebt dort, er hat ein großes Haus, die beiden ... sie leben jetzt bei ihm.«

»Oh.«

»Gestern wurde Lori eingeschult. In Bath.«

»Ich verstehe.«

Wieder nickte Jack. Dann griff er nach dem Wasser, auf das er umgestiegen war, weil er noch mit dem Auto nach London zurückmusste. Annie konnte sich nicht helfen, der Gedanke schoss einfach so durch ihren Kopf: Was, dachte sie, wenn Jack nicht nach London zurückfahren und stattdessen hierbleiben würde? Bei ihr, in Cambridge?

Sie räusperte sich. »Habt ihr schon eine Regelung gefunden? Wann du deine Tochter sehen kannst, meine ich?«

»Am wahrscheinlichsten sind wohl die Wochenenden und die Ferien. Aber natürlich nicht jedes Wochenende und nicht die ganzen Ferien. Wir haben noch keine konkreten Pläne gemacht.«

»Es tut mir leid, Jack.«

Jack musterte sie einige Sekunden lang, bevor er antwortete. »Das muss es nicht. Manche Dinge im Leben passieren einfach, und dann bleibt einem nichts anderes übrig, als sie hinnehmen.«

»Ja, das ist wahr. Dinge verändern sich. Man weiß oft nicht gleich, wofür es gut ist.«

»Nein, das weiß man nicht.«

Drei, vier Sekunden lang sahen die beiden einander an, und Annie fragte sich, worüber sie eigentlich sprachen, ob es noch um Lori ging oder Jack oder um sie, und dann nahmen sie gleichzeitig ihr Besteck wieder auf und aßen schweigend weiter. Jack wirkte erschöpft mit einem Mal, müde und irgendwie resigniert, so als fehlte ihm die Kraft, noch mehr zu dem Thema zu sagen, oder aber auch, um seine Tochter zu kämpfen. Hatte er deshalb in seinen Aufzeichnungen kein Wort über sie verloren? Kein Wort darüber, dass er ein Kind hatte, eines liebte? Weil ihm der drohende Verlust zu schaffen machte?

»Wir haben keine Kinder«, platzte Annie heraus, und Jack blickte auf. »Finley und ich. Wir ... Es war nie Thema. Zumindest nicht für ihn.«

»Bei uns war es auch nie Thema. Bis Rachel schwanger wurde.« Jack zögerte eine Sekunde. »War es denn ein Thema für dich?«

Annie schwieg. Ein Kloß hatte sich in ihrem Hals geformt, zu groß, um eine Antwort daran vorbeizuschleusen. »Das war es«, flüsterte sie schließlich.

Still sah Jack sie an. Wenn sie nicht aufpasste, würde sie in diesem Blick ertrinken, und das bei ihrem allerersten Date.

Sie mochte Jack Edwards, das spürte sie deutlich und immer deutlicher, je weiter der Abend voranschritt. Sie mochte ihn, und sie mochte das Gefühl, das er in ihr hervorrief. Als wäre sie genug. Genug, so wie sie war.

37

Was wäre, wenn?

Jack konnte sich nicht daran erinnern, wann er sich zuletzt in der Gegenwart eines anderen Menschen so wohl gefühlt hatte. Das hieß, in der Gegenwart einer Frau, um präzise zu sein, und es wollte ihm partout nicht einfallen. Sie hatten noch ein Dessert bestellt und waren anschließend im dämmrigen Abendlicht zurück zu Annies Wohnung spaziert. Manchmal streifte ihr Arm den seinen, und manchmal lächelte Annie zu ihm hoch, und es wirkte, als wollte sie etwas sagen, doch dann überlegte sie es sich offenbar anders und schwieg.

Jack Edwards wusste nichts darüber, wie man mit einer Frau flirtete. Er hatte keine Ahnung, wie man es anstellte, jemanden abzuschleppen, für eine Nacht oder viele, geschweige denn, wie man um jemanden warb. Er war achtunddreißig Jahre alt und ein vollkommener Idiot in dieser Hinsicht. Natürlich hatte er vor Rachel Freundinnen gehabt, doch er konnte sich nicht daran erinnern, sich jemals Mühe gegeben zu haben, er war einfach immer zu sehr mit anderen Dingen beschäftigt gewesen. Seine Familie, bestehend aus seiner Mutter, seinem Bruder und ihm, war immer das Unverrückbare in seinem Leben gewesen, alles andere waren Nebensächlichkeiten, die sich darum wanden wie Tape um einen Tennisschläger – vergänglich. Austauschbar. Am Ende meistens nicht mehr schön.

Aus dem Augenwinkel warf er Annie einen Blick zu. Sie war bezaubernd, mehr als das – sie war warm und gütig und witzig und mitfühlend, sie war … immer noch ahnungslos, was ihn betraf. Er würde nach Hause fahren, so schnell es ging. Würde den Tag, an dem sie ihm erzählt hatte, dass sie schon einmal betrogen worden war, von ihrer besten Freundin und ihrem Bruder, verstreichen lassen, was *seine* Beichte betraf. Ihre Geschichte reichte für heute, befand er, da musste er nicht noch in dieselbe Kerbe schlagen. Und wenn er sie das nächste Mal sah, dann würde er ihr die Wahrheit sagen, es sollte das Erste sein, was er bei ihrem nächsten Treffen tun würde.

»Nun, also …« Annie war stehen geblieben und deutete unschlüssig auf den Eingang des Hauses, in dem sie wohnte. Jack hatte gar nicht gemerkt, wie nahe sie Annies Wohnung bereits gekommen waren, und nun standen sie auf einmal davor.

»Ähm … Möchtest du noch mit raufkommen?«

»Oh.« Verblüfft starrte er Annie an. Verblüfft und panisch, beinah. »Nein. Nein, tut mir leid, ich muss zurück nach London. Ich, äh … Meine Mutter … Ich hab ihr versprochen, dass ich heute noch bei ihr vorbeischaue.«

»Ah.« Annie nickte. »Okay.«

Jack zog eine Grimasse. Es war schon beinah acht Uhr, sicher hatte Annie seine Lüge durchschaut. Der Ausdruck auf ihrem Gesicht bereitete ihm nahezu körperliche Schmerzen; die Enttäuschung darin und das Aufblitzen einer Erkenntnis, die Jack lieber nicht hinterfragen wollte.

»Ich würde wirklich gern bleiben«, beeilte er sich deshalb zu sagen. »Nur passt es leider nicht.« *Nicht, bevor ich dir gesagt habe, dass das Buch von Leo ist, dachte er. Nicht, bevor es hier um mich geht, nicht um ihn.*

Annie versuchte sich an einem Lächeln, das nicht wirklich ihre Augen erreichte. Sie öffnete den Mund, um etwas zu erwidern, doch noch in der Bewegung gefroren ihre Lippen zu einem erstaunten, lautlosen O.

»Annie?«

Annie starrte auf die Frau, die in federnden Schritten auf sie zugelaufen kam und ihren Namen rief. Sie trug Stirnband und Jogging-Leggins, ein weißes Sportshirt und pinkfarbene Sneaker. Offensichtlich befand sie sich auf einer Laufrunde, und auch als sie vor Jack und Annie stehen blieb, trabte sie noch auf der Stelle, mit wippendem Pferdeschwanz, leicht außer Atem.

»Cassandra«, sagte Annie. Womöglich war es Einbildung, doch Jack kam es so vor, als sei Annie mit Erscheinen der Frau um einige Töne blasser geworden. Sie nickte ihr zu. Jack vergrub die Hände in den Taschen seiner Jeans, unschlüssig, ob er grüßen, sich vorstellen oder überhaupt etwas sagen sollte. Es schien Annie nicht zu gefallen, dass die junge Frau aufgetaucht war. Also nickte Jack nur, während ihn die Fremde neugierig musterte.

»Was machst du hier in der Gegend?« Annies Stimme klang ungewohnt kühl.

»Oh.« Cassandra schob sich den Pony aus der Stirn, und mit einem Mal fiel Jack auf, dass sich die beiden ähnlich sahen; die Haarfarbe, die Locken, die Form des Gesichts. Womöglich Annies Schwester, dachte er, doch noch in derselben Sekunde wurde er eines Besseren belehrt.

»Finley hält heute Abend ein Seminar, deshalb bin ich die große Runde gejoggt. Und als es im Park zu dunkel wurde, dachte ich, ich laufe lieber hier entlang.« Nach wie vor warf sie Jack neugierige Blicke zu. Bis Annie schließlich seufzte und wenig enthusiastisch erklärte: »Cassandra, das ist Jack; Jack, das ist Cassandra – die neue Frau meines Ex-Mannes.«

Cassandra schien den beißenden Sarkasmus, mit dem Annie ihre Worte betonte, nicht zu bemerken, oder sie war selbstbewusst genug, einfach darüber hinwegzugehen. Stattdessen strahlte sie Jack an. »Hi! Wie schön, Sie kennenzulernen, *Jack*. Ich gebe Ihnen lieber nicht die Hand, ist bin ganz verschwitzt.«

»Ganz meinerseits«, erwiderte Jack.

»Ja, ganz toll«, sagte Annie. »Okay, war nett, dich wieder mal zu sehen. Bye, Cassandra.« Sie griff nach Jacks Arm und zog ihn in Richtung Eingangstür.

»Annie! Warte!« In zwei Schritten hatte Cassandra sie eingeholt, sie lief immer noch auf der Stelle. »Ich finde es super, dich zu treffen, weil ich mich doch sowieso noch bei dir entschuldigen wollte. Du weißt schon – weil ich dachte, das mit den Anrufen seist du gewesen.« Sie zuckte mit den Schultern. Annies Augen wurden ein bisschen schmaler. »Hoffentlich nimmst du es Finley nicht übel, dass er dich darauf angesprochen hat. Er war sehr in Sorge.«

»Schon vergessen.« Annie knurrte beinah. Cassandra schien auch das nicht zu bemerken.

»Gut, also, inzwischen ist übrigens alles wieder in Ordnung. Ricardo – mein Kollege, ich weiß nicht, ob Finley dir das erzählt hat … Also, er hat sich Hoffnungen gemacht, warum auch immer. Inzwischen haben wir eine einstweilige Verfügung gegen ihn erwirkt.« Mit dem Handrücken wischte sie sich über die Wangen, und Annie sagte: »Großartig.«

Jack presste die Lippen fest aufeinander.

»Gut. Ich schätze, das war's. War nett, dich zu sehen, Annie. Wirklich. Ich grüße Finley von dir, in Ordnung?«

Darauf erwiderte Annie nichts mehr. Sie stand einfach nur da und sah Cassandra hinterher, wie sie leichtfüßig auf ihren pinkfarbenen Sneakersohlen davonhüpfte.

»Nun, das war ...« Jack hob die Brauen.

»Die Neue«, vervollständigte Annie.

»Tut mir sehr leid.«

»Was genau?«

Nachdenklich sah Jack in die Richtung, in die Cassandra verschwunden war. »Ich weiß nicht. Sie scheint ziemlich gedankenlos zu sein. Und ich nehme mal an, das kann wehtun, von Zeit zu Zeit. Also, anderen.«

Annie seufzte. »Sie ist nicht übel. Ein kleines bisschen dumm vielleicht. Und sie kann nichts dafür, dass Finley mich verlassen hat. Das war seine Entscheidung.«

»Auch das tut mir leid.«

»Danke.«

Auf einmal wirkte Annie kraftlos. So, als habe die Begegnung mit der neuen Frau ihres Ex-Mannes und die Erinnerung an die Scheidung alles in eine andere Perspektive gerückt. Annie, den Abend, ihn, alles. Sie schwiegen für eine Weile, und diese Stille empfand Jack plötzlich als unangenehm. Unentschlossen und unsicher standen sie vor dem schmalen Haus mit den sandfarbenen Backsteinen und den hohen Fenstern, und dann begannen sie gleichzeitig zu sprechen.

»Ich weiß nicht genau ...«

»Ich werde dann mal ...«

»Ja.«

»Okay.«

»Es war ein schöner Tag.«

»Ja, das war er. Vielen Dank, dass ich herkommen durfte. Cambridge ist wirklich wunderschön.«

»Es hat mich sehr gefreut, dass du den langen Weg auf dich genommen hast.«

»Mich auch.«

»Okay.«

Jack trat einen Schritt zurück, Annie stieg eine der Stufen zum Eingang nach oben. Es war schon beinah dunkel, und doch war er sich sicher, dass Annies Blick zu seinem Mund gewandert war, allen seltsamen Gefühlen zum Trotz, und trotz allem hätte auch er sie nur zu gern geküsst, *nur zu gern*.

»Gute Nacht, Annie.«

»Gute Nacht, Jack.«

38

Zwischen den Zeilen

HOOLA

Hi, Annie. Du bist vermutlich gerade bei deinem Date mit Jack. Ich wollte nur sagen, ich denke an dich. Ich hoffe, du hast einen schönen Abend und er entpuppt sich als das, was du dir wünschst.

HOOLA

Ah, was für ein blöder Text, entschuldige bitte. Hab einfach einen schönen Abend. Ich bin nicht sicher, ob du nach gestern noch von mir hören möchtest, aber ich bin dir wirklich dankbar, dass du nur meine Nachrichten ignorierst und mir nicht den Kopf abgerissen hast. Falls du sie trotzdem liest: Es tut mir so unglaublich leid, Annie. So wahnsinnig, unaussprechlich leid. Ich hätte dir erzählen müssen, dass ich in Ben verliebt bin, schon vor Jahren, das weiß ich. Aber ich hatte den Anfang verpasst, und dann wurde es immer schwieriger und immer mehr, was ich dir hätte beichten müssen, und ich konnte mich einfach nie überwinden. Es tut mir leid. Wie gesagt. Ich wiederhole mich. Ich hoffe, du kannst mir irgendwann verzeihen. Bitte.

»Annie?«

»Ich ignoriere dich und deine Nachrichten nicht, ich habe nur etwas Zeit gebraucht.«

»Klar. Natürlich. So viel Zeit, wie du möchtest. Aber am Ende … Ich weiß nicht. Denkst du, am Ende könntest du mir verzeihen?«

»Hoola …« Annie biss sich auf die Lippen. Sie hatte ihre Freundin angerufen, und schon eine Sekunde später war sie nicht mehr sicher, ob sie wirklich mit ihr sprechen wollte. Ihr war klar, sie musste jetzt für Hoola da sein, wer sollte es sonst sein, wenn ihr Bruder sich benahm wie ein Idiot und ihre beste Freundin unglücklich war, allerdings fragte sich Annie gerade wirklich, wie sie das bewerkstelligen sollte. Sie fühlte sich hintergangen, selbst wenn sie kein Recht dazu hatte. Aber hatte sie vielleicht das Recht, erst einmal ein paar Minuten lang darüber hinwegzukommen, was geschehen war?

»Weißt du, was mich wirklich interessieren würde?«, fragte sie schließlich, und ihre Stimme klang ruhig dabei, wenngleich nicht sonderlich weich. »Wieso die Schauspielerei? Wieso die ganzen ›Dein Bruder ist hier? Ich hatte noch nie etwas mit einem Langhaarigen. Darf ich mitkommen?‹ Wieso diese Spielchen?«

Einige Sekunden lang herrschte Schweigen. Dann: »Ich … Keine Ahnung. Ich dachte, wenn ich mein Verhältnis zu Ben als gar keines darstelle … Ich weiß es doch auch nicht, Annie! Ich wollte es dir erzählen, und auf der anderen Seite wollte ich nicht, dass du erfährst, dass ich dir so etwas Wichtiges verschwiegen habe. Und dann … Womöglich wollte ich auch nicht als diejenige dastehen, die ihr Leben lang einem Typen nachweint, der sie niemals haben wollte.«

»Ah, im Gegensatz zu Annie, die jahrelang einem Typen nachweint, der sogar eine andere heiratet.«

»Es tut mir leid.«

»Sag das noch einmal, und ich lege auf.«

»Sorry.«

»Hoola!«

»Wie war dein Abend mit Jack? Annie?«

»Es war schön. Wir waren im Mills, dann punten. Dann noch essen.«

»Und dann?«

»Dann ist er zurück nach London gefahren. Und ... Wir haben Cassandra getroffen. Sie ist an meinem Haus vorbeigejoggt.«

»Gott, nein, wieso das denn? Hat Finley sie auf dich angesetzt? Lässt er jetzt seine Ex-Frau von seiner neuen Frau ausspionieren? Der ist so krank, ich glaube, ich muss schreien. Hilfe!«

»Schön zu hören, dass deine Wut auf die Liebe meines Lebens ungebrochen ist.«

Pause. Dann: »Was wollte Cassandra?«

»Nicht wichtig. Hoola ... Ich glaube, ich brauche noch ein bisschen mehr Zeit. Okay?«

»Ach, Annie. Okay.«

»Ich weiß nicht, ich habe das Gefühl, ich kenne dich gar nicht mehr. Als wäre mir irgendetwas Wichtiges entgangen, und all das, was ich über dich dachte, ist dabei in Schieflage geraten.«

»Ich bin haargenau dieselbe, die ich immer war. Bloß unglücklich verliebt und schwanger.«

Annie schwieg.

»Okay, du hast recht. Es tut ...«

»Gerade kommt eine Nachricht rein. Bis bald, Hoola. Ich melde mich, okay?«

»Versprochen? Annie?«

FINLEY

Annie. Cassandra hat mir erzählt, dass ihr euch zufällig getroffen habt. Ich bin froh, dass sie sich bei dir entschuldigen konnte und diese dumme Sache damit endgültig aus der Welt ist.

FINLEY

Cassandra sagt, du seist nicht allein gewesen. War das jemand, den ich kenne?

39

Wäre das genug?

Es war schon beinah zehn, als Jack London erreichte, und dennoch beschloss er, den vorgeschobenen Besuch bei seiner Mutter wahr werden zu lassen – eine Lüge weniger, mit der er leben musste. Er parkte den Wagen vor seinem Haus und nahm ein Taxi ins nicht weit entfernte Kensington, wo seine Mutter lebte, nach wie vor in dem Wohnblock, in dem sein Bruder und er aufgewachsen waren. Das Haus war inzwischen in die Jahre gekommen, die grauen Mauern rissig, die Farbe an manchen Stellen abgeblättert, und doch steckten so viele Erinnerungen zwischen diesen Wänden, dass Katherine Edwards sich weigerte, woanders hinzuziehen.

Jack hatte überlegt, ihr vorzuschlagen, bei ihm zu wohnen. Schon bevor Leo gestorben war, und jetzt noch mehr. Er hatte es bisher nicht getan und wusste selbst nicht so recht, weshalb. Vielleicht, weil Rachels Vorwürfe doch mehr auf sein Unterbewusstsein eingewirkt hatten, als ihm lieb war. Vielleicht, weil er die Stille genoss und den Raum, den er jetzt für sich hatte. Allein der Gedanke befeuerte das schlechte Gewissen, das sich heiß und lodernd in ihm ausbreitete, immer dann, wenn er daran dachte, was seine Mutter bereits durchgemacht hatte und wie sehr es an ihm war, dafür zu sorgen, dass sie nicht noch mehr verlor, dass es ihr gut ging, den Rest ihres Lebens.

Er musste an Lori denken. Noch so eine Baustelle, die er bislang nicht betreten hatte, so wie Leos Zimmer oder die Erklärung, die er Annie schuldete.

Er rief seine Mutter vom Taxi aus an, um sie vorzuwarnen, dann schloss er mit seinem Schlüssel Haus- und Wohnungstür auf. Der Geruch, der ihm entgegenschlug, war so vertraut, er schmerzte. Jacks Kindheit war weit entfernt gewesen von Geborgenheit oder Sicherheit, und der typische Duft der elterlichen Wohnung löste Unruhe in Jack aus, Unruhe und kein sonderlich angenehmes Gefühl.

»Mum?«

»Im Wohnzimmer.«

Er ließ den Schlüsselbund zurück in die Hosentasche gleiten und ging den engen Gang entlang, passierte die Tür zur Küche, die nicht mehr als eine Zeile war, dann die zu dem Zimmer, das er sich früher mit Leo geteilt hatte und das jetzt als Schlafzimmer seiner Mutter diente. Früher hatte sie auf einer Klappcouch im Wohnzimmer geschlafen, ziemlich genau an der Stelle, an der jetzt das neue Sofa stand, auf das Jack vor einigen Jahren bestanden hatte. Wieso Menschen auch an den schlechten Erinnerungen hingen, war ihm ein Rätsel. Das konnte nicht gesund sein, oder?

»Was für eine schöne Überraschung, aber auch eine späte. Ist alles in Ordnung?«

»Alles bestens.« Jack drückte seiner Mutter einen Kuss auf die Wange und setzte sich auf die gegenüberliegende Seite des Ecksofas. »Wie geht es dir, Mum?«

»Bist du extra hergekommen, um mich das zu fragen? Das hättest du auch telefonisch haben können. Mir geht es gut, mein sorgenvoller Sohn, herzlichen Dank.« Sie lächelte ihn an, bevor sie den Fernseher ausschaltete und aufstand. »Hast du Hunger?«

»Nein, danke, ich hab gegessen.«

»Bier? Wein?«

»Ein Bier, wenn du hast.«

Katherine ging in die Küche, und Jack ließ sich nach hinten in die Kissen sinken. Er fühlte sich seltsam. Seit langer Zeit mal wieder so, als wollte er sich jemandem mitteilen, als könnte er nur dann seine Gedanken ordnen, wenn er die Worte laut aussprach. War er deshalb hier? Weil er seiner Mutter von Annie erzählen wollte? Als sie sich wieder zu ihm setzte, sein Bier und ein Glas Weißwein in der Hand, füllte Schweigen den Raum, vertraut und nicht unangenehm, doch an diesem Donnerstagabend für Jack nicht genug.

Er räusperte sich. Dann nickte er in Richtung Fernseher. »Was hast du dir angesehen?«

»Oh, nur eine Wiederholung von *Grantchester*. Nichts Weltbewegendes.«

Grantchester. Er kannte die Serie. Sie spielte in einem Ort in der Nähe von Cambridge und wurde dort auch gedreht. Jack seufzte. Wenn das kein Zeichen war, hatte er nie eins gesehen.

»Mum?«

»Ja?«

»Darf ich dich was fragen?«

»Sicher.«

»Nach Dads Tod – hast du je daran gedacht, wieder zu heiraten?«

Eine ganze Weile lang schwieg Katherine Edwards, sie musterte ihren Sohn, und zu spät bemerkte Jack, dass die

Frage womöglich mehr über ihn verriet, als die Antwort über seine Mutter preisgeben würde. Er war nicht der Typ, der solche Gespräche anzettelte. Er war überhaupt nicht der Mensch für Gespräche dieser Art, schon gar nicht mit seiner Mutter. Als sie schließlich antwortete, ließ sie sich ihre etwaige Verwunderung jedoch nicht anmerken.

»Wen hätte ich heiraten sollen, Jack?«, fragte sie.

»Hast du, ich weiß nicht ... in all der Zeit nicht mal versucht, jemanden kennenzulernen?«

»Ich war alleinerziehend, mit zwei Söhnen. Ich musste arbeiten und euch versorgen. Da blieb nicht gerade viel Zeit, um Männer kennenzulernen.«

Jack schwieg für einen Moment. Was seine Erinnerung an die Zeit nach dem Tod seines Vaters hervorbrachte, war nicht die Mutter, die sich um ihre Söhne kümmerte, sondern eine Frau, die sich gerade so aufrecht hielt, und zwei Kinder, die versuchten, sie so gut es ging dabei zu unterstützen. Oder anderthalb, wenn man bedachte, dass Leo erst noch zu klein und später wenig anwesend war, zu beschäftigt damit wegzulaufen. Vor der Krankheit. Vor sich selbst.

Er hatte nicht vor, seine Mutter an diesen Umstand zu erinnern. Er war dankbar, dass es ihr heute besser ging als damals, und das, obwohl sie noch einen Teil mehr von sich verloren hatte.

»Wieso fragst du mich das, Liebling?« Seine Mutter musterte ihn. Die Überraschung, die sie eben noch verborgen hatte, war etwas anderem gewichen, etwas, das aussah wie Hoffnung und Jack einen Stich versetzte.

»Nichts Weltbewegendes. Es ist bloß ...« Er war wirklich, *wirklich* schlecht in diesen Dingen.

»Hast du jemanden kennengelernt?«

»Nein. Ja. Ich meine, wir sind uns mehr zufällig über den Weg gelaufen, und ...«

Seine Mutter griff nach ihrem Weinglas und setzte sich ein Stück aufrechter hin. Jack, der das Bier in seiner Hand schon fast vergessen hatte, nahm einen großen Schluck.

»Sie lebt in Cambridge. Deshalb kam ich gerade darauf. Wegen *Grantchester.*«

»Ah.« Katherine lächelte. »Und wie lange kennt ihr euch schon?«

»Nicht lange. Wir haben uns erst zweimal gesehen.«

»Hm.«

»Mum?«

»Ja?«

Jack räusperte sich. Auf einmal fühlte er sich wie ein Teenager, der schwitzige Hände wringt bei dem Versuch, der Mutter Geld für Kondome abzuschwatzen.

»Jack? Was ist los? Du hast eine Frau kennengelernt und du magst sie, aber du siehst Probleme? Geht es um Lori? Es geht nicht um Rachel, oder? Ist etwas mit dieser Frau?«

»Annie. Nein, es ist nichts mit ihr. Aber ich frage mich ... Wenn man sich das erste Mal begegnet, und danach trifft man sich ein- oder zweimal, dann hat sich bereits ein gewisses Bild vom anderen geformt, so ist es meistens, oder? Und was, wenn der andere dann beim vierten oder fünften Treffen diesem womöglich positiven Bild nicht mehr standhalten kann? Das frage ich mich gerade, schätze ich.«

»Du hast Angst, dass Annie dich weniger mag, je näher sie dich kennenlernt? Oh, Jack, das kann ich mir kaum vorstellen. Ich weiß natürlich nicht genau, wie du dich Frauen gegenüber verhältst, doch ich kann mit Bestimmtheit sagen, dass jeder erst einmal eine Zeit braucht, um sich einem anderen zu öffnen. Und dass die Seite von dir, die dann zum Vorschein kommt, niemanden enttäuschen wird.«

»Was, wenn sie eine völlig andere Vorstellung von mir hat? Eine falsche?«

»Warum sollte sie?«

Jack atmete ein. Er hatte angenommen zu wissen, wohin dieses Gespräch führen musste, doch irgendwo auf dem Weg vom Ansatz seiner Frage bis hierher schien er aus der Spur geschlingert zu sein.

»Jack, allmählich mache ich mir Sorgen.« Seine Mutter lachte nervös. »Dass du eine Frau kennengelernt hast, ist eine gute Nachricht, oder? Warum habe ich das Gefühl, du trägst zwei Tonnen Schwermut mit dir herum, die dich dennoch nach unten ziehen?«

»Weil ...« Ein letztes Mal atmete er tief, und mit dem Ausatmen machte er eine wegwerfende Handbewegung. »Es ist nichts. Ich bin unsicher, schätze ich. Ich bin nicht Leo.«

Und nun hatte er es doch getan, er hatte Leo ins Spiel gebracht. Dabei sollte man meinen, sein toter Bruder könne nicht weniger mit Jacks gegenwärtigem Liebesleben zu tun haben, und siehe da – nun war er irgendwie doch involviert. Wobei das Wort *Liebesleben* absolut falsch gewählt ist, schoss es Jack augenblicklich durch den Kopf. Es war mehr der Versuch eines Privatlebens – oder eines Lebens überhaupt. Fest stand jedoch auch: Ohne Leo hätte Jack Annie nie kennengelernt.

»Nein, du bist nicht wie er«, sagte seine Mutter schließlich, und nun war die Verwirrung deutlich in ihrem Gesicht abzulesen. »Du bist du, und du bist immer schon großartig gewesen. Und du musst loslassen, Jack. Du musst loslassen.«

Das wäre ein schönes Schlusswort, dachte Jack, während er den Rest seines Bieres austrank und die leere Flasche in den Händen drehte. Und dann fragte: »Nehmen wir an, jemand mochte, wie Leo war, doch nur ich bin übrig geblieben. Wäre das genug?«

40

Donnerstag, 2. September

ANNIE ST. JAMES

Es tut mir leid, dass der Abend so geendet hat. Ich war am Ende seltsamer Stimmung, fürchte ich.

ANNIE ST. JAMES

Und es tut mir leid, dass ich dich fortlaufend mit Nachrichten bombardiere. Ich hoffe, du bereust noch nicht, mir deine Nummer gegeben zu haben.

ANNIE ST. JAMES

Ach, bitte, vergiss die letzte Nachricht. Ich weiß nicht, was heute los ist. Ich finde nur … So seltsam sich das anhört, aber ich habe das Gefühl, dass ich mit dir reden kann. Besser als mit jedem anderen im Augenblick. Klingt das verrückt?

JACK EDWARDS

Entschuldige bitte, ich habe deine Nachricht gerade erst gesehen. Schläfst du schon?

ANNIE ST. JAMES

Nein, ich bin wach. War es schön bei deiner Mutter?

JACK EDWARDS

Nicht so schön wie in Cambridge.

ANNIE ST. JAMES

Nun, das nehme ich als Kompliment.

JACK EDWARDS

Es war als eines gemeint.

JACK EDWARDS

Hast du etwas von deiner Freundin gehört? Oder von deinem Bruder?

ANNIE ST. JAMES

Von Hoola. Aber irgendwie habe ich das Gefühl, ich kann gerade nicht mit ihr sprechen.

JACK EDWARDS

Gib dir ein bisschen Zeit.

ANNIE ST. JAMES

Ja. Darauf wird es hinauslaufen, fürchte ich.

ANNIE ST. JAMES

Jack?

JACK EDWARDS

Ja?

ANNIE ST. JAMES

Fühlst du dich manchmal einsam?

JACK EDWARDS

Sicher. Manchmal. Du?

ANNIE ST. JAMES

Gerade sehr. Nicht nur wegen Hoola. Auch wegen Cassandra und ... Ach, nicht so wichtig.

JACK EDWARDS

Annie?

ANNIE ST. JAMES

Ja?

JACK EDWARDS

Darf ich dich was Persönliches fragen?

ANNIE ST. JAMES

Klar.

JACK EDWARDS

Gut, dann ... Wie lange bist du schon geschieden?

ANNIE ST. JAMES

Drei Monate, zwei Wochen, vier Tage.

JACK EDWARDS

Okay.

JACK EDWARDS

Da hat er sich nicht viel Zeit gelassen, wie es aussieht.

ANNIE ST. JAMES

Nun, wir waren schon zwei Jahre getrennt, so gut wie. Finley ein bisschen mehr als ich, wie sich dann herausstellte.

JACK EDWARDS

Hat er dich ihretwegen verlassen?

ANNIE ST. JAMES

Ich bin nicht sicher. Wie gesagt, wir hatten schon zwei Jahre lang nicht mehr zusammengewohnt, uns aber immer noch gesehen. Nur, als Cassandra dann auf der Bildfläche erschien, ging es mit der Scheidung recht schnell.

JACK EDWARDS

Das tut mir leid.

ANNIE ST. JAMES

Es ist okay. Schnee von gestern. Du weißt schon. Was uns nicht umbringt, macht uns hart.

ANNIE ST. JAMES

Ach, vergiss es. Ich kann manchmal dumm sein. Und dummes Zeug reden.

ANNIE ST. JAMES

Und bei dir? Hatte der neue Lebensgefährte deiner Ex-Frau etwas mit eurer Trennung zu tun?

JACK EDWARDS

Nein. Wie ich schon sagte, das habe ich ganz allein zu verantworten. Ich hätte mich mehr um meine Familie kümmern sollen. Um Rachel und auch um meine Tochter, fürchte ich.

ANNIE ST. JAMES

Jack?

JACK EDWARDS?

Ja?

ANNIE ST. JAMES

Kann ich dich auch etwas fragen?

JACK EDWARDS

Sicher.

ANNIE ST. JAMES

Wie kommt es, dass Lori nicht ein einziges Mal in deinem Notizbuch erwähnt wird?

ANNIE ST. JAMES

Es tut mir leid, das hätte ich nicht fragen sollen. Wenn du nicht antworten möchtest, dann ignoriere mich einfach. Bitte.

JACK EDWARDS

Nein. Schon gut. Es ist nur ein wenig kompliziert. Vielleicht sprechen wir ein andermal darüber? Es ist spät.

ANNIE ST. JAMES

Ja, natürlich. Ein andermal.

JACK EDWARDS

Annie?

ANNIE ST. JAMES

Ja?

JACK EDWARDS

Das, was du vorhin geschrieben hast. Es klingt überhaupt nicht verrückt. Mir geht es genauso.

41

Schlechte Nachrichten

»Das war das letzte Mal, dass ich versucht habe, dich zu verkuppeln.«

»Das wäre schön, Bridget, danke.«

»Du lebst gefährlich, Edwards, weißt du das?«

»Was habe ich jetzt wieder getan? Sean, hilf mir, okay?«

»O nein, Kumpel, da musst du ganz allein durch. Ich hab dir gesagt, sobald du nicht mehr aussiehst, als wäre dein Welpe überfahren worden, wird Bridge dich rannehmen. Hab ich's dir gesagt, oder nicht?«

»Rannehmen«, murmelte Bridget kopfschüttelnd. Sie warf Jack einen düsteren Blick zu, bevor sie zum anderen Ende des Tresens abzog, um einen neuen Gast zu bedienen, und Jack atmete hörbar aus.

»Entspann dich nicht zu sehr.« Sean zog das Tablett zu sich heran, auf dem seine Frau all die Salzstreuer von den Tischen versammelt hatte, und begann damit, sie aufzufüllen. »Ich schätze, wenn sie mit dir fertig ist, wegen Peggy meine ich, fängt sie an, dich wegen deines Dates auszufragen.«

Jack, eben dabei, die Kaffeetasse an die Lippen zu heben, hielt in der Bewegung inne. »Aaah, Sean.«

»Sorry, Kumpel, sie hat unser Gespräch belauscht.«

Jack setzte den Becher ab. »Das Gespräch, in dem ich dich darum gebeten habe, es Bridget nicht zu erzählen? Aus eben diesen Gründen?«

»Aus eben welchen Gründen?«

Wie aus dem Nichts war Bridget hinter Jack aufgetaucht und wischte mit einem Putzlumpen neben seinem Ellbogen über den Tresen. Jack wischte sich mit einer Hand über die Stirn. Er war nicht der Mensch, der von sich aus gern und viel preisgab, und Bridget eine der wenigen, die fröhlich über diese Tatsache hinwegtrampelten. Was ihn normalerweise in den Wahnsinn trieb, heute jedoch nicht so sehr. Denn heute verspürte er, wie bereits gestern Abend seiner Mutter gegenüber, auf einmal das Bedürfnis, jemandem zu erzählen, was in ihm vorging. Womöglich hatte er sich deshalb entschlossen, ganz entgegen seiner Gewohnheit bereits am Nachmittag im Pub zu sitzen. Ursprünglich wäre er um diese Zeit nach Bath gefahren, doch weil Lori kurzfristig heute in London zu einem Kindergeburtstag eingeladen war, hatten sie umgeplant und Rachel sich angeboten, sie herzubringen. Sie würde den Nachmittag bei ihrer Freundin feiern und dann dort übernachten, und er würde Lori morgen früh abholen und mit zu sich nach Hause nehmen. Und dann das restliche Wochenende womöglich mit keinem Erwachsenen mehr sprechen. Weshalb er jetzt hier saß. Weil er ganz offensichtlich das Bedürfnis hatte, mit jemandem zu reden. Als habe der gestrige Nachmittag mit Annie, ihre Nachrichten, ihr Interesse, ihn so verwirrt zurückgelassen, dass es einer anderen Person bedurfte – oder womöglich mehrerer –, um das Durcheinander in seinem Kopf zu sortieren.

»Es war nichts mit Annie St. James«, sagte er schließlich.

»Es war nichts mit Annie St. James«, wiederholte Bridget in spöttischem Tonfall, »sieh an.«

Jacks Augen verengten sich. Doch bevor er Zeit hatte, die Entscheidung, seine Beziehung zu Annie ausgerechnet mit der eine Spur zu forschen Bridget zu diskutieren, zu bereuen, mischte sich Sean ins Gespräch.

»Natürlich *war nichts* mit Annie St. James. Ich meine, es war ihr erstes Date – und Jack würde niemals beim ersten Date ... du weißt schon. Er ist nicht Leo.« Sean grinste über seine Worte, genau so lange, bis ihm Jacks und auch Bridgets Gesichtsausdruck auffiel.

»Das war ...« Sean war blass geworden. »Sorry, das hätte ich nicht sagen sollen.«

»Nein, schon gut.« Jack nickte. »Du hast es vielleicht anders gemeint, aber trotzdem genau den Punkt getroffen. Ich bin nicht Leo. Und ich kann nicht sein wie er. Ich bin nicht der Typ, der mit Frauen ... keine Ahnung. Was anfängt.«

Bridget prustete, während Sean sein Grinsen hinter trockenem Husten verbarg.

»Ja, macht euch lustig.« Jack winkte ab.

»Du hast es ihr also nicht gesagt?«, fragte Bridget. »Dass du nicht derjenige warst, der das Notizbuch verfasst hat?«

Jack sah flüchtig zu Sean, der entschuldigend die Schultern hob, seinen *Was-soll-ich-machen-sie-erfährt-immer-alles*-Blick im Gesicht.

»Es hat sich nicht ergeben.«

»Wie meinst du das, *es hat sich nicht ergeben*?«

Wieder seufzte Jack. Das tat er unüblich oft an diesem Freitagnachmittag. »Sie war sehr aufgelöst, als ich bei ihr ankam«, begann er und beschloss schon im nächsten

Augenblick, dass Annies Geschichte nur ihre war und es ihm nicht zustand, seinen Freunden von Hoola oder Ben oder beiden zu erzählen. Also sagte er nur: »Eine Familienangelegenheit«, und: »Ich denke nicht, dass sie es sonderlich gut aufgenommen hätte, wenn ich ihr zusätzlich noch offenbart hätte, dass ich ein Betrüger bin.«

Bridget schnalzte mit der Zunge. »Ein Betrüger, so, so. Vielleicht würdest du dich weniger wie ein Mafiaboss fühlen, wenn du dir endlich diesen Vollbart abrasieren würdest.«

»Ich meine es ernst«, sagte Jack. »Es war ein wirklich schönes Treffen, ich kann ... gut mit ihr reden, schätze ich, und Annie ist eine tolle Frau. Und sie hält mich für einen andern.«

Inzwischen saß Bridget auf dem Hocker neben ihm, und Sean hatte längst damit aufgehört, den leeren Salzstreuern zu Leibe zu rücken.

»Euer Treffen war wirklich schön?«, fragte Bridget schließlich.

Jack zuckte unmerklich zusammen. Er war dermaßen ungeübt darin, derlei Dinge auszusprechen, jeder Satz fühlte sich an, als würde man an einer Schraube drehen, die Rost angesetzt hatte und bei jedem Millimeter, den sie sich fortbewegte, quietschte und rosa Staub rieseln ließ.

»Wir waren im Pub am Fluss«, erklärte er mit rauer Stimme, »dann Boot fahren. Punting. Essen. Dann habe ich sie nach Hause gebracht, und dann ... nichts mehr. Die neue Frau ihres Ex ist aufgetaucht. Das hat ihr zugesetzt.« Er sah von einem gebannten Sean zu einer noch gebannteren Bridget und fragte: »Weshalb erzähle ich euch das eigentlich alles?«

»Keine Ahnung.« Seans Blick war reine Faszination.

»Weil du es auch willst.« Von Bridgets gierig aufgerissenen Augen ganz zu schweigen.

»Ich hätte nicht davon anfangen sollen«, sagte Jack und glitt von seinem Hocker. Er zog seinen Geldbeutel aus der Tasche und nahm ein paar Pfundnoten heraus, um den Kaffee zu bezahlen.

»Hast du sie geküsst?«, fragte Bridget, ohne Jacks Vorhaben, sich zu verabschieden, Beachtung zu schenken.

»Natürlich nicht! Wer hätte sie küssen sollen? L. Edwards alias J., der zu feige ist, ihr zu sagen, dass er sich schon schwertut, einen Einkaufszettel zu schreiben, geschweige denn ein Notizbuch zu füllen mit pseudo-philosophischem Kram? Ich bin nicht wie er. Ich bin nicht gut. Ich bin nicht der, der mit fünfzehn schon Sex hatte mit einer Frau, die acht Jahre älter war. Und der seitdem nicht damit aufgehört hat. Der jede haben konnte, weil ihn jede wollte. Ich bin weder wortgewandt noch sexy noch ... keine Ahnung. Ich bin einfach nur ich! Leider einfach nur ich.«

»Ach, Jack!« Bridget hatte sich aufrechter hingesetzt, der Ausdruck in ihren Augen besorgt jetzt.

»Red keinen Scheiß, Mann.« Sean beugte sich ebenfalls ein Stück vor. »Was soll der Mist?«

Ja, was sollte der Mist? Jacks Herz raste, während er sich mit beiden Händen die zu lang gewordenen Haare aus der Stirn strich und dabei versuchte, seinen Atem zu beruhigen. »Sorry.« Er schüttelte den Kopf. »Auch wegen Peggy. Es tut mir leid. Ich wollte niemanden verletzen.«

»Das weiß ich.« Bridget sprang ebenfalls von ihrem Hocker, nur um sich im nächsten Augenblick auf die Zehenspitzen zu stellen und beide Arme um Jacks Nacken zu schlingen. »Großer, dummer, vollbärtiger Mann«, raunte sie gegen seine Brust. »Du bist echt ein Idiot.«

»Herzlichen Dank.«

»Trottel«, fügte Sean hinzu. *»Dipshit.«*

»Sollte Peggy eine weitere Stunde bei ihrer Therapeutin brauchen, wird sie dir die Rechnung schicken, in Ordnung?«

»Okay. Klingt fair.«

»Und was diese Annie angeht ...«

Im selben Augenblick, in dem sich Jacks Puls bei Annies Namen noch einmal um ein paar Schläge erhöhte, summte das Handy in seiner Hosentasche.

»Ich bin mir sicher, sie mag den Mann, den sie kennengelernt hat. Nicht den, dessen Texte sie gelesen hat. Sonst hätte es das schöne Treffen in Cambridge nicht gegeben.«

Jack antwortete nicht. Bridgets Mund verzog sich zu einem Grinsen.

»Ist sie das? Du wirst rot, Jack Edwards. Ist das Annie St. James, die Frau, die dafür sorgt, dass das magere Liebesleben von besagtem Jack endlich wieder als ein solches bezeichnet werden darf?«

»Hör schon auf«, brummte Jack, doch tatsächlich fühlte sich die Haut unter seinem Bart heiß an. Er zog das Handy hervor. Es konnte Annie sein, aber genauso gut Rachel, um ihm zu sagen, dass sie Lori bei ihrer Freundin abgeliefert hatte oder sonst irgendetwas, ihr fiel immer etwas ein.

»Du weißt es vermutlich nicht, doch du hast ein Grinsen auf dem Gesicht, ein ziemlich peinliches sogar.«

»Hört beide auf, ja?« Jack warf einen Blick auf das Display. »Es ist Rachel.« Er öffnete die Nachricht, und von einer Sekunde auf die andere war ihm nicht mehr heiß, sondern eiskalt geworden.

»Scheiße. Lori.« Hektisch steckte er das Telefon ein und griff gleichzeitig nach seiner Jacke, die unter dem Tresen hing.

»Was?« Bridget klang so alarmiert, wie er sich fühlte. »Was ist mit Lori?«

»Ein Unfall. Ich melde mich später.« Er war aus der Tür, bevor er den entsetzten Gesichtsausdruck seiner Freunde wahrnehmen konnte.

Während Jack sich auf den Weg zu dem Krankenhaus machte, das Rachel ihm genannt hatte, während er zur Ladbroke Grove lief, um ein Taxi anzuhalten, und parallel dazu versuchte, seine Ex-Frau ans Telefon zu bekommen, schossen ihm folgende Gedanken durch den Kopf:

1. Sein Liebesleben war nicht wichtig. Das war es nie gewesen.

2. Lori aber war es – und wenn er sie heil und wohlbehalten wiedersehen würde, würde er dafür sorgen, dass sie das Wichtigste in seinem Leben blieb.

Rachel ging nicht ans Handy. Jack hatte keine Ahnung, was das bedeutete. Stand es so schlecht um Lori, dass Rachel nicht in der Lage war, seinen Anruf entgegenzunehmen? Waren sie im OP, und Rachel hatte ihr Telefon nicht bei sich? Warum war diese Frau nicht imstande, einen Umstand auch nur einmal zu vereinfachen, statt ihn zu verkomplizieren?

Lori hatte einen Unfall. Sind im St. Thomas.

Jack starrte auf die Nachricht auf seinem Handy, als eine andere sich darüberschob. Und dann noch eine.

ANNIE ST. JAMES

Guten Tag, Jack. Wie geht es dir? Hattest du eine erholsame Nacht? Und einen schönen Tag bisher? Mir ist gerade nach einer kleinen Pause – zu viele Seiten, zu wenig Zeit bis zur Abgabe. Ein Anruf bei meiner Mutter steht auch noch bevor, und wie immer könnte ich mir Schöneres vorstellen.

ANNIE ST. JAMES

Und schon wieder plappere ich einfach alles aus, als wärst du mein geheimes Tagebuch ☺ Dabei wollte ich nur kurz hören, wie es dir geht.

ANNIE ST. JAMES

Jack? Ich wünsche dir einen wundervollen, restlichen Freitag. Bis hoffentlich bald!

»Zwölf Pfund dreißig«, brummte der Fahrer, und verwirrt blickte Jack auf. Er hatte so lange auf sein Telefon gestarrt, dass die Londoner Straßen nur so an ihm vorbeigeflogen waren, genauso wie die Zeit. Er hatte irgendetwas ins Handy getippt, er konnte sich nicht daran erinnern, was. Es waren nicht Annies Worte, die sich in sein Gedächtnis gebrannt hatten. Es waren die von Rachel, die er vor sich sah, die in seinen Ohren klangen und sein Bewusstsein okkupierten.

Lori hatte einen Unfall. Sind im St. Thomas.

Natürlich hatte Rachel nichts davon geschrieben, wo im St. Thomas Hospital er seine Tochter und seine Ex-Frau finden würde. Er zügelte seine Ungeduld, wartete, bis der blasse Junge am Informationsschalter sich durch Computerlisten gewühlt und Loris Aufenthaltsort ausfindig gemacht hatte. »Station zwei Punkt eins, Unfallchirurgie, bitte melden Sie sich dort am Schalter.«

Unfallchirurgie. Obwohl Jack damit hätte rechnen müssen – immerhin hatte Lori einen Unfall gehabt, deshalb war er schließlich hier –, wurde ihm ganz anders. Sein Herz raste, und das nicht, weil er die unendlich scheinenden Krankenhausgänge entlangrannte, die Treppen hinaufstob, zwei Stufen auf einmal nehmend, und nicht anhielt, bis er die Station erreicht hatte. Er dachte nicht daran, dass alles auch ganz harmlos sein könnte, dass ihn Rachel, absichtlich oder nicht, durch ihre magere Information womöglich auf eine falsche Fährte geführt hatte. Er dachte an Lori, narkotisiert, blass und schmal auf einem OP-Tisch, während ein halbes Dutzend Ärzte mit blutigen Wattebäuschen an den Rändern von offenen Wunden tupften. Ihm war übel, als er die Anmeldung der Unfallchirurgie erreichte. Doch bevor er Luft holen konnte, um nach Lori zu fragen, kam ihm ein anderer zuvor.

»Jack? Jack Edwards?«

Ungeduldig wandte Jack sich um. Auf den ersten Blick erkannte er den Mann nicht, er hatte ihn schließlich erst einmal in seinem Leben gesehen; auf den zweiten fragte er sich, wieso Xavier Soundso, erfolgreicher Geschäftsmann und Verlobter seiner Ex-Frau, es vor ihm ans Krankenbett seiner Tochter geschafft hatte. Was machte er in London? Sollte er nicht eigentlich in Bath sein? War er mit Rachel und Lori hergekommen? Und was spielte das alles überhaupt für eine Rolle?

Irritiert, zum Großteil über sich selbst, fragte Jack: »Wo ist Lori?«

»Im Behandlungsraum, mit Rachel. Es geht ihr gut. Wirklich, Jack – holen Sie erst mal Luft. Lori geht es gut. Sie ist ein bisschen unglücklich aus der Hüpfburg gestolpert und hat sich den Arm gebrochen, doch der Bruch ist nicht kompliziert. Sie verpassen ihr einen Gips, damit alles gut heilen kann, das war's.«

»Das war's.« Jack wusste selbst nicht, weshalb er die Worte wiederholte. Es war, als wate er durch Watte, die in seine Poren drang, in Nasenlöcher, zwischen die Lippen, ihm die Sicht versperrte. Er fühlte sich dumpf, blind und wie betäubt, und er reagierte entsprechend schleppend auf die Hand, die sein Nachfolger kumpelhaft auf seine Schulter legte, um ihn von dem Anmeldefenster weg in den Wartebereich zu schleusen. Es war, als habe es bis zu diesem Zeitpunkt gedauert, dass die Panik ihn versteinerte, die ihn bei Rachels Nachricht erfasst hatte. Als habe sie erst in dem Moment, in dem sie eigentlich von ihm hätte abfallen sollen, Besitz von ihm ergriffen.

Er schob Xaviers Hand fort, sobald sie das kahle Zimmer mit den aufgerauten, grünen Plastikstühlen erreicht hatten. »Wie lange sind sie schon da drin?«, fragte er, bevor ihm die viel wichtigere Frage einfiel: »Wo ist das Behandlungszimmer?«

Von unten herauf betrachtete Xavier ihn. Er war kleiner als Jack, unter eins achtzig, doch das tat seinem Selbstbewusstsein keinen Abbruch. Xavier war makellos, von der dunklen Haut über lange Wimpern und dichte, schwarze Haare hin zu einem Mund, der genauso gut einer Frau hätte gehören können. Und als wäre das nicht schon schlimm genug für den, der zurückgeblieben war, war er auch noch freundlich und nett, sanftmütig fast. Wenn er sich einen Ersatzvater für sein Kind hätte aussuchen können, dachte Jack plötzlich, wäre es vermutlich so jemand wie Xavier gewesen, der nun erwiderte: »Links den Gang runter, die zweite Tür.«

Es war, wie Xavier ihm versichert hatte: Ein glatter Bruch, der keiner Operation bedurfte, in den kommenden Wochen problemlos heilen und den Arm seiner Tochter wie neu zurücklassen würde. Sobald Jack die Tür zum Behandlungszimmer aufgestoßen hatte, war Lori auf ihn zugerannt, den Arm, der zur Hälfte in pinkfarbenem Gips steckte, von sich gestreckt, ein Lachen auf dem Gesicht. Sein Blick flog zu Rachel, die ihm zunickte, und er widerstand dem Drang, sie anzuschreien, weil sie es nicht für nötig befunden hatte, ihm seine Angst zu nehmen, weil sie sie stattdessen geschürt hatte und ihn zu Tode erschreckt. Jack hob seine Tochter hoch – vorsichtig, um ihre Verletzung nicht zu berühren –, hörte aufmerksam zu, als diese ihm mitteilte, sie sei gehüpft und habe mit dem Schwung nach draußen springen wollen, sei dann gestolpert und sehr dumm auf den Arm gefallen. Jack wandte sich an den Arzt, holte sich die Bestätigung für das, was ihm Xavier schon erklärt hatte, und verließ schließlich mit seiner Tochter, ihrer Mutter und deren neuem Mann das Krankenhaus, um, wie von Lori gewünscht, gemeinsam noch ein Eis zu essen. Die meiste Zeit über hielt er Loris unverletzte Hand und schwieg. Er dachte daran, was hätte passieren können, und führte den Gedanken nicht weiter. Sie war gestolpert und hatte sich den Arm gebrochen, und diese Dinge passierten Kindern nun mal, selbst wenn sie so besonnen waren wie seine Tochter normalerweise. Es gab Situationen in seinem Leben, da hatte er sich gewünscht, Lori wäre ein bisschen aufgeschlossener, ein bisschen fröhlicher, vielleicht sogar wilder; das waren die Momente, in denen ihn der Eindruck überkam, dass sich Leos Schicksal wie eine dunkle Wolke über ihrer aller Leben ausbreitete, über seins, das von Rachel, und über das von Lori auch.

Jack drückte die Hand seiner Tochter, und dann dachte er wieder einmal darüber nach, was es bedeutete, dass sie von nun an in Bath leben würde. Er wurde das Gefühl nicht los, dass er schon jetzt einen Großteil von Loris Leben verpasst hatte, nicht erst seit der Trennung, vorher auch schon. Er hätte ebenfalls in Bath leben können; er war freiberuflich, arbeiten ließe es sich überall. Bloß – was sollte er in Bath? London war seine Heimat, und Cambridge … Er schüttelte den Gedanken ab, so schnell, wie er gekommen war. Was hatte er sich vorgebetet, vor nicht einmal zwei Stunden? Lori war das Wichtigste. Und das war sie auch.

»Das nächste Mal wären etwas genauere Angaben nicht schlecht«, sagte er Rachel.

»Wenn ich Zeit habe, einen Roman zu verfassen, während ich meine Tochter in die Notaufnahme fahre, immer gern«, gab die zurück.

Sie verabschiedeten sich kurze Zeit später. Rachel würde die Nacht in London bei ihrer Mutter bleiben, Lori bestand darauf, den anderen Mädchen ihren Gips zu zeigen, und Jack hielt sich selbst davon ab, aus allem ein Drama zu machen. Er würde Lori morgen sehen. Und über kurz oder lang würde er eine Lösung finden.

Aus nicht nachvollziehbaren Gründen war Jack zunächst gar nicht aufgefallen, wie nah das St. Thomas Hospital der Themse war, doch nun, da er um zwei Ecken gebogen und an ihrem Ufer herausgekommen war, wurde ihm klar, dass sicher einige Zimmer Blick auf den Fluss haben mussten. Erst jetzt bemerkte er den Geruch des Wassers, der in der Luft lag, der typische Duft der Themse; satt, feucht, immer ein bisschen modrig. Er atmete tief ein, ignorierte die Übelkeit, die in ihm aufsteigen wollte, denn heute, an diesem Tag, musste auch damit Schluss sein, sagte er sich.

Er beschloss, einen Spaziergang zu machen, bevor er mit dem Taxi zurück nach Notting Hill fahren würde.

Zuletzt hatte er mit Annie an einem Arm der Themse gestanden, in den Docks, nach der Vernissage. Davor war er lange nicht hier gewesen. Aus Gründen, sehr guten sogar. Als er jetzt am Ufer entlanglief, den Blick auf das Parlamentsgebäude gerichtet, das auf der gegenüberliegenden Seite des Flusses wie ein Postkartenmotiv vor ihm aufragte, versuchte er, den Gedanken an Leo zu verdrängen, doch es gelang ihm nicht. Schließlich wandte er den Blick von Big Ben auf das Wasser der Themse.

Der Fluss hatte ihm nicht seinen Bruder genommen. Sein Bruder hatte sich dem Fluss hingegeben.

42

Geständnisse

Nie hatte sich der Weg nach London länger angefühlt als an diesem Freitagnachmittag. Annie hatte beschlossen, nicht auf den nächsten Zug zu warten, sondern stattdessen Hoolas Auto zu borgen. Sie fuhr nicht besonders gern, und – zumindest nach Meinung ihrer Mutter – nicht sonderlich gut, doch Jacks Nachricht ließ ihr einfach keine Ruhe, sie wollte nichts mehr, als für ihn da sein, so wie er gestern für sie da gewesen war. Alles andere musste warten. An Arbeit war gerade ohnehin nicht zu denken. Die Nachricht von Jack hinderte jeden anderen Gedanken daran, sich zu formen, sie ratterte in Endlosschleife durch ihr Hirn.

Meine Tochter hatte einen Unfall … Ich weiß nicht, was los ist. Bin auf dem Weg ins Krankenhaus.

Annies Herz klirrte in ihrer Brust, als sei es mit Eisblumen überzogen, jedes Mal wenn sie sich vorstellte, Jacks Tochter könnte etwas Schlimmes zugestoßen sein. Sie hoffte darauf, dass es nicht das Schlimmste war, und dann zwang sie sich dazu, jeglichen Gedanken in diese Richtung beiseitezuschieben. Annie hatte so schnell gehandelt, dass keine Zeit blieb, sich zu fragen, ob sie, ausgerechnet, die Richtige war, um Jack, der sie kaum kannte, in einem solchen Moment beizustehen. Sie stellte sich diese Frage jedoch jetzt, als sie von Nordosten kommend auf der M11 in die Stadt einfuhr. War sie wirklich diejenige, die einem Mann wie Jack Trost spenden konnte, in einem Moment wie diesem?

Sie atmete tief durch, tief, tief, ein und aus. Wenn Jack sie nicht sehen wollte, würde sie es merken und nach Cambridge zurückfahren, ohne auch nur einen negativen Gedanken zu hegen. Wenn er sie aber brauchte ... Dann wollte sie da sein, so einfach war das. Möglich, dass sie Jack Edwards erst seit ein paar Wochen kannte und nicht mehr als dreimal gesehen hatte, doch immerhin hatte sie sich ihm schon verbunden gefühlt, lange bevor sie ihn persönlich kennenlernte. Auch möglich, dass sie auf den ersten, flüchtigen Blick gedacht hatte, er und sie hätten nicht viel gemeinsam – spätestens auf den dritten jedoch war ihr klar geworden, dass Jack zwar anders war als ihre Vorstellung von ihm, er dieser allerdings in jeglicher Hinsicht das Wasser reichen konnte.

Bei den ersten Hinweisschildern Richtung Innenstadt fuhr Annie an den Straßenrand und schrieb ihm eine Nachricht.

ANNIE ST. JAMES

Wo bist du jetzt gerade?

Die Antwort ließ nicht länger als zwei Minuten auf sich warten und war auf eine Weise kryptisch, die Annie noch mehr verunsicherte.

JACK EDWARDS

An der Themse. Das hätte ich längst tun sollen.

ANNIE ST. JAMES
Wo genau?

JACK EDWARDS
Westminster Bridge.

JACK EDWARDS
Warum fragst du?

Oh, Jack.

ANNIE ST. JAMES
Warte dort auf mich. Ich bin gleich da.

JACK EDWARDS
Was? Wieso? Annie?

Sicherheitshalber antwortete Annie Jack kein weiteres Mal, und sie sagte ihm auch nicht, dass sie noch mindestens zwanzig Minuten unterwegs sein würde, bevor sie die Westminster Bridge erreichte – und dann würde sie noch nicht geparkt haben. Letztlich wurde eine halbe Stunde aus »gleich«, und bis Annie die Brücke erreicht hatte, war sie nicht nur furchtbar nervös, sondern auch erfüllt von einer unbestimmten, irrealen Angst. Auf den ersten Blick sah sie nichts, was auf etwas Beunruhigendes hindeuten würde – zum Beispiel, dass jemand von der Brücke gefallen wäre. Oder gesprungen. Sie sah Menschen von hier nach dort eilen, Touristen Fotos schießen von Parlamentsgebäude und Big Ben, und während ihre Blicke panisch von einer Seite zur anderen huschten, schob sich am Ende doch eine Gestalt in ihr Sichtfeld; eine dunkle, große Gestalt, die reglos am Geländer der Brücke lehnte, die Ellbogen aufgestützt, die Augen aufs Wasser gerichtet.

»Jack!«

In dem Moment, in dem sie ihn erkannte, beschleunigte Annie ihre Schritte, drängte sich durch die Menschenmasse, murmelte Entschuldigungen, die sie nicht so meinte.

Noch einmal rief sie nach ihm, und diesmal drehte sich Jack zu ihr um. Sie beobachtete, wie er die Menge nach ihr absuchte, bemerkte den Moment, als er sie erkannte, das Licht in seinen Augen, das für eine Sekunde aufblitzte, bevor sich seine Brauen kräuselten und der Annie mittlerweile vertraute, zerstreute Gesichtsausdruck Form annahm, so als fürchte er, er habe sich Annies Erscheinen nur eingebildet, als würde sie sich im nächsten Augenblick in Rauch auflösen, als habe sie nach allen anderen gerufen, aber doch nicht nach ihm.

Zwei Schritte vor ihm blieb Annie stehen, verunsichert mit einem Mal. Sie musterte Jack, tastete mit Blicken sein Gesicht ab, dessen Ausdruck unverändert blieb, wie ein Fragezeichen am Ende des Satzes. Und wie zur Antwort hob Annie schließlich beide Arme und schlang sie um Jack, der, nach einem kurzen Moment des Zögerns, die Umarmung erwiderte und Annie fest an sich drückte.

Sie würden später nicht mehr sagen können, wie lange sie so gestanden hatten: eng umschlungen, den Duft des anderen atmend, seinen Herzschlag spürend und das Erstaunen darüber, wie vertraut sich diese Umarmung anfühlte – wie viel Sicherheit es ihnen gab, dieses wohlige, beruhigende Gefühl. Sie würden sich zurücksehnen und sich daran erinnern.

Genauso wie an das *Danach*.

»Was tust du hier?«

»Ich bin losgefahren, gleich nachdem ich deine Nachricht erhalten habe. Ich hab mir Sorgen gemacht und gedacht … Ich dachte, du möchtest vielleicht nicht allein sein. Wie geht es Lori? Was ist mit ihr?«

Annie war nicht wirklich von Jack abgerückt, hatte nur den Kopf gehoben, um ihn anzusehen. Er wirkte nicht zerstört, nicht so, als sei seiner Tochter das Schlimmste zugestoßen, und diese Erkenntnis beruhigte Annie augenblicklich.

»Es geht ihr gut. Sie hat sich beim Herumtollen bei einem Kindergeburtstag den Unterarm gebrochen. Der Arzt sagt, es wird schnell verheilen und keine langwierigen Folgen haben.« Annie spürte Jacks Hand in ihrem Nacken, die sich bewegte, ein winziges Stück nur, als habe er mit dem Daumen ihre Haare gestreichelt, sachte, ganz sanft. »Du hättest nicht herkommen müssen. War … sagtest du nicht, dein Tag sei unglaublich vollgepackt mit …« Er schüttelte den Kopf. »Tut mir leid. Ich war ziemlich durch den Wind, als ich deine Nachricht bekam.«

Annie starrte Jack an, die Unordnung in ihren Gedanken ebenso groß wie in seinen, das unangenehme Gefühl ob ihres überstürzten Handelns wachsend. Sie ließ die Arme von seinen Schultern gleiten, Jack jedoch machte keine Anstalten, Annie loszulassen.

»Es tut mir leid, wenn ich dich beunruhigt habe.«

»Es war vermutlich … Ich weiß nicht, übereifrig.«

Jack schüttelte den Kopf, sehr langsam, ohne Annie dabei aus den Augen zu lassen. »Nein, das war …« Sein Blick fiel auf Annies Lippen. Er starrte auf ihren Mund, und sie schluckte. Und dann streckte sie die Arme nach vorn, überwand die fehlenden Zentimeter, legte die Hände auf Jacks Brust und presste ihre Lippen auf seine.

Sie hatte angenommen, der Bart würde sie stören, sich stachelig und rau anfühlen und ihr Stiche versetzen, während sie sich küssten, doch das war zu Annies Überraschung nicht der Fall. Jacks Bart war voll und weich und zart, wie seine Lippen, die sich erst zögernd unter ihren bewegten, doch dann, nachdem sich Annies Hände von seiner Brust über Schulter und Nacken hin in seinen dichten, zu langen Haaren vergraben hatten, schien sich der Widerstand in ihm zu lösen. Jacks Hände waren gleichzeitig mit Annies gewandert, aber in die andere Richtung – er umschloss ihre Taille, drückte sie eng an sich, während sein Mund das Gleiche tat. Annie war wie berauscht von Jacks Nähe; sie war diejenige, die den Kuss intensivierte, die mehr von ihm spüren wollte, jetzt, hier, ungeachtet dessen, wo sie sich befanden und wer ihnen dabei zusah.

In diesem Augenblick auf der Westminster Bridge über der Londoner Themse befand Annie, dass sie Jack Edwards wollte, dass er alles war, was sie jetzt brauchte. Die Art, wie er sie berührte, sie küsste – ungestüm, beinah verzweifelt –, füllte sie aus, verdrängte die Leere, Zweifel, Trauer, Einsamkeit, Unsicherheit, ließ nichts zurück als tiefe, dankbare Ruhe und Zufriedenheit.

»Annie.« Jack schluckte, während er sie ein Stück von sich wegschob, der Blick verklärt, die Lippen feucht von ihrem Kuss.

Er atmete schwer, so wie Annie auch. Darüber hinaus fand sie nichts von der erwarteten Leidenschaft in Jacks Blick, lediglich so etwas wie Panik.

»Was?«, fragte sie, verständnislos. »Was ist los, Jack?«

»Annie …« Er zögerte. Dann ließ er die Arme, die sie umschlossen hatten, sinken und fuhr sich stattdessen mit einer Hand durch die Haare. »Wir müssen etwas besprechen. *Ich* muss dir etwas sagen. Schon länger. Ich …« Er sah sich um, nach links und rechts, und Annie folgte mit ihrem Blick. Die Brücke war stark frequentiert, nach wie vor tummelten sich Spaziergänger darauf und Touristen mit Kameras, doch keiner von ihnen schien sie beide zu beachten. Dennoch schlug Jack vor, dass sie ein Stück am Fluss entlangliefen, dort, wo weniger Menschen unterwegs waren.

Und dann erzählte er es ihr.

Und Annie, Annie wurde eines Besseren belehrt. Vor ein paar Stunden hätte sie nicht für möglich gehalten, dass sie an diesem Tag noch etwas mehr schockieren könnte als die Nachricht von Jack.

Nun. Falsch gedacht.

Jack hatte herumgedruckst, mehrere Minuten lang. Annies Herz hatte in der Zwischenzeit Fahrt aufgenommen, so als wollte es vor dem, was es zu hören bekommen sollte, davonrennen.

»Annie …«, begann Jack zum wiederholten Mal.

»Ja? Was ist los? Du machst mir Angst.«

»Ich …« Mehr Zögern.

»Du?« Aus großen Augen musterte Annie Jack, sie starrte ihn unverwandt an. Wenn sie sich nicht täuschte, war das Angst in seinen Augen, und dann noch etwas anderes. Reue womöglich. Ja, doch, sie war sich sicher. Jack sah aus, als würde ihm, was auch immer er ihr gerade anvertrauen wollte, nicht ohne Reue über die Lippen kommen.

»Hör zu, Jack, was auch immer es ist …«

»Ich bin nicht der, für den du mich hältst.«

Annie klappte den Mund zu, zwei, fünf Sekunden lang. Dann: »Bitte?«

»Ich ... bin nicht der, für den du mich hältst.«

»Ja, das habe ich gehört. Aber was meinst du damit? Für wen, denkst du, halte ich dich? Ich verstehe nicht.«

Jack presste die Lippen aufeinander, so fest, dass seine Kiefermuskeln mahlten. Er sah nicht so aus, als wollte er Annie irgendetwas erklären, und dennoch setzte er erneut an, um genau das zu tun.

»Das Notizbuch? Es gehört mir nicht.«

»Das ...«

»Ich habe das nicht geschrieben. Es tut mir leid, ich hätte das sofort sagen sollen, aber ... Diese Texte da in dem Buch sind nicht von mir.«

»Wie?« Annie hörte ihrer eigenen Frage nach, sie hallte in die Londoner Nachmittagsluft. Was meinte Jack damit, wenn er sagte, er habe das Buch nicht geschrieben?

»Es steht dein Name drin.«

»Nein, leider, das ist nicht mein Name. Das ist ...«

»J. Edwards. Vierundzwanzig Blenheim Cres, Notting Hill.«

Für eine Sekunde sah Jack sie einfach nur an, verblüfft vermutlich, dass sie die Adresse auswendig wusste. Annie hatte gerade nicht den Kopf dafür, sich dessen zu schämen, ihrer Besessenheit, allem. Sie verstand überhaupt nichts mehr.

»*L.* Edwards«, sagte Jack schließlich sanft. »Nicht J.«

»L. Edwards«, wiederholte Annie, verwirrt jetzt. »Wer ist das?«

»Das ist ... Können wir das ein andermal besprechen?«

»Nein. Ich verstehe immer noch nicht. In dem Buch

stand deine Adresse. Wir haben schon x-mal über den Inhalt gesprochen beziehungsweise in den Textnachrichten, ich ...«

Verständnislos starrte Annie Jack an, der mittlerweile aussah, als hätte er Magenschmerzen, sehr, sehr schlimme dazu. Mit einer Hand rieb er sich über die Nase, bevor ihm aufging, was er da tat, und den Arm sinken ließ.

»Leo Edwards war mein Bruder. Er ...«

Das Schweigen, das diesen Worten folgte, war das lauteste, das Annie je gehört hatte. Es dröhnte in ihren Ohren wie weißes Rauschen, übertönte all ihre Sinne. Jack machte einen Schritt auf sie zu, und instinktiv wich Annie ein Stück zurück. Sie öffnete den Mund und schloss ihn wieder. Sie hätte gern gesagt: *Das ist ein Scherz! Das soll wohl ein Witz sein,* doch alles an dieser Situation war ernst, sehr, sehr ernst.

»Ich wusste einfach nicht, wie ich es dir sagen soll«, erklärte Jack schließlich. Er klang besiegt, dachte Annie. Erschöpft nach der Schlacht und geschlagen. »Ich hatte keine Ahnung, dass Leo ein Notizbuch führte, und als du plötzlich damit vor meiner Tür standest ...«

Stille. Ratlose Blicke. Tiefe Trauer auf der einen Seite, Ungläubigkeit auf der anderen. Annie konnte ihren Blick nicht von Jacks Gesicht abwenden. Die braunen Augen verschleiert. Der Kiefer offensichtlich dabei, seine Zähne zu Mehl zu verarbeiten. Annie spürte, wie auch ihr Tränen in die Augen stiegen. Bilder schossen durch ihren Kopf; die erste Begegnung mit Jack, seine Verwirrung, die frühen Nachrichten, die sie getauscht hatten.

Und, wenn ich Sie noch fragen dürfte: Wer hat Ihnen das Buch gegeben?

Und später:

An jenem Tag hatte ich starke Kopfschmerzen, deshalb ist mir ein Teil Ihrer Erklärung womöglich abhandengekommen.

Heiß wie geschmolzene Lava formte sich die Erinnerung in Annie; sie drohte alles zu verschütten, was sie bisher über Jack zu wissen geglaubt hatte, die Gefühle, die sich in ihr geformt hatten. Sie dachte an den Nachmittag in Cambridge, daran, wie sie Jack gestanden hatte, mit ihm alles bereden zu können.

Sie dachte daran, dass sie ihm von Hoola und Ben erzählt hatte, von Finley.

Und dann schob sich der Kuss wie eine düstere Leinwand vor ihr inneres Auge, gefolgt von Fragmenten der Tagebucheinträge, die wie eine Sturmwolke durch ihre Erinnerung wirbelten.

Worte, die nun einen völlig anderen Klang bekamen.

Das Selbstzerstörerischste, das ich je getan habe?
Ich habe in den Spiegel gesehen. Nein, nicht auf diese Weise.
Nicht – ich blicke auf, grinse und fische den Rest Spinat aus einer Zahnritze.
Ich habe in den Spiegel gesehen.
In den Spiegel gesehen.
Verstehst du?
Das war kein Sieg. Und auch keine Niederlage.
Ich war da.
Und im nächsten Augenblick war ich es nicht mehr.

43

Okay

Jack sah zu, wie die Farbe aus Annies Wangen wich, wie die Räder in ihrem Hirn begannen, sich schneller zu drehen, wie sie einrasteten. Er dachte an das allererste Mal, als er Annie begegnet war, an den Augenblick, in dem sie vor seinem Haus stand und ihm das Büchlein entgegenstreckte, die grünen Augen neugierig und groß. Er dachte daran, dass er sich anfangs nicht für sie, für Annie, interessiert hatte, sondern nur dafür zu ergründen, wie sie an Leos Aufzeichnungen gekommen war; ob sie mehr über seinen Bruder wusste als er selbst, ob sie ihn besser verstand, seine Gedanken, das, was in ihm vorging. Diese Begegnung war erst einige Wochen her, doch es kam ihm vor wie ein früheres Leben. Er war so vereinnahmt gewesen vom Schicksal seines Bruders, von seinem Leiden, seinen Befindlichkeiten, dass er sein eigenes Leben darüber vergessen hatte. All das hatte seine Ehe in den Hintergrund gedrängt und die Beziehung zu seiner Tochter aufs Spiel gesetzt. Und der Entschluss, den er vorhin auf dem Weg an Loris Krankenbett gefasst hatte, sagte ihm, dass er offensichtlich dabei war, es wieder zu tun, sich zwischen schwarz und weiß zu entscheiden, kein Dazwischen zuzulassen: Weil er Lori zur Priorität machen wollte, sollte etwas anderes dafür geopfert werden. Jemand anderes, Annie. Seine Gefühle für sie.

Er dachte an den Kuss.

Verdrängte den Gedanken.

Betrachtete Annies Gesicht, sorgenvoll, beunruhigt, verwirrt.

Und während er das tat, fasste er erneut einen Vorsatz: Er würde nicht das eine aufgeben, um das andere zu bekommen. Diesmal, wenn Annie ihm die Chance dazu gab, würde er sein gesamtes Leben in den Griff kriegen, nicht bloß Teile davon.

»Dein Bruder ist tot?« Annies Stimme war so leise, er konnte sie über die Unterhaltungen der Leute, die an ihnen vorbeizogen, kaum verstehen. Eine der Flussfähren ließ ihr Signalhorn ertönen. Als wollte Leo aus dem Jenseits seinen Senf dazugeben.

»Vor drei Monaten. Eine Erbkrankheit.«

Sie sahen einander an. Annie schwieg, und Jack wusste nichts weiter zu sagen. Der alte Jack zumindest. Der neue Jack holte Luft und gab sich einen Ruck.

»Ich wünschte, ich hätte dir das früher erzählt.«

»Wieso hast du es nicht getan?«

»Ich weiß nicht. Das heißt – zuerst wollte ich das nicht einfach in eine Textnachricht schreiben. Ich hatte den Eindruck … Du warst so begeistert von Leos Gedanken in diesem Buch, dass ich befürchtet habe, dich zu sehr zu schockieren mit der Nachricht … der Nachricht … du weißt schon.« Mehr Luft war vonnöten, um dieses Gespräch weiterzuführen, viel mehr Luft. »Und dann, als wir uns zufällig bei dieser Vernissage begegnet sind …«

»Ja?« Annies Stimme klang tonlos. Als habe sie die Frage nur aus Höflichkeit gestellt und kein bisschen deshalb, weil sie sich für die Antwort interessierte.

»Da habe ich zu lange gezögert, deine Mutter kam …« Jack schüttelte den Kopf. Er hatte das Gefühl, als redete er sich um Kopf und Kragen.

»Und dann, in Cambridge, war ich ohnehin schon aufgelöst, weil mich jemand belogen hatte, der mir nahesteht, und du dachtest, erspar ihr doch lieber einen weiteren Tiefschlag.«

»Annie …«

»Ich verstehe das, Jack, wirklich. Und es ist ja auch noch nichts passiert.«

Wie automatisch senkte sich sein Blick auf ihre Lippen, und Annie sah zur Seite. Er hatte keine Ahnung, weshalb sie das gesagt hatte, was hätte passieren sollen, und was es bedeutete, dass bis jetzt nichts passiert war. Hieß das, es würde auch nichts mehr passieren? Und wenn ja, was meinte sie genau? Was war noch nicht geschehen, und was würde es jetzt auch nicht mehr tun?

Bevor Jack dem beunruhigenden Gefühl in seinem Inneren nachspüren konnte, schulterte Annie ihre Tasche ein bisschen höher und sah ihn an.

»Darüber muss ich erst mal nachdenken, glaube ich.«

»Okay.« Jack nickte. Was sollte er sagen, außer dass es okay war?

»Danke, dass du ehrlich warst.«

Kopfschütteln, ganz leicht nur.

Für den Bruchteil einer Sekunde zuckte Annies Augenwinkel, oder aber er bildete es sich ein. »Danke, dass du gekommen bist. Wirklich – ich weiß gar nicht, was ich dazu sagen soll, das war …«

»Gar nichts«, fiel ihm Annie ins Wort. »Ich hoffe, Lori geht es bald besser.«

»Ja. Danke. Annie …«

»Bis bald, Jack.«

»Bis … Okay.«

44

Tal der Tränen

Hoola war zurück in Annies Leben. Und die Tatsache, dass sie ihre Freundin am Abend sehen würde, das Einzige, das Annie dazu brachte, an diesem Samstagnachmittag aufzustehen. Sie hatte das Bett im wahrsten Sinne nur noch notgedrungen verlassen, seit sie am frühen Freitagabend hineingefallen war; zunächst mit einem 500-ml-Becher Trost-Ben-&-Jerry's, gefolgt von der obligatorischen Flasche Rotwein, ganz wie Bridget Jones das bereits Anfang der Zweitausenderjahre zelebriert hatte. Die Eiscreme und der Alkohol hatten den bitteren Geschmack, den das Gespräch mit Jack hinterlassen hatte, für den Moment betäubt, konnten jedoch nichts daran ändern, dass es aufflackerte, sobald Annie am nächsten Tag die Augen aufschlug. Weshalb sie sich die Decke über den Kopf zog und einfach weiterschlief.

Es war gut, dass Jack ihr gebeichtet hatte, wer er wirklich war. Doch, das war es. Er hatte damit einmal mehr bewiesen, was Annie schon in dem Moment aufging, als sie ihn noch kaum kannte: Jack war ein aufrichtiger Mann, einer, der keine Spielchen spielte, zumindest nicht absichtlich, im Gegensatz zu Finley beispielsweise; Jack war sympathisch, ehrlich, vertrauenswürdig. Er hatte ein paar Tage zu lange mit seiner Erklärung gewartet, Wochen vielleicht, doch das würde sie verzeihen, es zumindest versuchen. Nicht auszudenken, wie es ihr ergangen wäre, wäre sie an Jacks Stelle gewesen: ihr Bruder, Ben, tot. Und dann tauchte plötzlich ein Fremder auf, wie aus dem Nichts, und drückte ihr ein Buch in die Hand, mit Bens Gedanken, seiner Schrift, seiner geistigen Hinterlassenschaft. Sie wäre ebenso schockiert gewesen. Und vermutlich ähnlich erstarrt. Sie konnte Jack dies unmöglich zum Vorwurf machen, das brachte sie nicht über sich.

Was sie ebenfalls nicht über sich brachte, war, den Gedanken an Jacks Bruder zu verdrängen. Sie hätte nur zu gern damit aufgehört, darüber nachzugrübeln, dass sie monatelang die Worte eines Toten in sich aufgesogen, sich amüsiert hatte über seinen Spott und seine kleinen, oft anzüglichen Liebesgedichtchen, dass sie sich wiedergefunden hatte in seinen ernsten Worten und angezogen fühlte von denen voller Frust und Selbstzerstörung. Wochenlang hatte der Verfasser dieser Zeilen sie fasziniert, er hatte sie so sehr beschäftigt, dass sie davon geträumt hatte, ihm zu begegnen, weil sie glaubte, er könnte ihr Neuanfang sein. Als sie auf Jack traf, den zurückhaltenden, wortkargen Jack, war sie womöglich auf den ersten Blick enttäuscht gewesen, doch obwohl er sich nicht als der entpuppte, den Annie erwartet hatte, hätte sie sich dennoch mehr mit ihm vorstellen können.

Das konnte sie nun nicht mehr. Und Annie verstand nicht wirklich, weshalb sie so empfand.

Sie fühlte sich hintergangen, ja, selbst wenn sie für die Gründe Verständnis aufbrachte. Und dann fühlte sie noch etwas anderes, etwas, das tiefer lag, tief in ihr drinnen. Eine Art Selbstbetrug. Sie kam sich vor, als habe sie sich eigenmächtig entwurzelt, mit ihren eigenen Händen dafür gesorgt, dass sie sich selbst nicht mehr trauen konnte.

Zuerst hatte sie sich in die Worte eines Fremden verrannt. Dann in die eines Mannes, den sie so gut wie gar nicht kannte, der noch nicht einmal Worte benutzte, zumindest nicht sonderlich viele. Sie hatte ihre Fantasien für beide Männer zusammengefügt und sich daraus ein Bild erschaffen, das es überhaupt nicht gab.

Ein Trugbild.

Eine Illusion.

Mit dem Ergebnis, dass sie nun niemandem mehr traute, nicht Jack, nicht ihrem Urteilsvermögen, am wenigsten sich selbst.

»Hat er etwas mehr über seinen Bruder erzählt?«, fragte Hoola, sobald Annie ihre Geschichte beendet und sich der Schock über Leos Tod gelegt hatte.

»Dazu hatte er gar keine Gelegenheit. Er sagte: ›Ich bin nicht der, für den du mich hältst‹, und dann habe ich ziemlich schnell das Weite gesucht.« Unglücklich zuckte Annie mit den Schultern.

»Und? Wie geht es nun weiter?«

Mehr Schulterzucken.

»Denkst du, du magst ihn?«

Es war nicht so, dass Annie sich die Frage nicht schon selbst gestellt hätte, und doch brauchte sie eine ganze Weile für ihre Antwort. »Ich denke, ich mochte die Vorstellung von ihm«, sagte sie schließlich. »Diese Sicherheit, dass unter der schweigsamen, wortkargen Hülle etwas verborgen liegt, das mir gefällt. Etwas, das mir beinahe schon vertraut ist. Wenn ich jetzt daran denke ...« Annie schüttelte sich kaum merklich. Die Vorstellung, dass Leo,

Verfasser des Büchleins aus dem Moor, tot war, bereitete ihr Gänsehaut. »Ich kann es nicht erklären. Ich fühle mich, als wäre ich krank.«

»Nun ja, du hast Eiscreme, Rotwein und einen winzigen Bissen Pizza intus«, sagte Hoola mit Blick auf die beinah unangetastete Schachtel zwischen ihnen auf dem Wohnzimmertisch. »Und nicht viel mehr, wie ich annehme.«

»Das ist es nicht.«

»Nein?«

»Wir haben uns geküsst.«

»Oh. Okay.«

»Und, rückblickend, ich weiß nicht ... es fühlt sich seltsam an.«

»Rückblickend.«

»In der Retrospektive.«

»In ... alles klar.«

»Bitte, lach nicht.«

»Ich lache nicht. Ehrlich nicht. Ich kann mir vorstellen, dass es sich seltsam anfühlt, Jack geküsst zu haben – nach allem, was du jetzt von ihm weißt.«

»Was eigentlich so gut wie gar nichts ist.« Annie seufzte. Sie sah Hoola an. Sie hatte keine Ahnung, wo all die seltsamen Gefühle in ihr auf einmal herkamen, doch plötzlich brannten Tränen hinter ihren Lidern, sie sah von Hoolas Gesicht auf deren Körpermitte, dann woanders hin, während sich Gedankenfetzen durch ihr Bewusstsein schoben. *Du kennst ihn nicht, womöglich kennst du Hoola auch nicht, wo hattest du deine Augen, all die Jahre, wie konnte dir das mit Ben entgehen, deinem eigenen Bruder?*

»Annie.« Hoolas Stimme klang todtraurig. Es war, als könnte sie Gedanken lesen, als wüsste sie genau, wohin Annies abgedriftet waren.

»Entschuldige. Ich will nicht immer wieder davon anfangen.«

»Ich weiß.« Hoola seufzte. Dann strich sie sich abwesend über ihren flachen Bauch, an dem sich nicht das geringste Zeichen einer Schwangerschaft zeigte, und Annies Tränen begannen zu fließen, ausgerechnet jetzt. »Es tut mir leid.«

»Nein, das muss es nicht. *Mir* tut es leid.«

»Nein, mir. Und ich frage mich, warum du das so gelassen hinnimmst, Hoola. Ich komme mir boshaft vor und zynisch, und allmählich mag ich mich selbst nicht mehr. Ich nehme dir übel, dass du meinen Bruder liebst, mir nichts davon erzählt hast, dass du schwanger von ihm bist, im vollen Bewusstsein, dass du ...« Annie gab einen jämmerlichen Ton von sich und rieb sich über die Augen. »Dass *du* ein Kind bekommst. Und ich nicht. Ich bekomme kein Kind, Hoola. Ich hab nicht mal einen Mann. Und da siehst du, wie unglaublich egoistisch und dumm ich bin. Du leidest darunter, dass Ben sich nicht festlegen will, und ich ... Ich sitze hier auf deiner Wohnzimmercouch und jammere dich voll, obwohl nicht mal zwischen uns alles geklärt ist. Denn das ist es nicht, oder? Wir müssen uns selbst erst mal aus dieser Krise manövrieren, und trotzdem sitze ich jetzt hier, rede wieder mal nur über mich, denke niederträchtige Dinge, lasse dich die Pizza bezahlen, trinke deinen Rotwein, nachdem ich mir schon dein Auto geliehen hatte ...« Annie stöhnte, dann schlug sie die Hände vors Gesicht und schüttelte gleichzeitig den Kopf. »Ich drehe durch, Hoola, ehrlich, ich bin nicht mehr zurechnungsfähig.«

»Okay.« Hoola setzte das Glas Eistee ab, das sie auf dem Knie balanciert hatte, rutschte auf ihrer Seite der Couch nach vorn und griff über das Tischeck hinweg nach Annies Händen.

»Nein.« Annie presste die Lippen aufeinander.

»Komm schon.« Hoola löste Annies Finger, sie musste beinah Gewalt anwenden, so sehr verkrampfte die sich. Schließlich hielt Hoola Annies Hände in ihren und sah in das verweinte Gesicht.

»Du willst wissen, warum ich das hinnehme?«

Zur Antwort schniefte Annie.

»Weil du meine älteste Freundin bist und der beste Mensch, den ich kenne, und eine Idiotin, offensichtlich, dummes Ding. Ich habe dich verletzt, und das tut mir furchtbar leid. Ich kann froh sein, wenn du mir verzeihst, nicht umgekehrt. Und ich werde dich nie mehr anlügen, das kann ich gut und gern schwören, jetzt, nachdem das größte Geheimnis meines Lebens keines mehr ist.« Hoola lächelte traurig. »Und nun zu dir, Annie St. James. Ich weiß nicht, wie niederträchtig die Dinge sind, die du denkst, was ich aber weiß, ist, dass die Scheidung dein Leben ordentlich durcheinandergewirbelt hat, und ich weiß auch, du hast die Geduld der Menschen um dich herum damit strapaziert. Aber das macht dich nicht zu einem schlechten Menschen, hörst du?« Sie drückte Annies Hände. »Du bist weder zynisch noch boshaft noch egoistisch. Und Annie …«

Als Annie aufsah, erkannte sie, dass auch in Hoolas großen braunen Augen Tränen schwammen. »Ich weiß, dass du gern ein Baby gehabt hättest. Mit Finley. Ich weiß das.«

»Oh, Hoola. Nein.« Kopfschüttelnd versuchte Annie, ihre Hände aus denen ihrer Freundin zu befreien, doch die ließ nicht los.

»Ich weiß das«, wisperte Hoola. »Und es tut mir leid.«

»Nein. Mir tut es leid. Mir tut leid, dass ich die Freundin gewesen bin, der du nicht erzählen konntest, wen du in deinem Leben am meisten liebst. Weil sie zu ignorant war offensichtlich. Und kindisch dazu. Es stimmt, was du gesagt hast – ich wollte dich für mich haben, ganz offensichtlich war ich schon in der Vorschule egoistisch.«

»Ach, Annie. Wir waren Kinder.«

»Ja.« Annie nickte traurig. »Und jetzt sind wir es nicht mehr.«

Eine ganze Weile lang saßen sie da, schwiegen und hielten sich an den Händen. Tauschten Blicke, die Bände sprachen. *Es wird alles wieder gut,* sagten die. *Vertrau mir, alles kommt in Ordnung.* Schließlich fragte Annie: »Lässt du mich jetzt los? Meine Handflächen beginnen zu schwitzen«, und beide lächelten, zaghaft und ergeben.

Sie aßen endlich die Pizza, die zuvor fast unangetastet geblieben war, und danach je eine Hälfte der Zimtschnecke, die Hoola am Nachmittag bei Fitzbillies gekauft hatte. Bis dahin hatte Annie einen leichten Schwips vom vielen Rotwein, und Hoola ein sehnsüchtiges Lächeln auf den Lippen, weil sie gern ein Glas mitgetrunken hätte.

»Das wirst du schön sein lassen, Frau Doktor«, erklärte Annie streng. »Soweit ich weiß, ist das gerade unser einziges Baby, und ich habe vor, darauf aufzupassen, als wäre es mein eigenes.«

»Ist es ja auch fast.«

»Ugh. Sag sowas nicht, das klingt gruselig.« Annie ließ sich in die Sofakissen zurückfallen und lehnte den Kopf nach hinten. »Hast du von Ben gehört?«

»Nein. Das heißt, ich weiß es nicht. Ich hab seine Nummer blockiert. Es macht mich wahnsinnig, dass ihn das alles so kaltlässt, dass er es nicht für nötig hält, sich zu melden. Und weil ich ohnehin weiß, dass er es nicht tut, möchte ich wenigstens nicht sicher sein müssen. Ergibt das irgendeinen Sinn für dich?«

»Absolut. Leider.« Annie zögerte. »Möchtest du, dass ich mit ihm spreche?«

»Das hast du noch nicht getan?«

»Nein. Natürlich nicht.«

Einmal mehr füllten Hoolas Augen sich mit Tränen, und Annie stöhnte. »Hör auf damit! Du bist schlimmer als ich! Sind das die Hormone?«

In zwei fließenden Bewegungen hatte Hoola die Distanz zu Annie überwunden und sie quasi unter sich begraben in die Kissen gedrückt.

»Hoola!«

Hoola bedeckte Annies Wangen mit Küssen. »Du warst böse auf mich, aber nicht so böse, dass du mit deinem Bruder gesprochen hättest, ohne mich vorher zu fragen.«

»Lass mich los, du erdrückst mich, du Walfisch.« Annie lachte. Es war das erste Mal seit Freitagnachmittag, dass Annie zum Lachen zumute war, und Hoola kicherte ebenfalls.

»Ich liebe dich, Annie.«

»O mein Gott, lass das. Allmählich wird es unheimlich.«

»Und unser Baby wird zwei fantastische Mütter haben, wie großartig ist das?«

Annies Telefon vibrierte auf dem Tisch. Jacks Name flackerte auf. Annie rührte sich nicht. Beide Frauen starrten das Handy an, bis der Anruf verstummt war, dann setzten sie sich schweigend auf.

»Weißt du, was das Schlimmste ist? Das Schlimmste ist, ich hätte Leo wirklich gern kennengelernt. Und es tut mir weh, dass das nicht mehr möglich sein wird.«

45

Samstag, 4. September

JACK EDWARDS

Annie. Können wir reden? Bestimmt habe ich dich schockiert mit dem, was ich dir über mich und meinen Bruder erzählt habe, aber ich würde es dir gern erklären. Genauer, meine ich. Es wäre schön, wenn du mir die Chance dazu geben könntest.

46

Sonntag, 5. September

JACK EDWARDS
Es tut mir ehrlich leid. Ich würde das gern wiedergutmachen. Oder zumindest erklären. Bitte.

47

Montag, 6. September

JACK EDWARDS

Ich kann verstehen, dass du nicht mit mir sprechen willst, wirklich. Ich kann das sehr gut verstehen. Aber … Ich habe irgendwie die Befürchtung, ich kann nicht weitermachen, ohne dir noch ein paar Dinge zu sagen. Siehst du keine Möglichkeit, dass wir uns noch mal treffen können? Auf einen Kaffee? In Cambridge oder wo auch immer du möchtest?

48

Mittwoch, 8. September

JACK EDWARDS

Okay. Annie. Ich bin Jack Edwards, ältester Sohn von Katherine und Neill und Bruder von Leo. Am 6. Juni starb er an einer Krankheit, an der vor Jahren bereits unser Vater gestorben ist. Sie heißt Chorea Huntington, greift das Gehirn an und ist nicht heilbar. Es war ein Abschied auf Zeit und ein Tod auf Raten, und obwohl wir alle, auch mein Bruder, uns auf diesen Tag vorbereiten konnten, bin ich nicht sicher, ob wir ihn jemals verwinden werden.

JACK EDWARDS

Ich werde nichts Schlechtes über Leo sagen, denn ich liebte ihn mit jeder Pore meines Seins, aber er war alles andere als ein Poet. Mein Bruder war zynisch und launisch, was bei dem Verlauf seiner Krankheit niemanden verwunderte. Er war außerdem jemand, der seine Gefühle hinter all dem Hohn und Spott versteckte. Was wirklich in ihm vorging, haben wir nie erfahren, Annie – ich übertreibe nicht. Leo war einfach nicht der Typ, der sich mitteilte.

JACK EDWARDS

Und du kannst dir vorstellen, wie schockiert ich war, als du mir aus heiterem Himmel dieses Notizbuch in die Hand drücktest. Als ich Leos Schrift erkannte, da ... Ich weiß nicht. Ich kann mich nicht mehr erinnern, was ich fühlte, und auch nicht, was ich gesagt habe, oder was du gesagt hast, und deshalb meine merkwürdigen Nachfragen, ich war einfach zu durcheinander.

JACK EDWARDS

Das bin ich immer noch. Ich frage mich, warum hat er all das aufgeschrieben, für wen, was wusste ich noch nicht über meinen Bruder, war das, was ich für ihn getan habe, genug? Ich weiß nicht, Annie, vielleicht habe ich gehofft, es wäre leichter, all das zu verstehen, wenn ich es durch deine Augen sähe, und vermutlich deshalb habe ich den Kontakt zu dir gesucht, zumindest am Anfang.

JACK EDWARDS

Später dann nicht mehr. Ich meine, später hatte Leo nichts mehr damit zu tun, dass ich dich kennenlernen wollte.

JACK EDWARDS

Und ich wollte dir die Wahrheit sagen, jede Minute, die wir zusammen waren. Das musst du mir glauben.

49

Finley, o Finley!

Mehr als zwei Wochen waren vergangen seit Jacks denkwürdigem Geständnis, zehn Tage, seitdem die Textnachrichten verstummt waren, und mittlerweile kam es Annie so vor, als habe es Jack und sie nie gegeben, das Buch nicht, Leo nicht und nicht den Kuss. Sie hatte keine von Jacks Nachrichten beantwortet. Sich stattdessen in Arbeit vergraben. Die erste Abgabefrist war ungebremst an ihr vorbeigerauscht, die zweite wollte sie unbedingt halten, und das nicht nur, um ihren Job gut zu machen. Es half Annies schmerzendem Hirn, an etwas anderes zu denken als an Leo, Jack, Hoola, Ben, Babys und von vorn; es half ihr, sich auf etwas anderes zu konzentrieren als ihr eigenes, verkorkstes Leben. Nun, *das* half, und – wenn auch auf nervtötende Weise – Annies Mutter.

Die beiden hatten am vergangenen Sonntag miteinander telefoniert, als Annie das gemeinsame Mittagessen absagte, einmal mehr nicht ganz unglücklich über die viele Arbeit, die sich vorschieben ließ. Ihre Mutter klang verschnupft, wie nicht anders zu erwarten, und noch ein bisschen mehr, als sie sagte: »Ich gehe davon aus, dass du Jonathan nach der Vernissage in London nicht wiedergesehen hast?«

Für eine Sekunde wusste Annie nicht, was sie darauf erwidern sollte. Sie hatte keinen Gedanken mehr an Jonathan verschwendet – und er offenbar auch nicht an sie, denn nach ein paar Tagen hatten seine vergeblichen Anrufe aufgehört.

Also sagte sie: »Nein?«, was wie eine Frage klang und ihre Mutter noch ein bisschen mehr ärgerte.

»Dann hat dir dieser vollbärtige Teppichknüpfer besser gefallen?«

»Was? Mum!« Sie war zu geschockt angesichts der Tatsache, dass sich ihre Mutter überhaupt an Jack erinnerte, um schnell genug zu sein für seine Verteidigung, denn da sprach ihre Mutter bereits weiter: »War er der Mann, mit dem Finleys Frau dich vor deiner Wohnung gesehen hat?«

Nun, Cambridge war eine Kleinstadt, *so* klein jedoch auch wieder nicht. Annie war klar, woher ihre Mutter von Jacks Besuch wusste – es konnte nur eine Quelle dafür geben, und diese begann mit F und endete auf inley.

Sie hätte es also ahnen können. Nein, eigentlich hätte sie es wissen müssen, und dennoch stieg sie eine Woche später um kurz vor zwölf auf ihr Fahrrad, um in geradezu schneckenhaftem Tempo den kurzen Weg zum Haus ihrer Eltern zurückzulegen. Das Gespräch über Jack hatte sie beinah vergessen. Stattdessen überlegte sie, wer Elaine St. James wohl stecken würde, dass sie demnächst Großmutter wurde. Ob Ben es tun würde oder Hoola oder Hoolas Mum oder ob es am Ende an ihr hängen blieb. Sie fragte sich, wie ihre Mutter darauf reagieren würde, und schüttelte schließlich den Kopf. Diese ganze Situation war absurd. So absurd, dass sie drauf und dran war, in den nächsten Flieger zu steigen und ihrem vermaledeiten Bruder unter der heißen Sonne Spaniens ordentlich den Kopf zurechtzurücken. Die ganze Fahrt über dachte sie daran, wie grotesk sich ihr Leben in den vergangenen Monaten entwickelt hatte, grotesk und seltsam und befremdlich. Und dennoch hätte sie alles darauf verwettet, dass es noch schlimmer kommen konnte. Was es natürlich auch tat.

»Guten Tag, Annie.«

»Finley!« Wie angewachsen blieb Annie in der Tür zur Küche stehen, wo Finley, ihr Ex und neuer Mann von Cassandra, am kurzen Ende der Eckbank thronte, aufrecht wie immer, eine Tasse Tee vor sich, die bereits geleert war. Ganz offensichtlich saß er schon länger dort. Was machte er hier? Was hatte er in der Küche ihrer Mutter zu suchen, allein, ohne sie?

»Was ... *Was tust du hier?«*

»Ich habe Finley zum Essen eingeladen.« Ihre Mutter warf ihr über die Schulter einen Blick zu. Es duftete nach Weißwein und Käse – Risotto, wie Annie feststellte, das zu Finleys Leibgerichten zählte. Er war also nicht spontan zum Essen eingeladen worden, sondern sehr gezielt. Ihre Mutter hatte ihn eingeplant.

»Mum, kann ich dich kurz sprechen?«

»Sei nicht unhöflich, Anna. Zieh deine Jacke aus und setz dich erst einmal hin.«

»Mum ...«

»Ich muss mich um das Risotto kümmern.«

»Das kann ich übernehmen, Elaine.« Finley war aufgestanden. Er trug Anzughose und ein silbergraues T-Shirt, das schimmerte wie Seide, dazu schwarze Chelsea Boots. Er sah exquisit aus, wie immer. Wie Finley.

Annie machte auf dem Absatz kehrt und stapfte in den Gang, wo sie auf ihre Mutter wartete.

»Du hast Finley zum Essen eingeladen?«

»Das sagte ich doch gerade.«

»Aber – wie kommst du dazu? Was ist in dich gefahren?«

»Nun, er hat mich darum gebeten, den Kontakt zu dir herzustellen. Aus ihm unerfindlichen Gründen beantwortest du offenbar seine Anrufe nicht. Was mir ebenfalls unverständlich ist.«

»Und ist dir eventuell mal der Gedanke gekommen, dass ich meine Gründe haben könnte? Mum! Das ist Finley! Mein Ex-Mann! Der Mann, der mich verlassen hat. Um eine andere zu heiraten. Du erinnerst dich?«

»Hallo, Liebes.«

Annie war so außer sich, dass sie ihren Dad erst wahrnahm, als er direkt neben ihr stand. Er war die Treppe heruntergekommen, Lesebrille auf der Nasenspitze, Buch unterm Arm.

»Hey, Dad«, murmelte sie, während sie ihn auf die Wange küsste.

»Ich habe Finley gehört, ist das richtig? Habt ihr euch wieder vertragen?«

»Nein, wir haben uns nicht wieder vertragen, wir ...«

»An Finley liegt es sicher nicht.«

»Mum!« Annie hatte die Stimme erhoben, doch bei dem mahnenden Gesichtsausdruck ihrer Mutter schwenkte sie in einen fiebrigen Flüsterton um. »Du weißt ganz genau, an wem es liegt. Würdest du dich bitte für einen Moment daran erinnern, wessen Mutter du bist? Er hat mich verlassen. Das war nicht meine Idee, Herrgott noch mal.«

»Bitte, fluche nicht. Und ich denke, du wärst überrascht, wie leid ihm das tut.«

Das brachte Annies Rage für einige Sekunden ins Stocken. Sie starrte ihre Mutter an, die Lippen leicht geöffnet, während sich ihr Vater an den beiden Frauen vorbeischob, um seinen Weg in die Küche fortzusetzen.

Wider Erwarten war das Essen halb so schlimm, wie Annie befürchtet hatte. Sie deckten den Tisch im Esszimmer, weil es draußen inzwischen schon zu frisch war, und führten, nachdem Annie tief durchgeatmet und den Ärger über die eigenmächtigen Entscheidungen ihrer Mutter so gut es ging und zumindest vorübergehend verdrängt hatte, harmlose, nichtssagende Unterhaltungen. *Hast du im Augenblick viel zu tun? Laufen die Vorbereitungen für das kommende Semester schon an? Für Mitte September dürfte es wirklich noch ein bisschen wärmer sein, findet ihr nicht?* Sie aßen Weißwein-Risotto mit gebratenen Filetspitzen und Pilzen, tranken den ausgezeichneten Weißwein gleich dazu, und am Ende konnte Annie nicht mehr genau sagen, ob ihr davon warm geworden war oder von den Blicken, die Finley ihr zuwarf, wenn ihre Mutter sich gerade einmal von ihnen abwandte.

Was tust du hier?, fragte sich Annie immer und immer wieder, und gleich danach, ob sie die Antwort wirklich hören wollte.

Am Nachmittag bestand Finley darauf, Annie nach Hause zu begleiten. Leichter Regen hatte eingesetzt, Finley besaß einen Schirm, und Annie schob ihr Fahrrad, während er ihn über ihren Köpfen balancierte. Sie gingen langsam, und sie schwiegen zunächst. Bis Annie die Stille nicht länger aushielt und damit herausplatzte: »Was soll das, Finley? Was hast du bei meinen Eltern verloren? Warum warst du heute hier?«

»Deine …«

»Sag jetzt ja nicht: ›Deine Mutter hat mich eingeladen.‹ Wage es nicht!«

»Deine Mutter war so freundlich, meinen Anruf entgegenzunehmen. Und ja, dann hat sie mich eingeladen.«

»Welchen Grund solltest du haben, meine Mutter anzurufen?«

»Du kennst den Grund, Annie.«

»Nein, tut mir leid, den kenne ich nicht.«

»Du hast nicht auf meine Anrufe reagiert. Und nicht auf meine Fragen geantwortet.«

Annie blieb stehen. Zu zweit, mit Annies Fahrrad und dem riesigen Schirm, versperrten sie den Weg für alle anderen Fußgänger, weshalb Finley sie in eine Einfahrt schob. Er seufzte.

»Triffst du dich mit einem anderen?«

»Was?«

»Triffst du dich mit einem anderen Mann?«

»Das war die Frage, die meine Mutter dir beantworten sollte?«

»Dieser Kerl, mit dem Cassandra dich gesehen hat … Er hat irgendwas mit der Ausstellung zu tun, die du in London besucht hast, stimmt das?«

Wortlos blickte Annie zu Finley auf, bevor sie den Lenker ihres Rads fester umfasste, um es zurück auf die Straße zu schieben. Dort stieg sie auf.

»Annie.«

»Weißt du, was mich interessieren würde, Finley? Was denkt Cassandra, wo du gerade bist? Wird sie nicht misstrauisch, wenn du den halben Sonntag nicht zu Hause bist? Weiß sie, dass du deiner Ex eine Szene machst, mitten auf der Straße? Glaubst du nicht, sie würde das seltsam finden?«

Annie trat in die Pedale.

»Annie, bleib stehen.«

»Den Teufel werde ich tun.« Sie schüttelte den Kopf, während sie um die Ecke bog, aus Finleys Sichtfeld, und sie schüttelte ihn immer noch, als sie das Rad vor ihrem Haus abschloss.

Es war nicht Finleys Art aufzugeben. Kaum jemand wusste das besser als Annie. Weshalb es sie auch nicht überraschte, als es keine Viertelstunde später an ihrer Haustür läutete; im Gegenteil, sie hatte damit gerechnet.

»Annie!«

Er stand unter ihrem Fenster.

Sie verzog keine Miene. Sie lehnte am Rahmen, sah auf ihren Ex-Mann hinunter, schalt sich innerlich dafür, dass ihr Herz schneller schlug, dass sie entgegen jeder Vernunft Hoffnung schöpfte, Hoffnung auf …

Ja, worauf, Annie?

Sie war nicht einmal sicher, was genau Finley von ihr wollte. War er eifersüchtig, weil er dachte, es gebe einen anderen Mann in ihrem Leben? Vermutlich. Auch das versetzte sie nicht in Erstaunen, kein bisschen. So war ihre Beziehung nun mal, so war sie immer gewesen. Intensiv. Kompliziert. Ganz offensichtlich nicht normal.

Annie betrachtete Finley, sein vertrautes Gesicht. Der Ausdruck darin weicher als noch vor einer halben Stunde, nach wie vor entschlossen, doch wärmer jetzt. Und mit einem Mal wusste sie, worum es hier ging, sie war sich zu einhundert Prozent sicher. Er sagte: »Sprich mit mir«, ohne einen Ton von sich zu geben, Annie las es von seinen Lippen. Einige Sekunden lang zögerte sie noch, dann ging sie zur Tür und ließ Finley herein.

»Ich habe einen Fehler gemacht.« Das war das Erste, das er sagte, ruhig und gefasst, in der Mitte ihres Wohnzimmers.

»Einen Fehler?« Annie starrte ihn an. Die dunklen Augen hinter der schwarzen Brille, die kantigen Züge; hohe Wangenknochen, ausgeprägtes Kinn. Finleys Haare waren ordentlich gescheitelt, die Haut glatt rasiert, er roch nach dem Aftershave, das er seit Jahren kaufte, und nach Finley, ihrem Finley. »Was genau meinst du damit, du hast einen Fehler gemacht?«

»Du weißt, was ich meine.«

Ja, dachte Annie. *Ich fürchte, ich weiß es.* Ihre Unterlippe begann zu beben, sie konnte nichts dagegen tun. War er das? War das der Augenblick, auf den sie so lange hingefiebert, den sie sich erträumt hatte? Annie holte zittrig Luft, und Finley, er witterte eine Chance, wenn sie sich ihm bot. Schon immer.

Er trat einen Schritt näher an Annie heran, so nah, dass sie glaubte, seinen unaufgeregten, gleichmäßigen Herzschlag zu spüren. »Ich habe nie aufgehört, dich zu lieben.«

»Aaah, Finley ...« Annie presste die Augen zusammen und hob gleichzeitig die Hände. Sie beanspruchten den letzten Zentimeter Raum, den Finley zwischen ihnen gelassen hatte.

»Ich weiß nicht, warum ich dich verlassen habe, Annie. Womöglich wollte ich uns wachrütteln. Ich wollte, dass wir spüren, dass wir zusammengehören, dass wir es körperlich empfinden, nicht nur davon reden, nicht darauf warten, dass sich Gefühle wieder einstellen, für die wir zu abgestumpft waren, sie zu empfinden.«

»Was ... Was meinst du? Meine Gefühle waren nie abgestumpft.«

»Vielleicht wollte ich uns wehtun.« Er griff nach Annies

Händen, zog sie an seinen Mund, küsste die Fingerspitzen. Annie folgte den Bewegungen seiner Lippen wie eine Hypnotisierte. Was um Himmels willen redete er da?

»Du hast *mir* wehgetan«, würgte sie schließlich hervor, bevor sie ihm mit einem Ruck ihre Hände entzog. Sie starrte ihn an. »Mir ganz allein.«

»Das ist nicht wahr. Ich liebe dich, Annie. Ich hab dich so vermisst in den vergangenen Monaten, ich habe dir *und mir* wehgetan, und es tut mir unendlich leid, du ahnst nicht, wie sehr. Als ich dann gehört habe, dass du dich mit anderen Männern triffst, da ...«

Annie gab ein Geräusch von sich, es war unmöglich zu deuten.

»Annie ...«

»Hör auf. Bitte.« Sie hätte die Worte gern herausgeschrien, Finley geradezu damit beworfen, er hatte sie verletzt, so sehr, sie ganz allein. Stattdessen fielen die Silben wie Feiglinge von ihren Lippen, klangen wie ein Eingeständnis, als hätte sie ihm längst verziehen, ob sie wollte oder nicht.

»Ich bin durchgedreht, fast verrückt geworden.«

»Was ist mit Cassandra?«

Finley machte einen Schritt auf Annie zu, und die wich instinktiv ein Stück zurück.

»Annie.«

»Es geht nicht.« Annie rauschte das Blut in den Ohren. Auf einmal tat ihr Cassandra leid, und das verwirrte sie. Dann blitzte ein Bild von Jack vor ihren Augen auf und verschwand so schnell, wie es gekommen war.

»Ich habe nie aufgehört, dich zu lieben.« Mit einem letzten Schritt füllte Finley erneut die Distanz zwischen ihnen, er stellte sich dicht vor sie, ganz, ganz nah.

»Nie aufgehört«, flüsterte er.

Für einige Sekunden dachte Annie daran, dass das hier Finley war – Finley, der Mann, der sie hingehalten hatte, mehr als zwei Jahre lang, um sie dann doch endgültig zu verlassen. Der sie zerstört hatte. Von sich gestoßen. Eine andere heiratete. Der Mann, den sie so sehr liebte wie keinen anderen, in ihrem ganzen Leben nicht.

Finley. Der so gut darin war, sie zu lesen. Er musterte Annies Gesicht, betrachtete sie, nahm jede Nuance ihres Ausdrucks wahr, als höre er ihre Gedanken. Er erkannte den Moment, in dem sie sich geschlagen gab, in dem er gewonnen hatte. Annie sah das Glitzern in seinen Augen, als er sich vorbeugte, um seine Lippen an ihre zu schmiegen, um seine Arme um sie zu schlingen, sie festzuhalten, fest.

Er roch so gut. Nach Finley, nach zu Hause, nach ihrem Leben, nach allem, was sich Annie wünschte. Sie schlang beide Arme um seinen Nacken und seufzte gegen den Kuss, als sie sich an ihn drängte, ihn zu sich zog, ihn mit sich riss, alles auf einmal. Er war ihr so vertraut. Und sie hatte so lange von diesem Augenblick geträumt. Und nun war er da. Und alles andere – alles andere war nichts.

50

Dienstag, 21. September

ANNIE ST. JAMES

Lieber Jack, danke für deine Nachrichten. Dein Verlust und das, was du durchmachen musstest, nachdem ich dir Leos Aufzeichnungen brachte – all das tut mir sehr leid. Vielleicht wäre uns ein kleines bisschen Kummer erspart geblieben, wenn ich dir nicht gleich so forsch unterstellt hätte, dass du der Verfasser des Notizbuchs sein müsstest. Auch das bedauere ich sehr.

ANNIE ST. JAMES

Aber ich fürchte, dass ich nicht diejenige bin, die die Antworten für dich parat hat. Ich kann mir vorstellen, wie schwer es für dich sein muss, all diese Dinge zu lesen über einen geliebten Menschen, den du geglaubt hast zu kennen, dessen Innerstes dir aber womöglich verschlossen blieb. Ich könnte mir vorstellen, Leo wollte dich schützen – vor seiner Melancholie, seiner Angst, seiner Wut, womöglich sogar vor seiner Liebe, weil er wusste, es würde für dich schmerzlich genug werden, wenn er gehen muss. Ich denke, er wollte dir nicht noch mehr wehtun.

ANNIE ST. JAMES

Lieber Jack, ich wünsche dir alles nur erdenklich Gute. Von Herzen hoffe ich, dass du zur Ruhe kommst, vergeben kannst, wenn schon nicht vergessen, am meisten dir selbst. Du hast alles richtig gemacht. Du bist ein großartiger Mensch. Niemand wird je in einen anderen hineinschauen können, so einfach ist es manchmal, und möglicherweise muss man gar nicht alles verstehen, oft reicht eine wohlwollende Erkenntnis, dass Dinge nun einmal sind, wie sie sind. Es war mir eine Freude, dich kennenzulernen, Jack Edwards. Eine große. Lebe wohl.

JACK EDWARDS

Annie.

JACK EDWARDS

Ich danke dir. Nur das Beste für dich. Dein Jack

Ich wünschte, ich könnte mich wegbewegen, meine Haut abstreifen, mich verdünnisieren. Klammheimlich verschwinden, die Biege machen, mein altes Ich, alles sonst, hinter mir lassen.
Niemand wird mich vermissen.
Niemand wird um mich weinen.
Ich tauche auf, auf der anderen Seite, als ein besseres, cooleres Ich; kaum noch wütend, wenig verbittert.

Letzter Teil

51

Mittwoch, 13. Oktober

Liebe Annie,

ich weiß nicht, wie oft ich deine letzten Nachrichten gelesen habe, etliche Male, so viel kann ich sagen. Und jedes Mal wieder habe ich mich gefragt, weshalb ich nur diese zwei Zeilen zustande gebracht habe, die man kaum eine Antwort nennen kann, und weshalb ich nicht ein bisschen mehr geschrieben habe, keine Ahnung, was, es gäbe noch einiges zu sagen, zumindest fühlt es sich für mich so an. So abrupt. Wie wenn man ein Tischbein absägt, dann aber vergisst, die Kanten glatt zu schleifen.

Himmel! Hörst du das? Abgesägte Tischbeine. Spätestens jetzt dürfte klar sein, dass ich auf keinen Fall der sein kann, für den du mich gehalten hast – ich bin offensichtlich kein großer Schreiber, weder was Nachrichten angeht noch Briefe noch diese Art Poesie, die mein Bruder scheinbar für sich entdeckt hatte, kurz bevor er ging. Okay.

Gut drei Wochen sind seit deinen letzten Nachrichten vergangen, und nun ist es zu spät, noch einmal darauf zu reagieren, denn ziemlich sicher willst du nichts mehr von mir hören, du bist in dein Leben zurückgekehrt, und ich hoffe, du bist glücklich, Annie, das hoffe ich wirklich.

Dennoch … Da gibt es ein paar Sachen, die ich gern noch loswerden würde, und schon während ich das schreibe, beginne ich allmählich zu verstehen: Die Dinge aufzuzeichnen lässt sie womöglich klarer werden. Lässt die Gedanken, die im Kopf herumschwirren, langsamer werden, dann sachte nach unten schweben, eventuell ihren Platz einnehmen. Und das selbst dann, wenn nie jemand lesen wird, was hier steht.

Also, Annie.

Ich bin nicht sicher, ob ich dir gesagt habe, wie viel es mir bedeutet hat, dass du an jenem Nachmittag zu mir nach London gekommen bist. Vermutlich habe ich es nicht erwähnt. Wie ich mich kenne, habe ich es mir nicht mal anmerken lassen. Ich war ziemlich durcheinander an dem Tag, voller Sorge um Lori und großem Ärger Rachel gegenüber, weil sie mir solche Angst eingejagt hatte. Und dir auch. Ich war kurz davor, ihr die Schuld an allem zuzuweisen – an unserer seltsamen Beziehung und daran, dass sie so spektakulär gescheitert ist, doch ich denke, ich sollte ehrlich zu dir sein. Zu mir natürlich auch. Die Trümmer, unter denen meine Ehe am Ende begraben lag, hat tatsächlich nur einer zu verantworten, und das bin ich. Vielleicht war ich nicht der Richtige für Rachel. Vielleicht waren wir nicht die Richtigen füreinander. Aber wir hatten Lori, und das allein hätte mir Motivation sein müssen, mein Verhalten infrage zu stellen.

Ich habe gesagt, ich werde nicht schlecht über meinen Bruder sprechen, und das tue ich auch nicht. Allerdings finde ich, du solltest zumindest wissen, wieso er immer wieder zentrales Thema meiner Gedanken- und Gefühlswelt ist.

Als mein Vater starb, war ich sechs Jahre alt, Leo war vier. Das ist viel zu früh, um einen Elternteil zu verlieren, *aber ähnlich wie bei Leos späterem Krankheitsverlauf traf uns der Tod nicht unvorbereitet. Er schlich heran. Spielte mit uns. Ließ uns sogar ein oder zwei Etappen gewinnen, bevor er endgültig den Sieg für sich beanspruchte. In dieser Zeit lernte ich, wie schnell ein Kind erwachsen werden kann, wenn es darauf ankommt.*

Die folgenden Jahre schwierig zu nennen, ist eine absolute Untertreibung. Während ich an meiner Mutter hing und versuchte, sie so gut es eben ging zu unterstützen, damit sich ihre Situation verbesserte, kapselte Leo sich schneller ab, als man dabei zusehen konnte. Anfangs waren wir es, die ihn aus allem raushalten wollten, er war einfach zu jung, um unter all dieser Trauer begraben zu werden. Später dann, nachdem er erfahren hatte, dass er die Krankheit auch in sich trug … Er war zehn, Annie. Seit Leo zehn Jahre alt war, wusste er, dass auch er wie unser Vater sterben würde, dass nichts sie aufhalten konnte.

Auch ich nicht. Ich konnte nichts für ihn tun.

52

Sonntag, 17. Oktober

Liebe Annie,

es ist seltsam. Seit ich nichts von dir höre und mich gleichzeitig dazu zwinge, mich dir nicht aufzudrängen, wächst sich die Unruhe in mir zu ungewohntem Tatendrang aus. Vielleicht ist es an dieser Stelle angebracht, dir etwas zu beichten, was du womöglich noch nicht wusstest, aber: Ich bin ein eher phlegmatischer Mensch. Einer, der sich nicht gern zu Neuem aufrafft, einer, der lieber in altem Brackwasser schwimmt als aufs offene Meer zu segeln. Habe ich das gerade tatsächlich geschrieben? Ich kann Leo beinahe brüllen hören vor Lachen, aus dem Off, Gott, er würde mich fertigmachen.

Ich fange schon wieder von Leo an, denkst du? Mein Bruder, mein großartiger, charmanter, blendend aussehender, umwerfender kleiner Bruder war sechsunddreißig Jahre lang Mittelpunkt meines Lebens. Habe ich erwähnt, dass er sich hinter seinem Sarkasmus versteckte? Bestimmt habe ich das. Habe ich erwähnt, dass ich mich hinter meinem Bruder versteckt hielt?

Was sind das für Gedanken, die da durch- und übereinandertaumeln? Ich weiß nicht mal, warum ich dir das alles erzähle. Vermutlich weil du diese Zeilen ohnehin nie lesen wirst. Weshalb ich mich wiederum frage: Dachte mein Bruder, dass das, was er aufgeschrieben hat, auch niemals gelesen werden würde? Vor unserem gemeinsamen Tag in Cambridge hast du mich gefragt, weshalb ich das Buch in einer Letterbox im Dartmoor zurückgelassen habe. Erinnerst du dich? Ich bin der Frage ausgewichen, aus den mittlerweile bekannten Gründen, doch die Wahrheit ist: Ich habe nach wie vor keine Ahnung, weshalb Leo das getan hat. Soweit ich weiß, war er nie beim Letterboxing, ich wüsste nicht einmal, wann er je im Dartmoor gewesen sein sollte. Könnte es sein, dass er das Buch verloren hat? Es auf wundersame Weise seinen Weg ins Moor gefunden hat? Ist es ihm gestohlen worden? Oder hat er es tatsächlich dort hingebracht, damit es gefunden wird?

Und wieder bin ich vom Thema abgekommen. Dafür, dass ich mich normalerweise als einen Mann beschreiben würde, der nicht viel redet, schreibe ich geradezu wie ein Wasserfall, habe ich recht? Shit, das ist seltsam. Ich fühle mich, als sei ich in eine Art Schreibkatharsis abgerutscht, aus der ich nicht mehr herausfinde. Und vielleicht will ich das auch nicht. Es tut gut, mit dir zu reden, Annie. Wenn es mir jetzt noch gelingt, meine Gedanken zu ordnen, kommt womöglich sogar etwas Brauchbares dabei heraus.

Unser letztes Treffen liegt jetzt schon einige Wochen zurück. Ich denke oft daran. Aber ich nehme es dir nicht übel, dass du den Kontakt zu mir abgebrochen hast, dazu habe ich kein Recht. Natürlich hatte ich gehofft, mit dir noch einmal über alles sprechen zu können, doch selbstverständlich schuldest du mir nichts. Gar nichts. Ich weiß das.

Ich denke, ich werde dennoch nicht aufhören, dir zu schreiben. Wenn du erlaubst …?

53

Dienstag, 19. Oktober

Liebe Annie,

habe ich dir von meinem Freund Sean erzählt? Nun, er ist eine Nervensäge vor dem Herrn, aber ohne ihn wüsste ich manchmal nicht, was ich tun sollte. Er hat das King's Arms übernommen, den alten Pub, den sein Vater ihm überschrieben hatte, und er hat Bridget geheiratet, mit der er schon auf der Schule zusammen war. Die beiden können unerträglich sein, auf eine Übelkeit verursachende, symbiotische Art, so ein Paar ist das, wenn du verstehst, was ich meine. Das schreibe ich mit einem breiten Grinsen im Gesicht. Die zwei sind wundervoll. Ich bin mir sicher, du würdest sie mögen.

Bridget ist groß darin, sich in Dinge einzumischen, vornehmlich solche, die sie nichts angehen. Sie ist auch groß darin, sie zu analysieren – auch das meistens ungefragt. So wie diese Sache mit dir.

Ich habe Sean und ihr von diesem Nachmittag in London erzählt. Ich hoffe, du verzeihst mir das. Ich habe den beiden nichts verschwiegen, auch den Kuss nicht, und gerade bin ich sehr, sehr froh, dass du diese Zeilen nie lesen wirst. Es ist nicht meine Art, intime Details aus meinem Leben oder dem Leben anderer auszuplaudern, das musst du mir glauben. In diesem Fall allerdings fühlte es sich seltsam an, auf der einen Seite einen so großen Schritt in Richtung … ich weiß nicht, Intimität ist vermutlich das passende Wort, jedenfalls, diesen Schritt zu gehen, um fast im selben Atemzug eine Distanz aufzubauen, die sich am Ende als unüberwindbar erweist.

Es tut mir so leid, dass ich dich enttäuscht habe, ich kann dir nicht sagen, wie sehr. Bridget, sie hatte noch einen anderen Gedanken, und der beunruhigt mich zutiefst. Sie sagte, das Schlimmste an meinem Geständnis dir gegenüber sei nicht gewesen, dass ich dich nicht rechtzeitig darüber informiert habe, nicht der Verfasser all der Texte zu sein, die du gelesen hast. Sie sagte, das Schlimmste für dich muss gewesen sein zu erfahren, dass der Verfasser dieser Texte tot ist – dass Leo tot ist. Weil du dich eventuell mit ihm verbunden gefühlt hast. Weil du dich vermutlich sogar über mich mit ihm verbunden gefühlt hast. Weil du eine Beziehung aufgebaut hast zu einer Vorstellung von jemandem, den es nicht mehr gibt. Bridget ist der Ansicht, dass du auf diese Weise auch Trauer zu bewältigen hast – Trauer um einen Menschen, den du glaubtest zu kennen, obwohl er …

Ich fürchte, ich drehe mich im Kreis. Du weißt vermutlich, was ich damit sagen will. Es tut mir leid, Annie, wenn du durch mich Kummer erfahren hast. Du ahnst nicht, wie leid mir das tut.

54

Donnerstag, 4. November

Liebe Annie,

das mit dem Tatendrang war nicht übertrieben. Seit ich damit begonnen habe, die verflixten Seiten dieses verflixten Buches zu füllen, habe ich scheinbar das Bedürfnis, auch etwas zu sagen zu haben. Und um etwas zu sagen zu haben, muss man offensichtlich ein paar Dinge tun.

Du erinnerst dich an die Branstons? Und daran, dass Andrés, Chef der Ruglovers, mich dazu gedrängt hat, ihrer Einladung zu sich nach Hause zu folgen? Wie sich herausstellte, ist Lori großer Fan von Balthazar Branston. Augenscheinlich hat er in einer Serie mitgespielt, die Lori gemeinsam mit ihrer Mutter gesehen hat, und – ja. Sie war entzückt, als sie erfuhr, dass ich ihren Serienhelden nicht nur kenne, sondern auch von ihm eingeladen wurde, in sein Haus zu kommen.

Vergangenes Wochenende kam es zu einem sehr spontanen Besuch bei den überaus erfreuten Branstons, zu dem ich Lori mitgenommen habe. Ursprünglich wollte ich uns in einem kleinen B&B in Brighton einquartieren, doch meine Tochter hat darauf bestanden, in dem von dem Paar angebotenen Gästezimmer zu übernachten. Die beiden waren wirklich nett, sehr gastfreundlich und unglaublich freundlich zu Lori. Wir waren auf dem Pier, sie hatte so viel Freude an einem der Spielautomaten (Rachel darf das nie erfahren), und später am Strand, obwohl das Wetter scheußlich kalt war.

Diese gemeinsamen Unternehmungen mit Lori ... Ich habe das Gefühl, allmählich aufzuholen, was ich in den ersten Jahren ihres Lebens verpasst habe. Verstehst du das? Als sie geboren wurde, war ich abgelenkt, mehr als das – manchmal kommt es mir so vor, als sei ich gar nicht Teil meiner kleinen Familie gewesen. In einem nämlich hatte Rachel zu hundert Prozent recht: In den letzten zwei, drei Lebensjahren meines Bruders waren die Prioritäten eindeutig verteilt. Ich habe Leo ins Souterrain unseres Hauses ziehen lassen, gegen Rachels Willen. Weil es mein Haus war. Weil sich Leos Gesundheitszustand verschlimmert hatte. Weil er mich brauchte. Und obwohl ich mich heute für dieses Argument schäme, bin ich nicht sicher, ob ich es nicht im Zweifelsfall noch einmal so machen würde. Lori war drei, als Leo einzog. Und wie viele Kleinkinder war sie auf ihre Mutter fixiert. Und weil ich unerfahren und idiotisch war und nicht weiter darüber nachgedacht habe, dachte ich, das sei ein Vorteil für mich. Damit ich mich um meinen Bruder kümmern konnte. So wie ich es immer schon getan hatte, seit ich ein Kind war. Doch am Ende dieser Reise war nicht nur mein Bruder tot, meine Ehe war es auch.

Die Beziehung zu Lori soll nicht so enden. Und ich habe beschlossen, diesmal aktiv etwas dafür zu tun, anstatt darauf zu warten, dass andere mir eine Lösung präsentieren.

Ach, und, Annie: Die Branstons haben nach dir gefragt. Du hast einen bleibenden Eindruck hinterlassen, nicht nur auf mich.

55

Freitag, 5. November

Liebe Annie,

ich habe Leos Buch meiner Mutter gezeigt. Gott, du findest es sicher grausam von mir, dass ich es ihr all die Monate vorenthalten habe, aber ich habe es bislang einfach nicht über mich gebracht. Mum – sie ist stark, keine Frage. Aber Leo ist noch nicht lange tot, und dann Loris Umzug nach Bath … Okay. Ich weiß. Ich war feige. Und ich rede mich raus. Und für Bath habe ich eventuell eine Lösung, ich arbeite daran. Ich erspare dir die Details darüber, wie sie es aufgenommen hat. Es war hart, schmerzvoll, doch ich denke, die Freude über das Wunder, noch einmal etwas von ihrem Sohn zu hören, hat letztlich überwogen.

Und dann noch etwas, zum Thema Dartmoor: Meine Mutter sagt, er habe einmal mit ihr über das Moor gesprochen, an einem seiner zynischeren Tage – es ging darum, dass die Erde Leichen konserviert und wie es wäre, wenn er dort sterben, einfach versinken, nie mehr auftauchen würde. Ich schwöre, ich hätte ihn eigenhändig umgebracht, hätte ich dieses Gespräch mitbekommen. Wie kann er unserer Mutter so ein Thema aufdrängen? Doch am Ende hat sie es womöglich leichter genommen als ich. Und sie sagte, Leos Texte überraschten sie kein bisschen. In ihren Augen habe er schon immer eine eigenwillige Art und Weise gehabt, das Leben zu betrachten. Ja, denke ich. Da liegt sie vermutlich richtig.

56

Montag, 29. November

Liebe Annie,

jetzt habe ich eine Weile nicht mehr geschrieben. Ich hoffe, es geht dir gut. Für den Fall, dass wir uns in diesem Leben nicht mehr wiedersehen: Ich bin dankbar, dich kennengelernt zu haben. Ich bin nicht sicher, wie du es angestellt hast, aber ich habe das Gefühl, als seist du einmal durch mein Leben gestoben und hast nichts mehr an seinem Platz gelassen auf diesem Weg.

Vieles hat sich verändert seit jenem Tag auf der Brücke. Ich habe mich verändert, zumindest denke ich das.

Ich habe Leos Zimmer ausgeräumt. Es war so hart, wie ich es mir vorgestellt hatte, und auf der anderen Seite habe ich mich selten so befreit gefühlt. Ich habe seine Bücher zusammengepackt, seine Kleidung. Es hat nach ihm gerochen, Annie, und am liebsten wäre ich niemals mehr aus der Erinnerung aufgetaucht, für immer darin haften geblieben, wie ein Faden, den man nicht abschütteln kann, der an immer anderer Stelle kleben bleibt. Letztlich konnte ich mich selbst abschütteln, schätze ich.

Ich werde die Zimmer renovieren, für Lori. Für einen Neuanfang.

57

Mittwoch, 1. Dezember

Liebe Annie,

ich dachte bisher, Leo hat mir durch dich das Buch geschickt, damit ich lerne, ihn besser zu verstehen. Aber jetzt, Annie – jetzt denke ich, er hat nicht das Buch *zu mir geschickt. Sondern dich.*

Dafür werde ich ihm immer dankbar sein. Und dennoch werde ich jetzt aufhören zu schreiben.

Es war schön, mit dir zu reden, Annie.

Alles Liebe für dich,
dein Jack

Wenn du nur eine Sache ändern könntest in deinem Leben, was wäre das?
Würdest du alles genauso machen, nur besser?
Würdest du alles genauso machen, genau so?
Würdest du... alles... machen?
Würdest du... leben?

58

Koffer packen

»Ist sie weg?«

»Ja.«

»Gott sei Dank. Eine Sekunde länger, und ich hätte in deine Schuhe gepinkelt.«

»Niemand hat gesagt, du sollst dich in meinem Schrank verstecken. Irgendwann musst du es ihr ohnehin sagen, denkst du nicht? Es ist immerhin ihr Enkelkind!«

»Aber sie ist nicht *meine* Mutter«, erklärte Hoola, während sie sich auf dem Weg ins Badezimmer an Annie vorbeidrängte. »Darum kann dein Bruder sich kümmern, denkst du nicht?«

Annie dachte, dass Hoola aussah wie ein Luftballon kurz vorm Platzen und dass es allmählich an der Zeit war, dass *irgendjemand* ihre Mutter einweihte, und dies hatte sie Hoola auch schon mehr als einmal mitgeteilt. Weshalb sie nun lediglich seufzte und sagte: »Seit wann interessiert irgendjemanden, was ich denke?«

Sie stellte sich ans Fenster und verschränkte die Arme vor der Brust. Nach sonnigen Weihnachtstagen und einem milden Januar war es Anfang Februar noch kalt geworden, und nun, schon beinahe März, zierten Eisblumen den Rand ihrer Scheiben, weil die Heizung wie immer nur mäßig funktionierte. Es war einer der Gründe, weshalb Finley gedrängt hatte, sie möge endlich zu ihm ziehen. Einer von unzähligen, die er in den vergangenen Monaten heruntergebetet hatte, als sei sie eine Heiligenstatue und er bei der Beichte.

Unten fuhr der Wagen ihrer Mutter an, und halbherzig winkte Annie ihm nach. Elaine war unangekündigt vorbeigekommen, angeblich, um ihr beim Packen zu helfen, doch Annie war überzeugt davon, sie wollte sich lediglich vergewissern, dass sie es tatsächlich tat. Ausziehen. Zu Finley ziehen. Der hatte in ihrer Mutter eine willige Komplizin gefunden, was Annie in den vergangenen Monaten nicht nur einmal gegen den Strich gegangen war.

Die Spülung gurgelte, und Sekunden später tauchte Hoola hinter Annie auf.

»Na, überlegst du wieder mal, aus dem Fenster zu springen?«

»Wenn, dann sicherlich kopfüber, danke für den Tipp.«

Hoola legte den Arm um Annie und das Kinn auf ihre Schulter, wie damals, als sie in dem kleinen Hotel im Dartmoor am Fenster gestanden hatten, nach dieser grauenvollen Nacht, die Finleys und Cassandras Hochzeitsnacht gewesen war. So viel war seither geschehen. Finley und Cassandra waren Geschichte. Ihre Ehe war Geschichte. Tatsächlich waren die beiden offiziell noch verheiratet, doch das sollte sich in Kürze ändern. Hoola würde bald ihr Baby bekommen. Sie war dick und rund wie ein Walfischbaby und strahlte in ihren bunten, fröhlichen Umstandskleidern, als habe sie nie von etwas anderem geträumt, als hochschwanger zu sein. Sie sah umwerfend aus. Und sie war selbstbewusster denn je, was in Hoolas Fall an Körperverletzung grenzte.

Sie hatte Ben abgewiesen – etwas, das Annie ungläubig und fasziniert zugleich zur Kenntnis genommen hatte. An Weihnachten war ihr Bruder zu Hause gewesen, und in einem sentimentalen Verantwortungsflash, wie Hoola es formulierte, hatte er ihr vorgeschlagen, es gemeinsam zu versuchen, dem Baby zuliebe; eine Familie zu gründen, er, sie, Klein-Ben, denn immerhin verband ihn und Hoola etwas, und das musste doch stark sein, wenn sie auf so viele gemeinsame Jahre zurückblicken konnten. Dass Klein-Ben eher eine Mini-Hoola werden würde, ließ er bei seinen Zukunftsplänen ebenso außer Acht wie die Tatsache, dass Hoola nicht vorhatte, ihr Kind in Spanien großzuziehen, denn dass er seinen Job aufgab, kam in seinen Überlegungen ebenfalls nicht vor.

»Ich denke, ich hatte eine Erleuchtung«, erklärte Hoola später, als sie Annie von Bens Vorschlag erzählte und auch davon, wie sie ihn ausgeschlagen hatte. »Ich liebe deinen Bruder, aber mich liebe ich mehr. Und ich werde auf keinen Fall eine Beziehung eingehen, die mich unglücklich macht, weil sie nur aus einem falschen Gefühl von Pflichtbewusstsein heraus eingegangen wurde. Das wäre einfach nicht gut, für keinen der Beteiligten. Für Heidi erst recht nicht.«

»Heidi?« Annie musste ehrlich entsetzt ausgesehen haben, denn Hoolas Augen schmälerten sich gefährlich.

»Heidi. Das ist ihr Name. Was ist daran auszusetzen?«

»Gar nichts. Überhaupt nichts.«

Sie hatte Hoola nicht erzählt, dass Ben sie seit den Feiertagen regelmäßig per WhatsApp nach dem Befinden von Mutter und Baby befragte. Wenn sie ihren Bruder richtig einschätzte, trug der gerade einen Kampf mit sich selbst aus: Wollte er am Leben seines Kindes und dem der Frau, die ihn offensichtlich schon seit seiner Jugend nicht losließ, teilhaben oder wollte er das nicht? Annie würde nicht intervenieren und erst recht nicht für Ben vermitteln. Er war alt genug. Wenn er etwas wollte, musste er schon selbst darum bitten.

»Ich werde diese kleine Höhle vermissen«, sagte Hoola jetzt.

»Ja, ich auch.«

»Du hast nicht zufällig noch einmal darüber nachgedacht, sie zu behalten? Ich meine, die Miete ist nicht die Welt, oder? Und da Finley das Haus gehört, sparst du dort Mietkosten und ...«

»Hoola.«

»Gut. Ich bin schon still.« Sie hob ihren Kopf von Annies Schulter und trat einen Schritt zurück, als Annie sich zu ihr umdrehte.

»Ich weiß, dass es dich Überwindung kostet, nicht schlecht darüber zu sprechen, dass Finley und ich wieder zusammen sind.«

»Was soll ich sagen? Die Schwangerschaft hat mich milde gemacht. Und alles, was ich sagte, war, dass ich diese Wohnung vermissen werde.«

Annie schob Hoola ein Stück beiseite und ging zurück ins Schlafzimmer, wo sie bis eben dabei gewesen war, ihre Kleider in Kartons zu verfrachten. »Das hat anders geklungen, als ich nach der Trennung wieder hier eingezogen bin«, rief sie über die Schulter. »Damals sagtest du, das sei ein Rückschritt und ich sollte lieber nach vorn schauen. Das tue ich jetzt.«

»Sicher? Ich meine, *sicher,* dass du nach vorn schaust?«

Annie ignorierte die Frage. »Gibst du mir noch einen der Kartons? Ich werde nie fertig, wenn es in dem Tempo weitergeht.«

Finley kam eine Stunde später in die Wohnung. Er sah sich mit ähnlich prüfender Miene um wie Annies Mutter zuvor, und augenblicklich stieg Ärger in Annie auf. Ein Gefühl, das ihr mittlerweile vertraut war. Wie ein zusammengerollter Kater schmiegte es sich in eine Ecke ihres Unterbewusstseins, nur um bei der leisesten Störung emporzuschießen und die Krallen auszufahren. Annie legte ihre Hand darüber. Schob die spitzen Nägel zurück, tief ins Fell, einen nach dem anderen. Sie lächelte Finley zu, der einen Arm um sie legte und dann die Lippen auf ihre presste für einem sanften, andauernden Kuss.

»Du bist noch nicht fertig?«

»Nein, es zieht sich. Ich werde auch noch ein paar Kartons brauchen. Womöglich habe ich meine Bücherstapel unterschätzt.«

»Hmmm.« Finleys Lippen waren von ihrem Mund über die Wange den Hals hinabgeglitten, synchron zu seinen Händen, die sich zielsicher unter ihr weites Sweatshirt schoben. »Warum schmeißen wir die Sachen nicht einfach so in den Wagen?«, murmelte er gegen ihre Haut. Seine Hände umfassten ihre Brüste, rieben über den weichen Stoff ihres BHs, während seine Zunge die Gänsehaut in Annies Nacken nachmalte.

»Da müssten wir sehr oft rauf- und runterlaufen. Das will keiner.« Annie versuchte, sich zu konzentrieren. Sich auf Finleys Berührungen einzulassen, auf die langen, schönen Finger, von denen sie geträumt hatte, als sie noch Cassandra liebkosten, und die nun entschieden ihre eigenen Brustwarzen rieben.

Sie fokussierte sich. Ließ ihren Ärger los und sich stattdessen in den Anflug der Erregung gleiten, die Finley in ihr zu wecken hoffte. Sex war nie das Problem gewesen in ihrer Beziehung, im Gegenteil, er war das, was funktionierte. Alles andere dagegen ... alles andere war aus einem ihr unerklärlichen Grund in Schieflage geraten.

Die ersten zwei, drei Monate hatten sie viel gestritten, hauptsächlich weil Annie aggressiver gewesen war als je zuvor in ihrem Leben. Sie kannte sich so nicht, und Finley kannte sie so auch nicht. Er hatte es gesagt, wortwörtlich, mehrmals: *Was ist los mit dir, Annie? So habe ich dich noch nie erlebt.*

So wie was?, hatte Annie gefragt, sich der Aufmüpfigkeit ihres Tonfalls wohl bewusst, bevor er mit seinem *so negativ* antwortete.

Negativ. Vermutlich traf es das. Womöglich stellte sie gerade das Negativ von ihrem Positiv dar, es fühlte sich sehr danach an. Das, was einmal weiß war, war jetzt schwarz, und umgekehrt. Das ganze Bild entfremdet, falsch aufgebaut, unkenntlich, wo vorher oben war, war plötzlich unten. Die Wohnung, aus der sie unbedingt wegwollte, mit einem Mal der Zufluchtsort, sicher und heimelig. Der Mann, den sie jahrelang geliebt hatte, drohte plötzlich, sie mit seiner Macht zu ersticken.

Was ist los mit dir, Annie?

Tja. Das hätte sie selbst gern gewusst. Sie hatte gedacht, es sei die beste Lösung für sie, es noch einmal mit Finley zu versuchen. Sie hatte gedacht, dies sei es gewesen, wonach sie sich sehnte, seit er sie verlassen hatte. Und nun, auf einmal, da dachte Annie ... sie dachte, dass es womöglich das Bequemste war. Aber das Beste? War es das, was sie wollte?

Zielstrebig löste sich Annie aus Finleys Armen und schob ihn ein Stück von sich weg. »Ich sollte weitermachen. Sonst werde ich nie fertig«, sagte sie.

59

Der Bart ist ab

»Ach, sieh mal einer an, welch seltener Gast in unserer Hütte.« Sean stellte das Pintglas, das er erst zur Hälfte gefüllt hatte, ab, kam um den Tresen herum und umarmte Jack herzlich. »Mann, ich hab dich ewig nicht gesehen. Was ist mit deinem Gesicht passiert?«

Ganz automatisch griff Jack an die Stelle, wo seine Finger bis vor wenigen Tagen noch den Vollbart ertastet hatten und nun nichts weiter vorfanden als glatt rasierte Haut.

»Du siehst aus wie ein Teenager. Ist das da etwa Grün hinter deinen Ohren?«

Sean streckte die Hand nach Jacks Ohr aus, und der schlug sie lachend beiseite.

»An deinen schlechten Witzen hat sich nichts geändert, stelle ich fest.«

»Auch nicht an unserem schlechten Essen. Was darf's sein, Kumpel?«

»Den Pie, bitte.«

»Steak'n'Ale-Pie, eye, eye.«

Auf dem Weg hinter seine Zapfhähne rief Sean Jacks Bestellung in die Küche und gleich noch Bridget zu, dass Jack wieder da sei – Jack, der verloren geglaubte Freund, der sich schon seit mehr als zwei Wochen nicht hatte blicken lassen, weil er einen großen Teil seiner Zeit neuerdings in Bath verbrachte.

»Wie läuft es mit dem alten Kasten?«, fragte Sean, während Jack sich auf seinen angestammten Barhocker schob.

»Langsam und stetig«, erwiderte er. »Wir wären vermutlich ein ganzes Stück weiter, müssten nicht neben den Wasserleitungen nun auch die Gasleitungen ausgetauscht werden.« Er zuckte die Schultern und hob dann das Pint Bier an die Lippen, das Sean ihm hingeschoben hatte.

»Ich hoffe, du bereust es nicht, das Haus gekauft zu haben.«

»Bei dem Preis gibt es im Grunde nicht viel zu bereuen. Es wird eben nur entsprechend Zeit brauchen, bis es tatsächlich bezugsfertig ist.«

»Und? Wie geht es deiner Mutter? Freut sie sich auf ihr neues Leben in Bath oder ... Warte kurz.«

Sean warf seinem Freund einen entschuldigenden Blick zu und eilte ans andere Ende der Theke, wo ein neuer Gast schon einige Zeit darauf wartete, bedient zu werden. Jack war ein paar Minuten nach sechs ins King's Arms gekommen, und der Pub war wie an jedem Freitagabend brechend voll, das Gelächter laut, die Luft schwer von Bier- und Essensduft. All das störte ihn nicht. Sean hatte ganz richtig gezählt, er war seit mehr als zwei Wochen nicht mehr hier gewesen, und womöglich, weil er zuvor keinen Gedanken daran verschwendet hatte, ob ihm etwas fehlen würde oder nicht, traf ihn die tiefe Zufriedenheit, die er jetzt empfand, doch ziemlich überraschend. Er war beinah erleichtert, wie sich die vertrauten Gerüche an den Stoff seiner Kleidung hefteten, während das bierselige Grinsen von Seans Stammkundschaft verhieß, dass er zu ihnen gehörte. Jack fühlte sich leichter, ein paar Kilo mindestens. Leichter, dazugehörig, zu Hause. Aus diesem Grund würde er auch nicht mit nach Bath ziehen, selbst wenn er für einige Minuten darüber nachgedacht hatte.

Die Möglichkeit, das alte, renovierungsbedürftige Cottage zu kaufen, hatte sich durch Zufall und ausgerechnet über Xavier ergeben, dessen Tante es ihm vermacht hatte. Xavier konnte nichts damit anfangen, wollte die Immobilie eigentlich nur schnellstens loswerden, und aus einem Impuls heraus hatte Jack sie ihm abgekauft. Xavier wollte nicht viel dafür haben, und Jack war mit seinem handwerklichen Geschick in der Lage, aus nicht viel reichlich zu machen. Außerdem war er von diesem unerklärlichen Aktionismus getrieben, der ihn in den ersten Wochen nach Annies Stillschweigen überkommen hatte. Er wollte Dinge regeln, das Chaos in seinem Leben ordnen, und vielleicht hatte er insgeheim gehofft, ihr irgendwann davon erzählen zu können, doch das war Wunschdenken, das war Jack inzwischen klar. Er hatte dennoch so einiges in seinem Leben bereinigt. Das Cottage gekauft, das er jetzt renovierte und in dem seine Mutter leben wollte. Es war sogar ihre Idee gewesen. Für Lori war es gut, eine Großmutter in der Nähe zu haben, und Rachel profitierte davon, jemanden nahe zu wissen, der im Notfall einsprang und sie unterstützte. Für Jack bedeutete das Haus, dass er in Bath einen Ort zum Wohnen hatte, wenn er kam, um seine Tochter zu besuchen, und arbeiten konnte er hier wie dort, dazu brauchte er nicht mehr als seinen Laptop. Alles fügte sich.

Nun, fast alles.

»So, erst mal jeder versorgt.« Sean war zurück, stützte sich mit beiden Armen auf seinen Teil des Tresens und sah Jack erwartungsvoll an. »Also, wie lange bleibst du hier?«

»Du tust gerade so, als wäre ich Jahre weg gewesen.«

»Ich bin es eben nicht gewohnt, dein armseliges Gesicht nicht jeden Abend hier herumlungern zu sehen.«

»Ach, na dann.« Jack nippte an seinem Bier. »Ich bin ein paar Tage hier, weil Andrés einige Dinge mit mir persönlich besprechen möchte, dann vermutlich wieder zwei, drei Wochen in Bath. Denkst du, Bridget könnte sich noch mal um die Pflanzen kümmern?«

»Klar, das macht ihr nichts.«

»Klasse. Danke.«

»Was macht ihr nichts?« Bridget war aus der Küche gekommen und stellte einen Teller mit einer dampfenden Pastete, Kartoffelbrei und Erbsen vor Jack ab, bevor sie sich über die Theke beugte, um ihn in die Wange zu kneifen.

»Der Bart ist ab!«

»Was du nicht sagst.«

»Und, siehe da, er sieht fast wieder aus wie ein Mensch, ist es nicht so, Schatz?« Sie versetzte Sean mit der Hüfte einen Stups und grinste. »Was ist der Grund? Los, raus damit!«

Ungerührt rollte Jack das Besteck aus seiner Serviette und stach in den Teig des Pie. »Haben sich ständig Sägespäne drin verfangen. Sah nicht mehr schön aus.«

»Hm, hm.« Mit zwei Fingern deutete Bridget erst auf ihre Augen, dann auf seine, bevor sie sich umdrehte und zurück in die Küche stolzierte. »Deine paar jämmerlichen Kakteen gieße ich übrigens gern«, rief sie über die Schulter. »Gibt mir die Möglichkeit, ein bisschen rumzuschnüffeln.«

»Bridget.« Sean lachte.

Jack verdrehte die Augen.

»Das meint sie nicht ernst«, behauptete Sean.

»Da kennst du deine Frau schlecht«, erwiderte Jack und aß in aller Seelenruhe weiter.

60

Liebe Annie

In den vergangenen fünf Monaten war es nicht oft vorgekommen, dass Finley in Annies Wohnung an der Chesterton Road übernachtete. Ähnlich wie Hoola befand er die Räume als mickrig und studentinnenhaft, doch anders als Hoola hatte er jetzt, wo tatsächlich der Auszug nahte, seine Meinung nicht aus Sentimentalität revidiert.

Finley war wenig sentimental. Und der Auszug nahte nicht wirklich. Aus Gründen, die nicht einmal Annie selbst benennen konnte, zögerte sie den Zeitpunkt hinaus, und das schon seit einer Weile. Um genau zu sein, war sie in der Woche, nachdem Hoola ihr beim Packen geholfen hatte, kaum weitergekommen; hatte die mangelnde Anzahl an Kartons und die zu viele Arbeit vorgeschoben, die Dinge schleifen lassen, sie hatte es schließlich nicht eilig. Fast hätte man annehmen können, Annie wollte überhaupt nicht zu Finley ziehen, was wiederum Finley selbst nicht entgangen zu sein schien. Annie konnte nicht sagen, ob er es aus einem Kontrollzwang heraus tat oder tatsächlich befürchtete, sie könnte es sich mit dem Zusammenziehen anders überlegen, jedenfalls verbrachte er neuerdings die Abende in Annies Wohnung, schleppte Kisten heran, half beim Packen, blieb über Nacht, suchte ihre

Nähe, ließ keinen Zweifel daran, dass er mit ihr zusammen sein wollte.

Er schlief neben ihr, als Annie an diesem frühen Samstagmorgen aus dem Bett sprang, alarmiert vom Läuten der Türglocke. Die hatte sie nicht geweckt, sie lag bereits wach, seit einer Stunde etwa, doch sie wollte nicht, dass Finley gestört wurde. Annie beeilte sich, zur Tür zu kommen, drückte den Öffner, nichts geschah. Sie stieß einen leisen Fluch aus. Mr. Shi-Lan aus dem Erdgeschoss bestand darauf, die Haustür abzuschließen, und wann immer er als Letzter mit ihr in Berührung gekommen war, blieb es dabei. Also warf sich Annie ihre gesteppte Winterjacke über, schlüpfte in die ersten Schuhe, die ihr zwischen die Hände kamen – ihre Laufschuhe –, und eilte die Treppe hinunter.

»Guten Morgen! Annie St. James?«

»Ja?« Mit hochgezogenen Brauen betrachtete Annie die Frau, die ihr entgegenstrahlte, sobald sie die Haustür geöffnet hatte. Sie war zierlich, kleiner als Annie und schmaler, mit kurzer, blonder Fransenfrisur und hellen blauen Augen.

»Hi, ich bin Bridget. Bridget Harris. Ich bin die Frau von Sean, Sean … Sie wissen womöglich, wer Sean ist?«

»Sean?« Annies Gesichtsausdruck wurde von Sekunde zu Sekunde verwirrter. »Nein, ich fürchte, ich kenne keinen Sean, es tut mir leid … Verwechseln Sie mich mit jemandem?«

»Nein, das glaube ich nicht.« Bridgets Fröhlichkeit hatte womöglich eine Nuance eingebüßt, doch sie gab sich weiterhin Mühe. »Jack kennen Sie aber doch, ja? Jack Edwards?«

Als habe man einen Hebel betätigt oder einen wirklich

großen roten Knopf gedrückt, begann Annies Herz, schneller zu schlagen. Sie legte die Hand auf die Brust. Merkte im selben Augenblick, wie melodramatisch diese Geste aussehen musste, und vergrub stattdessen die Hände in den Taschen ihrer Jacke.

Bridgets Blick fiel auf Annies Beine, die nackt waren und barfuß in den Sneakers steckten. »Oh, es tut mir leid, habe ich Sie geweckt?«

»Nein. Nein, ich war schon wach. Ist etwas ... Was ist mit Jack?« Es konnte nichts passiert sein, dachte Annie. Niemand überbrachte dermaßen fröhlich schlechte Nachrichten, das war gar nicht möglich.

»Nichts ist mit Jack. Es geht ihm gut, wirklich. Er ist gerade sehr beschäftigt, und ...« Sie biss sich auf die Unterlippe, und Annie blinzelte verwirrt. Sie hatte keine Ahnung, was die Frau von ihr erwartete, warum sie vor ihrer Tür stand, weshalb sie ihr von Jack erzählte. Sie hatte seit Monaten nichts von ihm gehört, nicht seit ihren letzten Textnachrichten. Ganz bewusst hatte Annie einen Schlussstrich gezogen, als sie sich dazu entschied, es noch einmal mit Finley zu versuchen. Sie wollte diesen klaren Schnitt, diesen unbedingten Neuanfang. Und sie war Jack dankbar, dass er nicht weiter versucht hatte, sie zu kontaktieren, dass er offenbar Verständnis aufbrachte für den Abstand, den Annie für sich in Anspruch nahm. Das hieß nicht, dass sie nie wieder an Jack Edwards gedacht hatte. Dass sie sich nicht gefragt hatte, wie es ihm wohl ging. Dass sie nicht darüber gerätselt hatte, ob auch er mittlerweile in einer Beziehung war, ob er eine Frau gefunden hatte, die ihm half, den Tod seines Bruders zu überwinden, ihm die Antworten zu geben, die er suchte.

Jack Edwards.

Ob diese Bridget die neue Frau an seiner Seite war?

Annie starrte Bridget an, die auf ihren Fersen wippte, während sie Annie musterte, doch nach einigen weiteren Momenten schien sie einen Entschluss gefasst zu haben, griff in ihre Handtasche und zog ein kleines schwarzes Buch hervor. Sie streckte es Annie hin, die instinktiv danach griff.

»Das habe ich ihm geschenkt.« In ihrer Stimme klang gleichermaßen Überraschung und Enttäuschung mit. Wieso hatte Jack diese Frau geschickt, um ihr das Buch zurückzugeben? Beinah ein halbes Jahr, nachdem sie zuletzt Kontakt hatten? Wieso jetzt? Und wieso beauftragte er dafür eine Fremde? »Wer, sagten Sie, sind Sie?«

»Oh, ich ... Bridget. Ich bin eine Freundin von Jack. Und ich gieße gerade seine ... Kakteen. Während er nicht in London ist.«

Annie hätte zu gern gewusst, wo Jack war, weshalb er nicht in London war und weshalb man jemanden brauchte, der Kakteen goss, doch sie starrte Bridget nur an und sagte gar nichts.

»Ich wusste nicht, dass Sie ihm das Buch geschenkt hatten. Aber es ergibt Sinn, irgendwie.«

»Ich verstehe nicht?« Die Verwirrung war zurück.

»Wie dem auch sei«, sagte Bridget, während sie einen Schritt zurücktrat und schon dabei war, sich zum Gehen zu wenden. »Ich dachte, das sollten Sie lesen.«

»Hat Jack Sie geschickt?«

»Um Gottes willen, nein. Er weiß nichts davon.«

»Aber ...«

»Jack? Welcher Jack?«

Beim Klang von Finleys Stimme drehte Annie den Kopf, während sie gleichzeitig das Buch, das Bridget ihr überreicht hatte, in der Tasche ihrer Jacke verschwinden ließ. Sie hatte Finley nicht kommen hören. Und das, obwohl die Stufen, die hinauf in ihre Wohnung führten, knarzten wie ein morsches Schiffsdeck.

»Finley! Äh, das hier ist …«

Annie sah sich wieder zu Bridget um, die ihrerseits Finley musterte. Er trug ihren Bademantel, stellte Annie fest. Der weiß war, zumindest das, doch an den Ärmeln und ums Knie herum eindeutig zu kurz. Obwohl dies nicht der richtige Augenblick war, fiel ihr auf, wie dünn Finley war, hager geradezu. Er war schmal und schmächtig, und … genau das, was Annie liebte, rief sie sich in Erinnerung. Genau das.

»Ich bin Bridget. Und schon wieder weg. Es tut mir leid, aber ich muss los, wir sperren um zehn Uhr den Pub auf, und ich bin ohnehin spät dran.«

»Okay.« Annie musterte Bridget und Bridget die Hand, die Finley um Annies Schulter gelegt hatte. Sie lächelte nicht mehr. Annie hatte erst gar nicht damit angefangen. »Danke, dass Sie da waren, Bridget.«

Die nickte. Dann machte sie auf dem Absatz kehrt und lief zu einem kleinen weißen Lieferwagen, der am Straßenrand geparkt war.

»Wie lange stehst du schon hier draußen rum? Du zitterst ja.« Mit dem Arm, den er um ihre Schulter drapiert hatte, zog Finley sie ins Innere des Hauses. »Was wollte die Frau denn?«, fragte er, während sie hintereinander die schmale Treppe hinaufstiegen und Finley ihr auf diese Weise nicht ansehen konnte, dass Annie log.

»Gar nichts. Sie ist nur zufällig vorbeigekommen.«

»Zufällig.«

Sie gingen hinein. Finley schloss die Wohnungstür

hinter ihnen. Annie wappnete sich, dass er mehr Fragen hatte, nach Bridget, wer sie war, weshalb sie zufällig an einem Samstagmorgen bei ihr vorbeigefahren war, nur um dann noch einmal wissen zu wollen: *Wer ist Jack?* Annie konnte nicht einschätzen, ob sich Finley an Jack erinnerte. Er hatte schon einmal nach ihm gefragt, als Cassandra ihn mit ihr vor Annies Haus gesehen hatte, und ihre Mutter hatte ihm damals die Frage beantwortet.

Am Ende aber sagte er nur: »Hier, nimm deinen Bademantel. Und gib mir die Jacke, ich hänge sie auf.«

»Nein.« Reflexartig wich Annie ein Stück zurück, wohl wissend, wie irrational sie sich verhielt. In der Jacke befand sich das Buch von Jack. Sie wollte ihre Jacke allein ausziehen. »Ähm, behalte du den Bademantel. Es ist kalt. Ich hole mir etwas anderes, bin gleich wieder da.« Sie rannte geradezu ins Schlafzimmer, während sie Finley über die Schulter hinweg zurief: »Setzt du Tee auf? Danke«, und dann die Tür hinter sich schloss.

Mitsamt Jacke ließ sie sich dagegensinken. Sie griff in die Tasche, zog das Buch hervor, blätterte es auf, mit zitternden Händen. Sie wusste nicht, was mit ihr los war, es musste die Kälte sein, innerlich schalt sich Annie für ihr irrationales Benehmen.

Liebe Annie.

Liebe Annie, liebe Annie, liebe Annie.

Das Buch war voll mit Text, Seite um Seite, dicht beschrieben. Jeder neue Eintrag begann mit den Worten *Liebe Annie.*

Annie klappte das Buch zu. Dann sah sie sich fast panisch im Raum um, griff sich einen herumstehenden Karton, den mit den Schals, Tüchern und Mützen, und vergrub das Notizbuch darin, tief, tief, tief.

61

Aller Abschied ist schwer

Die Kisten waren gepackt. Sie stapelten sich in der Wohnung an der Chesterton Road, erschwerten den Zugang durch den ohnehin engen Windfang, türmten sich im Schlafzimmer, reihten sich auf vor der Küchenzeile, versperrten die Sicht nach draußen. Annie schlängelte sich durch den Parcours an Kartons auf dem Weg zum Fenster, zwängte sich durch zwei hohe Stöße, um einen letzten Blick auf den Park zu werfen. Der Winter hatte der alten Kastanie vorm Haus jegliche Blätter geraubt, und trotz des anstehenden Frühlingsanfangs ragte der Baum kahl und lustlos in den trüben Himmel, der sich über den Fluss und das Gras spannte, über Jesus Green, die historischen Gemäuer, die ganze Stadt. Sie würde Cambridge nicht verlassen, dennoch fühlte es sich wie ein Abschied an. Er legte sich schwer auf ihr Herz, massiv wie der Stamm des Baumes, auf den sie blickte.

Annie fand keine Worte dafür, was mit ihr los war, in ihrem Inneren jedoch ahnte sie es. Monatelang hatte sie davon geträumt, dass Finley zu ihr zurückkommen würde, auf genau die Weise, auf die er es schließlich getan hatte. Indem er ihr sagte: *Ich will dich zurück, Annie. Es war ein Fehler zu gehen. Ich liebe dich, habe dich immer geliebt.*

In ihren Tagträumen klangen die Worte wie Poesie; etwas, das zaghaft begann wie eine Frage und sich dann aufschwang, adagio, andante, crescendo, presto, forte, alles auf einmal, zu einem Ausrufungszeichen, das keinen Zweifel hinterließ. Und doch stand sie hier am Fenster ihrer verwohnten Studentenbude, die sie so euphorisch bezogen hatte, bevor sie Annie unter ihren eigenen Erinnerungen begrub. Und alles, was sie wahrnahm, waren Zweifel.

Sie wusste, wo sie herrührten.

Nur allzu gut wusste sie das.

Zwischen den Kartons hindurch balancierte Annie zu einem der Stühle, über den sie ihre Steppjacke geworfen hatte, schlüpfte hinein und band den Schal um, bevor sie sich ihre Tasche über die Schultern hängte, sich selbst durch die Tür schob, die Treppen hinunterlief und … innehielt. Sie hatte vorgehabt, mit dem Fahrrad zu Finleys Haus zu fahren. Zu *ihrem* Haus, in dem sie heute übernachten würde, da ihre Matratze bereits in Folie gewickelt darauf wartete, auf den Sperrmüll gebracht zu werden. Doch in dem Augenblick, als Annie die Wohnungstür hinter sich zuzog, da war noch etwas anderes eingerastet. Ein Teilchen, das womöglich ein Querschläger war, irgendwo festgesteckt hatte in den Untiefen ihrer Empfindungen und sich nun nach oben kämpfen konnte, unwillig, sich den anderen unterzuordnen. Eine winzige Nervensäge, die von innen gegen Annies Brust stach. Es fühlte sich wie Wehmut an, wie Sehnsucht. Und wie immer in den vergangenen Wochen erstickte Annie diese Empfindung im Keim, beziehungsweise versuchte sie es. Zielstrebig ging sie auf ihr Fahrrad zu, nur um im nächsten Augenblick abzubremsen, einen tiefen Seufzer auszustoßen und sich zu Fuß auf den Weg in den Park zu machen, um eine letzte wehmütige, sehnsüchtige Abschiedsrunde zu drehen.

Sei nicht albern, war das, was Annie sich dabei selbst zuflüsterte. Sie würde nicht das Land verlassen, nicht einmal die Stadt; sie würde ein paar Ecken weiterziehen in ein Haus, in dem sie ohnehin schon gelebt hatte, mit einem Mann, der der ihre gewesen war und womöglich irgendwann wieder sein würde, Annie hatte sich noch nicht entschieden. Es war dasselbe Haus, es war derselbe Mann. Und wieder einmal kam es Annie so vor, als liefe sie rückwärts durch ihr Leben, um dort zu landen, wo sie schon gewesen war.

Sie überquerte den River Cam, dachte an Hoola und ihren Streit, wie sie hüfthoch im Wasser watete, um Annies Notizbuch zu retten. Sie verdrängte die Erinnerung. Dachte an den Nachmittag mit Jack, als sie auf demselben Fluss mit dem Punting-Boot gefahren waren, dachte an sein Lächeln, scheu und liebenswert. Wie sie es auf den Pimm's geschoben hatte, dass ihre Nervenenden zu vibrieren schienen, dass ihr Herz einen Takt aussetzte, jedes Mal wenn er sie ansah. Auch diese Erinnerung verdrängte Annie. Sie versuchte, an nichts zu denken. Begutachtete die kahlen Bäume der Allee, die quer durch den Park führte, der verlassen war, von ein paar Hundebesitzern abgesehen, die der Tristesse trotzten, weil sie es ihren Vierbeinern schuldig waren.

Nicht so Annie. Und sie trotzte der Tristesse auch nicht. Sie schlich durch den Park wie ein Pinselstrich, der das Grau der Landschaft noch um eine Nuance dunkler erscheinen ließ.

In ihrer Tasche machte sich das Handy bemerkbar.

»Hey.«

»Hey. Wo steckst du?«

»Spazieren. Wieso ist das wichtig?«

»Weil ich vor deiner Haustür stehe?«

»Was?« Mitten auf dem Weg hielt Annie inne und starrte in die Richtung, aus der sie gekommen war, als könnte sie von hier aus sehen, wie ihr Bruder vor ihrer Tür auf und ab lief. »Ach, Ben. Was tust du hier?«

»Was soll ich hier tun, Annie?« Ben klang gereizt, Annie unterdrückte ein Seufzen.

»Können wir uns sehen?«

Sie zögerte nur eine Sekunde, doch die reichte aus, um über sich selbst den Kopf zu schütteln. »Natürlich können wir uns sehen«, sagte sie. »Aber nicht in meiner Wohnung, dort ist schon alles eingepackt.«

»Der große Umzug, ja?« Nach wie vor hörte sich die Stimme ihres Bruders nicht an wie seine eigene, denn Annie kannte Ben entspannt, gelassen, nicht ungeduldig wie ein Süchtiger, dem der Stoff zu seinem Glück abhandengekommen war.

»In Marcs Café, okay? In zehn Minuten?«

»Ja«, sagte Ben einfach. Dann war die Leitung tot.

»Du siehst schlecht aus.«

»Ich schätze mal, wenn ich das von dir sagen würde, würde ich mir eine einfangen.«

»Vielleicht.« Annie nippte an ihrer heißen Schokolade, die sowohl Ben als auch Marc bereits kritisch beäugt hatten. Die zwei schienen keine Ahnung davon zu haben, dass es solche und solche Tage gab. Heute war eindeutig ein solcher Tag.

»Er hat dich also noch mal rumgekriegt«, sagte Ben.

»Du bist nicht gekommen, um mir wegen Finley in den Ohren zu liegen, oder?«

»Wie ist das so? Schlaft ihr im selben Bett? Ich meine, in dem Bett, in dem er mit seiner Cinderella gevö…, du weißt schon was getan hat? Oder ist es ohnehin noch das, in dem ihr zwei damals schon euren Spaß hattet? Dann würde es ja wieder passen, stimmt's? *Coming home and so on.*«

»Nehmen wir an, er hat wenigstens die Laken gewechselt.«

Ben starrte sie an, und Annie erwiderte seinen Blick, stoisch und kühl. Sie hatte keine Ahnung, wo dieser Zynismus auf einmal herkam, doch in letzter Zeit hatte er sich vermehrt bei ihr eingefunden. Und, ganz nebenbei: Sie würde nicht im selben Bett schlafen wie *Cassandra.* Dafür hatte sie längst gesorgt.

»Wow.« Ben nickte anerkennend. Doch schließlich, als Annie keine Anzeichen machte, noch etwas sagen zu wollen, fuhr er sich resigniert durch die Haare und setzte ein zerknirschtes Lächeln auf. »Sorry.« Er ließ sich in den Stuhl zurückfallen. »Tut mir echt leid. Ich weiß nicht, was mit mir los ist.«

»Ich hätte da einen Verdacht.«

Ben stöhnte. »Ich fühl mich einfach grässlich, okay? Ich weiß nicht, was ich machen soll. Hoola … Sie geht nicht an ihr verdammtes Handy. Was ist mit ihr? Hat sie ihre Nummer geändert? Ist sie … Ihr ist doch nichts passiert, oder? Das würdest du mir sagen, Annie, wenn Hoola etwas passiert wäre? Oder dem Baby?«

»Natürlich würde ich dir das sagen, du Idiot. Hoola geht es bestens. Sie hat deine Nummer blockiert, das ist alles.«

Annie nippte an ihrem Kakao. Bens Gesicht war so leer, wie ihre Tasse es bald sein würde.

»Sag mir nicht, dass noch keine vor ihr deine Nummer geblockt hat? Im Ernst, Ben? Dein erstes Mal?«

»Was ist los mit dir, Annie? Woher dieser fiese Sarkasmus auf einmal?«

»Du klingst schon genauso wie Finley.«

»Und du wie … keine Ahnung. Marc? Kann ich ein Bier bekommen? Danke.«

»Ben.« Annie setzte ihre Tasse ab. »Ich war gerade auf dem Weg zu Finley, als du anriefst, und der wartet sicher schon auf mich.«

Als wäre dies das geheime Kommando, das ihren Bruder letztlich zur Aktion zwang, beugte der sich nach vorn, stützte die Ellbogen auf dem Tisch ab und das Gesicht in beide Hände. »Habt ihr noch das Gästezimmer?«

»Ben!«

»Annie. Ich muss es Mum sagen. Bevor ich es ihr nicht gesagt habe, kann ich dort keinen Fuß mehr in die Tür setzen, und das bringe ich nicht fertig. Nicht heute. Nicht jetzt. Bevor ich es Mum sage, will ich die Dinge mit Hoola klären. Aber das geht schlecht, wenn sie mich nicht anhört.«

»Ich denke, du hattest deine Chance.«

»Ich denke, es ist unfair, jemandem nur eine Chance zu geben. Speziell einem wie mir. Einem … Arschloch. Idioten. Blödmann. Such dir was aus.«

»Du wirst ihr nicht wehtun?«

Ben ließ sein Gesicht los und griff mit beiden Händen nach denen von Annie. »Ich will das nicht, okay? Ich will ihr doch nicht wehtun. Ich will … Ich muss dauernd an diesen kleinen Pups denken, den Hoola da in ihrem Bauch großzüchtet. Der ist … Scheiße, das ist mein Kind! Und

Hoola ... Hoola ... sie ist ...« Er atmete ein, ein, ein, um dann alle Luft auf einmal herauszustoßen. »Die einzige Konstante in meinem Leben. Neben der Segelei. Doch die ist ein Job. Verstehst du, Annie?«

Annie verstand. Glockenklar, um genau zu sein. Sie erwiderte den Händedruck ihres Bruders. »Sag bitte nicht Pups zu dem Kind, okay?«

»Wieso nicht? Ist nur ein Projektname.«

»Es klingt ... blöd.«

»Mir egal. Ich fühle mich blöd. Allerdings nur, wenn ich an das Kind denke. Hoola macht mir eher Angst. Du musst mir unbedingt helfen, okay? Ich kann jedes gute Wort vertragen, das du über mich zu sagen hast.«

»Komisch. Mir fällt gerade überhaupt keins ein.«

»Toll. Danke. Das ist ...«

»Annie!«

Für eine Sekunde war Annie zu geschockt, um etwas zu erwidern, doch schließlich brachte sie ein »Cassandra!« hervor, das nicht nur überrascht, sondern sehr nach schlechtem Gewissen klang. Sie hatte Finleys Noch-Ehefrau nicht gesehen, seit sie wieder mit ihm zusammen war. Jetzt, wo sie vor ihr stand, stach ein mulmiges Gefühl in ihren Magen, volle Kraft voraus.

Cassandra sah ebenfalls erstaunt aus, das und ... erfreut.

Annie räusperte sich. »Wie ... nett, dich hier zu treffen.« Sie musterte den Mann hinter Cassandra, der ihre Hand hielt, sich ansonsten jedoch teilnahmslos im Café umsah. Er hatte dunkle Locken, dunkle Bartstoppeln, dunkle Augen, dunkle Haut. Er sah schön aus und wild und wirkte wie das genaue Gegenteil des eleganten, kultivierten Finley. Genau solch ein Gegenteil wie ... Sie schob den Gedanken an Jack beiseite, wie sie es seit Monaten tat.

Ben löste seine Hände aus ihren, erst da bemerkte Annie, dass sie sie nach wie vor gehalten und dass Cassandra ihren Blick darauf gesenkt hatte.

»Oh, das ist mein Bruder. Ben. Ben, das ist Cassandra. Finleys ...« Sie biss sich auf die Unterlippe.

»Hi«, sagte Ben wenig enthusiastisch.

»Oh, hallo Ben!«, flötete Cassandra dafür umso fröhlicher. »Gerade habe ich mich gefragt, wer wohl der hübsche Kerl ist, mit dem Annie hier öffentlich Händchen hält.«

»Hmm.« Erneut griff Annie nach ihrer Tasse. Sie tat so, als wäre tatsächlich noch Kakao darin, während sie in Wahrheit nur Zeit schindete. Sie hatte keine Ahnung, worüber sie mit Cassandra reden sollte, nicht die geringste.

»Ich bin froh, dass es dein Bruder ist.«

»Danke«, sagte Ben.

Cassandra warf einen flüchtigen Blick auf ihn, bevor sie sich wieder Annie zuwandte. Sie beugte sich vor, als wollte sie ihr etwas ins Ohr flüstern, und zog den Begleiter an ihrer Hand dabei in eine leicht schiefe Körperhaltung, die ihn jedoch nicht daran hinderte, unbeirrt weiter seine Umgebung zu mustern.

»Ich kann dir gar nicht sagen, wie froh ich bin, dass es mit euch beiden noch mal geklappt hat.« In Cassandras Stimme schwang aufrichtige Begeisterung mit. »Ich wollte Finley nicht wehtun, ehrlich nicht. Und er war so zerstört, als ich ihm erzählte, dass ich mich nun doch ... nun ja, verliebt habe. In einen anderen. Ich dachte ... Ich dachte, er tut sich etwas an.« Sie schüttelte den Kopf und sah Annie aus großen, traurigen Augen an.

Annies Augen weiteten sich ebenfalls ein winziges bisschen. »Du dachtest, er tut sich was an?«

Einen Moment lang zögerte die andere, dann richtete sie

sich lachend wieder auf und vollführte eine wegwerfende Geste mit der Hand. »*Nein!* Nicht wirklich. Ich meine, wir reden hier von Finley. Aber er war geknickt, das sicherlich. Ich meine, wer wird schon gern …« Sie schüttelte den Kopf, bevor sie einen Blick über die Schulter auf ihren neuen Mann warf. »Manchmal ist man gegen das Schicksal einfach machtlos.« Wie auf Kommando drehte besagtes Schicksal den Kopf und entblößte eine Reihe gerader, schöner Zähne, die sich blendend weiß von seiner dunklen Haut abhoben. »Es war unglücklich, dass Finley und ich geheiratet haben«, sagte Cassandra, »aber nicht umsonst. Ich habe dadurch bemerkt, dass ich Ricardo wirklich aufrichtig liebe. Und du und Finley – ihr passt auch viel besser zusammen, habe ich recht?«

Fünf volle Sekunden wusste Annie nichts darauf zu sagen, lange genug, um Ben auf den Plan zu rufen.

»Und ob«, sagte der.

Annie sah von Cassandra zu ihrem Bruder und wieder zurück. »Ricardo … *der* Ricardo? Der Ricardo, der dich mit Anrufen terrorisiert hat, die mir in die Schuhe geschoben wurden? *Der* Ricardo?«

»Nun. Er war verzweifelt, und vielleicht habe ich seine Penetranz gebraucht, um zu begreifen, dass das wahrlich unausweichlich ist mit uns beiden.« Sie zuckte die Schultern, ein dümmliches Grinsen im Gesicht. »Also, war schön, dich zu sehen. Grüß Finley von mir, bitte. Alles, alles Gute für euch.« Sie winkte mit der Hand, die nicht Ricardo, den Stalker, hinter sich herzog, und Annie ließ sich zurücksinken, starr und erschöpft. Sie war blass geworden. Ziemlich blass.

»Was?« Ben warf seiner Schwester einen fragenden Blick zu.

»Nichts. Gar nichts.«

»Was ist das für eine Geschichte mit Ricardo, dem Telefon-Terroristen, und Anrufen, die dir in die Schuhe geschoben wurden?«

Annie schwieg.

Ben musterte seine Schwester. »Hat er dir gesagt, dass Cinderella einen Neuen hat?«

Kopfschütteln.

»Hat er dir erzählt, *er* habe *sie* verlassen – für *dich*?«

Mehr Schweigen.

»Dieses Arschloch.«

Wenn ich mir selbst begegnete, wie würde ich mich sehen?
Weg.
Ha!
Wenn nicht, würde ich hinsehen, und dann würde ich sagen: Sei ein bisschen weniger du selbst, ginge das?

62

Zwei Monate später

Es war bereits das vierte Mal, dass Lori ihn in der vergangenen halben Stunde angerufen hatte, und das dritte Mal, dass Jack ins Haus lief, um eines der Dinge zu holen, die seine Tochter bei ihm in London vergessen hatte, nun aber dringend benötigte: Das Buch über einen Maulwurf, die Taschenlampe, um es unter der Bettdecke zu lesen, die rote Sonnenbrille, falls es im Dartmoor mal nicht regnete. Jack beugte sich über den Kofferraum seines Wagens, um ein letztes Mal den Inhalt zu überprüfen. Er schloss gerade weitgehend überzeugt den Deckel, als hinter ihm jemand fragte: »Willst du verreisen?«, und Jack erstarrte, als habe man ihn in Zement gegossen. Als er den ersten Schock überwunden hatte, drehte er sich langsam um, sehr langsam, als fürchtete er, Annie zu verscheuchen, wenn er sich zu schnell bewegte.

»Hey.« Gerade eben war mit seiner Stimme noch alles in Ordnung gewesen, nun klang sie, als habe er bei Schleifarbeiten eine Handvoll Sägespäne verschluckt.

»Hi.« Annie lächelte. Zwei Sekunden, drei. Als Jack sie nach wie vor ausdruckslos ansah, ließ sie es sein und räusperte sich. »Du …« Eine fahrige Handbewegung in Richtung seines Wagens. »Ähm …«

»Ja.« Mit einem Mal riss Jack die Augen auf, als sei er aus einem Traum erwacht. »Ja, ja. Ich fahre übers Wochenende weg. Ins … Wir wollen ins Dartmoor.«

»Oh.« Annie sah auf ihre Schuhe. Sie trug braune Wildlederboots zu einem hellbeigen Strickkleid, das sie in der Taille mit einem breiten, roten Gürtel zusammengebunden hatte. Ihr Haar war kürzer geschnitten, knapp über kinnlang, was ihre blonden Locken noch ein bisschen wilder wirbeln ließ. Sie sah unglaublich aus. Jack schluckte. Ein Dreivierteljahr hatte er Annie nicht gesehen, er hatte oft an sie gedacht, wenn auch etwas seltener in letzter Zeit, und offenbar vergessen, wie wunderschön sie war.

»Schön.« Jack hatte das Wort laut ausgesprochen. »Ähm, schön, dich zu sehen, meinte ich.« Verdammter Mist. »Wie geht es dir?«

»Gut.« Annies Antwort klang, als hätte sie die Frage überrascht. »Es geht mir sehr gut, danke. Ich hoffe, dir auch? Der …« Mit der Hand malte sie einen Kreis vor ihrem Kinn. »Du hast den Bart abgenommen.«

»Ja. Doch. Mir war nach Veränderung, schätze ich.«

»Es gefällt mir. Ich meine, mir hat der Bart auch gefallen, aber …«

»Du siehst auch gut aus. Tja.«

Schweigen.

Wenn das nicht die fatalste Unterhaltung war, die seit Beginn der Zeitrechnung geführt wurde, dachte Jack. Nur um im nächsten Augenblick Herzrasen zu bekommen beim Gedanken daran, Annie könne auf dem Absatz kehrtmachen und wieder verschwinden, bloß weil ihm einmal mehr die Worte fehlten, um sich überzeugend von einem Neandertaler abzuheben.

Er setzte zur selben Zeit an wie Annie.

»Was machst du …«

»Ich wollte dir das hier …«

Stille.

»Du zuerst.«

»Okay.« Annie nickte. Dann zog sie ein kleines schwarzes Buch aus ihrer Handtasche, das Jack nur zu gut kannte, und hielt es ihm hin. »Ich wollte dir das hier zurückgeben.«

Jack griff nach dem Notizbuch, während er spürte, dass alle Farbe aus seinem Gesicht wich. Bridget hatte ihm gebeichtet, dass sie es genommen und was sie damit angestellt hatte, da war ihm noch gar nicht aufgefallen, dass es fehlte. Nach dem ersten Schockmoment und dem anfänglichen Ärger war er Bridget am Ende sogar dankbar gewesen – dankbar für die Chance, dass Annie sich eventuell doch noch bei ihm melden würde, da sie nun um sein Gefühlswirrwarr wusste. Bridget hatte von dem Mann im Bademantel erzählt, der hinter Annie aus dem Haus gekommen war. Dennoch hatte er gewartet, eine Woche, zwei, vier, völlig irrational, auf ein Zeichen. Nichts war geschehen. Und diese Stille war im Grunde noch schlimmer gewesen als beim ersten Mal.

»Ich dachte, du hättest es womöglich gern zurück.«

Jack blieb stumm.

Annie atmete geräuschvoll ein. »Gut, also …«

»Annie.« Er konnte sie auf keinen Fall so gehen lassen. Wenn sie jetzt ging, schoss es Jack durch den Kopf, dann würde er sie nie wiedersehen. Also sagte er etwas, irgendwas.

»Bist du zufällig hier? In London, meine ich?«

»Oh, ja, nein. Ich meine – nein. Ich hatte ein Vorstellungsgespräch. In London. Also hier. Bei einem Verlag. Ich dachte, vielleicht wechsle ich doch noch die Branche. Weg von den wissenschaftlichen Themen. Hin zu ein bisschen mehr Unterhaltung.«

»Unterhaltung? Ah, das ist gut.« *Idiotisch. Du redest nur Mist, Mann.*

»Und – du fährst also ins Dartmoor?«

»Ja, ich …« Wie auf ein geheimes Kommando hin läutete in diesem Augenblick sein Mobiltelefon. Jack zog es aus der Tasche, sah auf das Display und machte ein gequältes Gesicht. »Ich muss … Es ist Lori. Wartest du kurz?« Er hob den Zeigefinger. »Eine Sekunde?«

Als Annie nickte, nahm Jack das Gespräch entgegen, nicht früher.

»Lori?« Er ließ Annie nicht aus den Augen. »Ja. Ja, die hab ich. Welches Kissen? Nein, ich habe kein Paddington-Bär-Kissen gesehen. In deinem Zimmer? Im Schrank? Okay. Gut. Nein, ich sehe nach. Ja. In den nächsten … bald, okay? Ich schreib dir eine Nachricht, wenn ich weiß, wann ich bei dir ankomme. In Ordnung? Okay? Nein, da hat deine Mutter recht. Nimm die Sonnencreme auf jeden Fall mit. Wer eine Sonnenbrille braucht, muss sich auch eincremen.« Er zuckte die Schultern und erwiderte das Lächeln, das Annie ihm schenkte und das gerade dabei war, sein Innerstes in einen flüssigen Kern zu verwandeln.

»Lori? Ich muss auflegen, okay? Wir sehen uns später. Ja, ich freu mich auch. Bye, Liebling. Bye. Sorry.«

»Du fährst mit deiner Tochter ins Dartmoor?«

»Ja. Mit Lori. Nur übers Wochenende. Seit sie davon gehört hat, dass es dort wilde Ponys gibt, die Äpfel aus der Hand fressen, liegt sie mir damit in den Ohren.«

»Oh, die Ponys. Das ist sehr süß. Tatsächlich habe ich sie auch schon gefüttert, auf einem Parkplatz in der Nähe des Two-Bridges-Hotels.«

»Ah.«

Das Lächeln auf Annies Gesicht nahm eine etwas weniger entspannte Form an. »Two Bridges. Da hat mein Ex-Mann seine neue Frau geheiratet. An dem Wochenende, als ich das Buch fand. Leos Buch, meine ich.«

Jack nickte.

»Ich kann dir sagen, wo. Oh, natürlich, wieso habe ich nicht gleich daran gedacht? Du wirst wissen wollen, wo genau ich es gefunden habe, oder?«

»Ich hätte dich nicht extra danach gefragt, aber wenn du es mir sagen möchtest, schaue ich gern dort vorbei. Danke.«

»Natürlich. Ich schicke dir den genauen Standort in einer Nachricht.«

»Okay.«

»Es tut mir leid wegen Leo.«

»Ja.« Jack lächelte. »Das sagtest du schon. Mir tut es auch leid.«

»Und ich finde übrigens nicht, dass du deinem Bruder in irgendetwas nachstehst. Was das Talent angeht, sich in Worten auszudrücken.«

»Aaah.« Jack lachte, es hörte sich reichlich gewollt an. »Es ist nett, dass du das sagst. Aber aus mir wird sicher kein Poet mehr. Und das, was ich da geschrieben habe, war eigentlich nicht dazu gedacht, dass es jemand liest.«

»So ähnlich habe ich mir das vorgestellt. Bist du sehr sauer auf … Bridget ist ihr Name, oder?«

»Ich war es. Aber Bridget ist eine, die es nie zulassen würde, dass man lange böse auf sie ist.«

»Das ist schön.«

»Sie ist eine Nervensäge.«

»Aber eine, die es offensichtlich gut mit dir meint.«

Je länger sie dastanden, seltsam gestelzten Small Talk hielten und sich ewig, ewig anlächelten, desto mehr kam Jack sich vor, als befände er selbst sich gerade in einem Vorstellungsgespräch, nur hatte er keine Ahnung, um welche Stelle er sich bewarb. Wieso war Annie hier? Wollte sie ihm lediglich das Buch zurückgeben? Wollte sie sich aussprechen? Wollte sie mehr? Nein, das konnte nicht sein. Dieser Typ im Bademantel. Es gab einen anderen in Annies Leben, damit hatte er sich schon vor Wochen abgefunden.

»Annie …« Er war sich sicher, dass alle Zweifel in diesem Moment seinem Gesicht abzulesen waren; die Unsicherheit, die Skepsis und auch ein bisschen die Angst davor, weshalb sie auf einmal vor ihm stand.

Und Annie, sie sah ihn an, mit der gleichen Zerrissenheit im Blick. Allerdings sagte sie völlig aus dem Zusammenhang: »Hoola hat ihr Baby.«

»Ja?«

»Ein kleines Mädchen. Heidi.«

»Heidi?«

»Ja, ich weiß.« Zum ersten Mal begann Annies Lächeln zu leuchten. »Wir wollten es ihr ausreden, aber es war nicht möglich.«

»Nun, das ist wohl das Vorrecht der Mütter, oder? Was ist mit deinem Bruder?«

»Oh, Ben.« Annie nickte. »Er hat seinen Job als Skipper nach England verlegt, um seiner Tochter nah zu sein. Er kämpft um Hoola, das kann man nicht anders sagen. Ich hätte nie gedacht, dass mein Bruder einmal so für etwas brennen würde, das nicht Kiel und Masten hat.«

»Aber er hat sie noch nicht überzeugt.«

»Er arbeitet daran. Ich habe Hoffnung, dass aus den dreien noch eine richtige Familie wird.«

»Das ist schön zu hören.«

»Mmmh … Jack?«

»Ja?«

»Ich wollte …« Noch einmal griff Annie in ihre Handtasche, diesmal zog sie ein Kuvert heraus. »Hier. Der ist für dich.«

Sie reichte Jack den Umschlag, der sich prall und schwer anfühlte in seiner Hand, als habe jemand mehr als eine Seite dort hineingefaltet, einige mehr. Auf dem cremefarbenen Leinenpapier stand kein Name, nur ein Buchstabe, dick und geschwungen, er konnte ein J sein, genauso gut wie ein L.

Jack blickte auf.

»Es war schön, dich zu sehen«, sagte Annie.

An dem Kloß in seinem Hals vorbei versuchte Jack, zu antworten, doch es gelang ihm nicht.

»Ein traumhaftes Wochenende im Moor wünsche ich. Ihr habt Glück, das Wetter soll fantastisch werden. Wobei … Dartmoor.« Sie versuchte ein Grinsen, während sie die Schultern zuckte. »Hoffen wir einfach das Beste. Ich schicke dir noch die Beschreibung des Wegs, okay? Wo Leos Buch … du weißt schon.«

»Ja.« Jack räusperte sich. »Danke. Dass du hier warst. Und dafür.« Er hielt den Umschlag hoch.

Annie hob die Hand.

»Auf Wiedersehen, Jack.«

»Auf Wiedersehen, Annie.«

63

Freitag, 13. Mai

Lieber Jack,

es gibt einige Dinge, die ich dir sagen möchte, und ich habe eine ganze Zeit lang überlegt, wie ich das am besten anstelle. Womit, beispielsweise, fange ich an? Nachdem ich schon an dieser simplen Frage gescheitert bin, habe ich beschlossen, die Sache für mich ein wenig einfacher zu gestalten und alphabetisch vorzugehen. Ich hoffe, du nimmst mir das nicht übel (und ich hoffe, ich habe mir dadurch nicht selbst einen furchtbar komplizierten Strick gedreht). Wie dem auch sei, entschieden ist entschieden, und dass das leicht war, kann keiner behaupten: Zwischen dem Vorsatz, dir zu schreiben, und den Zeilen, die hier tatsächlich zu Papier gebracht werden, liegen zwei Wochen, in denen ich den abgeschabten Teppich meiner alten Wohnung durch andauerndes Hin- und Herlaufen mehr strapaziert habe als in all den Jahren zuvor.

Es ist fast acht Monate her, seit wir uns zuletzt gesehen haben. Das ist lange, gemessen daran, was in dieser Zeit alles geschehen ist. Bei mir, und ich stelle mir vor, bei dir auch, nach dem Tatendrang zu urteilen, den du in deinen Briefen an mich beschrieben hast. Aber ... Ich wollte nicht so beginnen. Sondern ...

A wie alphabetisch. Und ja, mir ist klar, A steht für Anfang, doch aus den oben genannten Gründen komme ich zuerst zu B und übe mich hier in Auslassung. *In Ordnung? (Gott, und schon fangen die Komplikationen an. Was hab ich mir nur dabei gedacht?)*

B wie Bridget. Ich muss zugeben, ich war schockiert, als mir Bridget dein Notizbuch in die Hand drückte. Und ich gebe auch zu, das Buch aus einem ersten Reflex heraus zunächst in einer der Umzugskisten vergraben zu haben. Das heißt nicht, dass es mich nicht verfolgt hat. Dass ich nicht jeden Tag daran gedacht habe, es trotz allem lesen zu wollen. Liebe Annie ... Liebe Annie ... Liebe Annie ... *Zum damaligen Zeitpunkt hatte ich das Gefühl, du könntest gar nicht mich meinen. Die liebe Annie war bis auf weiteres abgetaucht. Es hat einige Zeit gedauert, bis ich den Mut aufgebracht habe, mich dem zu stellen, was du mir zu sagen hattest. Deine Zeilen haben mich so sehr berührt. Dein letzter Brief hat mich zum Weinen gebracht. Und das, was Bridget gesagt hat über Leo und mich und meine Traurigkeit, ist leider nur zu wahr (mehr dazu bei T).*

C wie Cassandra. Sie hat Finley für einen anderen verlassen. Wie zynisch ist das? Und wie hat sie es noch formuliert? Es war unglücklich, dass Finley und ich geheiratet haben. *Nun. Wer weiß das besser als ich? (Ganz nebenbei: Diese Sache mit dem Alphabet hat rein gar nichts mit einer Priorisierung zu tun. Cassandra würde ich sonst sicher nicht gleich zu Anfang erwähnen. Du weißt, was ich meine. Okay. Weiter.)*

D wie Du. Es gibt kaum einen Tag in den vergangenen acht Monaten, an dem ich mir nicht verbieten musste, an dich zu denken.

E wie Erkenntnisse. Erinnerst du dich, dass du geschrieben hast, du hättest dich die meiste Zeit deines Lebens hinter deinem Bruder versteckt? Ich denke, mir ging es genauso, nur dass ich mich nicht hinter Ben versteckt hielt (Gott bewahre), sondern hinter so gut wie jedem anderen Menschen, der mir nahestand, dem ich nahestehen wollte, nur um mich nicht mit mir selbst auseinandersetzen zu müssen. Es war schwer für mich, die Bedeutung dahinter zu begreifen – dass ich erst mir selbst genug sein muss, um wirklich bereit zu sein für Zweisamkeit. Was soll ich sagen? Alleinsein will gelernt sein. Und ich bin nach wie vor dabei zu lernen.

F wie Finley. Er ist weg. Und ich vermisse ihn nicht. Und ich schaue nicht zurück.

G wie glücklich. Bist du glücklich, Jack? Ich hoffe es. Ich kenne nur sehr wenige Menschen, die es so sehr verdient haben, glücklich zu sein, wie du.

H wie Heidi. Heidi ist das perfekte Baby. Sie ist schön, wie Hoola, und störrisch, wie Ben. Hoola sagt, sie brabbelt die meiste Zeit Unsinn, genau wie ich (dabei kann sie natürlich noch gar nicht sprechen). Meine Mutter vergöttert sie, obwohl sie beinah die Contenance verlor, als sie davon erfuhr, dass sie künftig jemand Großmutter nennen würde. Unglücklicherweise war ich nicht dabei, als Ben es ihr mitteilte, aber den Erzählungen nach presste sie eine Hand auf ihr Herz und wedelte mit der anderen in der Luft auf der Suche nach Halt, bevor sie beinahe filmreif rückwärts gegen das Treppengeländer taumelte. Das hätte ich gern gesehen. Nur zu gern.

I wie Irrweg. Die Geraden sind nicht die, die das Leben ausmachen. Das ist mir inzwischen klar geworden.

J wie Japan. Und noch eine Weisheit, die ich als extrem hilfreich empfinde: Wusstest du, dass in Japan zerbrochene Gegenstände mit Gold repariert werden? So sieht man den Riss eines Gefäßes nicht als Makel an, sondern als etwas, das zu seiner einzigartigen Geschichte, zu seiner Schönheit beiträgt. Diese Vorstellung ist wundervoll, finde ich. Es macht jeden Fehler, den wir haben, jede Imperfektion zu etwas Besonderem.

K wie Kuss. Dazu kommen wir später noch.

L wie Liebe. Jahrelang dachte ich, ich weiß, was Liebe ist. Seit verhältnismäßig kurzer Zeit ist mir nun klar, dass das ein Trugschluss war. Der dringende Wunsch, geliebt zu werden, macht die Liebe noch nicht aus. Ich denke, Leo wusste sehr viel besser als ich, was Liebe ist, denn er hatte jemanden in seinem Leben, der ihn bedingungslos vor allem anderen geliebt hat. Ich weiß, dass du dir deswegen Vorhaltungen machst, Jack. Und ich schreibe das hier, um offiziell mein Veto einzulegen. Jemand, der liebt, wird sich nie etwas vorzuwerfen haben, das ist nicht Sinn dieser Sache.

M wie Mutter. Stell dir vor, die sonntäglichen Mittagessen bei Elaine St. James sind vorerst eingestellt. Sie hat meine zweite Trennung von Finley noch schlechter verkraftet als die erste, und ich habe ihr diesmal ziemlich eindeutig mitgeteilt, dass mir ihre ewigen Vorhaltungen den Appetit verderben. Es wird wohl noch einige Zeit dauern, bis ich wieder in den Genuss von Rotweinbraten mit Pastinakenpüree komme. Sollen sich doch Ben und Hoola künftig daran erfreuen, Strafe muss sein.

N wie Nachrichten. Ich vermisse es, dir zu schreiben. Und ich vermisse deine gestelzten Formulierungen und dass deine Worte in den meisten Fällen ernst gemeint sind, sehr, sehr ernst. Du bist weder Zyniker, noch bist du sarkastisch, und auch wenn ich lange Zeit glaubte, diese Eigenschaften an Menschen anziehend zu finden, bin ich inzwischen nicht mehr so sicher. Ich mag Ehrlichkeit, denke ich. Und ich mag dich.

O wie Okay. Das bin ich, zumindest im Augenblick. Viele Jahre lang war ich es nicht, und wenn ich jetzt daran zurückdenke, frage ich mich, weshalb ich nicht früher alles darangesetzt habe, an diesem Umstand etwas zu ändern. Ich habe einmal gelesen, Nostalgie bedeutet zu realisieren, dass Momente, von denen du damals nicht dachtest, dass sie der Inbegriff von Glück sind, es tatsächlich waren. Ich frage mich, ob das auch im umgekehrten Fall zutrifft. Das, was ich damals für Glück hielt, ist es im Grunde nie gewesen. Ergibt das irgendeinen Sinn?

P wie Planänderung. Die Kisten waren schon gepackt, Jack. Die Wohnung gekündigt. Ich war auf dem Weg zu Finley, um die Nacht vor dem Umzug in seinem Haus zu verbringen (das Haus, das einmal unseres gewesen war und es nun wieder werden sollte). Und dann, im letzten Augenblick habe ich mich dagegen entschieden. Ich habe mich gefragt, was ich hier tue und warum. Ob ich wirklich Finley zurückhaben wollte oder nur das vertraute Gefühl; das Gefühl, wieder ein Leben zu führen, das ich kannte, mein altes Leben, MEIN Leben. Ich denke, ich musste es noch einmal mit Finley versuchen, um zu verstehen, dass dieser Weg nicht mehr der richtige für mich ist. Alt und vertraut, das bedeutet nicht automatisch auch gut. Was das Beste für mich ist – ich habe es noch nicht herausgefunden. Aber ich weiß, ich will danach suchen. Ich will unbedingt danach suchen, und ich möchte es finden. Also zog ich die Kündigung zurück. Fragte Hoola, ob sie eine Ahnung davon hatte, wie man eine Wohnung tapezierte. Wir renovierten alle

Zimmer, bis hin zu dieser alten, abgenutzten Küchenzeile (ICH renovierte, Hoola gab Anweisungen). Ich liebe die Wohnung an der Chesterton Road, nirgendwo habe ich mich je wohler gefühlt. Das nächste Mal, wenn du in Cambridge bist, musst du dir unbedingt ansehen, was wir daraus gemacht haben.

Q wie Qualifikation. Denkst du, ich habe das Zeug dazu, bei einem großen Verlag als Lektorin zu beginnen? Zumindest die Gespräche laufen schon, zu Hoolas größter Enttäuschung. Sie gibt die Hoffnung niemals auf, aus mir könnte eines Tages doch noch eine große Schriftstellerin werden, mit der die kleine Heidi im Kindergarten angeben kann. Ich fürchte, das wird nicht passieren, aber ... Wer weiß? Noch vor einem halben Jahr hätte ich mir auch nicht vorstellen können, dass ich die Abende allein in meiner Wohnung verbringe und dabei eine Ruhe empfinde, die ich so noch nicht von mir kannte. Ich bin okay *– habe ich das schon erwähnt?*

R wie Reue. Es tut mir unendlich leid, dass ich dir damals, nach deinen letzten Textnachrichten, nicht die Chance gegeben habe, dich mir persönlich zu erklären. Ich war mir darüber bewusst, dass du mich gern hättest treffen wollen – doch ich dachte wohl, für mich sei es wichtiger, unbedingt Abstand zwischen die Sache mit dem Notizbuch, dich und mich zu bringen; ich dachte, es wäre leichter, mit meinem Leben weiterzumachen, je weniger ich in deines hineingezogen werde. Im Nachhinein kann ich nur hoffen, dass du meine fehlende Bereitschaft, den Kontakt zu halten, nicht als Schuldzuweisung empfunden hast. Denn die Wahrheit ist – und sie war es schon damals –, dass ich deine Beweggründe nicht eine Sekunde lang angezweifelt habe. Keine einzige. Die Wahrheit ist leider auch, dass ich mich nur allzu gern in eine andere Richtung geworfen habe, in Finleys Arme in diesem Fall, um meinen Kopf an seiner Schulter zu vergraben und nicht weiter über anderes nachzudenken. Es war wie eine Flucht, und es war eine Erleichterung. Und als Finley zu mir kam und mir erklärte, dass er mich immer noch liebte, da habe ich ihm geglaubt und gar nicht weiter gedacht, nur mehr gefühlt. Und das bereue ich nicht, denn die Geschichte von Finley und mir musste weitergehen – damit sie wirklich enden konnte.

S wie Schuld. Ich weiß, du fühlst dich schuldig, weil du derjenige bist, der lebt. Ich möchte dir gern sagen, dass mich der Umstand, dass du es tust, sehr glücklich macht. Sehr.

T wie Trauer. Das, was Bridget über meine Trauer um Leo gesagt hat, hat mich ehrlich getroffen. Weil sie recht hatte mit der Einschätzung meiner Empfindungen und ich nicht das Recht, so zu empfinden. Mag sein, dein Bruder, seine Gedanken waren mein Zufluchtsort, als ich mich nach Finleys Hochzeit mit Cassandra fühlte, als sei mein Leben vorbei. Aber das, was mich faszinierte, waren am Ende bloß Worte. Es hatte nichts mit dem Menschen dahinter zu tun, denn den kannte ich nicht mal. Leo war dein Bruder.

Und alle Trauer dieser Welt um ihn sollte dir gehören, nicht mir.

U wie Utopien. Ja, natürlich, ich hatte mir Vorstellungen gemacht. Und ich gebe zu, ich war verblüfft, als ich dir zum ersten Mal begegnet bin. Ich glaube, du warst das Gegenteil von dem Bild, das ich in meiner Fantasie gezeichnet hatte. Und erst nach und nach, sehr viel später, habe ich festgestellt, dass sich meine Fantasie der Wirklichkeit angepasst hat.

V wie verhindern. Wenn du Bridget davon hättest abhalten können, mir das Buch mit deinen Briefen zu bringen – hättest du es getan? Falls ja ... es hätte nichts geändert, denke ich. Du hättest diese unglaublich eloquente Buchstabiererei, die du gerade in Händen hältst, so oder so erhalten, denn ...

W wie Worte. Ich fürchte, ich habe mich in Worte verliebt. Zunächst ein kleines bisschen in die von Leo, und dann gibt es da noch jemanden, der sehr gut mit Worten ist. Auch wenn ihm das selbst womöglich gar nicht bewusst ist. Und er kann außerdem gut küssen. Ziemlich, ziemlich gut.

X wie ... herrje. Xylophon. Ein Instrument, das ich nie gelernt habe. So ganz allmählich beißt mich diese Methode in den Hintern, stimmt's?

Y wie Yeats: Das Schlimmste an den Menschen ist, dass sie nüchtern sind, wenn sie nicht betrunken sind. Oder so ähnlich. *Ein Lieblingszitat meiner Freundin*

Hoola. Ja, ja, ich weiß, auch da habe ich es mir einfach gemacht. Ich bin sehr froh, dass das Alphabet nur sechsundzwanzig Buchstaben hat. Darüber hinaus, Jack, möchte ich es mir nicht länger leicht machen, nicht länger den gewohnten, vermeintlich vertrauten Weg gehen. Mir ist klar, es erfordert M wie Mut, unsicheres Terrain zu betreten, aber ich denke, ich bin bereit. Weshalb ich mich frage ...

Z wie Zeit: Habe ich es dir zu leicht gemacht, mich zu vergessen? Ich kann nur hoffen, dass es noch nicht zu spät ist für ... was auch immer das Schicksal für uns bereithält.

64

Samstag, 14. Mai, 23:07 Uhr

JACK

Danke für den Brief.

ANNIE

Gern geschehen.

ANNIE

Wie ist es im Dartmoor?

JACK

Es regnet.

ANNIE

Ja, das tut es da gern. Der Rest Englands breitet sich unter strahlend blauem Himmel aus, doch kaum hat man auch nur einen Fuß ins Dartmoor gesetzt, fängt es an zu nieseln. Magisch!

JACK

Das ist es.

JACK

Ich hoffe, ich hab dich nicht geweckt?

ANNIE

Nein, ich hab noch nicht geschlafen. Du errätst nie, was ich gerade tue.

JACK

Was tust du?

ANNIE

Rate.

JACK

Also gut. Du ordnest deine Bücher alphabetisch.

ANNIE

Ha! Das macht wohl jeder, oder wie ordnest du deine?

JACK

Gar nicht, fürchte ich. Es sind wohl zu wenige, als dass ich sie sortieren müsste. Ich bin kein großer Leser. Das dürfte Buchstabe U deines Briefes entsprechen.

ANNIE

N wie neu. Mach dir keine Vorstellungen, sondern lieber die Mühe, jemanden kennenzulernen.

ANNIE

Und um dir meine eigene Frage zu beantworten: Ich stricke. Ein Jäckchen. Für Heidi. Ich kann nur hoffen, dass sie es am Ende tragen kann. Im Augenblick sieht es aus wie eine unproportionierte Wolllandschaft mit noch unförmigeren Fadenausläufern.

JACK

Ich bin zuversichtlich, dass du das hinbekommst. Was mich daran erinnert: Ich würde niemals deine Qualifikation infrage stellen, in keinerlei Hinsicht. Weißt du schon, wann sie sich melden wollen wegen des Jobs in London?

ANNIE

Frühestens in einer Woche. Sie führen gerade Gespräche, und auch wenn ich keine Ahnung habe, wie viele Mitbewerberinnen es sind – die Einzige bin ich sicher nicht.

JACK

Sicher bist du die Beste.

ANNIE

Jack?

JACK

Annie?

ANNIE

Ich würde zu gern deine Stimme hören.

65

R wie Risiko

Es dauerte keine Sekunde, da surrte das Telefon in Annies Hand, und sie biss sich auf die Lippe, um sich ihr breites Grinsen zu verkneifen. Denn die Wahrheit war: Sie hatte wie auf Kohlen gesessen seit dem Moment, an dem sie sich in London von Jack verabschiedet hatte. Und sie hatte obendrein nicht wirklich damit gerechnet, dass er sich erst am nächsten Tag und dann nicht vor dem späten Abend melden würde. Annie konnte ganz und gar nicht einschätzen, was das bedeutete. Hatte Jack ihr übel genommen, dass sie so lange geschwiegen hatte? Hatte er in den Monaten, die vergangen waren, das Interesse an ihr verloren? War sein Interesse überhaupt je groß gewesen? So groß, wie ihres offensichtlich war, auch wenn sie das erst viel zu spät gemerkt hatte?

Annie holte Luft, und dann nahm sie das Gespräch entgegen.

»Hey.«

»Hallo, Annie.«

Schweigen. Dann Räuspern, dann: »Es ist schön, deine Stimme zu hören.«

Für einen kurzen Moment schloss Annie die Augen. Dann öffnete sie sie langsam wieder, schob das Strickzeug ein Stück von sich weg und ließ sich tiefer in die Kissen ihrer neuen Couch sinken.

»Ich kann mich nicht daran erinnern, dass wir je miteinander telefoniert haben.«

»Nein.« Jacks Stimme klang ebenso rau wie ihre eigene. »Ich auch nicht.« Mehr Räuspern. Er klang nervös. Beinah bereute Annie schon, ihn um ein Telefonat gebeten zu haben, wo es ihm ganz offensichtlich nicht leichtfiel, mit ihr zu sprechen, da fügte Jack hinzu, schneller diesmal: »Ich bin nicht generell so schwerfällig, also, nicht aus Prinzip. Ich weiß nur gerade nicht, wie ich das Gespräch am besten beginne.«

»Das sollte ich ja auch tun. Es war schließlich meine Idee. Also: War Lori beim Letterboxing erfolgreich?«

»Ja, doch, das war sie. Ich habe ihr ein Heft gekauft und einen Stempel, damit sie nicht nur sammeln, sondern auch gleich ihre Abdrücke hinterlassen kann.«

»Das ist großartig.«

»Nun, ich weiß nicht. Sie hat sich für Spongebob entschieden.«

Annie lachte, und Jack lachte ebenfalls. Und ganz automatisch fielen Annies Augen erneut einen Moment lang zu, weil sie es so sehr genoss, Jacks tiefe, seelenvolle Stimme zu hören. Und weil sich mit einem Mal eine Erkenntnis in ihr ausbreitete, warm und samtig und der Stimme am anderen Ende nicht unähnlich: Es war richtig gewesen, diesen Brief zu schreiben. Es war auch richtig gewesen, damit zu warten, bis sie das Chaos in ihrem Leben einigermaßen sortiert hatte. Bis sich dieses Gefühl einstellte, sich selbst genug zu sein. Noch war sie erst am Anfang ihrer Reise, das war Annie klar, und sie konnte natürlich nicht sicher sein, ob sie tatsächlich die richtige Richtung einschlagen würde. Ob es klug war, Jack auf diesen Weg mitzunehmen. Ob er es überhaupt wollte. Einmal mehr holte Annie Luft und beschloss, dass alles gut werden würde, egal, wie die Geschichte mit Jack und ihr zu Ende ging.

»Annie?«

»Ja?«

»Das, was du gefragt hast, in deinem Brief ... Ob ich verhindert hätte, dass Bridget dir das Buch zeigt ...«

»Ja?«

»Das hätte ich vermutlich. Weshalb ich wirklich froh bin, dass sie es dir hinter meinem Rücken gegeben hat.«

»Ja, ich bin Bridget auch sehr dankbar. Obwohl ich auf der anderen Seite hoffe, dass ich sie nie anheuern muss, um meine Kakteen zu gießen. Wer weiß, was sie in meiner Wohnung zutage fördert.«

»Du hast mir deinen Brief persönlich übergeben.«

»Ja, das habe ich.«

»Das war ziemlich mutig von dir.«

»Ich weiß. Aber das größte Risiko besteht oft darin, gar nicht erst eins einzugehen. Heißt es nicht so?«

»Ich bin froh, dass du es eingegangen bist.«

»Ja. Ich auch.«

»Und ... Du wohnst jetzt also wieder an der Chesterton Road?«

»Und ob! Ich war im Grunde nie weg! Wer hätte gedacht, dass ich ewig in meiner Studentinnenbude leben würde, was?«

Jack lachte. »Ewig ist eine wirklich lange Zeit.«

»Ja, das ist allerdings wahr. Was ist mit dir? Denkst du, du bleibst für immer in London?«

Aus nicht nachvollziehbaren Gründen hielt Annie den Atem an, bis Jack ihr antwortete, dann schüttelte sie über sich selbst den Kopf. Sie musste noch so viel lernen. Sich selbst genug zu sein, war ein Mantra, das sie sich nicht nur predigen wollte, sie würde es verinnerlichen.

»Für immer ist noch viel länger«, sagte Jack, und dann erzählte er ihr von dem Haus in Bath und dass seine Mutter darin lebte und dass er oft an den Wochenenden dort war, um Zeit mit ihr und Lori zu verbringen.

»Ich freue mich, dass es dir gut geht«, sagte Annie.

»Danke.« Jack ließ einige Sekunden verstreichen »Ehrlich gesagt ist es mir schon lange nicht mehr so gut gegangen. Und seit gestern fühle ich mich noch sehr viel besser.«

»Seit gestern?« Annie lächelte. »Was war ...«

»Daddy?«

»Hey, Schatz, was ist denn? Entschuldige, Annie, Lori ist aufgewacht. Ich melde mich gleich wieder, in Ordnung?«

66

14. Mai, 23:54 Uhr

JACK

Entschuldige. Bist du noch wach?

ANNIE

Immer noch wach. Wie geht es Lori?

JACK

Schläft wieder. Sie hatte einen Albtraum. Eines der Dartmoor-Ponys hat sich offenbar in ein Moormonster verwandelt.

ANNIE

Ach, herrje. Arme Lori. So magisch das Moor ist, so unheimlich kann es sein, richtig?

JACK

Vermutlich. Da fällt mir ein: Danke für die Koordinaten.

ANNIE

Hast du Leos Letterbox gefunden?

JACK

Ich denke, ja.

JACK

Das alles ist so seltsam. Ich kann immer noch nicht ganz nachvollziehen, was er da gemacht hat. Zumal er gegen Ende nicht mehr wirklich gut zu Fuß war.

ANNIE

Ich kann mir nicht vorstellen, mit einer Krankheit zu leben, von der ich weiß, dass sie tödlich enden wird. Das muss furchtbar für ihn gewesen sein. Und für die, die ihm nahestanden, natürlich auch. Aber irgendwie klang er für mich nicht wie der Typ Mensch, der sich gern der Hilfe anderer ausliefert.

JACK

Das war er nicht. Und hat er nicht.

JACK

Er ist in den Fluss gegangen, Annie. Als er es nicht mehr ausgehalten hat.

»Annie?«

»Jack, das tut mir so leid.«

»Ich weiß.«

»Dann weißt du auch, dass du keine Schuld daran trägst?«

»Ja. Im Grunde schon. Es ist nur … Er ist einfach gegangen. Ohne ein Wort, ohne einen Brief. Und dann stehst du plötzlich vor der Tür, mit diesem Buch in der Hand …«

»Gott, Jack.«

»Ich denke inzwischen, dass irgendeine höhere Macht im Spiel war. Oder, herrje, keine Ahnung.« Jack lachte. »Vielleicht bin ich verrückt. Vielleicht aber wollte Leo, dass ich dieses Buch bekomme. Als eine Art Abschiedsbrief. Den er auf die denkbar seltsamste Weise auf den Weg gebracht hat.«

»Du bist nicht verrückt.«

»Leo war es.«

»Das glaube ich sofort. Er fehlt dir sehr, oder?«

»Jeden Tag.«

»Hmm.«

»Annie?«

»Ja?«

»Dir soll es besser gehen als okay.«

»Ja, Jack. Dir auch.«

»Und ich weiß, du übst dich gerade im Alleinsein, aber ...«

»Ja?«

»Denkst du ... Könntest du dir vorstellen ...«

»Du meinst, ob ich mir vorstellen könnte, dass wir das zu zweit üben, das mit dem Alleinsein?«

»Ja. Ja, das meinte ich. Aber natürlich nur, wenn du ... Ich dachte ...«

»Jack?«

»Ja?«

»Das kann ich mir wirklich gut vorstellen.«

»Ja?«

»Sehr, sehr gut.«

67

15. Mai, 0:22 Uhr

ANNIE

Jack?

JACK

Ja?

ANNIE

Wie sah er aus? Leo?

JACK

Gut. Besser als ich. Besser, als gut für ihn war.

ANNIE

Sah er dir ähnlich?

JACK

Überhaupt nicht. Er war blond wie mein Dad. Er sah einem Schauspieler ähnlich, ich hab den Namen vergessen. Bridget hat sowas behauptet. Ich bin nicht gut in diesen Dingen.

Annies Finger schwebten über der Tastatur. Jude Law, dachte sie, der gutaussehende Kerl, der ihnen im Moor entgegengekommen war. Nur war das gar nicht möglich, denn in seinen Nachrichten hatte Jack ihr geschrieben, dass Leo am 6. Juni gestorben war – eine Woche bevor sie zu Finleys Hochzeit ins Dartmoor gefahren waren. Annie starrte auf das Display, das inzwischen schwarz geworden war, doch sie sah nicht ihr eigenes Gesicht darin, sie sah das des Fremden, sein schiefes Grinsen, den frechen Blick, mit dem er sie so unverhohlen gemustert hatte, seine selbstbewusste, amüsierte Erscheinung. Es konnte nicht sein, und doch …

ANNIE

Jack?

JACK

Annie?

Ein seltsames Gefühl beschlich Annie, nicht unähnlich dem, das sie empfunden hatte, wann immer sie im Dartmoor unterwegs gewesen war. Das Moor war ein mystischer Ort, voller Legenden, randvoll mit Magie. Es war ein Ort, an dem alles möglich war. Richtig?

ANNIE

Erinnerst du dich, als du mir geschrieben hast, dass Leo mich womöglich zu dir geführt hat?

ANNIE

Ich bin mir inzwischen sicher, dass es so war.

Danksagung

Dieser Roman entstand in einer seltsamen Zeit der Um- und Aufbrüche und hat mich mehr als andere Hirn und Herz gekostet. Weshalb ich einer ganzen Reihe Menschen zu danken habe, die mich in dem Jahr seines Entstehens unglaublich unterstützt haben – mit Geduld, Rat, Inspiration, Schokolade, *you name it.*

Vielen herzlichen Dank an meine lieben Kolleginnen Manuela Inusa, Astrid Ruppert (insbesondere für Leos Gedicht *Als es noch Worte gab …*), Anne Freytag, Nikola Hotel, Lilli Beck, Kira Mohn; an meine Freundinnen Ursi Geis und Karin Dietl sowie Karo und André Stoltzenburg; großen Dank an meine Agentin Anoukh Foerg, die diese Geschichte entscheidend mitgeformt hat, und an Maria Dürig. Herzlichen Dank an Tom Schlesinger, von dem ich viel gelernt habe, an Kerstin Gier fürs Lesen und für wunderbare Worte, an Diana Neiczer vom Blanvalet Verlag sowie an Gisela Klemt für das inspirierende Lektorat. Lieben Dank an blö, den wertesten aller Gatten, ohne den es kein einziges meiner Bücher geben würde, denn ich wäre längst durchgedreht. *You keep me sane, my love,* deshalb ist dieser Roman wie alle anderen auch für dich.

Zwei, drei Worte zum Schluss

Liebe Leserinnen und Leser,

dies ist ein Nachwort. Wenn Sie also nicht möchten, dass ich Ihnen mit diesen Zeilen zu viel verrate, sollten Sie unbedingt zuerst den Roman lesen.

Einverstanden?

Perfekt.

Dann beginne ich am besten mit dem Grundlegenden: Ich habe eine riesige Schwäche für Großbritannien. Aus diesem Grund spielen viele meiner Romane in Cornwall, einige in Schottland. *Für immer und ein Wort* ist das mittlerweile vierte Buch, in dem das Dartmoor eine tragende Rolle einnimmt. Was auch immer Sie über das Dartmoor gehört haben – es ist alles wahr. Dieses Stück England ist genauso magisch, wie sich die Leute erzählen; es ist einsam, geheimnisvoll, Teile davon wirken wie verzaubert (Whitman's Wood zum Beispiel, schlagen Sie das gerne nach), und wann immer ich einen Fuß hineinsetze, hüllt mich die mystische Atmosphäre ein wie eine Decke. Ich wusste sofort, mein Debüt würde dort spielen müssen (*Zurück nach Hollyhill*). Und ich wusste auch, als mir die Idee zu Annies Geschichte kam, dass sie im Dartmoor beginnt. Denn wo, bitte schön, lässt sich ein geheimes

Notizbüchlein besser finden als in einer der legendären Letterboxen inmitten des Moors?

Meinen Recherchen nach stammt die Tradition des Letterboxings aus der Mitte des 19. Jahrhunderts und war ursprünglich eine Art Flaschenpost, in der ein Wanderer einen Gruß hinterließ (angeblich eine Visitenkarte), mit der Aufforderung an Gleichgesinnte, es genauso zu machen. Erst später wurde die Flasche durch eine Kiste ersetzt, aus den Grüßen wurden Postkarten, schließlich dann die Gästebücher, und viele Jahre gab es nur eine einzige Letterbox im Dartmoor, inzwischen aber sind es viel, viel mehr, unzählige. Es kann also gar nicht so schwer sein, zufällig über eine zu stolpern, so wie Annie es getan hat.

Stimmt's?

Annies und Jacks Geschichte liegt die Idee zugrunde, dass es gar nicht so unwahrscheinlich ist, sich zu jemandem hingezogen zu fühlen, dem man nie zuvor begegnet ist, allein durch die Worte, die derjenige verfasst hat. Ich meine, wir kennen das – wer von uns hat sich nicht schon in die Hauptfigur eines Romans verliebt, nur durch die Art, wie sie denkt, wie sie spricht, wie die Autorin sie gezeichnet hat? Worte haben so viel Macht, im Positiven wie im Negativen. Sie können einen Mr. Darcy erschaffen oder einen Hannibal Lecter, aber sie lassen auch immer die Möglichkeit offen, dass wir uns eine persönliche Vorstellung von dem machen, was wir da lesen, dass wir die eigene Fantasie bemühen.

Wie haben Sie sich Jack vorgestellt? Wie Leo? Können Sie nachvollziehen, wie seine Gedanken zu Annies Rettungsanker wurden? Können Sie nachempfinden, weshalb Leo das Bedürfnis hatte, seine Gefühle schriftlich festzuhalten? Wieso Jack sich leichter tat, Briefe an Annie zu verfassen, als mit ihr zu sprechen? Warum auch Annie am Ende das Gefühl hatte, sich alles von der Seele schreiben zu müssen, was sie beschäftigt?

Ich bin Schriftstellerin, und für mich gibt es nichts Schöneres, als mit Worten zu spielen, damit Bilder zu malen, komplette Landschaften zu erschaffen und die Figuren darin, Beziehungen zu entwerfen, Gespräche zu erfinden. Ganz offensichtlich teile ich das Bedürfnis meiner Protagonist*innen, Dinge niederzuschreiben, damit es mir gut geht.

Was ist mit Ihnen? Haben Sie Lust, mit Annie, Jack, Leo und mir auf eine kleine Gedankenreise zu gehen? Falls ja, wünsche ich Ihnen viel Vergnügen mit dem nachfolgenden Notizbuchteil, den wir – inspiriert durch Leos Aufzeichnungen – speziell für Sie angehängt haben.

Lassen Sie sich von Ihren eigenen Worten verzaubern, ja?

Auf bald,

Ihre Anne Sanders

ZWEI, DREI WORTE ÜBER MICH

ZWEI, DREI DINGE
ÜBER MICH –
DIESE EIGENSCHAFTEN
MACHEN MICH AUS:

WAS ICH MAG:

WAS ICH NICHT MAG:

DAS MUTIGSTE, DAS ICH JE GETAN HABE?

DAS SELBSTZERSTÖRERISCHSTE, DAS ICH JE GETAN HABE?

DER BESTE MOMENT, DEN ICH JE ERLEBT HABE:

WENN ICH NUR EINE SACHE ÄNDERN KÖNNTE IN MEINEM LEBEN, WAS WÄRE DAS?

DIESE ZWEIFEL PLAGEN MICH:

DINGE, AUF DIE ICH STOLZ BIN:

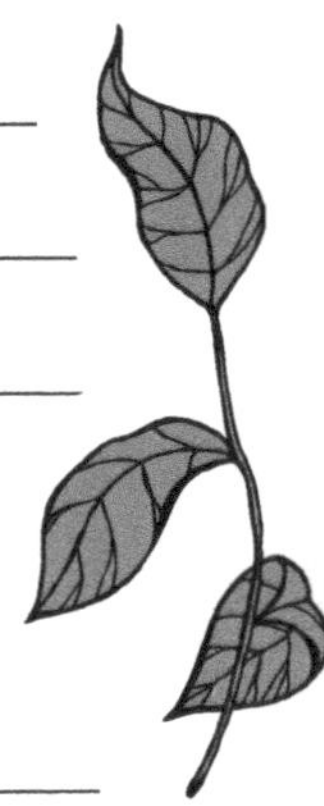

ICH VERMISSE ES ZU ...

ICH HOFFE, ES IST NICHT ZU SPÄT FÜR ...

WAS FÄLLT MIR EIN ZUM THEMA LIEBE?

DIESE EIGENSCHAFTEN AN ANDEREN FINDE ICH ANZIEHEND/BEEINDRUCKEN MICH:

ICH KANN ES NICHT LEIDEN, WENN ANDERE ...

WAS MACHT FREUNDSCHAFT AUS? GIBT ES BESTE FREUND*INNEN FÜRS LEBEN?

FAMILIE BEDEUTET FÜR MICH:

FÜR DIESE MENSCHEN UND DINGE BIN ICH DANKBAR:

GLÜCK BEDEUTET FÜR MICH:

WAS WAR DAS SCHÖNSTE KOMPLIMENT, DAS ICH JE BEKOMMEN HABE?

WOMIT HABE ICH JEMAND ANDEREN GLÜCKLICH MACHEN KÖNNEN?

WO SEHE ICH MICH IN ZEHN JAHREN? WAS FÜR EIN MENSCH WERDE ICH SEIN?

DIESE DINGE WOLLTE ICH SCHON IMMER MAL AUF PAPIER BRINGEN, HABE ES MICH ABER NIE GETRAUT:

EIN PAAR INSPIRIERENDE WORTE AN MEIN ZUKÜNFTIGES ICH: